사슴의왕 상

SHIKA NO OU Vol. 1 IKINOKOTTA MONO
©Nahoko Uehashi 2014
Edited by KADOKAWA SHOTEN
First published in Japan in 2014 by KADOKAWA CORPORATION., Tokyo.
Korean translation rights arranged with KADOKAWA CORPORATION., Tokyo
through Shinwon Agency Co., Seoul.

사슴의 왕 상

살아남은 자

우에하시 나호코 지음   김선영 옮김

문학사상

차 례

제6장

감춰진 진실을 찾아서

반	이 소설의 주인공이다. '외뿔'의 우두머리로 츠오르를 상대로 싸우지만 패하고, 아카파 소금광산에서 노예 생활을 한다.
유나	소금광산에서 반이 거둔 활달한 아이다.
토마	오키 지방의 청년으로 부상당해 움직이지 못하는 그를 반이 구해주었다.
오마	토마의 아버지다.
키야	토마의 어머니로 츠오르에서 오키로 강제 이주를 당했다.
홋사르	또 한 명의 주인공인 천재 의술사다.
마코우칸	홋사르의 시종이다.
미라르	홋사르의 조수이자 연인이다.
리무엣르	홋사르의 할아버지로 츠오르 황비를 죽음의 병에서 구해낸 고명한 의술사다.
토마소르	홋사르의 매형으로 오타와르 심학원 '생류원'의 원장이다.
시칸	토마소르의 조수로 유카타 평원의 '아파르 오마' 출신이다.
아카파 왕	츠오르에 정복당한 아카파의 왕으로 츠오르에 복종을 맹세했다.

주요 등장인물

※ ※ ※

스루미나   아카파 왕의 조카딸로 츠오르의 유력자 요타르의 아내다.

투림   '아카파의 걸어 다니는 사전'으로 불리는 아카파 왕의 측근이다.

마르지   추적 사냥꾼 대장이다.

사에   마르지의 딸로 추적 사냥꾼들 중에서도 뛰어난 실력을 가진 여성이다.

스옷르   '메아리의 주인'이다. '요미다의 숲'에 사는 노인으로 큰까마귀에 영혼을 태워 날아다닌다.

나타르   츠오르 제국의 황제로 황비의 생명을 구한 리무엣르를 신뢰한다.

오우한 제후   츠오르 제국 아카파 영주로 과거 홋사르의 치료 덕분에 목숨을 건졌다.

우타르   오우한 제후의 장남으로 오만하고 이기적인 사내다.

요타르   오우한 제후의 차남으로 아카파 왕의 조카딸인 스루미나를 아내로 맞았다.

로나   오우한 제후의 제사의장이다.

나의 창은 빛나는 뿔
두려움 모르는 자유로운 뿔

뒤에는 내 아이
낮게 쳐든 이 뿔은 연약한 생명의 방패요……

찬란한 잎사귀의 알

"할아버지!"

소년이 애처롭게 외치며 방으로 뛰어들었다.

장년의 사내는 읽던 책을 책상에 내려놓으며 물었다.

"무슨 일이냐?"

소년은 일그러진 얼굴로 가쁜 숨을 몰아쉬며 말했다.

"찬란한 잎사귀, '피카파르'가 죽은 것 같아요."

사내가 의자를 밀고 일어섰다. 그리고 소년과 함께 '피카파르'를
키우는 방으로 향했다.

안뜰로 난 커다란 창문으로 찬란한 태양빛이 쏟아지는 그 방에는
거대한 수조가 있는데, 맑은 물속에 초록빛 수초들이 일렁거렸다.

소년은 수조를 보다가 다시 할아버지를 보며 떨리는 입술로 말

했다.

"내가, 정성껏 키웠는데. 할아버지가 시키는 대로 물도 갈고⋯⋯."

할아버지는 소년의 어깨를 감싸 안았다.

"네 탓이 아니니 진정해라."

"하지만!"

"진정하고 자세히 보렴. 자, 저 수초 사이로 뭐가 보이지?"

소년은 수조에 이마를 찰싹 붙이고 눈을 찡그리며 수초를 바라보았다.

"⋯⋯아!"

수초에 작은 알갱이가 잔뜩 붙어 있다. 소년은 눈을 휘둥그레 뜨고 할아버지를 올려다보았다.

"할아버지, 이거, 알이에요?"

할아버지가 고개를 끄덕였다.

"그래, 알이란다."

할아버지는 수조를 굽어보며 말했다.

"피카파르는 알을 낳으면 얼마 못 가 죽는다. 모조리. 예외는 없어."

소년의 눈에 문득 어두운 그림자가 드리웠다.

"⋯⋯아이를 안 키우고 죽어버리는 거예요?"

할아버지는 고개를 끄덕였다.

"태어나는 순간부터 부모 도움 없이 오로지 제힘으로만 살아가는 생물은 이것 말고도 있단다. 그런 생물은 생각보다 많은 법이야."

소년은 생각에 잠겨 가만히 수조를 바라보았다.

"하지만 피카파르는 왜 죽은 거예요? 알을 낳으면 갑자기 죽는다니, 이상해요. 알이 죽인 거예요?"

할아버지는 고개를 저었다.

"그게 아니란다."

할아버지는 소리 없이 일렁이는 나뭇잎 같은 그것을 바라보며 말했다.

"저 몸 속에는 병마의 씨앗이 있었어."

"……예?"

"피카파르는 병마의 씨앗을 몸속에 숨기고 살아가는 생물이란다."

할아버지는 소년의 가녀린 어깨를 감싼 손에 슬그머니 힘을 주었다.

"살아 있는 것들은 모두 병마의 씨앗을 몸속에 숨기고 살아간단다. 그것에 지지 않으면 계속 살지만, 그렇지 못하면 죽는다."

할아버지는 한숨 쉬듯 말했다.

"모두, 그렇단다."

제 1 장

죽음의 문턱을 넘어서

사슴의 왕 상

살아남은 자

검은 짐승의 습격

또다. 또 나뭇잎 사이로 쏟아지는 빛 속에 있는 꿈을 꾸었다.

눈길을 들자 저 멀리 눈 쌓인 산맥이 보였다. 쏟아지는 햇살에 따뜻해진 바위 위에 걸터앉아 고향 계곡물에 낚싯대를 드리우는 꿈이었다.

어째서일까. 그런 꿈을, 진창에 뒤덮인 땅속에서 매일 밤, 여지없이 꾼다.

그 강은 아름다웠다. 나무들이 느긋하게 가지를 뻗고, 가을이 되면 울긋불긋한 잎사귀가 수면을 비단처럼 수놓았다.

늙고 쇠약해져 수면에 내려선 낙엽은 맑은 물 밑에 작은 그림자를 드리우며 정처 없이 흘러간다.

언젠가 저렇게 된다. 모두가 저렇게 되는 것이다.

수면에 몸을 맡기고 흘러가는 낙엽을 바라보며, 문득 스친 하늘의 계시와도 같은 어릴 적 그 체념의 기억 때문에 이렇듯 꿈속에서 계속 청류淸流를 보는 것일까?

'……그렇다면.'

반은 얼굴을 찌푸렸다.

'의외로 나도 별 볼 일 없군.'

이상하게도 츠오르의 압도적인 병력에 잔가지가 부러지듯 허망하게 짓밟힌 카슈나 호반의 전투를 꿈꾼 적은 단 한 번도 없었다.

형제나 다름없이 서로 아끼고 보듬었던 사람들이 눈앞에서 칼에 베여 죽어가는 모습은 깨어 있을 때는 생생하게 떠오르는데, 어째서인지 꿈에는 나오지 않았다.

시체가 산더미처럼 쌓인 전쟁터에 누더기 같은 몰골로 홀로 우두커니 서 있던 그의 몸 위에 쏟아진 기름과 먼지가 뒤섞인 그물 냄새도, 사로잡혀서 노예 신세로 이 지옥 같은 아카파 소금광산에 끌려온 과정도, 꿈으로 꾼 적이 없다.

다만, 이따금 꿈에 나오는 얼굴이 있다.

고향 산하에서 전쟁을 시작했을 때, 처음으로 죽인 남자의 얼굴이다.

많은 병사들의 뒤에서 아름다운 말을 타고 그들을 향해 드높은 노호怒號를 지르던 장교. 멀리서 볼 때는 아무래도 오만한 츠오르의 장수로 보였다. 하지만 병사들에게서 교묘하게 떼어낸 다음 측면으로 다가가 그의 가슴에 화살을 쏘았을 때, 뒤로 넘어간 머리에서 굴러떨어진 투구 밑으로 드러난 것은 뜻밖에도 앳된 얼굴이었다.

갑옷 사이로 제 가슴에 박힌 화살을 망연히 바라보던 그 얼굴.

정말 이걸로 죽는 건가, 하는 생각과 그렇다, 죽는다, 하는 그런 깨달음이 불러온 공포와 고통으로 일그러진 그 앳된 얼굴이 지금도 눈에 선하다.

그 후로 몇 명이나 죽였는지 셀 수도 없는 전투가 벌어졌고, 죽음은 흔한 현상으로 바뀌어갔다.

그리고 지금, 반 역시 눈앞에 놓인 죽음을 바라보고 있다.

송장까지 길어야 석 달이라는 이 지옥에서 벌써 두 달. 개미처럼 오로지 지하와 지상을 오가며 고통이 어깨를 파고드는 암염巖鹽 바구니를 나르고, 밤에는 암반에 박힌 쐐기에 묶인 족쇄를 차고 땅속에서 잠든다. 그것의 반복이다.

처음 끌려왔을 때, 쐐기의 밑부분을 끈질기게 발로 차다보면 언젠가 헐렁해져서 뽑힐지도 모른다고 생각했다. 그러나 단단한 암반에 깊이 박힌 쐐기는 아무리 걷어차도 꿈쩍도 하지 않았다. 간에 기별도 가지 않는 음식을 받아먹으며 혹사당하는 날이 길어지자 고단한 육체는 쐐기를 걷어찰 기력조차 잃어버렸다.

쇠약해진 육체를 따라 마음도 어느새 모든 것을 포기하려는 준비를 시작한 걸까?

'……한심하군.'

무참하게 꺾이는 나무에는 낙엽도, 체념도 없다.

이제는 젊지 않다 해도 아직 마흔. 이 몸이 닳아빠져 마지막 남은 생명 한 방울이 다하는 그 순간까지, 적이 씌운 멍에를 벗어던지려 몸부림칠 근성이 있을 법도 한데.

그렇게 생각하는 마음에는 생존에 딱히 집착할 이유를 찾지 못하는 허무감이 있었다. 개미지옥에 빠지듯, 이 생명이 다할 때는 이 허무감이 조금이나마 도움이 될지 모른다.

내 인생은 결국 이런 것이었다.

그렇게 생각하자 서글프기도, 우습기도 한 공허한 기분이 고통스럽게 가슴을 옥죄었다.

그래도 스스로 죽음을 선택할 마음은 없었다.

죽으려면 방법이야 얼마든지 있겠지만, 고통에 못 이겨 죽음을 선택하기는 싫었다.

몸속에 남은 생명의 불꽃이 꺼지는 순간까지는, 살아야 한다.

달칵, 달칵, 조용한 소리가 들려온다.

지하에서 미약한 바람을 보내는 날개가 돌아가는 소리다. 흘러가는 지하수의 힘을 빌려 물레방아가 돌아가고, 날개가 돌아가고, 그 날개 위로 길게 이어진 풀무를 지나는 맥없는 바람. 숨을 이어주는 생명줄. 언젠가 저 소리가 들리지 않는 날이 오리라.

꾹 감은 눈 속에 맑고 가느다란 물줄기가 보였다.

달칵, 달칵, 속삭이는 자그마한 소리가 들린다.

장난감 같은 물레방아가 돌아가고 있다. 아들에게 만들어준 물레방아다. 아득한 옛날, 아버지가 만들어주었던 기억을 더듬어 만든 그 물레방아. 조릿대로 만든 물레방아는 참방참방, 희미한 물소리를 낼 뿐이지만 아이는 입으로 열심히 진짜 물레방아 소리를 흉내 내고 있다.

팔뚝에 아들의 숨결을 느꼈다. 희미하고, 보드라운 숨……

여름의 강변, 하얗게 메마른 바위 저편, 햇빛이 나무 사이에서 춤추고 있다. 눈부실 정도로 하얀 자작나무 줄기와 바람에 찬란하게 빛나는 섬세한 초록.

눈길을 든 아들이 그의 팔꿈치를 건드렸다. 아이는 숲 안쪽을 가리키고 있다.

'……아아.'

사슴이다. 퓨이카[飛鹿]가 있다.

나무들 사이, 짙은 초록 그늘 속에 숨어 있는 그 모습. 이미 한창 때가 지난 사슴이다. 하지만 얼마나 듬직한가. 뿔이 타오르는 불꽃처럼 하늘을 찌르고 있다.

반은 일어나서 아들의 손을 잡고 걸음을 뗐다.

사슴의 모습이 아지랑이처럼 일렁거린다. 당장이라도 사라져버릴 것 같았다.

반은 아들의 작은 손을 쥐고 속삭였다.

'어쩌면, 저건……'

어디선가 들려온 비명 소리에 반은 흠칫 놀라 눈을 떴다.

방금 전까지 보았던 아름다운 빛은 눈 깜짝할 사이에 어둠 속으로 사라졌고, 악취로 가득한 어두운 현실이 돌아왔다.

또다시, 들려왔다. ……제법 멀다.

이 지하에는 암염을 파낸 뒤에 생긴 공간이 개미집처럼 몇 층씩 있다. 비명은 이 층에 묶여 있는 노예들의 목소리가 아니었다.

그들의 목소리는 끊임없이 들려오고 있다.

신음, 흐느낌부터 인간의 목소리라고 생각하기 어려운 짐승 같은 포효까지, 밤낮없이 들려오기 때문에 이미 그런 목소리는 목소리로 느껴지지도 않는 잡음으로 바뀌고 말았다.

하지만 지금 들려온 것은 그것과는 명백히 달랐다. 그렇기에 귀에 닿은 것이리라.

절박한 목소리다. 허망하게 메아리치며 몇 차례나 반복해서 울려 퍼졌다.

공포에 질려 목이 터져라 울부짖는 소리. 처음에는 밖으로 통하는 위쪽 갱도가 소란스럽더니 차츰 아래로, 아래로 소동이 내려오고 있다.

'……뭐지?'

윗몸을 일으키고 눈썹을 찌푸렸을 때, 갱도 출입구로 이어지는 통로에 가장 가까이 묶여 있는 노예가 사슬을 끌며 일어나는 모습이 보였다.

갱도와 통로가 만나는 지점에 켜져 있는 횃불에 비명을 지르며 몸을 뒤트는 남자가 비친 순간, 검은 물처럼 슬그머니 들어오는 어떤 그림자가 보였다.

'……개?'

일렁이는 횃불에 비쳐 털이 번쩍거리는 것처럼 보였지만, 주위가 너무 어두워 모습을 확실히 파악할 수는 없었다. 늑대 같기도 했지만 그보다는 몸집이 작다.

'설마 승냥이인가?'

고향 산에 많았던, 무섭고 사나우며 잔혹한 승냥이. 저 그림자의 움직임은 승냥이와 흡사한데, 어째서 이런 곳에 승냥이가……?

입구에 있던 노예와 그 그림자가 뒤엉키더니 찢어지는 절규가 들렸다.

"……우리야, 키? 오노, 로기?"

옆에서 자고 있던 남자도 일어나 어둠 속을 살피며 겁에 질린 소리를 냈다. 이쪽을 보고 뭔가 묻는 듯했지만 무슨 소리를 하는지 전혀 알 수 없었다.

이 소금광산의 노예는 대다수가 츠오르의 사형수이거나, 남쪽에서 끌려온 패전 노예라서 말이 통하는 사람을 만나지 못했다. 아카파 출신은 반 하나뿐인 것 같았다.

반은 옆의 남자를 향해 어깨를 으쓱 움츠리고는 쓸 만한 도구가 없는지 주위를 둘러보았다. 그를 암반에 붙들고 있는 사슬이 손목에 연결되어 있다면 어떻게 써먹겠지만, 발목에 찬 족쇄니 아무 소용이 없다.

검은 짐승들은 노예를 차례로 덮치면서 점점 가까이 다가왔다.

"오쟈! 오쟈! 오쟈!"

옆의 남자가 아우성을 치며 쫓아내려는 듯 손을 내저었지만 짐승은 멈추지 않았다.

짐승이 남자에게 덤벼든 순간, 반은 묶여 있지 않은 왼발로 그 짐승의 옆구리를 힘껏 걷어찼다.

발에 차인 짐승은 깽, 하고 짧게 울었지만 암벽에 등을 부딪히기 직전에 몸을 틀더니 암벽을 걷어차며 바닥에 내려섰다.

믿을 수 없는 동작이었다.

아연실색한 반은 잠시 그 짐승과 정면에서 눈씨름을 했다.

어둠 속에서도 기묘하게 빛나는 금빛 눈이 뭔가를 생각하듯 반을 바라보고 있다. ……다음 순간, 검은 덩어리가 눈앞을 가득 채웠다.

미지근한 바람이 얼굴을 감쌌다. 짐승의 입에서 갈라진 생나무처럼 기묘한 비린내가 났다.

반사적으로 목을 감싼 팔에 송곳니가 파고들었다.

딱딱한 물체에 짓눌린 듯한 압박감과 함께 곧바로 송곳니가 피부를 찢는 격통이 팔에 느껴졌다.

반은 신음하면서 그 검은 덩어리의 코를 붙잡았다. 그러고는 긴 콧대를 따라 손을 미끄러뜨려서 짐승의 눈에 손가락을 찔러 넣었다.

짐승이 단말마의 비명을 지르며 반의 팔을 놓았다. 상처 입은 한쪽 눈을 감은 채로 한두 걸음 뒤로 비틀거렸을 뿐, 달아나지도 않았다. 짐승은 오히려 옆에 있던 남자의 다리를 물었고, 차례로 노예들을 덮쳐 물어뜯고는 갱도 안으로 사라졌다.

반은 짐승에게 물린 팔을 붙잡고 거친 숨을 토했다. 통증이 심했지만 피는 별로 나오지 않았다.

다들 사슬에 묶여 달아나지 못하는 상태에서 느닷없이 짐승의 습격을 받은 탓에 공포는 컸지만, 소동에 비해서 목숨에 지장이 갈 만큼 크게 다친 사람은 없는 듯했다.

"옷타크, 에-제! 라기, 로기, 게드, 마예!"

거친 신음을 내뱉으며 다리를 붙잡고 있는 남자를 내려다보며 반은 눈살을 찌푸렸다.

'무슨 목적으로······.'

저건 습격이다.

승냥이든 늑대든 어지간히 굶주렸거나, 영역이나 새끼를 지키려는 이유가 아니면 사람을 습격하지 않는 법이다.

뭔가에 쫓겨 소금광산으로 도망쳐 온 건가?

겁에 질려 공황에 빠졌다면 반사적으로 물 수도 있을 것이다. 하지만······.

'그놈들은 겁에 질리지 않았어.'

한순간 마주쳤던 금빛의 눈. 그 눈에는 한 조각의 흥분도 없었다. 오히려 냉정하게 이쪽을 관찰하는 것처럼 보이기까지 했다.

'저건 병사의 눈이다.'

담담히 임무를 수행하는 병사의 눈빛이 그러했다. 하지만 반은 고개를 저었다. 그렇게 생각해봤자 소용없는 일이다.

그는 상처 주변을 여러 번 눌러 피를 바닥에 짜내며 속으로 혀를 찼다.

'내일 아침에는 잔뜩 부어오르겠군.'

그 또한 걱정해봤자 소용없는 일이었다.

갑작스럽게 찾아온 공포에 대한 반동인지, 납이라도 흘러들어온 것처럼 몸이 나른했다. 반은 사슬을 몸에 닿지 않게 밀어내고 드러누워, 한숨을 내뱉고 눈을 감았다.

이튿날 아침, 초라한 아침 식사를 가져온 노예 여성은 어디 다치기라도 한 것처럼 어색한 동작으로 묽은 죽을 나눠주었다. 눈앞에 죽 그릇을 내려놓을 때, 그 팔에 아무렇게나 감아놓은 누더기가 흘긋 보였다.

평소에 위압적인 발소리를 내며 갱도로 내려오던 노예 감독도 나른하니 무거운 발걸음으로 내려와 작업 개시를 명령했다.

나흘째 아침, 식사를 가져온 노예 여성이 손을 부들부들 떨며 죽을 쏟았다. 어둑한 지하에서도 그녀의 팔과 얼굴에 난 부스럼이 보였다. 풍진이라도 걸린 건가. 반은 멍하니 생각했다.

어릴 적 풍진을 앓았을 때 어머니가 먹여준 약초가 생각나 무심코 말을 걸었다.

"츳키(말린 도꼬마리를 갈아 만든 가루약)가 있으면 먹어봐."

뜻은 몰라도 어쩐지 염려해줬다고 생각했는지 노예 여성은 고개를 들고 희미하게 미소를 지었다. 하지만 미소 짓는 그 동작조차 힘겨워 보였다.

이레가 지나자, 옆에 있던 남자가 아침이 되었는데도 일어나지 않았다.

몸을 잔뜩 웅크린 고통스러운 모습으로 누워 있다. 불러도 반응이 없기에 살짝 흔들어보니 이미 싸늘하게 식어 있었다.

그러고 보니 그저께부터 힘겹게 기침을 했다. 한밤중에 신음 소리를 들은 것도 같은데, 고단한 몸을 일으킬 기력이 없어 드러누운 채로 멍하니 듣고만 있었다.

일어나서 등이라도 쓸어줬더라면. 이미 굳어버린 그 등을 바라보며 생각했지만, 묘하게 몸이 뜨겁고 나른해서 그런 배려조차 마음속 어느 아득한 곳에서 툭 떠올랐을 뿐이었다.

갱도 여기저기서 말라 죽은 나무를 긁는 듯한 기침 소리가 들려왔다.

그 이튿날 아침, 갱도에 묶여 잠든 남자들 가운데 네 명이 눈을 뜨지 않았다.

작업을 위해 갱도에서 나가자 다른 갱도에도 뒹구는 시신이 보였다. 살아 움직이는 노예들도, 채찍을 들고 한쪽에 서 있는 노예 감독들도 가슴이 부서질 것처럼 기침을 한다.

반은 조용히 만연하는 질병의 존재를 어렴풋이 느꼈지만 딱히 마음에 담아두지 않았다.

저 남자들은 더 이상 어깨로 파고드는, 살갗이 찢어지고 뼈가 으스러지는 무게를 짊어지지 않아도 되는 것이다. 나도 곧 그렇게 되겠지.

짐승에게 물린 지 여드레가 지났다. 그날 밤은 숲속에 햇빛이 쏟아지는 꿈을 꾸지 않았다. 대신 끔찍한 악몽이 찾아왔다.

갑자기 극심한 두통과 함께 이가 덜걱거릴 정도로 오한이 덮쳐왔다.

파도처럼 반복적으로 몸을 점령해 뒤흔드는 격렬한 오한과 전율이 조금씩 잦아들자, 이번에는 열이 쭉쭉 오르기 시작했다. 내뱉는 숨이 불꽃처럼 느껴질 정도로 고열이었다.

그 열에 시달리며 악몽을 꾸었다.

나무뿌리가 돋아나는 꿈이다.

그 짐승에게 물린 팔의 상처에서 나무뿌리가 팔 안으로 파고들었다. 아우성을 치며 팔을 누르려 했지만 움직일 수가 없다. 나무뿌리가 꼼짝도 않는 팔 안으로 억지로 비집고 들어온다.

어깨까지 다다른 뿌리에서 갈라져 나온 것이 하나는 목으로, 또 하나는 쇄골 부근에서 가슴으로 뻗어갔다. 그리고 스멀스멀 가지를 뻗어 혈관을 따라 온몸으로 퍼져간다.

견디기 힘든 고통이었다.

소리 없는 절규를 내지르고, 내지르다, 몇 번이나 더는 참을 수 없어 오로지 정신을 잃기를 원했을까. 꿈속에서는 그런 바람이 이루어질 리도 없어서, 온몸 구석구석에 퍼진 나무뿌리가 머리에 도달하는 그 순간을 반은 생생하게 느꼈다.

격통을 각오한 그 순간, 뭔가가 머릿속 한 점을 꿰뚫었다. 다음 순간, 뜨거운 쾌감이 온몸에 저릿하게 퍼졌다.

아랫배부터 사타구니가 판자처럼 굳어, 반은 등을 젖히고 부르르 떨었다.

쾌감은 오래도록 이어졌다.

심장이 터질 듯이 빠르게 펄떡거렸다.

고통스러웠다.

죽음이 코앞에 닥친 것을 느꼈을 때, 눈 속에 무수한 빛이 흩어졌다.

빛의 알갱이가 뭔가에 흡수되듯 모여들더니 소용돌이를 이루며 커졌다. 빛의 알갱이는 육체의 내벽을 문질러 그 벽까지 알갱이로 바꾸었다.

'······무너진다.'

몸뚱이가 자잘한 빛의 알갱이로 변해 무너져 내린다.

등 밑에 있던 바위도 어느새 빛의 알갱이로 변했다. 그의 몸과 맞닿은 모든 것이 빛의 알갱이가 되었고, 모든 것이 무너지고, 어지러이 섞였다.

사라져가는 육신 속에서 반은 빛의 알갱이마다 비친 자신의 모습을 보았다.

어지러운 속도로 시간을 거슬러 올라간다.

아내의 장난기 어린 미소가 보인다. 아들의 수줍은 웃음이 보였다. 어머니와 아버지, 형의 얼굴이 보이고, 고향 집 문이, 그 문 그늘에서 졸졸 달려 나오는 사냥개 와즈가 보이고, 연기 냄새, 맑게 흐르는 물의 빛, 붉게 물든 잎사귀의 뒷면을 비추며 춤추는 빛이 보이고…….

'……가지 마.'

반은 흘러가려는 무언가를 필사적으로 붙들고, 붙잡아, 몸을 다시 한번 그러모으려 했다.

그 강렬한 의지가 조금이나마 힘이 되었던 걸까?

한없이 널찍이 펼쳐진 빛의 알갱이가 천천히, 정신이 아득해질 정도로 느리게 모이기 시작하더니 그의 육신을 다시 짜 맞추기 시작했다.

만남

목이 타들어가는 갈증에 정신이 들었다.

희미한 신음을 흘리며 눈을 뜨려는데 눈곱이 벗겨지는 소리가 났다. 싸늘한 암벽에 손등이 닿아 있다.

주위가 묘하게 밝았다. 팔에 난 솜털까지 보였다.

짐승에게 물린 자리를 보니 송곳니가 파고든 생생한 상처 위에는 이미 딱지가 앉아 있었다.

어젯밤, 고열에 시달리면서 끔찍한 꿈을 꿨다.

'어젯밤⋯⋯?'

그게 정말 어젯밤이었을까?

아무래도 시간 감각이 정확하지 않았다. 얼마나 잠들어 있었는지도 모르겠다. 몹시 긴 꿈을 꾼 것도 같지만, 공백 속에 빠져 있었던 것처럼 기묘한 불안감도 있었다.

'배가 고프군…….'

아니, 그런 평범한 감각이 아니었다. 약한 불로 배를 속부터 굽는 것처럼 격렬한 허기가 시시각각으로 심해졌다. 손이 덜덜 떨렸다. 빨리 뭔가 먹지 않으면 정신을 잃을지도 모른다.

하지만 사슬에 묶여 있는 처지로는 직접 음식을 찾으러 갈 수도 없다. 아침 식사로 죽이 나올 때까지 더 기다려야 한다고 생각하니 식은땀이 났다.

목도 말랐다. 현기증까지 난다. ……하지만 그런 증상만 없다면 최근에 느껴본 적 없을 정도로 머리속이 맑았다.

고열로 앓아누운 이튿날 아침, 땀을 줄줄 쏟고 열이 내려서 상쾌하게 눈을 뜨는 그 감각과 비슷했다.

그나저나 조용하다.

쥐나 벌레가 돌아다니는 소리밖에 들리지 않는다. 여전히 날개가 돌아가는 소리가 들렸지만 사람이 움직이는 기척도, 목소리도, 전혀 들리지 않는다.

'아직 한밤중인가?'

의아해하면서 암벽 쪽을 향하고 있던 몸을 돌렸다. 영차, 하고 일어선 순간, 반은 눈앞에 펼쳐진 광경에 경악했다.

눈길이 닿는 곳마다 산더미처럼 쌓인 시체가 굴러다니고 있었다.

어젯밤까지는 살아 있던 대각선 맞은편의 남자도, 그 건너편 벽에 묶여 있던 남자도…… 이 층에 있는 모든 남자들이 죽어 있었다.

한눈에 봐도 잠든 건 아니었다.

언제 꺼졌는지, 횃불이 검은 숯으로 변해 통로에서 흘러오는 희미한 불빛밖에 없다. 하지만 고통에 몸부림치다 일그러진 채로 굳어버린 죽은 남자들의 얼굴이 뚜렷이 보였다.

정적 속에서 반은 덜덜 떨기 시작했다.

무슨 일이 벌어진 건지…… 무슨 일이 벌어지고 있는 건지…… 하나도 모르겠다. 단지 여기에 있으면 안 된다는 예감만이 있었다. 빨리 달아나라고, 뭔가가 경고하고 있다.

허기도, 배 속에서 육신을 닦달하고 있다.

'여기에서 나가야 해. 한시라도 빨리, 여기에서 나가야 한다.'

무작정 달아나려는데 사슬이 쩔그렁거리며 오른발을 잡아채는 바람에 풀썩 고꾸라졌다. 재빨리 두 손으로 바닥을 짚어 몸을 지탱한 반이 혀를 찼다.

'젠장.'

불현듯 분노가 치솟았다.

그를 붙잡고 놓아주지 않는 것이 몹시도 증오스러웠다.

반은 족쇄를 붙잡아 분노가 이끄는 대로 힘껏 잡아당겼다. 쩔그렁, 쩔그렁, 귀에 거슬리는 소리를 내며 쐐기 두 개로 고정되어 있던 철판과 나사가 덜걱거렸다. 벗겨질 리 없다는 건 알고 있었지만 그런 것은 아무래도 좋았다.

반은 타오르는 분노에 휩쓸려 노호를 지르고는 이를 악물고 온몸의 근육을 끌어내 사슬을 잡아당겼다.

팔에, 어깨에, 근육 다발이 불거져 나왔다.

그러자…… 굵은 사슬고리가 엿처럼 뒤틀리는 감촉이 손으로 전해졌다. 순식간에 입을 쩍 벌린 사슬이 어이없이 끊어졌고, 반은 뒤로 벌렁 나자빠졌다.

흐트러진 깔짚 위에 엉덩방아를 찧은 반은 손안에 축 늘어진 사슬을 망연히 바라보았다.

스스로 잡아 뜯은 사슬을 한참이나 바라보던 반은 마침내 정신을 차리고 족쇄에 붙어 있는 사슬의 잔해를 끌면서 밖으로 달려 나갔다.

반은 자신의 숨소리를 들으며 완만한 오르막길인 통로를 지나 지상으로 올라가는 출입구로 향했다.

저 높은 곳에 불빛이 보인다. 도르래를 받치는 튼튼한 나무 가로대가 그 빛을 가리고 있다. 거기 묶인 굵은 밧줄이 이리저리 흔들리고 있었다.

반은 하얀 소금이 올록볼록 맺힌 굵은 나무 사다리에 매달려 단숨에 기어 올라갔다.

위층에 다가갈수록 주위가 서서히 밝아졌다.

이층 암반 위로 고개를 내밀자 말발굽이 또각또각, 바위를 때리는 소리가 들려왔다.

'……말은, 살아 있나?'

반의 기척을 알아챘는지, 암벽과 나무 울타리 사이에 묶여 있던 말이 멀뚱히 이쪽을 보더니 코끝을 치켜들고 푸르르, 콧소리를 냈다.

그 외에 움직이는 건 없었다.

눈에 힘을 주고 갱도를 둘러보았으나 목숨이 다해 쓰러진 노예들의 모습밖에 보이지 않는다.

반은 이를 악물고 하염없이 위로, 위로 올라갔다.

'그 짐승은……'

문득 며칠 전에 습격해온 짐승이 머릿속을 스쳤다.

그것은 이 사다리를 어떻게 타고 내려온 걸까? 개인지, 늑대인지 몰라도 사다리를 타고 내려왔을 리는 없다. 하물며 기어 올라가기란 더욱 불가능하다.

'……아니.'

그놈이라면 가능할지도 모른다.

암벽에 부딪히기 전에 몸을 틀어 벽을 걷어차며 허공에서 도약해 내려섰던 동작을 생각하면, 사다리와 암벽을 교차로 걷어차며 이 좁은 구멍을 오르내리는 재주 정도는 부릴 수 있을 것이다.

'그건, 뭐였을까?'

노예들이 차례로 죽기 시작한 건 그 짐승에게 물린 뒤였다.

아무리 가혹한 노동을 한다 해도 단순한 피로만으로 이렇게 많은 노예가 한꺼번에 죽을 리 없다.

지하에서는 이따금 독기가 차오를 때도 있지만, 만약 그렇다면 이 구멍 근처에서 자던 남자는 살았을 것이다. 몇 층에 나뉘어 잠들어 있던 남자들이 전부 죽을 가능성은 생각하기 어렵다.

모두 기침을 심하게 했는데, 생각해보니 그 감기도 짐승에게 물린 직후부터 만연했다.

'……하지만.'

반은 냉정하게, 마치 주어진 임무를 수행하듯 담담하게 한 사람씩 물던 짐승의 모습을 떠올리며 입술을 악물었다.

'그놈에게 물려서 죽은 거라면, 난 어째서 살아 있지……?'

반은 마지막 사다리의 단段을 붙잡은 다음, 몸을 쭉 끌어올려 광산 입구로 통하는 갱도로 나갔다.

입을 쩍 벌린 광산 입구를 본 반은 희미하게 눈살을 찌푸렸다.

석양이 벽을 불그스름하게 물들이고 있다.

'저녁노을……?'

아침이 아니었나? 그렇다면 대체 얼마나 잠들어 있었던 거지? 반나절, 아니면 더 오래……?

반은 입을 악다물고 갱도 밖으로 나갔다.

순간, 황금빛에 감싸였다.

청량한 가을의 저녁 바람이 뺨을 어루만지며 지나간다. 한들거리는 나뭇잎을 통과한 석양이 그윽하게 주위를 물들이고 있다.

인기척은 없었다.

노예가 달아나지 못하게 소금광산을 지키는 파수꾼 병사도, 노예 감독 사내의 모습도, 전혀 찾아볼 수 없다.

다만 윙윙거리며 날아다니는 파리만이 그들이 어찌 되었는지 알려주고 있었다.

몸을 스치는 서늘한 바람에 반은 부르르 떨었다.

일단 뭐라도 먹어야 한다. 먹을 수만 있다면 뭐든 상관없다.

여기에 끌려올 때는 도망치지 못하게 눈가리개를 씌웠고, 암염을 나를 때는 노예들과 그 감독들이 잔뜩 모여 있어서 주위를 볼 여유가 없었다. 그래서 소금광산 주변이 어떻게 생겼는지 보는 것은 이번이 처음이었다.

먼저 눈에 들어온 것은 망루였다. 그 옆에 있는 방이 많은 건물은 노예 감독들의 거처이리라.

동쪽에 나란히 세워진 크고 작은 두 개의 건물 지붕에는 굴뚝이 몇 개나 튀어나와 있었다. 노예들의 끼니를 준비하는 주방일지도 모른다. 옆에 창고 같은 건물이 함께 있으니 아마 맞을 것이다.

어느 건물이나 문이 단단히 닫혀 있었다.

허기에 시달려 이미 조심성 따위는 사라지고 없었다. 반은 가장 가까운 건물의 문을 걷어차고, 몇 번이나 몸으로 부딪쳤다. 안쪽에 빗장이 걸려 있는지 틈새가 벌어져도 문은 좀처럼 열릴 줄을 몰랐다.

그래도 끈질기게 몇 차례 몸을 던지는 사이, 뭔가가 부러지는 소리가 나더니 문이 벌컥 열렸다.

몸이 휘청 꺾여 헛걸음을 디디며 안으로 들어가자 정강이가 단단한 물체에 부딪쳤다. 반은 혀를 차며 정강이를 문질렀다. 의자 세

개가 굴러다니고 있었다.

'이걸로 문을 막고 있었나?'

건물 안에 정적이 가득했다.

저녁노을의 빛이 창문으로 비스듬히 쏟아져 들어오고, 먼지가 나풀거렸다.

그 어렴풋한 빛 속에 여자들이 쓰러져 있었다. 물을 마시려 했는지 물병에 손을 뻗은 모습으로 쓰러져 있는 여자도 있다.

식사를 하려다가 쓰러진 것이리라. 중앙 조리대 위에는 잘라놓은 팜(밀가루빵)이 흩어져 있고 국물이 쏟아져 있었다.

죽을 가져다주었던 노예 여성의 팔에 감겨 있던 누더기가 문득 떠올랐다.

'빗장…… 의자로 문을 막았다…….'

뭔가의 습격을 두려워했던 것이다.

'그 짐승인가?'

분명 이곳도 그놈에게 습격당했다. 깨진 그릇 조각이 바닥 한곳에 모여 있다. 그건 뭐였을까, 하고 창백한 얼굴로 수군거리며 청소를 했을 여자들의 모습이 눈에 보이는 듯했다. 다시 습격당하지 않도록 밤에는 문에 빗장을 지르고 잠들었으리라.

하루, 이틀, 사흘…… 기침을 하고, 감기에 걸렸나 의심하며, 열이 나는 몸으로 노역을 하다가, 그녀들은 마침내 쓰러졌다.

몸이 납처럼 무거워졌던 그 기묘한 감각을 더듬으며 반은 죽은 여자들을 바라보고 있었다.

핏기가 사라진 여인들의 뺨과 목에 검붉은 반점이 드문드문 나 있었다. 그녀들을 덮친 열이 남기고 간 흔적일지도 모른다.

머리가 깨질 듯이 아팠다. 몸이 떨려 숨조차 쉬기 힘들다. 그래도 갑작스레 비참한 죽음을 맞이한 여인들의 몸을 여기에 없는 존재처럼 다룰 수는 없었다.

반은 눈을 감고 떨리는 손을 모아 여인들의 영혼이 아득한 상춘의 땅을 찾아가기를 기도했다.

그리고 눈을 뜨고 주위를 둘러보았다.

방금 전부터 계속 진한 음식 냄새가 코를 자극하고 있다.

시선을 들자 천장에 늘어져 있는 고추와 마늘 다발이 눈에 들어왔다. 순대도 둘둘 감겨 있다. 커다란 중앙 조리대 위에는 부뚜막에서 꺼낸 채로 자르지도 않은 큼직한 둥근 팜이 얹혀 있었다.

아무래도 이곳은 노예의 끼니를 준비하는 주방이 아닌 듯했다. 노예가 먹을 수 있는 것은 진득한 보리죽뿐이다. 순대나 팜은 한참 동안 구경도 하지 못했다.

반은 먼저 물독에 달려들어 바가지로 물을 떠서 벌컥벌컥 목을 축였다. 물은 시원했고 믿을 수 없을 정도로 달콤했다. 몇 번을 퍼 마셨을까, 마음껏 마신 뒤에 조리대 위에 있던 팜을 큼직하게 뜯어내 베어 물었다.

팜은 4인 가족의 저녁 식사로 충분할 만큼 컸지만 씹는 시간도 아까웠다. 꿀꺽 삼키고, 또 뜯어내 씹어 먹다 보니 눈 깜짝할 사이에 배 속으로 사라져버렸다.

머리 한구석에서 폭식하지 말라는 목소리가 들려왔다.

오래도록 변변한 음식을 먹지 못했는데 갑자기 과식하면 죽는다고, 냉정한 목소리가 경고했다.

하지만 손을 멈출 수 없었다.

마치 몸속에 깊은 구멍이 뻥 뚫린 것처럼 먹어도, 먹어도 그 구멍이 메워지지 않는다.

손을 뻗어 순대를 묶어놓은 끈을 난폭하게 쥐어뜯고, 짭조름한 순대에 달려들었다. 차가운 순대의 하얗게 굳은 기름마저도 참을 수 없을 정도로 맛있었다. 오랜만에 맡는 고기 냄새가 몸속의 뭔가에 불을 붙였는지, 꺼져가던 촛불이 빛을 되찾은 것처럼 온몸에 온기가 돌았다.

한숨 돌리며 손등으로 입을 훔쳤을 때, 얼핏 무슨 소리를 들은 것 같아 반은 고개를 들어 귀를 쫑긋 세웠다.

분명히 무슨 소리가 들린다. 울음소리 같았다.

'……생존자가 있나?'

어딜까? 어디에서 나는 소리인가……?

귀를 기울여보니 그 소리가 들려오는 방향을 알 수 있었다.

주방에서 밖으로 나가자 울음소리가 조금 더 커졌다.

'옆쪽인가?'

방금 있던 건물보다 허름하지만 규모는 제법 큰 건물이 눈앞에 있었다.

역시 문은 안쪽에서 뭔가에 막혀 있다. 몸은 전보다 편했지만 간절하지 않은 만큼 문을 걷어차는 기력이 부족했다.

주위를 둘러보니 동쪽 벽에 높이 뚫린 채광창이 보였다.

반은 방금 전 정강이에 부딪쳤던 의자를 가져와 발판으로 삼고는 채광창에 몸을 쑤셔 넣어 안으로 들어갔다.

어둑한 건물 안은 옆 건물보다 훨씬 초라했다.

넓기만 한 공간에 부뚜막이 잔뜩 있고, 그 위에는 검은 냄비가 얹혀 있었다. 아무래도 여기가 노예들의 끼니를 준비하던 주방인 듯했다.

그리고 여기에도 여자들이 죽어 있었는데, 아직 어린 소녀도 있었다.

그 발에 감겨 있는 족쇄를 본 반은 이를 꽉 악물었다. 이 소녀들도 노예다. 전쟁에 진 탓에 한꺼번에 고향에서 이곳으로 끌려온 것이리라.

안쪽 부뚜막은 청소를 했는지 재가 잿박에 소복이 담겨 있었다. 검은 냄비도 대부분 깨끗하게 씻어 말린 상태였다.

하지만 앞쪽 부뚜막 두 개에는 아직 재가 남아 있었다. 부뚜막에 얹혀 있는 검은 냄비에도 죽의 잔여물이 남아 있었다.

소금광산에서 일하는 노예들의 끼니를 준비하고 정리한 뒤에 자기들이 먹을 음식을 만들다가 쓰러진 것이리라.

울음소리는 어렴풋했지만 조금 전보다 훨씬 크게 들렸다. 하지만 여자들은 모두 바닥에 쓰러져 있고, 숨이 붙어 있는 사람은 없었다.

다만 딱 한 사람, 안쪽 바닥이 아니라 아궁이를 등으로 가리듯 죽어 있는 여인이 있었다. 두건이 흘러내려 뺨에 머리카락이 붙어 있는, 스물두세 살쯤 되는 여인이었다.

등이 아궁이에서 떨어지지 않도록 필사적으로 몸을 웅크리고 죽어 있다.

열에 시달리며 망상에 사로잡혀 그 짐승에게 잡아먹히지 않도록, 제 몸으로 부뚜막 속에 있는 무언가를 보호한 것이리라.

반은 가만히 그 여인의 몸을 두 손으로 안아 아궁이에서 밀어냈다.

별안간 울음소리가 뚜렷해졌다.

어둑한 부뚜막 속을 들여다보니 초롱초롱한 검은 눈동자가 깜짝 놀란 듯이 반을 쳐다보았다.

동그스름한 작은 손에 팜 조각을 들고, 뺨이 눈물로 얼룩진 어린아이가 거기에 있었다.

부뚜막 속의 아이

땔감이 타닥거리는 소리에 반은 번쩍 눈을 떴다.

얼마나 잤을까?

천장과 가까운 환기구로 보이는 하늘은 아직 어둡다.

도저히 잠을 잘 상황이 아니었다. 하지만 배가 불러서인지 처리해야 할 일을 대충 끝마치고 바닥에 주저앉은 순간, 못 견디게 졸음이 쏟아졌다.

하룻밤을 보내기로 한 장소는 아이를 발견한 노예용 주방이었다. 옆쪽 주방은 문을 부숴버린 데다가 이곳이라면 그놈이 습격해 와도 아이를 부뚜막 속에 숨길 수 있다.

일단 우는 아이를 부뚜막 속에 숨겨두고 해가 지기 전에 주위를 한 바퀴 둘러보았지만, 하룻밤을 나기에 이 건물보다 더 적당한 장소를 찾지 못했다.

건물도 튼튼하고 불도 지필 수 있다. 게다가 뒤쪽으로 소금광산 갱도와 가깝다.

비록 죽 한 그릇이라 해도 수십 명의 노예들에게 다 나르려면 중노동이다. 효율적으로 나르기 위해 주방을 여기에 세웠으리라. 이 거리라면 여차할 때 소금광산으로 달아날 수 있다. 그 미로 같은 갱도로 숨어버리면 조금이나마 달아날 확률이 높아진다.

소금은 하얀 금이다.

아카파 소금광산은 귀중한 재원이니 여기에서 벌어진 사태가 밖에 전해지면 벌집을 들쑤신 것처럼 일이 커질 것이다. 관리나 병사들이 들이닥치기 전에 달아나야 한다.

하지만 밤의 어둠을 틈타 그놈이 어슬렁거릴지도 모를 산에 들어갈 용기는 없었다.

여기에서 정제된 소금은 일정량이 쌓이면 운반꾼들이 받으러 온다. 며칠 간격으로 운반하는지는 모르지만, 창고에 쌓여 있던 소금 주머니의 양으로 볼 때 당장 내일은 아닐 것 같았다.

그렇지만 이곳의 작업 체계를 알지 못하는 이상, 누가 어떤 이유로 찾아올지 확실한 예측은 불가능하다. 식료품을 배달하러 오는 상인도 있을 테고, 작업을 감시하는 관리도 정기적으로 찾아올 터였다.

그런 상황을 종합적으로 고려하면 오늘 밤은 어쩔 수 없다 해도 내일 새벽에는 이곳을 떠나야 한다.

반은 일단 노예 감독의 기숙사를 돌며 열쇠를 찾아 족쇄를 풀었다.

철컥, 족쇄가 풀리며 그 무게가 발목에서 사라지자 말로 다 할 수 없는 해방감이 가슴을 채웠다. 목줄이 풀린 개가 몸을 부르르 떠는 기분을 잘 알 수 있을 것 같았다.

반은 족쇄와 사슬의 잔해를 모아 소금광산 갱도에 던져 넣었다. 그리고 다시 감독 기숙사로 돌아가 당분간 생존하는 데 필요한 돈을 훔쳤다.

필요 이상으로는 돈에 손대지 않았다. 탈주한 노예는 붙잡혀도 형벌로 채찍질을 당할 뿐, 죽임을 당하지는 않는다. 쓸모 있는 마소를 죽이는 멍청이는 없기 때문이다.

하지만 강도나 노예 감독을 살해한 자는 본보기 삼아 능지처참한다. 노예가 된 것만도 굴욕인데, 놈들의 법에 따라 처형당하다니 생각만 해도 구역질이 난다. 노예 감독이 그들에게 저지른 만행을 생각하면 여기 있는 돈을 전부 챙겨 가도 양심의 가책 따위 느끼지 않겠지만, 부당한 죄를 뒤집어씌울 빌미를 주기 싫었다.

그래서 훔친 티가 나지 않게 한 장소에서만 돈을 훔치지 않으려 애썼다. 그래도 해가 지기 전에 돈과 노예라는 사실을 들키지 않을 법한 옷가지, 부싯돌 상자와 작은 칼, 그리고 검 한 자루를 손에 넣을 수 있었다.

츠오르 인들이 즐겨 차는, 칼날이 살짝 휜 검이다. 손에 익은 곧은 검은 아니었지만 배부른 소리를 할 때가 아니었다.

무엇보다 활과 화살을 손에 넣은 게 기뻤다. 잘 손질된 활은 손에 착 감겼다.

반이 짐을 챙겨 주방으로 돌아오자 아이는 아직도 부뚜막 속에서 손가락을 빨고 있었다.

반은 가만히 자신을 보고 있는 초롱초롱한 검은 눈동자를 바라보면서 한참을 멍청히 웅크리고 있었다.

아이를 데리고 달아나다니, 미친 짓이다. 하지만 여기에 두고 갈 수도 없었다.

이상하게 생긴 아이였다. 엄마는 아카파 남부 유카타 평원 쪽에서 흔히 볼 수 있는 가무잡잡한 피부였는데, 이 아이의 피부는 엄마보다 다소 밝았고, 눈도 어딘가 모르게 츠오르 인처럼 생겼다. 이 아이의 아버지가 어디의 누구인지 알 길은 없지만, 그것이 무엇을 가리키는지 생각만 해도 불쾌한 감정이 가슴속에서 꿈틀거렸다.

여기에 두고 가면 설령 살아남는다 해도 이 아이를 기다리는 것은 엄마와 다름없는, 그보다 더 가혹한 운명이다. 노예는 가축이나 다름없다. 손이 많이 간다 싶으면 죽이고, 살려두는 게 이익이다 싶어도 인간으로 취급하지 않는다.

"……어이."

조용히 말을 걸자 아이는 눈을 깜빡였다. 손을 내밀자 그 손을 한참 바라보더니 낯도 가리지 않는지 조그만 손을 뻗어왔다.

안아 올려 부뚜막에서 꺼내주자 그 아이는 제 발로 발딱 섰다. 조금 위태롭게 몸이 흔들렸지만 주저앉지는 않았다.

"맘마."

반은 바닥에 눕혀둔 여자의 시신을 향해 손을 뻗는 아이가 그녀의 가슴에 얼굴을 묻을 수 있도록 붙잡아주었다.

아이는 잘 울었다.

엄마가 일어나 품어주지 않는다는 사실이 슬픈 것이리라. 자지러지게 울기에 떼어놓으려 하자 아이는 몸을 젖히며 조그만 손으로 반을 때렸다. 하지만 그는 한 손으로 아이를 끌어안은 채로 물을 끓여서 지저분한 옷을 벗기고 따뜻한 물로 아이의 몸을 깨끗하게 닦아주었다.

어째서일까, 아이의 울음소리가 거슬리지 않았다. 자신의 행동을 멀리서 바라보는 듯한 기묘하게 고요한 심정으로 반은 묵묵히 아이를 돌보았다.

아이는 계집아이였다.

꾀죄죄한 몸을 닦아주던 반은 아이의 왼발 복사뼈 밑에 난 가늘고 길게 긁힌 상처를 발견했다.

'송곳니에 스친 것 같군.'

이미 딱지가 앉아 있었다.

반은 제 팔에 있는 상처의 딱지를 흘깃 쳐다보았다.

"……너도 살아남은 거냐?"

수십 명이 살던 소금광산에서 겨우 두 명만 살아남은 것인가? 그렇게 생각하니 그 기이함이 새삼스럽게 가슴을 찔렀다.

따뜻한 물로 닦아주니 기분이 좋았는지, 아이는 밖에서 구해온 포근한 천으로 감싸 안아주자 손가락을 빨며 잠들어버렸다.

품에 쏙 안겨 잠든 아이의 촉촉한 온기를 느끼자 반의 마음이 차분해졌다.

시체가 잔뜩 굴러다니는 방 안에서 이곳만 횃불이 켜져 있는 것처럼 아늑했다.

옆에 누워 있는 아이 엄마의 모습은 이미 어스름에 녹아 어렴풋한 잿빛 덩어리처럼 보였다.

어스름 속에서는 산 자도 죽은 자도, 바닥도 부뚜막도 똑같이 잿빛 그림자에 녹아 윤곽마저 희미했다. 품에 안은 아이의 온기만이 이곳에 생명이 있음을 알려주었다.

아이는 힘없이 한두 차례 눈을 뜨기도 했다. 이따금 생각난 듯 울기도 했지만, 그러모은 천으로 바닥에 만든 잠자리에 뉘어주자 그대로 곯아떨어졌다.

날이 저물자 기온이 뚝 떨어졌다. 온기를 빨아들이는 소금광산 안보다는 나았지만 그래도 제법 추웠다.

'……어젯밤도 추웠을 텐데.'

용케 추위를 견디고 살아남았다.

반은 부뚜막에 불을 지펴 몸을 녹이면서 옆에서 새근거리는 아이를 멍하니 바라보았다. 그러는 사이, 졸음이 몰려왔다.

멀리서 새가 가녀리게 울고 있다.

벌써 새벽녘이 다가왔다.

반은 몸을 떨면서 일어나 부뚜막에 불을 새로 지폈다. 땔감을 집어넣어 불이 타닥타닥 타오르자 빈 냄비에 물을 붓고 부뚜막에 얹었다. 물이 끓자 벽에 세워 말려놓았던 대야를 가져와 그 안에 물을 따랐다.

걸치고 있던 모포와 누더기 같은 옷을 벗어 던진 반은 그 옷을 물에 적셔 몸을 꼼꼼히 닦았다.

오래도록 씻지 않았던 몸에는 때가 들러붙어 있었다. 물이 눈 깜짝할 사이에 더러워졌지만, 몇 번이고 물을 버리고 새로 부어 가며 묵묵히 몸을 씻었다.

청결해진 몸에 훔친 옷을 하나둘 걸친 반은 누더기와 더러운 물을 바깥 쓰레기장에 버렸다.

아침 햇살이 비칠 무렵, 따뜻한 죽을 끓여 먹은 반은 아이를 깨워 조금 식힌 죽을 숟가락으로 떠먹였다.

아직 잠이 덜 깼는지 죽을 입에 넣어주자 혀로 깔짝깔짝 밀어냈다. 하지만 차츰 잠이 깨자 갑자기 허기를 느낀 듯, 눈을 빛내며 허겁지겁 숟가락에 달려들어 죽을 먹기 시작했다.

반은 성급히 먹다가 숟가락을 쥔 그의 손가락까지 빨아 먹으려는 아이를 보며 자기도 모르게 너털웃음을 흘렸다.

"……요 녀석, 내 손가락은 먹으면 배탈 난다."

그렇게 중얼거리자 아이는 깜짝 놀란 듯이 반을 올려다보았다.

"맘마, 마아암?"

반은 무슨 말을 하는지 전혀 알아들을 수 없었지만, 아이는 배가 불러 기분이 좋은지 생글거렸다. 숟가락을 건네주자 제법 능숙하게 죽을 떠먹기 시작했다.

죽을 뺨에 묻혀가며 정신없이 먹는 아이를 아침 햇살이 아스라이 하얗게 비추고 있었다.

반은 반짝거리는 아이의 솜털을 그저 멍하니 바라보고 있었다.

다시 광산 밖으로

소금광산 주변은 튼튼한 철책에 둘러싸여 있었다.

남쪽 문은 소금과 생필품을 운반하는 길 쪽으로 열리는 구조였다. 아침이면 문지기가 문을 열겠지만 지금은 여는 사람이 없어 빗장이 단단히 걸려 있었다.

문지기 오두막을 뒤지면 열쇠를 찾을 수 있을 것이다.

하지만 반은 문을 열지 않고 철책을 뛰어넘기로 했다. 노예의 탈주나 외부 침입을 막기 위해 철책 위에 철침을 잔뜩 박아놓은 것은 알고 있었지만, 안에서 문을 열어 달아난 사람이 있다는 사실을 들키고 싶지 않았다.

버려진 통을 쓰레기장에 가까운 철책 밑에 놓고 그 위에 섰다. 그리고 버려져 있던 말등에 덮는 거적을 접어 철침 위를 덮었다. 반은 짐을 먼저 건너편으로 던지고는 아이를 업고 철책을 뛰어넘었다.

반은 철책을 붙잡아 발돋움을 해 거적을 벗긴 후 반대편으로 집어 던졌다. 운이 좋으면 통도 거적도 쓰레기장에서 바람에 날려 온 것처럼 보일 것이다.

'뭐, 개를 풀어놓으면 이 정도로는 멀리 달아나지 못하겠지만.'

그런 생각을 하다가 문득 개 짖는 소리가 전혀 들리지 않음을 깨달았다. 노예 감독이 보란 듯이 몇 마리나 끌고 다녔는데, 짖는 소리는커녕 기척조차 없다.

'그놈에게 당했나?'

개집에 묶여 있을 때 습격당했다면 물려 죽었다 해도 이상하지 않다.

'어제 조사해둘걸.'

하지만 어제는 개의 존재가 머릿속에 전혀 떠오르지 않았다.

'나도 상당히 둔해졌군.'

노예로 전락해 앞날의 희망도 없는 나날을 보내는 사이, 어느새 마음속에 있던 무언가가 닳아버린 모양이다. 예전 같으면 생각할 필요도 없이 알아차렸을 문제를 제때 깨닫지 못하고 있다.

눈앞에 펼쳐진 울창한 숲을 바라보며 반은 한숨을 내쉬었다.

쓰러진 엄마 옆에 떨어져 있던 포대기로 업고 있어 그런지 아이는 울지도 않고 얌전히 목에 찰싹 매달려 있다. 덕분에 우려했던 것보다 훨씬 편하게 담을 넘을 수 있었다.

"……착하구나."

살살 어르며 중얼거리자 아이는 기분 좋은 목소리로 말했다.

"앙야, 통통!"

엄마 등에 업혀 지내는 데 익숙한 듯했다. 뭔가 작은 목소리로 쉴 새 없이 종알거리는 아이를 업은 채로 반은 짐을 들고 걸음을 뗐다.

고맙게도 배 속이 든든해서 그런지 몸이 가벼웠다.

아이를 업고 활과 화살집과 짐을 한 손에 들고 검을 차고 있어도 전혀 힘들지 않았다.

숲은 울창했다. 나무들은 하나같이 드높은 하늘을 향해 뻗어 있다. 가을이 무르익은 시기임에도 잎을 떨어뜨리지 않는 나무들이 머리 위를 뒤덮어 햇빛을 가렸다. 고요하고 음울한 숲이었지만 덤불 키가 작아서 길이 없어도 걷는 데 어렵지 않았다.

앞으로 어떻게 할지, 명확한 계획은 없었다.

고향은 이미 정복자의 손아귀에 떨어졌다.

아카파에서도 서쪽 끝에 있는 토가 산지는 아카파 왕국을 서서히 집어삼키는 츠오르 제국의 물살이 마지막으로 도달한 땅이다.

강대한 츠오르 제국에 저항해도 승산이 없다는 것은 아이들도 다 아는 사실이었다. 또한 변경의 작은 씨족이 저항도 하지 않고 복종하면 노예에 가까운 취급을 받는다는 것 역시 누구나 아는 사실이었다.

하지만 달아나려 해도 서쪽에는 츠오르보다 훨씬 더 잔혹한 지배로 악명 높은 무코니아 왕국이 버티고 있다.

아카파 왕국은 교묘하게 츠오르 제국에 순종하며 이미 제국 안에서 일정한 지위를 부여받은 터라 아카파 인들은 제국 속주의 평민 생활이 보장되었다.

하지만 토가 산지에 흩어져 있는 각 씨족은 아카파 말을 쓰고, 무코니아 같은 외적의 침략에 '아카파의 백성'으로 맞서 싸웠지만 아카파 인은 아니다. 모두 아카파 왕에게 복종을 표하는 대신 적당한 자치권을 허락받아온 독립된 민족이었다. 그래서 아카파 왕국이 병합된 뒤에도 토가 산지의 민족들은 츠오르 제국 속주의 평민으로 받아들여지지 않았다.

츠오르 제국이 오랜 세월을 들여 차분히 진행한 아카파 본토의 속주 운영이 자리를 잡자, 마지막 완성으로 토가 산지 평정 계획에 본격적으로 착수했다. 이때 아카파 왕은 각 씨족에게 사자를 파견해 이 단계에서 츠오르 황제에게 복종하면 츠오르 군의 진군을 중지시키고 씨족민들의 안전을 보장하도록 교섭할 수 있다고 전했다.

하지만 아카파 왕이 할 수 있는 것은 '안전 보장'까지였을 뿐, 속주의 옛 통치자라는 입장으로는 복종 후의 신분 결정에 관여하기는 거의 불가능했다. 정복한 땅의 민족들에 대한 처우 문제는 제국의 변경 지배에 깊이 얽힌 사안이고, 거기에 속주의 옛 통치자가 관여하기에는 여러 문제가 있었기 때문이다.

츠오르 제국은 의식적으로 하층민을 고향에서 떼어내 멀리 떨어진 정복지에 이주시키는 정책을 취했다. 아카파 인 같은 평민 신분이 아닌 하층민으로 츠오르 제국에 편입되면 고향을 떠나 낯선 타향에서 가혹한 삶을 강요당했다.

사면초가의 상황 속에서 간사 씨족장들이 기나긴 토론 끝에 선택한 길은 '저항군'을 만드는 것이었다. 결사 항전을 외치는 용맹한 전사단이 있음을 츠오르 군에게 과시해 쉽게 지배할 수 있는 씨족이 아니라는 것과 아군으로 삼으면 유용한 전사가 있다는 사실을 내비치기 위해서였다. 그래서 조금이나마 납득할 수 있는 조건을 제시해준다면 츠오르의 지배하에 들어가 서방을 지키는 첨병이 되겠다고 교섭하려는 것이다.

이 토지를 누구보다 잘 아는, 무코니아 왕국에 대항할 국경 방위 전력으로 쓸 만한 씨족이라고 인정받으면 이대로 고향에서 살 수 있지 않을까…….

그 책략의 핵심, 승산 없는 싸움에 도전하는 사병死兵의 역할을 맡은 것이 '외뿔'이라 불리는 전사들이었다.

외뿔은 일반적인 삶에서 벗어난 남자들로 구성된 전사단이다.

신들이 퓨이카의 모습으로 이 세상에 존재했던 시절에 태어났다는 오래된 전설을 가진 조직으로, 외뿔에 들어간 남자는 유사시에 씨족의 방패가 되어 목숨을 바칠 것을 맹세한다. 그 대신 씨족의 규칙에 얽매이지 않고 살아갈 권리를 인정받았다. 고향에서 말 못 할 사정이 있어 흘러들어온 외지인이라도 외뿔에 지원하면 씨족의 일원으로 받아들였다. 그런 조직이 있었기에 씨족장들이 저항군을 만든다는 책략을 떠올린 것이다.

토가 산지는 아카파 서쪽 국경 지대에 있어, 언제나 서쪽의 침략에 골머리를 앓았다. 침략자는 전쟁뿐 아니라 질병도 가져온다. 특히 최근 십여 년 동안 반복적으로 역병이 유행해 작은 씨족 중에는 구성원의 태반을 잃은 곳도 있었다.

전쟁이나 역병으로 가족을 잃고 정처 없이 떠돌다 간사 씨족에 몸을 의탁한 남자들이 줄을 이었다. 이렇게 외뿔이 과거 최대의 전사를 거느리게 된 것 또한 씨족장들의 책략을 실현으로 이끈 요인이었다.

외뿔의 우두머리였던 반은 씨족장들의 책략을 들은 후에 동료들과 함께 웃으며 받아들였다.

그때 속으로는 아내와 아이가 기다리는 곳으로 떠날 구실이 제법 그럴싸하게 눈앞에 나타났다고 생각했다.

부모도, 조부모도, 형도 이미 세상을 떠났고 아내와 아이도 이 세상에 없었다. 이런 몸뚱이는 그저 오래도록 살아 있을 뿐인 허망한 껍데기에 지나지 않았다.

사랑하는 이들이 떠나간 저세상인 '상춘의 땅'은 질병과 재난, 노쇠로 이 세상을 떠난 사람이라면 따뜻하게 받아들여주지만, 멀쩡하게 살아 있는 사람이 비탄에 젖어 스스로 목숨을 끊으면 받아들여주지 않는다.

특히 '퓨이카 기수'가 되면 동료의 생명을 빛내기 위해 자신의 목숨을 불태우고 선하게 살 것을 맹세한다.

그 맹세를 저버리고 절망을 이겨내지 못한 비겁한 자살자는 영원히 한낮의 길을 걸어가야 한다고 일컬어진다.

반은 제 그림자를 길게 끌며 계속되는 새하얀 길을 영원히 걸어가는 것도 어딘가 자신에게 잘 어울린다고 생각했다. 하지만 정말 상춘의 땅이라는 것이 존재하고 아내와 아들이 자신을 기다리고 있다면, 두 사람에게 영원히 기다리는 고통을 주기는 싫었다.

상춘의 땅이 정말로 있는지, 산 자는 알 길이 없다.

다만 어차피 죽을 바에야 아내와 아이를 바라보며 죽고 싶었다.

씨족장의 요청을 받아들인 반은 자신과 똑같은 절망을 품은 남자들을 이끌고 기나긴 싸움에 뛰어들었다.

말이 자유롭게 움직이지 못하는 험준한 토가 산지와 숲으로 적을 끌어들여, 산악전에서 경이로운 능력을 발휘하는 퓨이카를 타고 특기인 기습을 되풀이한다…….

저항은 이 년 가까이 이어졌다.

울창한 숲의 나무 그늘에서, 혹은 가파른 벼랑 위에서 불시에 나타나는 퓨이카 기수에 대한 공포는 츠오르 병사들의 마음에 깊숙이 각인되었고, 한때 츠오르 군은 퇴각을 고려하는 기미까지 보였다.

그 저항은 이윽고 결실을 맺어, 츠오르는 씨족장들에게 유리한 정전 조건을 제시했다.

교섭이 형태를 갖추는 가운데, 외뿔은 씨족장의 명령에 따르지 않고 결사 항전을 외치며 점점 고립되는 광신적인 전사를 연기했다. 결국 카슈나 호반의 전투에서 처절하게 싸우며 그 역할을 충분히 다하고 무참히 쓰러졌다.

씨족장도, 다른 녀석들도 제법 만만찮은 사내들이니 외뿔의 죽음을 유용하게 이용하여 조금이라도 더 달콤한 결실을 씨족들에게 가져다주었을 것이다.

고향이 어찌 되었는지 마음에 걸렸지만 전과를 올린 만큼 츠오르 군에는 그를 원망하는 자도 있을 터였다. 고향으로 돌아가면 붙잡힐 위험도 크고, 더구나 씨족 사람들에게 불리한 짓은 하고 싶지 않았다.

'애초에……'

바늘 촉처럼 희미한 빛이 바람에 흔들리는 짙푸른 나뭇잎 사이로 쏟아졌다.

'그곳에서 나는 죽은 사람이었다.'

얄궂은 일이다. 그런 남자가 카슈나 호반, 소금광산에서도 살아남았다.

"오짜, 통통?"

자그마한 손이 귀를 잡아당기는 바람에 반은 쓴웃음을 흘렸다.

"왜, 배라도 고프냐?"

당연히 아이는 대답하지 않았다. 뭐가 재미있는지 반의 귓불을 잡아당기고 비틀며 장난을 치기 시작했다.

딱히 아프지 않아서 그냥 두었지만, 그 자그마한 손가락의 감촉이 아득한 기억을 자극해 가슴에 날카로운 통증이 치달았다.

되살아나려는 감정을 억누르고 반은 앞으로의 계획에 마음을 집중했다.

'……자, 이제 어쩐다?'

이 부근의 지리는 대충 머릿속에 있다.

처자식을 잃고 홀몸이 된 후로 꽤나 오랫동안 이곳저곳으로 방랑했고, 츠오르의 공격을 알았을 때도 동료와 함께 교역 상인으로 변장해 아카파 안팎을 조사하고 다녔다. 그러니 어디에 어떤 마을이 있는지는 대충 알고 있었다.

'일단 카잔에 가볼까?'

카잔은 커다란 교역 도시다.

과거 아카파 왕국의 왕도였던 도시로, 지금은 아카파를 통치하는 츠오르 오우한 제후의 영지다. 두어 번 가봤으니 상황도 알고, 잡다한 민족들이 왕래하는 교역 도시니 최근 소식도 들을 수 있을 것이다. 일감도 굴러다닐지 모른다.

'이 아이를 키워줄 부모도 찾아야 하고.'

그곳에는 각지에서 찾아오는 사람들을 위해 다양한 민족이 숭배하는 신을 모시는 신전도 있다. 신관들이 부모를 잃은 이 아이에게 힘이 되어줄 것이다.

어느 쪽이든 확실하다는 보장은 없었지만, 어쨌든 가보는 수밖에 없다.

아까부터 날이 어둡다 싶더니, 점심때가 지나자 부슬비가 내리기 시작했다.

울창하게 우거진 나무들의 잎사귀가 비를 막아주어 많이 젖지는 않았지만 반은 일단 포대기를 풀고 아이를 내렸다. 걸치고 있던 두건 달린 망토를 벗은 반은 아이를 다시 업고 그 위로 망토를 걸쳤다.

망토를 뒤집어씌운 게 마음에 들지 않았는지 칭얼거리는 아이를 어르는데, 문득 연기 냄새가 났다.

신기했다.

희미하게 흘러오는 냄새만 맡고도 멧돼지 고기를 굽고 있다는 것과 그 모닥불이 어디쯤에서 타고 있는지 눈으로 직접 보는 것처럼 알 수 있었다.

이끼가 낀 바위에 가린 우묵땅에서 젊은 남자가 혼자 모닥불을 지피고 있다……. 그런 광경이 순간 뇌리를 스치고 사라졌다.

그쪽을 피해서 짐승이 다니는 길을 찾으려는 순간, 별안간 아이가 울음을 터뜨렸다.

"응아, 아앙! 으아앙!"

망토를 벗겨주지 않자 짜증이 났는지 아이는 두 손으로 반의 목덜미를 누르고 몸을 뒤로 젖히며 큰 소리로 울어댔다. 얼러도 보고, 자그맣게 꾸짖어도 보았지만 그칠 기미가 없었다.

새들이 깜짝 놀라 날아오르고, 쥐들이 잡초를 헤치며 달아날 정도로 시끄러웠다.

"이 녀석, 울음소리 좀 보게."

기가 막혀 꼬맹이에게 말을 거는데, 저편에서 가느다란 목소리가 들려왔다.

"……구, 있어?"

츠오르가 아니라 아카파 말이었다.

변경 민족 특유의 억양 때문인지 고함 소리가 동료의 목소리로 들려 가슴이 덜컥했지만 말끝에 북부 억양이 묻어났다. 반은 정신을 가다듬고 그 목소리를 무시하며 걸음을 재촉했다.

그러자 그 목소리가 애원으로 바뀌었다.

"거기 누구 있으면 도와줘! 부탁이야!"

반은 무심코 걸음을 멈추었다.

"제발, 가지 마! 도와줘! 발을 심하게 삐어서 걸을 수가 없어!"

그 목소리에는 필사적인 울림이 있었다.

그래도 평소 같았다면 응하지 않았을 것이다.

이런 숲속에는 강도가 많았다. 도움을 청하는 척하면서 태평하게 다가온 어수룩한 사람을 죽이고 금품을 갈취하는 패거리가 셀 수도 없이 많았다.

다만 어렴풋한 망설임이 반의 걸음을 붙잡았다.

이유는 몰라도 의심할 여지가 없이 그 남자가 혼자라는 점, 아직 젊다는 것을 확신할 수 있었다. 연기 냄새를 맡았을 때 뇌리를 스친 광경이 눈으로 본 것과 다름없는 확실한 현실로 느껴졌다.

어째서 그런 생각이 드는지 확인해보고 싶었다. 이 나무들 너머에 정말로 이끼가 낀 바위와 우묵땅이 있는지…….

'나도 미쳤군.'

반은 자지러지게 우는 아이를 업은 채로 허리에 찬 사냥칼을 언제든지 뺄 수 있도록 칼집에서 살짝 뺐다.

그러고는 덤불을 헤치며 모닥불 냄새가 나는 쪽으로 다가갔다.

안개 속의 퓨이카

굵은 가문비나무 그늘에 이끼로 뒤덮인 바위가 세 개 있었다.

그 바위 뒤편의 우묵땅에 한 청년이 바위를 등지고 다리를 쭉 뻗은 자세로 앉아 있었다. 기운이 없는지 당장이라도 쓰러질 것처럼 얼굴이 창백했다.

그 옆에 아카파 북부에 사는 유목민들이 흔히 사용하는 순록 짐차가 놓여 있었지만, 짐차를 끌 순록은 보이지 않았다.

꼬챙이에 꿰인 고기가 모닥불 위에서 지글거리고 있다.

청년이 입고 있는 옷은 순록 털가죽으로, 어디로 보나 북쪽 유목민 차림이었다. 하지만 불꽃에 희미하게 비친 그의 얼굴은 기묘하게도 어느 지방의 것이라고 분간하기 어려운 용모였다.

눈이 가늘고 코가 납작한 것이 어딘지 모르게 츠오르 인이 떠오르는 생김새였다.

'……혼혈인인가?'

반은 가벼운 충격을 느끼며 그 얼굴을 바라보았다.

아카파가 츠오르의 지배를 받은 지도 제법 되었다.

츠오르가 아카파에 보낸 이주민 중에는 타향에 와서도 츠오르 인이라는 순수성을 지키려고 이주민들끼리 부락이나 마을을 세우는 자도 있지만, 아카파 민족과 결혼해 정착한 사람도 많았다. 특히 북쪽에 그런 사람들이 많았고, 두 민족의 피를 이은 젊은 세대가 자라고 있었다. 이 청년도 그런 혼혈인 중 하나일 것이다.

반이 나무 뒤로 돌아 우묵땅에 발을 내딛자 불빛에 비친 청년의 창백한 얼굴이 얼빠진 표정으로 바뀌었다. 설마 등에 아이를 업은 남자가 나타나리라고는 생각도 못 했으리라.

반이 허리춤에 찬 칼을 붙잡고 있음을 알아차린 청년의 눈에 두려운 빛이 스쳤다.

"……사, 살려줘."

청년은 입술을 바르르 떨며 뒷걸음질을 치려 했다.

뺨에 한 줄 문신이 있는 것을 보니 성인식은 치른 모양이다. 츠오르 인 특유의 밋밋한 이목구비와 그 뺨에 아카파 북부 민족의 고유 의식의 흔적이 있다니 몹시 우스꽝스럽고 기묘했지만, 그 기묘함이 서글프기는 해도 그리 혐오스럽지는 않았다.

반은 주변을 신중하게 둘러보며 칼자루에서 손을 뗐다.

"어쩌다 다리를 다쳤지?"

조용한 목소리로 묻자 청년은 눈을 껌뻑거렸다.

그 얼굴에 서서히 핏기가 돌아왔다.

"……승냥이가."

청년은 그렇게 중얼거리고는 입술을 축였다. 그리고 더듬더듬 사정을 설명하기 시작했다.

"카잔에 털가죽을 팔러 가다가…… 벌써 사흘 전 일인데…… 나무가 쓰러져 평소 다니는 길을 막는 바람에 낯선 길로 가는데 어찌나 길이 멀던지 밤이 되어버려서, 별 수 없이 여기에서 노숙을 하는데…… 한밤중이었나, 별안간 검은 물처럼 승냥이 무리가 나타나서……."

황급히 짐차에 올라가 안에 숨었다. 다행히 승냥이는 주위를 흘러가듯 지나갔지만, 나무에 묶어둔 퓨이카가 겁에 질려 나무 주위를 뱅글뱅글 도는 바람에 가죽 끈이 목에 감기고 말았다.

"풀어주려는데 통 말을 듣지 않아서, 겨우 풀었을 때는 날 쓰러뜨리고 달아나버렸어……."

그때 다리를 세게 접질려 걷지 못하게 되었다. 어쩔 수 없이 누가 지나가다 도와주기를 기다리면서 노숙을 하고 있었다고 한다.

"이 부근이라면 소금광산에 출입하는 사람들이 있을 것 같았는데, 사흘이 지나도록 아무도 지나가질 않지 뭐야. 이제 틀린 줄 알고 얼마나 무서웠는지……."

그렇게 말하는 청년의 얼굴은 성인식을 치렀다고 생각할 수 없을 정도로 앳되고 불안했다.

반은 한참 동안 말없이 청년을 굽어보고 있었다. 그리고 발길을 돌려 퓨이카를 묶어두었다는 나무 쪽으로 걸어갔다.

등에 업힌 아이는 새로운 상황에 어리둥절한지, 아니면 이쪽에 정신이 팔려 지루한 걸 잊었는지, 고래고래 울던 모습은 어디론가 사라지고 한껏 신이 나서 입을 오물거렸다.

끈에 파인 나무껍질을 쓰다듬으며 반은 청년을 돌아보았다.

"퓨이카를 묶어뒀다고 했지? 북부 사람들은 순록만 부리는 줄 알았는데."

청년은 의심스러운 눈빛으로 물었다.

"당신, 몰라?"

반이 대답하지 않자 청년은 한숨을 쉬었다.

"당신 사는 곳에서는 그럴지 몰라도, 우리 마을에서는 작년 연말에 순록 대신 퓨이카를 늘리면 세금을 줄여준다는 소식에 다들 급히 토가 산지에서 퓨이카를 데려왔어. 하지만 이 퓨이카란 놈이 성질은 사납지, 키우기도 어렵지, 다루기는 또 쉬운가? 몇 푼 감세해주는 걸로는 수지가 안 맞는다고 투덜대던 참이야. 사슴이라 얌전할 줄 알았지만, 천만에."

반은 싱긋 웃었다.

확실히 퓨이카를 다루려면 요령이 필요하다. 순록밖에 모르는 사람의 손에는 벅차다.

'……그러고 보니.'

한참 전에 산 너머 오크바 씨족 사람들이 열심히 퓨이카를 모아 아카파로 데려갔다는 소문을 들은 적이 있었다.

오크바도 과거에는 반의 씨족과 마찬가지로 퓨이카를 유목하던 민족이지만, 일찌감치 츠오르에 복종해 지금은 농노가 되어 각지로 흩어졌다.

그들 중 토가 산지의 산기슭에 남아 농노로 일하는 자들이 츠오르 군의 명령으로 퓨이카를 아카파에 보낸다는 소문을 들었을 때, 반은 외뿔 동료들과 껄껄 웃었다. 츠오르 놈들, 우리 때문에 실컷 골머리를 앓더니 자기들도 퓨이카를 탈 생각을 했구나.

그렇게 생각했지만 아무도 불안하게 여기지 않았다. 퓨이카는 말이나 순록과는 완전히 다르다. 한두 해로 퓨이카 기수를 키워낼 수 없기 때문이다.

모두가 한때의 변덕이므로 추진해봤자 어차피 곧 좌절할 거라고 생각했지만, 츠오르는 생각보다 진지하게 퓨이카 군단을 육성하고 있는지도 모른다.

'어쩌면 지금은 우리 쪽 녀석들도 거들고 있을지 모르겠군.'

그렇게 생각했을 때, 별안간 빗소리가 요란해졌다.

"……아주 퍼붓네."

청년은 중얼거리더니 땔감이 젖지 않도록 마차 밑으로 밀어 넣었다. 그러면서 간절한 눈으로 반을 바라보았다.

"짐차 안에 천막이 있는데, 난 일어설 수가 없어……."

반은 등에서 아이를 내려 청년에게 내밀었다.

"이 녀석 좀 안고 있어."

청년은 의외로 익숙한 손길로 아이를 받았다.

반은 짐차 안에서 작은 천막용 방수포를 꺼내 짐차와 바위를 이용해 세 사람이 비를 피할 만한 공간을 만들었다.

반은 아이를 품고 있는 청년 옆에 앉아 제 짐에서 팜과 건락乾酪을 꺼냈다.

"함께 들겠나?"

그렇게 물어보자 청년이 눈을 빛내며 고개를 끄덕였다.

"고마워. 내 식량도 짐차 바구니 안에 있긴 한데, 어제부터 다리가 아파서 일어나질 못하는 바람에 먹을 게 먼저 내려놓았던 고기밖에 없었거든. 내 고기도 좀 먹어. 올해는 도토리가 잘 여물어서 멧돼지도 맛있어."

반은 싱긋 웃었다.

"고맙군. ……정말 먹음직스럽네."

반은 작은 칼로 팜을 잘라 그 위에 건락을 얹었다. 그리고 작은 칼로 그것을 찍어 모닥불에 굽기 시작했다.

건락이 녹아 윤기가 도는 팜을 청년에게 건네자 그가 고개를 꾸벅 숙이고 받았다. 하지만 어느새 자그마한 손이 밑에서 뻗어와 팜을 빼앗길 뻔했다.

"……어, 어이, 어이."

청년은 웃으며 아이에게서 팜을 떼어냈다.

"네게도 줄 테니 잠깐 기다려."

반도 웃으며 아이에게 먼저 굽지 않은 팜 조각을 쥐여주었다. 아이는 배가 고팠는지 허겁지겁 갉아 먹었다.

"기운 넘치는 아이네."

청년이 그 모습을 보며 눈살을 찌푸렸다.

"목소리도 크고."

반은 쓴웃음을 흘렸다. 정말이지, 방금 전 울음소리는 여자아이답지 않게 쩌렁쩌렁했다.

폭우 속에서 세 사람은 찰싹 달라붙어 불로 팜과 건락을 구워 먹고 부드럽고 향긋한 멧돼지 고기는 소금을 뿌려 뜯어 먹었다. 소금광산에서 가져온 건락은 소젖으로 만들어 맛이 없지는 않았지만 찰기가 조금 부족한 게 아쉬웠다.

"……아까 퓨이카는 다루기 어렵다고 했는데."

반은 불쑥 입을 열었다.

"젖은 짜고 있나?"

청년은 깜짝 놀란 얼굴로 반을 쳐다보았다.

"퓨이카의 젖도 먹을 수 있어?"

"암."

반은 불꽃을 보며 대답했다.

"순록 젖도 소젖보다 진해서 맛있지만, 퓨이카 젖은 훨씬 진하고 찰기가 있지. 그것으로 만든 건락은 정말 맛있어."

그때, 쉴 새 없이 방수포를 때리는 빗방울 소리를 타고 숲속에서 '퓨오-' 하는 소리가 들려왔다.

청년이 손을 뚝 멈추고 비가 내리는 숲을 바라보았다.

"방금 저 소린 뭐지? 큰사슴 소리는 아니지?"

아카파 숲에는 사람 키도 우습게 뛰어넘는 거대한 사슴이 있다. 요즘 같은 가을이면 장성한 수컷들은 멋들어진 뿔을 자랑하고, 암컷은 촉촉한 뿔피리처럼 높은 울음소리로 수컷을 부른다.

하지만 청년의 말처럼 지금 들린 소리는 큰사슴의 울음소리가 아니었다.

반은 무심코 미소를 지었다. 저것은 너무나 그리운 목소리였다.

"자네 퓨이카는……."

반은 중얼거리듯 물었다.

"이름이 뭐지?"

청년은 멧돼지 고기 꼬치를 돌리던 손길을 멈추고 어리둥절한 표정으로 반을 쳐다보았다.

"응? 아아, 츠피(말괄량이)야. 암컷인데 성질이 까다로워서 아버지가 그런 이름을 붙였지."

"그렇군."

반은 턱을 어루만지며 말했다.

"츠피가 코로 자네 등을 쿡쿡 찌른 적이 있었나?"

청년은 더더욱 영문을 모르겠다는 표정이었다.

"등을? 응. 가끔 그러던데. 갑자기 들이받는 바람에 고꾸라질 뻔해서 애를 먹었지. 전에는 안 그러더니 어디서 못된 버릇만 들어서."

반은 피식 웃었다. 그리고 한참 동안 말없이 있다가 이윽고 조용히 말했다.

"퓨이카를 되찾아오면 날 카잔 털가죽 도매상에게 소개해주지 않겠나?"

"어…… 어?"

청년은 당혹스러운 표정으로 반을 보았다.

"카잔의 털가죽 상인에게? 당신을? 당신, 사냥꾼이야?"

반은 비를 피해 짐차 밑에 넣어둔 활을 흘깃하며 눈짓으로 가리켰다.

"사냥으로 먹고살 실력은 되는데, 사정이 있어 고향으로 돌아갈 수가 없어. 입에 풀칠할 일자리를 찾아 카잔에 가는 길이었지. 털가죽 도매상이라면 이 부근 사냥터 권한이나 규칙에 대해 알 테고. 하지만 털가죽 도매상은 영역에 민감하니 정체 모를 과객이 빈손으로 찾아가 봤자 제대로 상대해줄 리 없잖아."

"뭐, 그야 그렇지만……."

청년은 뭔가 고민하듯 고개를 살짝 숙이고 반에게서 눈길을 돌렸다.

함께 비를 피하는 상대에 대해 아는 정보가 하나도 없다는 사실을 깨달은 것이리라. 순록 유목민에게 털가죽 도매상은 소중한 거래처다. 섣불리 사연 있는 사람을 털가죽 도매상에게 소개했다가 나중에 귀찮은 문제가 생기면 어쩌나, 불안해진 게 분명하다.

고민하는 청년을 보면서 반은 슬그머니 웃었다. 미더운 청년이다. 앞날을 모색할 줄 안다.

반은 다 먹은 고기 꼬치를 땅에 꽂고 무릎을 털며 일어섰다. 그리고 짐차 밑에 두었던 가죽 끈을 주워들었다.

청년이 퍼뜩 고개를 들고 의아한 눈으로 바라보았다.

"일단 퓨이카를 찾으러 다녀올 테니 아이를 좀 봐주겠나?"

"어, 그야, 상관없는데……."

반은 가죽 끈을 힘껏 당겨보고 온화하게 말했다.

"털가죽 도매상 일은 카잔으로 가는 길에 생각해봐. 나도 카잔에 가려던 참이야. 그 다리로는 혼자 못 갈 테니, 마을 입구까지는 함께 가지."

사랑의 의식

반이 천막 밖으로 나오자 나뭇잎을 흔들며 떨어지는 빗방울이 순식간에 온몸을 적셨다. 차가운 비였지만 그리 신경 쓰이지는 않았다.

퓨이카는 청년이 생각하는 것보다 훨씬 정이 두터운 짐승이다.

무리에서 떨어지면 금방 불안해하고 외로움도 탄다. 코로 등을 누르는 것은 친애의 표현으로, 자주 그런 동작을 했다는 것은 츠피가 청년을 잘 따랐다는 뜻이다.

한 번 정을 준 퓨이카는 친구를 잊지 않는다.

이곳은 츠피에게 고향도 아닐뿐더러 퓨이카가 서식하지 않는 숲이다. 비록 암컷이라 해도 다른 퓨이카 무리에 섞여들 길이 없다. 다른 계절이라면 승냥이 냄새가 사라진 후에 내버려두어도 청년이 있는 모닥불로 돌아왔을 것이다.

다만 지금은 사슴에게 사랑의 계절이다.

퓨이카와 큰사슴은 생김새가 흡사하다. 수컷 퓨이카는 수컷 큰사슴보다 작지만, 암컷 퓨이카는 성장하면 암컷 큰사슴과 덩치가 비슷해져서 큰사슴 새끼도 밸 수 있다. 고향에서는 일부러 퓨이카를 큰사슴과 짝지어 체격이 좋은 퓨이카를 얻어내기도 했다.

방금 전 소리로 짐작하건대, 츠피는 발정한 수컷 큰사슴들의 냄새에 덩달아 발정해 숲을 헤매는 모양이었다.

그렇지만 그리 멀리 가지는 않았다. 모습이 보이는 곳까지 다가가기만 하면 데리고 돌아올 방법은 있다.

모닥불에서 떨어져 퓨이카가 묶여 있었다는 나무로 다가간 반은 몸을 웅크리고 젖은 낙엽을 가만히 바라보았다.

눈이 어둠에 익숙해지자 퓨이카의 발굽에 밟힌 낙엽의 형태가 어렴풋이 보였다. 방금 전 이곳에 서 있었을 때도 느꼈지만 퓨이카의 소변 냄새가 난다. 퓨이카는 겁에 질리면 소변을 지리며 달아난다. 고향에 있을 때는 개를 풀어 그 냄새를 쫓곤 했다.

그런 생각을 하는 반의 가슴속에 작은 의혹이 일었다. 비록 발정기라 해도 퓨이카의 소변은 냄새가 그리 오래가지 않는다. 달아난 지 벌써 사흘이나 되었다는데, 어째서 이토록 냄새가 뚜렷한 걸까?

새로운 냄새가 아니라는 것까지 알 수 있다. 아니, 달팽이가 지나간 뒤에 남는 은색 흔적을 보는 것처럼 땅바닥에 점점이 이어진 냄새의 흔적마저 똑똑히 감지할 수 있다.

콧속 어딘가, 미간 근처에 둑이 있는 것 같았다.

어떤 계기로 그 둑이 무너져 냄새 덩어리가 단숨에 머릿속으로 흘러들어와 순식간에 시각으로 치환되는, 그런 감각이었다.

아직 마음속 어딘가에 망설임이 있어서 콧속의 둑이 완전히 열리지는 않았다. 이것이 좀 더 열리면 어찌 될 것인가…….

비가 묵묵히 내리는 잿빛 숲속에서 반은 한참 동안 멀거니 서서 점점 빨라지는 고동을 억누르려 했다.

몸속에서 무슨 일이 벌어지고 있다.

그날 밤 이후의 변화라는 것은 어렴풋이 느끼고 있었지만 그 의미를 생각하기가 두려웠다. 두려운데, 몸속에서는 기묘한 쾌감이 펄떡인다. 근질근질한 열기가 피부로 퍼져나간다.

얇은 막이 한 꺼풀, 벗겨질 것만 같다.

이것이 벗겨지면 번데기에서 빠져나온 나비가 젖은 날개를 활짝 펼치듯이, 아름답고 새로운 자신이 고개를 내미는 게 아닐까…….

그렇게 생각했을 때, 날카로운 목소리가 귓속에 울려 퍼졌다.

'……자신을 버리지 마라.'

반은 무심코 눈을 감고 손에 든 가죽 고삐를 움켜쥐었다.

'자신을 버리지 마라.'

뭔가가 경고한다. 이 기묘한 육체적 감각에 모든 것을 내맡겨서는 안 된다. 스스로를 넘겨주어서는 안 된다고 말하고 있다.

'……하지만.'

마음속에서 또 다른 조용한 목소리가 들려왔다. 이 또한 이미 나 자신이라는 목소리가.

반은 눈을 감은 채로 숨을 깊이 들이마신 후, 천천히 눈을 떴다.

비에 젖은 나무의 냄새와 흙냄새가 머릿속 깊숙이 스며들어 응어리진 감각을 조용히 풀어주었다.

반은 한숨을 토했다.

'퓨이카를 되찾아야지.'

눈에 보이는 냄새의 흔적을 추적해 퓨이카를 되찾는다. 눈앞에 놓인 책무를 다한다. 그러다 보면 싫어도 차츰 보일 것이다. 새로운 자신이 어떤 모습을 하고 있는지.

마음이 진정된 탓인지, 냄새의 흔적이 전보다 뚜렷하게 보였다.

그것을 쫓아 걸어가다가 모닥불의 불빛이 나무들 사이로 숨어버릴 만큼 멀리 갔을 때, 복숭앗빛으로 어렴풋이 빛나는 작은 웅덩이가 보였다. 수컷 큰사슴이 소변을 본 흔적이다.

그 주위의 진창에 퓨이카의 발굽 자국이 잔뜩 나 있다.

'골치 아픈 아가씨네. 이 녀석한테 반했나?'

몇 걸음 앞의 나무들 사이로 사슴의 기척이 느껴졌다. 흥분한 숨소리, 발굽이 풀밭을 때리는 둔탁한 소리가 메아리로 들렸다.

그 소리와 냄새가 뒤섞인 순간, 하나의 광경이 바로 눈앞에 있는 것처럼 선명하게 뇌리에 떠올랐다.

반은 눈을 감고 소리와 냄새가 보여주는 광경을 바라보았다.

수컷 큰사슴 두 마리가 마주 보고 있다. 당당한 수컷 성체다. 훌륭하게 뻗은 편편한 뿔을 낮게 들이밀며, 숨으로 상대를 위협하고 있다. 그 건너편에 약간 마른 사슴이 있다. 암컷 퓨이카다. 콧구멍을 잔뜩 벌리고 눈앞에 있는 수컷의 냄새를 맡고 있다.

반은 눈을 뜨고 발소리를 죽이며 걸음을 뗐다.

천천히 다가가 나무 사이로 고개를 내밀자 뇌리에 떠오른 상황과 거의 일치하는 광경이 눈앞에 펼쳐졌다.

거대한 큰사슴이 격렬하게 맞부딪쳤다.

땅이 울리고 뿔과 뿔이 맞부딪치는 소리가 쿵, 하고 울렸다. 재차 뿔을 부딪치며 거대한 몸으로 서로 밀어낸다.

오로지 자신의 핏줄을 이어가기 위해 거대한 수컷들이 혼신의 힘을 짜내 맞서 싸우고 있다.

한쪽 수컷의 뿔이 위로 쭉 밀리더니 몸이 뒤틀리며 땅에 얼굴을 처박았다. 그래도 그 수컷은 포기하지 않고 필사적으로 항전했지만, 확연한 힘의 차이를 뛰어넘기란 불가능했다.

그 수컷이 다리를 질질 끌며 떠나가자 승자는 뒤를 쫓지 않고 천천히 패자가 사라지는 모습을 지켜보았다.

어느새 비도 멎었다. 맑은 저녁 햇살이 풀밭을 황금색으로 물들였다.

그 황금빛 속에서 시작된 승자와 퓨이카의 사랑의 의식을 반은 조용히 바라보고 있었다.

퓨이카를 데리고 모닥불가로 돌아오자 청년이 입을 쩍 벌리고 눈을 휘둥그레 떴다.

"……츠피! 당신, 어떻게……."

반은 자꾸 겨드랑이에 코를 문지르는 퓨이카를 쓰다듬어주면서 나무에 묶었다. 반이 칫칫, 혓소리를 내자 퓨이카도 코끝을 흔들며 비슷한 소리를 냈다.

반은 퓨이카를 대충 돌봐주고 모닥불 옆에 앉았다.

"퓨이카는 혓소리로 부르면 다가와. 그건 알고 있었나?"

청년은 얼빠진 표정으로 고개를 저었다.

"아니. 이 녀석을 팔러 온 오크바 족 아저씨가 이름으로 부르라고 해서 쭉 이름만 불렀어."

"그랬군. 이름으로 부르는 것도 좋지만 혓소리도 배워두면 쓸모가 있을 거야."

얼어붙은 손을 모닥불에 녹이면서 반은 미소를 지었다.

"이 말괄량이는 내년에 큰사슴 새끼를 낳을 거야."

"……어?"

청년의 눈이 급기야 사발만 해졌다.

"퓨이카가 큰사슴하고 짝짓기를 해?"

"그래. 새끼를 받는 게 힘들지만, 분만만 잘 도와주면 튼튼한 새끼가 태어나지."

청년은 입을 다물고 한참 동안 모닥불을 멍하니 바라보고 있었다. 아이는 그의 품속에서 기분 좋은 듯이 새근새근 자고 있다. 퓨이카가 풀을 뜯어 먹는 소리와 땔감이 타닥거리는 소리만이 저녁 노을에 가라앉은 숲에 울렸다.

이윽고 청년이 기나긴 꿈에서 깨어난 듯한 얼굴로 반을 쳐다보왔다.

"당신, 토가 산지에서 왔지? 말끝에 그쪽 억양이 있어."

반은 고개를 끄덕이며 미리 준비해두었던 짤막한 신상 이야기를 늘어놓았다.

"난 마소 족 출신이야. 퓨이카를 방목하고 사냥하며 먹고살았는데, 남쪽에서 흘러들어온 여자에게 반하는 바람에 아내한테 버림받았어. 뭐, 그런 시시한 이유로 떠돌아다니고 있는 셈이지."

마소는 몇 가족으로 이루어진 극히 작은 씨족이다. 게다가 험한 산속에 살아서 츠오르 제국도 굳이 지배하려고 병사를 보내지 않고 방치하고 있다. 털가죽이나 육류를 교역할 때도 인근 씨족에게 중개를 부탁할 정도로 산에서 내려오지 않으니, 일단 거짓말이 탄로 날 우려는 없을 것이다.

"마소라니, 난 처음 들어. 그런 사람들도 있구나."

"그래. 작은 씨족이라 여기까지는 안 알려졌을지도 모르지만…… 궁금하면 오크바 씨족 사람들에게 물어봐. 그네들이라면 알 거야."

청년은 아리송한 표정으로 고개를 끄덕였다.

"……그런데 이 아이는?"

"남쪽에서 온 여자가 데리고 있던 아이야. 여자는 병으로 어이없이 세상을 떠났지."

짤막하게 대답하자 청년은 눈을 껌뻑거리더니 그 이상 캐묻지 않았다.

청년은 모닥불에 눈길을 떨어뜨리고 다시 뭔가 생각하더니 이윽고 고개를 들어 반을 똑바로 바라보았다.

"츠피를 되찾아줘서 고마워. 정말 큰 도움이 됐어."

반은 고개를 끄덕여 청년의 감사 인사를 받았다.

청년은 입술을 축이고 말했다.

"당신을 털가죽 도매상에게 소개하는 건 상관없는데, 일감을 찾는 거라면 일자리가 있을지도 몰라."

반이 눈썹을 꿈쩍거리자 청년은 약간 망설이면서 말을 이었다.

"아버지 마음에 달린 거지만. 당신을 데려가도 아버지가 안 된다고 하면 끝이지만, 난 당신이 와주면 고맙겠어……."

청년은 침까지 튀기며 말하더니 쑥스러운 듯 웃었다.

"미안. 난 마음이 급해지면 말이 꼬이거든. 그러니까 당신이 우리 마을로 와줬으면 좋겠다는 뜻이야. 정말 작은 씨족이라 가난하지만, 당신하고 이 아이가 먹고살 정도는 벌 수 있어."

청년은 붉어진 뺨을 손가락으로 긁적이며 말했다.

"얼마 전에 지독한 병이 유행해서 형이 병에 걸렸거든. 아버지는 원래 허리가 안 좋으시다 보니 나 혼자 털가죽하고 고기를 팔러 가게 되었는데……."

말하는 동안 결심이 섰는지 청년의 눈에 단호한 빛이 감돌았다.

"세금을 내고 식비를 남기려면 아무래도 퓨이카를 늘려야만 하는데, 어째선지 새끼를 낳지 않아. 짝짓기를 안 해."

청년은 츠피를 힐끗 쳐다보았다.

"저 녀석이 정말 새끼를 뱄다면 꼭 튼튼한 새끼를 낳도록 도와주고 싶어. 하지만 퓨이카의 분만은 우리 집에서 아무도 경험해본 적이 없어. 게다가 큰사슴하고 교배해 얻은 새끼는 난산이라면서?"

반은 고개를 끄덕였다.

"뭐, 그렇지."

"그래서 당신이 있어준다면 정말 고마울 거야."

청년의 눈에는 어느새 애원에 가까운 빛이 감돌았다.

"부탁이야. 우리는 츠피를 잃을 수 없어. 가족들은 내가 반드시 설득할 테니 같이 가주지 않겠어?"

그렇게 말하더니 허둥지둥 손을 내밀었다.

"내 이름은 토마야. '토마 유 오키(오키 씨족의 토마)'라고 해."

반은 청년이 내민 손을 움켜쥐고 자신의 이름을 말했다.

비가 갠 숲에 석양빛이 가득 쏟아졌다.

그 빛의 장막을 바라보며 반은 문득 고향의 계곡물 위로 흘러가던 낙엽을 떠올렸다.

제 2 장

전설 속의 끔찍한 병

사슴의 왕 상

살아남은 자

마신의 반려

완만한 언덕을 끝까지 올라가자 가랑비의 잿빛 장막 너머로 소금광산이 겨우 보였다.

꿈틀거리는 무수한 사람 그림자가 개미처럼 보였다.

소금광산으로 이어지는 완만한 내리막은 암염을 편히 운반하고자 흙으로 편평히 다져 정비해놓았지만, 비가 내리는 지금은 질퍽했다.

홋사르는 오우한 제후의 차남 요타르를 태우고 앞으로 걸어가는 검은 갈기의 갈색 말이 발을 헛딛는 것을 보자 혼잣말처럼 중얼거렸다.

"……길바닥을 석회로 포장할 지혜도 없는 건가."

한쪽에 붙어 따라오는 마코우칸이 그 말을 듣더니 쓴웃음을 흘렸다.

"돌아가시면 오우한 제후님께 진언해보심이."

드센 흑마를 쉽게 다루는 거한을 올려다본 홋사르는 어깨를 으쓱했다.

검은 두건 사이로 보이는 청년의 창백한 입술을 본 마코우칸은 눈살을 찌푸렸다.

산속은 춥다. 하물며 가랑비까지 내리고 있다. 그런 와중에 새벽녘부터 쉬지 않고 말을 타는 것은 그다지 건강하지 않은 젊은 주인에게는 고된 여정이리라.

역시 말렸어야 했을까…….

그렇게 생각했을 때, 마치 그 마음을 들은 것처럼 홋사르가 눈썹을 치켜세웠다.

"걱정 마. 난 괜찮아."

그러고는 앞을 바라보며 발꿈치로 말 옆구리를 걷어차 속도를 높였다. 마코우칸은 근심스러운 얼굴로 그 뒤를 쫓았다.

홋사르는 모든 면에서 이례적인 청년이었다.

그는 고대 오타와르 왕국 시조의 피를 이은 '성스러운 일족'의 일원이라는 사실만으로도 충분히 특별했다. 게다가 그의 천부적인 재능은 고명한 의술사인 할아버지 리무엣르에게 가르침을 얻어 어린 나이에 일찌감치 꽃을 피웠다. 불과 열다섯의 나이에 천 년의 역사를 자랑하는 오타와르의 '심학원深學院' 조교를 맡았고, 스물여섯 살인 지금은 의학원 감독이다. 그런 까닭에 츠오르 제국 지배층 중에 그 이름을 모르는 이가 없다.

그는 할아버지의 조수로서 츠오르 황비를 끔찍한 죽음의 병에서 구해내며 세상에 이름을 알렸지만, 그 전에도 빈사 상태의 중상자나 불치병을 앓는 환자를 수도 없이 구해냈다.

마코우칸도 그런 환자 중 하나였다.

투기장 구석의 딱딱한 석판 바닥에 내던져진 채 가실 줄 모르는 고통을 느끼며 그저 죽음을 기다리고 있을 때, 홋사르가 다가왔던 것이다.

그 가녀린 모습이 가물가물한 시야 구석에 들어왔을 때는 '아아, 나도 마침내 죽는구나'라고 생각했다. 그 청년이 '성스러운 일족'의 일원이고, 황제의 윤허로 도박에 이용된 투사의 시체를 모으고 있다는 것은 투기장 안에서도 잘 알려진 사실이었기 때문이다.

하지만 마코우칸은 죽지 않았다. 누가 봐도 손쓸 수 없는 중상을 입었음에도 기적의 손을 가진 홋사르의 치료를 받아 목숨을 부지한 것이다.

그의 저택에서 눈을 뜬 순간을 지금도 선명하게 기억한다.

동틀 녘, 아직 푸른 기운을 머금은 빛이 창가 의자에 앉아 꾸벅꾸벅 조는 홋사르의 옆얼굴을 아스라이 비추었다.

'이 사람은 한낱 투사를 돌보느라 밤을 샌 건가…….'

눈을 뜬 홋사르는 깨어난 마코우칸을 보더니 피식 웃었다.

"살아남았네. 역시 유카타 산지의 민족이로군. 말도 혀를 내두를 체력이야."

그러더니 소년처럼 갸름한 얼굴에 어울리지 않는 원숙한 말투로 말했다.

"자네, 원래 '심부深部'의 핏줄이라지? 어째서 그렇게 고리타분한 태생이 도박판 투사가 되었는지 마음 내키면 천천히 얘기나 해줘."

그때 느낀 것은 태생을 들켰다는 놀라움이 아니라 씁쓸한 체념이었다.

'성스러운 일족'과의 인연은 어디까지 타락해도, 지상 끝까지 달아나도 끊어지지 않는다. 그들의 가신으로 태어난 자는 죽기 전에는 주인의 눈에서 달아날 수 없다.

마코우칸의 표정에서 무엇을 보았는지 홋사르의 눈에 서늘한 빛이 감돌았다.

"착각하지 마. 자네가 심부였다면 난 자네를 거들떠보지도 않았을 거야. 숨이 꺼져가도 그냥 지나쳤겠지. 난 어두침침한 곳에 웅크리고 있는 놈들이 제일 싫어."

홋사르는 얼굴을 들이대고 속삭였다.

"자네는 될 대로 되라는 식으로 싸우는 주제에 항상 이기더군. 재미있었어, 자네 시합은. 난 시체는 물론이고 살아 있는 것도 모으거든. 자네, 내 시종이 되지 않겠나?"

기묘한 사람이라고 생각했다. 묘한 매력을 지닌 아주 무서운 사람이다.

츠오르 인들은 뒤에서 홋사르를 '마신魔神의 반려'라 부르며 지옥의 마신과 잠자리를 나누고 죽어야 할 사람들의 생명을 구한다고 쑥덕거렸다. 단순히 오타와르 인에 대한 혐오에 기인한 험담이라기보다 그를 감싼 기묘한 분위기 때문인지도 모른다.

그의 행동이 너무나 엉뚱해서 그렇게라도 생각하지 않으면 이해할 수 없기도 했지만, 마코우칸은 츠오르 제사의祭司醫들이 뒤에서 그런 소문을 퍼뜨리는 게 아닐까 의심했다.

제사의들은 홋사르와 그의 할아버지 리무엣르를 두려워하고 혐오했다. 원래 그들은 오타와르 의료 자체를 이단으로 여겼지만, 그것이 명확한 적의로 발전한 것은 홋사르를 일약 유명인으로 만든 황비의 치료 때부터였다.

현 군주인 나타르 황제는 유연한 사고방식을 가진 과감한 남자였다. 난치병에 걸린 황비를 치료하고자 주위의 격렬한 반대를 물리치고 '기적의 의술'로 유명한 오타와르 의술사 리무엣르와 그 손자 홋사르를 궁중으로 불러들였고, 이는 궁정에 커다란 소동을 야기했다.

츠오르에는 '의술사는 신의 손가락'이라는 말이 있다. 사람의 생사를 좌우하는 의술은 신의 가르침에 따라 행해야 하는 것으로, 의술사들은 모두 츠오르 인이 신앙하는 청심교清心教 사제이기도 했다.

궁정 제사의가 더 이상 치유할 수 없다고 선고한 환자는 안락하게 떠나보내는 약을 투여해 신의 손에 맡기는 게 통례였다.

하지만 나타르 황제는 사랑하는 황비의 치료를 포기하지 않았다. 그 병을 치료한 적 있다는 소문에 의지해 리무엣르와 홋사르를 불러들였고, 그들은 훌륭한 실력으로 황제가 총애하는 황비를 살려

냈다.

의술에 관한 두 사람의 뛰어난 솜씨와 지식에 황제는 경악했고 심취했다. 부디 궁정의가 되어 오타와르의 뛰어난 의술을 궁정 제사의들에게 가르쳐달라고 요청했는데, 이 소식을 들은 궁정의들은 격노했고 한때 제사단祭司團과 황제가 대립하는 소동으로까지 발전하고 말았다.

결국 리무엣트와 홋사르가 황제에게 요직에서 사퇴하겠다는 뜻을 밝히면서 소동은 진정되었지만, 이 사건은 뿌리 깊은 문제의 씨앗을 남겼다.

소동이 너무 커진 탓에 그 사정이 제국 전체에 알려졌고, 츠오르 귀족들은 오타와르 의료의 위대함을 알게 되었다.

난치병에 걸렸을 때, 죽음을 택하기보다 구원을 바라는 게 인지상정이다.

오우한 제후가 홋사르를 부른 것처럼, 제사의가 치료가 불가능하다고 선고했을 때 오타와르의 의술사들을 비밀리에 저택으로 부르는 귀족들이 하나둘 나타나기 시작했다.

물론 제사단은 이를 기꺼워하지 않았다. 그들은 귀족들이 청심교의 계율에서 벗어난 삶을 살면 나라가 혼란에 빠진다고 연일 강하게 비판했다.

청심교는 이 대국을 하나로 묶는 마음의 기반이니, 황제도 귀족도 그 의견에 정면으로 거역하지는 못했다. 그래서 황비를 치료한 지 십 년 가까이 지난 지금까지도 오타와르 의술은 세간에서 하늘의 도리에서 벗어난 이단의 기술로 취급받고 있었다.

원래 츠오르 인의 마음속에는 오타와르 인을 두려워하고 기피하는 감정이 있어, 그 점도 이 문제를 복잡하게 만들었다.

고대 오타와르 왕국은 수천 년에 걸쳐 오래도록 번영한 왕국이었다.

과거에는 소금광산 부근은 물론, 남쪽으로는 유카타 평원, 북쪽의 오키 지방, 서쪽의 토가 산지 부근까지 원만하게 지배하고 있었다.

오타와르 인은 의술과 토목 기술, 공예 분야에 뛰어났는데, 과거 그 지방에 살던 사람들은 모두 꿈결처럼 풍요로운 삶을 구가했다고 한다.

하지만 어느 날 귀인貴人들 사이에 괴질이 돌더니 고귀한 위정자들만 일찍 죽는 바람에 정치의 근간이 흔들리기 시작했다. 그리고 이백오십 년 전에 역병까지 유행하자 왕국은 순식간에 쇠퇴했다.

귀인들이 다루는 기술이 인간의 수준을 뛰어넘어 신의 영역에 다가갔기 때문에 신들의 노여움을 샀다는 소문이 있지만, 진실은 어둠에 싸여 있다.

왕국의 쇠락을 알아차린 오타와르의 귀인들은 현명한 노인이 청년에게 살 자리를 남겨주기 위해 자리에서 물러나듯, 지극히 냉정하게 왕국을 처분하기 시작했다.

고대 오타와르 왕국 최후의 성왕 타카르하르는 역병 피해를 면한 아카파 지방의 교역 도시 카잔으로 왕도를 옮겼다. 그리고 젊은 아카파 영주에게 왕국의 통치권을 양도하고 각자의 자치권을 인정하면서 다양한 민족이 사는 이 땅을 원만하게 통치하겠다는 맹세를 받아냈다. 이것이 아카파 왕국의 시초다.

그리고 살아남은 오타와르 귀인들은 험산險山에 에워싸인 분지에 '오타와르 성역'을 지어 이주했고, 의술을 비롯한 다양한 기술을 연마하고 발전시키는 데 전념했다.

귀인 계층이 아닌 오타와르 인들도 어렸을 때부터 성역의 심학원에서 공부하며 저마다 가진 재능에 걸맞은 삶을 선택하는데, 성인이 된 후에도 성역에 남는 이는 적다. 대부분 여러 나라로 뿔뿔이 흩어져 몸에 익힌 기술과 지식을 활용해 살아간다.

심학원 정문에는 '제국諸國을 살리고, 스스로도 살라'라는 표어가 걸려 있다. 오타와르 인은 국가를 갖지 않고 살아갈 길을 선택하는 것이다.

'오타와르 성역'의 학문 중심지 '심학원'에서 나온 기술이나 공예품은 널리 이국에 퍼졌고, 앞다투어 구입하는 상품이 되어 아카파 왕국의 부를 지탱했다.

오타와르 인은 또한 '심부'라 불리는 조직을 가지고 거미가 보금자리를 짜듯 왕국에 사는 여러 민족들의 구석구석에 실을 뻗어 모든 상황을 파악했다.

통치권을 이양한 뒤에도 그 조직을 그대로 두고 알아낸 정보를 아카파 왕에게 전달함으로써 그늘에서 왕국을 뒷받침했다. 아카파 왕국이 몸이라면 '오타와르 성역'은 그 머리라고 할 수 있다.

츠오르 제국이 쳐들어왔을 때, 아카파 왕이 소규모 전투만으로 금세 항복한 것도 '오타와르 성역'의 사람들이 츠오르 제국의 강대한 군사력을 설명하며 전쟁보다 교섭이 유리하다고 설득했기 때문이라고 한다.

'오타와르 성역' 사람들은 일찌감치 츠오르 제국에 순응의 뜻을 나타내는 한편, 그 경이로운 기술을 무기 삼아 교묘하게 제국 내부로 파고들었다.

의술은 완고한 제사의들의 반발 때문에 전파가 느렸지만 가교나 땅굴 조성 등 토목과 건축 분야에서는 오타와르 기술자들이 중용되었다. 또한 광산 개발이나 야금 분야에서도 그 뛰어난 기술이 츠오르 발전의 기반을 지탱하게 되었다.

그 실적 때문에 오타와르 인은 지배당하면서도 존경을 샀고, 두려움의 대상이면서도 중용되는 기묘한 입장에 놓였다.

어떤 의미로는 절조 없는 오타와르 인의 방식을 불쾌하게 여기는 아카파 인도 적지 않았다. 하지만 그들의 능숙한 교섭 덕분에 아카파가 전쟁 없이 다소나마 자치를 존중받을 여지가 생겼음을 알았다. 그 때문에 아카파 인들의 마음속에 '성스러운 일족'에 대한 어렴풋한 실망감은 있어도 그들을 기피하지는 않았다.

하지만 저 멀리 동방에서 구름 떼처럼 발흥해 그 영토를 확장한 츠오르 인은 역사가 짧은 만큼 오타와르 인이 두려운 존재로 보였을 것이다.

동서를 잇는 가도를 왕래하는 상인들은 험한 산들로 둘러싸인 분지에 은밀히 전해오는 '오타와르 성역'을 오래도록 '마경'이라 부르며 그곳에는 인간의 피를 마시며 천 년이 넘도록 사는 사람들이 있다고 쑥덕거렸다.

그것이 소문에 지나지 않는다는 것은 합병 교섭을 체결했을 때 이미 알았겠지만, 여전히 츠오르 인들의 가슴속에는 오타와르 인을 정체 모를 끔찍한 일족으로 여기는 마음이 뿌리 깊게 남아 있다.

그렇지만 그들은 오타와르 인이 마술로만 보이는 고도의 기술을 가지고 있다는 사실을 알았고, 그렇기에 기피하면서도 한편으로 의지하기도 했다.

제사단의 비난에도 나타르 황제가 일관되게 리무엣르에게 경의를 표하며 가까이 교류하고, 오우한 제후가 계속 훗사르를 중용하는 것은 자기가 병을 앓을 때 구해줄 사람이 누구인지 알기 때문이다.

과거에 오우한 제후가 목숨을 건졌을 때, 훗사르에게 이렇게 말했다.

"……지금 이 순간에 그대가 이곳에 있는 것은……, 이것이 신의 뜻이 아니고 무엇이겠는가……."

그때 그의 표정을 신하가 봤다면 제 눈을 의심했을 게 분명하다. 교만하고 탐욕스럽기로 유명한 오우한 제후의 얼굴에 비친 것은 비굴한 추종자의 겁먹은 미소였다.

소금광산의 출입구가 가까이 보였을 때, 바람의 방향이 바뀌었는지 문득 연기 냄새가 짙어졌다.

그 냄새를 맡자마자 홋사르는 표정을 가다듬었다. 그는 말을 재촉해 문 앞에 마중 나온 병장과 이야기를 나누는 요타르에게 다가가 뒤에서 말을 걸었다.

"요타르 님."

요타르가 뒤를 돌아보자 홋사르는 이마에 흘러내린 머리카락을 한 손으로 누르며 말했다.

"슬슬 얼굴 가리개를 쓰셔야겠습니다. 그리고 잠시 화장을 중단해주시겠습니까?"

시체를 태운 재가 바람에 흩날리는 것을 알아챈 요타르는 황급히 주머니에서 얼굴을 가릴 천을 꺼냈다. 끈을 머리 뒤로 묶으며 요타르는 탁한 목소리로 물었다.

"어째서 화장을 중단해야 합니까? 한시라도 빨리 태우지 않으면 병이 퍼질 텐데요."

홋사르도 얼굴 가리개를 쓰며 고개를 끄덕였다.

"화장은 상관없습니다. 말씀대로 그 편이 병의 전파를 방지할 수 있지요. 하지만 저는 태우기 전의 시신을 한번 봐야겠습니다. 그러려고 일부러 여기까지 온 거니까요."

영주의 아들을 마중 나온 병장이 그 말을 듣고 콧잔등을 찌푸렸다.

그 표정을 보자마자 요타르는 안색을 바꾸었다.

"감히 그 표정은 무엇인가! 이 분은 내 아버님의 생명의 은인이신 홋사르 님이시다!"

요타르가 버럭 고함을 지르자 병장은 대번에 굳은 얼굴로 황급히 사죄하며 고개를 숙였다. 그러고는 재빨리 걸음을 돌려 성대하게 연기를 뿜어내는 거대한 벽돌 건물 쪽으로 성큼성큼 걸어갔다.

"어이! 잠깐 화장을 멈춰라!"

그 목소리를 듣고 수레에 시체를 쌓아 운반하던 농노들이 느릿느릿 걸음을 멈추었다.

홋사르가 다가가자 농노의 작업을 감시하던 병사들이 그를 알아보고 눈을 휘둥그레 뜨더니 겁을 집어먹은 듯, 곧바로 시선을 피했다.

그중 한 명이 가만히 가운뎃손가락을 꺾어 마귀를 물리치는 시늉을 하는 것을 본 홋사르의 얼굴에 퍼뜩 심술궂은 미소가 번득였다.

홋사르는 입술에 손가락을 댔다가 뭔가를 던지듯이 다시 그 손가락을 병사에게 뻗었다.

손가락질을 당한 병사는 순식간에 창백해지더니 벌벌 떨기 시작했다.

"……주인님."

마코우칸이 타이르자 홋사르는 고양이처럼 목구멍을 울리며 뺨을 누그러뜨리고 웃었다.

미소를 쓱 거두고 말에서 내린 홋사르는 마코우칸에게 고삐를 넘기고 시체를 얹은 수레 쪽으로 다가갔다. 마코우칸도 말에서 내려

두 마리의 말을 끌면서 그의 뒤를 따랐다.

멀찍이 서 있던 병사들이 수군거리는 소리가 들렸다. 내용은 알수 없었지만, 아마도 제 눈으로 처음 '마신의 반려'를 본 감상을 떠들고 있을 것이다.

마코우칸은 주머니에서 헝겊을 꺼내 입과 코를 막으며 주위를 둘러보았다.

험한 일에 끌려온 죄인들이 목에 쇠사슬을 맨 채 겁에 질린 얼굴로 여기저기서 시체를 수레에 싣고 있다.

멀찍이 서서 감시하던 병사들의 표정도 불안했다.

훗사르는 수레 옆에 아무렇게나 쌓아놓은 시체로 다가가 걸음을 멈추고 자세히 관찰하기 시작했다.

마코우칸은 젊은 주인처럼 시체를 살펴볼 마음이 들지 않아 주위를 한 바퀴 둘러보았다.

소금광산은 산과 구릉으로 사방이 막힌 오목한 골짜기에 있었다. 북쪽과 서쪽은 울창한 숲이 산꼭대기까지 이어졌다.

숲 앞에는 육중한 철책이 쭉 뻗어 있었다. 망루에서 보이지 않는 사각지대를 울타리로 방어하는 것이다.

비교적 나무들이 듬성듬성해 시야가 트인 남쪽과 동쪽은 길을 내놓은 부분 외에는 발 디딜 곳이 마땅치 않은 바위터가 많았다. 누군가가 이곳을 습격하려 해도 무장한 상태로 재빨리 뛰어내리기란 어려웠다.

'그 통행로가 진창 그대로인 것도.'

무지하기 때문이 아니라 적의 습격을 방어하기 위한 것일지도 모른다. 자세히 보니 이곳에는 제법 훌륭한 방어책이 여럿 마련되어 있었다.

'하얀 금을 파내는 곳이니까.'

관리를 게을리하면 이 땅의 지배를 맡고 있는 오우한 제후가 황제에게 호된 질타를 받게 된다.

'하지만……'

이만한 방어책도 이번 참사에는 쓸모가 없었던 것이다.

젊은 주인에게 눈길을 돌린 마코우칸은 그의 옆얼굴을 바라보았다.

홋사르는 시체를 쳐다보고 있었다. 시체의 냄새도, 그 무참한 모습도 전혀 개의치 않는 듯했다.

지독히도 고요한 그 표정에 마코우칸은 문득 한기를 느꼈다.

"홋사르 님?"

이름을 부르자 홋사르는 깊은 명상에서 깨어난 것처럼 눈을 깜빡거렸다.

"……이걸 봐."

그가 가리킨 것은 시체의 장딴지 부근이었다. 이미 흙빛으로 변한 그곳에는 개에게 물린 듯한 자국이 선명하게 남아 있었다.

"시체마다 물린 자국이 있군. 온몸에 부스럼 흔적도 보여."

홋사르는 작은 한숨을 내쉬며 손으로 이마를 훔쳤다.

마코우칸은 그 동작을 보고서야 비로소 젊은 주인이 땀을 흘리고 있다는 사실을 깨달았다. 이 추위 속에서 홋사르의 하얀 이마에는 이슬 같은 땀이 흥건히 맺혔다.

그 땀을 본 순간, 저릿한 공포가 머릿속을 훑고 지나갔다.

소금광산에서 일하던 사람들이 전멸했다는 소식을 들었을 때, 놀라기는 했지만 그다지 공포를 느끼지는 않았다. 요리사가 실수로 음식에 독초나 독버섯이라도 넣은 줄 알았다.

하지만 이 시체에는 잇자국이 있다. 식중독이 아니라 뭔가에 물려 죽은 것이다.

'이 사람이 이렇게 동요하다니, 대체 무슨 병이기에……'

뭔가 얼토당토않은 괴이한 일이 벌어지고 있다.

순간, 자신이 지금 그 한복판에 있다는 생각이 선명하게 가슴을 덮치자 맥박이 빨라졌다.

홋사르는 주머니에서 꺼낸 장갑을 끼면서 마코우칸에게도 장갑을 끼도록 지시했다. 그리고 그에게 짐 속에서 살충 효과가 있는 '미킴'을 꺼내 눈앞에 누워 있는 시체 다섯 구에 뿌리도록 명령했다.

하얀 물보라가 시체를 흥건히 적시고 조용히 사라지는 것을 본 홋사르는 됐다는 듯이 고개를 끄덕였다.

"이 시체의 옷을 벗겨야겠다. 이렇게 추우니 이만큼 뿌렸으면 괜찮겠지만 옷 안쪽에 벼룩이나 진드기가 숨어 있을지도 몰라. 물리지 않도록 조심해서 벗겨."

굳지 않은 시체는 그저 차갑고 무거웠다.

"……사흘도 더 지난 모양이군요."

두려움을 떨쳐보려고 중얼거리자 홋사르가 고개를 끄덕였다.

"가혹한 노동을 하는 자는 사후경직이 빨리 일어나기도 하지. 그런데 이토록 경직이 없다면 죽은 지 나흘은 지났을 테지."

누더기 같은 옷가지를 전부 벗겼다. 홋사르는 잠시 눈을 감았다가 뜨더니 시신을 구석구석 관찰하기 시작했다.

홋사르는 뭐라 중얼거리며 다섯 구의 시체를 구석구석 뜯어보고는 일어나 허리를 펴고 작은 한숨을 내쉬었다.

불안한 표정으로 뒤에 서 있던 요타르가 물었다.

"무슨 병인지 알겠습니까?"

홋사르는 고개를 돌려 한참 동안 말없이 요타르를 바라보다가, 마침내 다시 한숨을 내쉬며 말했다.

"정확한 병명은 시체를 좀 더 자세히 조사해봐야 알겠습니다."

요타르가 홋사르를 바라보았다.

"그래도 아마 이거다 싶은 병은 있겠지요?"

"……."

요타르는 홋사르에게 한 걸음 다가가 속삭이듯 말했다.

"가르쳐주십시오, 무슨 병입니까?"

홋사르는 시신을 굽어보며 말했다.

"어디까지나 눈으로 관찰한 결과와 이 상황에 기초한 추측이지만…… 흑랑열黑狼熱일 가능성이 있습니다."

그 말을 들은 순간, 마코우칸은 저도 모르게 시체에서 펄쩍 떨어졌다. 시체에서 눈에 보이지 않는 무언가가 그를 따라오는 것 같아 숨쉬기조차 두려웠다.

훗사르는 눈가에 희미하게 쓴웃음을 떠올리며 고개를 저었다.

"그렇게까지 겁먹지 마, 덩치는 커서 한심하기는. 괜찮아. 정말 흑랑열이라면 적어도 이 시체에서 병이 옮을 일은 없어."

요타르는 잠자코 두 사람의 대화를 듣고 있다가 눈살을 찌푸리며 훗사르를 쳐다보았다.

"부끄럽지만 저는 그 흑랑열이라는 병을 모르는데, 위험한 병입니까? 옮거나 퍼질 우려가 있는 역병이라거나?"

훗사르는 미소를 거두고 요타르를 바라보며 고개를 끄덕였다.

"예. 제가 지금 그를 놀리긴 했지만 그가 겁을 먹는 게 당연한 끔찍한 역병입니다. 요타르 님이 화장을 서두르신 것은 옳은 판단이었습니다. 게다가……."

훗사르는 진눈깨비에 축축이 젖은 수레를 보았다.

"이 추위도 다행이었습니다. 요 며칠 서리가 내릴 정도로 추웠고, 이곳 사람들이 죽은 뒤로 여기서는 불도 지피지 않았겠지요?"

무슨 뜻으로 묻는지 통 모르겠다는 표정으로 요타르는 고개를 끄덕였다.

"예, 아마 그럴 겁니다. 옷에 살얼음이 낀 시체도 있었다고 들었습니다."

"그렇다면 괜찮습니다. 지금 여기에 있는 시체에서 병이 옮을 일은 아마도 없겠지요."

"……어째서입니까?"

"벌레가 없기 때문입니다. 흑랑열은 검은 늑대나 승냥이에게 물려서 앓는 병인데, 무엇보다 두려운 점은 병을 앓은 짐승이나 사람을 문 벼룩, 진드기가 병을 옮긴다는 사실입니다."

요타르는 창백하게 질린 얼굴로 제 옷소매를 털었다.

"괜찮습니다. 서리가 내릴 정도로 추운 날씨라면 벼룩은 거의 활동을 못 합니다. 물론 개의 몸뚱이나 불기가 있는 따뜻한 곳이라면 겨울에도 끈질기게 살아남는 강한 녀석들이지만요."

홋사르는 진눈깨비에 묻힌 차가운 무색의 풍경을 바라보았다.

"이곳이 이 추위 속에서 나흘 이상 격리되었다는 게 얼마나 행운인지……."

홋사르는 작은 한숨을 내뱉으며 요타르에게 말했다.

"그래도 시체를 건드리거나 다가간 사람은 모두 다 입고 있던 옷을 불태우고, 몸과 머리카락을 씻고 다른 옷으로 갈아입은 뒤에 돌아가라고 해야겠지요."

요타르가 눈을 휘둥그레 떴다.

"그런…… 그렇게까지 해야 합니까?"

홋사르는 고개를 끄덕였다.

"예."

그 눈에 어른거리는 기묘한 빛을 마코우칸은 말없이 지켜보았다. 그 입에서 이어서 나올 말을 알 것 같았다.

홋사르는 조용히 말했다.

"이 병은 과거에 육천 명의 목숨을 앗아갔습니다. 저의 고국, 고대 오타와르 왕국을 멸망으로 몰아넣은 것이 바로 이 역병입니다."

요타르의 얼굴이 밀랍처럼 새하얘졌다.

"……약은?"

요타르의 힘없는 질문에 홋사르는 고개를 저었다.

"유효한 약은 아직 찾아내지 못했습니다."

무릎에서 힘이 빠진 듯 앞뒤로 비틀거리던 요타르가 물었다.

"병을 앓으면…… 반드시 죽습니까?"

홋사르는 시체를 굽어보며 대답했다.

"반드시 그런 건 아닙니다. 병소病素를 가진 검은 늑대에게 물렸으나 죽지 않은 자도 있었던 모양입니다. 하지만 일단 발병하면 열에 여덟이 죽음에 이르렀다는 기록이 고문서에 남아 있습니다. 끔찍한 역병입니다."

평소보다 창백한 얼굴이었지만 홋사르의 목소리는 오히려 차분했다.

요타르는 동요를 가라앉히려 숨을 깊게 들이마신 후에 낮은 목소리로 물었다.

"……그 흑랑열이라는 것은 광견병하고 다른 병입니까?"

"다릅니다. 광견병도 짐승에게 물려 걸리는 병이고, 치료할 방법도 없고, 발병하면 죽음에 이른다는 점에서 똑같지만, 광견병으로는 이토록 빠르게 죽지 않습니다. 물린 자리에 따라 다르지만 머리에 가까운 부위를 물린 경우에도 이변이 나타나는 건 대략 열나흘 이후입니다. 그때까지는 병에 걸린 줄도 모르고 생활하는 경우가 대부분입니다. 하지만 기록에 따르면 흑랑열은 물리고 며칠 내에 급격히 증상이 진행되어 죽음에 이르렀다고 합니다. 그 점으로 보아도 이 병이 아닐까 싶습니다."

"······그렇군요."

"광견병이 만연하고 있다는 보고는 없었지요?"

요타르는 고개를 저었다.

"적어도 정기 보고 때 그런 내용은 없었습니다."

훗사르는 차례로 수레에 실리는 시체를 바라보다가 갑자기 거침없이 설명하기 시작했다.

"애초에 광견병은 사람에게서 사람으로 전염되지 않아요. 사람에게서 사람으로 옮는 병이라도 이렇게나 많은 사람들이 단시간에 한꺼번에 죽었다는 것은 대단히 비정상적인 일입니다. 어떤 이유로 병에 걸린 쥐가 기어들어와 역병을 퍼뜨렸을 가능성도 생각해볼 수 있습니다. 하지만 적어도 이 다섯 구에 남아 있는 잇자국은 쥐의 것이 아니고, 방금 전에도 말씀드렸다시피 이 추위 속에서는 벼룩이나 진드기도 그리 활동적이지 않습니다. 이 추위, 이 가혹한 환경으로 생각해보건대 유행성 감기일 수도 있지만, 그래도 이만한 사람들이 모두 죽었다고 생각하기는 어렵습니다. 한꺼번에 이만큼 많은 사람들이 죽었다면 먼저 고려해볼 가능성은 독살이나 식중독이겠지만, 배탈을 앓은 흔적도 없고 독살 특유의 증상도 보이지 않습니다. 이건 시간이 지나 확답하기 어렵지만, 병사病死와 분간하기 어려운 독도 있거든요. 시체마다 잇자국이 있고, 부스럼 자국이 있다면…… 역시 흑랑열일 가능성을 버리기 힘듭니다. 독살과 흑랑열, 양쪽 모두 고려하며 대처해야 할 겁니다."

요타르는 눈썹을 찌푸리고 속삭였다.

"흑사병일 가능성은요? 그것도 쥐가 옮기는 병이라고 들은 적이 있는데……."

홋사르는 고개를 저었다.

"그럴 가능성은 거의 없을 겁니다. 흑사병이라면 겨드랑이나 귀밑, 사타구니가 잔뜩 부어오르고 궤양이나 괴사가 관찰되는 사례가 많습니다. 하지만 여기 있는 시체에는 그런 증세도 없고, 그밖에 증상이 다른 부분도 몇 가지 있거든요. 게다가 모든 시체에 보이는 부스럼 모양과 색깔도 흑랑열에서 특징적으로 보인다고 기록된 증세와 흡사합니다."

요타르는 오싹 겁에 질린 얼굴로 콧잔등을 찌푸렸다.

"벼룩도 옮긴다고 하셨는데, 시체의 부패한 기氣에 옮는 일은 없습니까? 이런 식으로 시체 옆에서 이야기를 하다가 저희가 옮을 일이 절대……?"

홋사르는 피식 웃었다.

"뭐, 괜찮을 겁니다. 옮았다면 죽겠지만, 설령 옮지 않았더라도 어차피 언제 죽을지 모르는 게 모든 생물의 숙명이니까요."

안심하라는 말인지, 하지 말라는 말인지 모르겠다는 표정으로 요타르가 눈을 껌뻑였다.

마코우칸이 헛기침을 하자 홋사르가 웃음을 거두고 요타르를 바라보았다.

"어쨌든 한시라도 빨리 서둘러주셔야겠습니다."

"뭘 말입니까?"

"여기 있는 시체, 살얼음이 꼈다는 시체를 비롯해 일단 서른 구정도 관에 담아 카잔에 있는 제 의원으로 보내주십시오. ……하실수 있으십니까?"

오우한 제후의 주치의인 제사의의 승낙을 얻을 수 있겠느냐는 뜻을 담은 질문이었는데, 요타르는 태연히 고개를 끄덕였다.

"괜찮습니다."

그리고 병사들에게 들리지 않게 살짝 목소리를 낮추어 말했다.

"마음 써주셔서 고맙지만, 로나 선생이 당신의 행동을 방해하는짓은 하지 않을 겁니다. 괜찮습니다."

오우한의 제사의장인 로나는 과거 오우한 제후의 병을 오판해 위독한 상태에 빠뜨린 적이 있다. 홋사르가 그 위기에서 로나를 구했는데, 그는 로나의 오진을 오우한 제후에게 알리지 않고 그의 입장을 지켜주었다.

하지만 로나는 자신의 오진을 깨닫자 죽을죄를 지었음을 각오하며 오우한 제후를 찾아가 자신의 미숙함으로 그의 목숨을 위험에빠뜨렸음을 사죄했다.

로나는 그런 남자였다.

과묵한 남자로, 때로 무슨 생각을 하는지 통 알 수 없었지만, 대다수의 다른 제사의와 달랐다. 자신의 권위를 지키기보다는 신의 가르침을 진지하게 마주하고 어떻게 살 것인가 하는 문제에만 관심이 있는 것처럼 보였다.

오우한 제후는 궁정제사의단의 의향에 좌우되지 않는 그의 인품을 높이 평가해 제사의를 계속하도록 붙잡았다. 로나는 긴 숙고 끝에 제사의로 머물렀다.

그런 경위 때문에 로나는 오우한 제후가 무슨 일이든 홋사르에게 의지해 특별 배려를 베풀 때도 별다른 이의 없이, 궁정제사의단에도 상세한 내용을 알리지 않고 넌지시 지켜주었다.

그 덕분에 이곳 오우한에서 홋사르는 의술사로서 마음껏 실력을 발휘할 수 있었다.

"하지만 이 정도의 큰일이면 그도 위에 보고해야 할 텐데요."

홋사르도 목소리를 낮추고 말했지만 요타르는 가볍게 고개를 끄덕이며 대답했다.

"그렇기는 하지만 괜찮습니다. 로나 선생의 됨됨이도 그렇고, 저희도 위하고 나누는 얘기에는 익숙합니다. 하고 싶은 대로 마음껏 하십시오."

홋사르는 얼굴을 누그러뜨렸다.

"고맙습니다. ……아, 맞다. 반드시 미킴을 시체에 꼼꼼히 뿌려주십시오."

"알겠습니다."

고개를 끄덕인 요타르가 병장을 돌아보더니 부하를 시켜 마차와 관을 준비해 운반 준비를 갖추도록 지시했다.

훗사르가 경례를 하고 부하 곁으로 달려가려던 병장을 불러 세웠다.

"어쨌든 최대한 차가운 상태로, 부패하기 전에 옮겨주게. 부패하면 병을 알아내기 어렵고, 약도 제조하기 힘들어. ……시간이 많이 지났으니 이미 틀렸을지도 모르지만, 그래도 최선을 다하고 싶네."

병장이 짤막한 구호와 함께 경례를 하고 달려가자 훗사르는 마코우칸를 돌아보았다.

"종이와 붓을, 그리고 등 좀 빌려줘."

마코우칸은 한숨을 쉬면서 시키는 대로 짐에서 종이와 붓, 먹통을 꺼냈다. 그리고 등에 대고 글을 쓸 수 있도록 허리를 구부렸다.

"거, 널찍해서 좋네. 조금 물렁한 게 단점이지만."

그 우스갯소리에 마코우칸은 훗사르의 고양된 기분을 감지했다. 일부러 경박하게 굴지만 사실 훗사르는 진심으로 흥분하는 일이 거의 없다. 그런 훗사르의 몸속에서 지금 불이 환하게 타오르고 있는 것이다.

훗사르가 의원 탐구동探究棟에 상주하는 조수들에게 보낼 편지를 다 썼을 무렵, 마차와 관의 준비를 끝낸 병장과 병사들이 돌아왔다.

훗사르는 완성한 편지를 요타르에게 건넸다.

"시신과 함께 이걸 제 조수에게 전해주십시오."

그렇게 말하고 훗사르는 병장을 향해 고개를 쓱 돌렸다.

"당신이 이곳의 참상을 가장 먼저 발견했나?"

병장은 굳은 얼굴로 고개를 저었다.

"아닙니다. 어제 새벽에 감시 임무를 교대하려고 이곳에 온 병사들이 발견하고 보고했습니다."

"그런가. 그들과 이야기해볼 수 있을까?"

병장은 경례를 했다.

"예, 당장 데려오겠습니다."

불려온 병사들은 굳은 표정으로 홋사르의 앞에 줄을 섰다.

개중에는 방금 홋사르가 손가락질을 한 병사도 섞여 있었지만, 그도 이번에는 놀릴 기분이 아니었는지 차분하기 그지없는 얼굴로 그들을 보았다.

"자네들에게 몇 가지 질문이 있네. 사소한 일이라도 상관없으니 생각나는 게 있으면 뭐든 말해주게."

그렇게 말하고 홋사르는 교대는 며칠 주기로 하는지, 소금광산과 외부 교류는 어떤지, 대답하기 쉬운 질문부터 하기 시작했다. 그리고 병사들의 입이 차츰 풀리자 그는 참상을 발견한 당일 아침의 상황을 물었다.

병사들과 나눈 대화 속에서 적어도 열나흘 전까지는 소금광산에서 딱히 눈에 띄는 보고가 없었다는 점, 어제 새벽에 이곳에 도착했을 때 살아 움직이는 사람은 한 명도 없었다는 점, 그때는 짐승의 모습을 보지 못했다는 점 등을 알 수 있었다.

"……한 사람도 남김없이 죽어 있었단 말인가? 소금광산 안에 묶여 있던 노예도 포함해서."

훗사르가 그렇게 물었을 때, 한 젊은 병사의 눈이 희미하게 흔들렸다. 그 변화를 날카롭게 알아차린 훗사르가 그를 쳐다보았다.

"누구, 살아남은 자가 있었나?"

젊은 병사는 입술을 축이더니 병장을 흘깃 보았다. 병장이 헛기침을 하고 입을 열었다.

"보고드리려 했는데, 노예 하나가 달아났을 수도 있습니다."

요타르의 안색이 바뀌었다.

"뭐라고?"

병장은 황급히 말을 이었다.

"아직은 가능성이 있다는 정도입니다. 인원수를 다 맞춰보지 못해서 확인하는 대로 보고드리려 했습니다."

요타르는 신음했다.

"그럴 가능성이 있다는 말은 무슨 뜻인가?"

"갱도 삼 층 방에서 노예의 족쇄를 묶어두는 사슬이 한 군데 부서져 있었습니다. 아시다시피 소금광산에서는 밤에 노예를 사슬로 묶어두는데, 그 사슬이 끊겨 있었습니다. 다만 거기에 정말 노예가 묶여 있었는지는 확실치 않습니다. 몇 사람이 잡아당겨도 쉽게 끊길 물건은 아니지만 오래 사용한 사슬이니, 어쩌면 망가진 자리라 노예가 묶여 있지 않았을지도 모릅니다."

보고하는 동안에 정신을 차렸는지 병장이 굵은 목소리로 덧붙였다.

"노예 감독들도 다 죽어서 기록을 대조해가며 인원수를 확인하지 않는 한, 정확한 상황을 알 수가 없어 지금 조사를 진행하고 있습니다."

요타르는 병장을 지그시 바라보았다.

"사슬에는 번호가 있을 텐데?"

병장의 눈이 흔들렸다. 혼란스러운 상황인지라 노예 하나 때문에 번호를 대조하러 아래로 내려갈 수고를 아낀 것이다. 눈가가 붉어졌다.

"그야, 그렇기는 하지만 그 기록표라는 게 꽤나 엉터리라서요. 빠진 번호도 많고……."

말하다 보니 스스로 생각하기에도 변명 같았는지, 뒷말을 삼키며 고개를 깊이 떨구었다.

"죄송합니다. 어쨌든 기록을 가지고 내려가 시급히 비교해보겠습니다."

생각에 잠긴 채로 두 사람의 대화를 듣고 있던 홋사르는 병장이 입을 다물자 요타르 쪽으로 시선을 돌렸다.

"……저, 끊긴 사슬이 있는 곳을 보고 싶습니다. 안내해주실 수 있습니까?"

2

소금광산 안으로

홋사르와 마코우칸이 안내인을 따라 소금광산 안으로 들어간 것은 점심 식사를 마친 뒤였다.

소금광산 관리자가 전부 사망한 비상사태라 내부를 안내해줄 사람을 데려와야 했고, 홋사르가 '그렇다면 먼저 점심을 들면서 급한 선후책을 의논하자'고 요타르에게 제안했던 것이다.

병사에게 끌려온 안내인은 머리가 허연 남자였다. 예순이 넘은 듯했지만 걸음걸이도 힘차고 매우 정정해 보였다.

그의 용모를 본 마코우칸은 움찔했다.

'……아카파 인?'

요타르가 안내인으로 아카파 인을 불렀다는 사실이 뜻밖이라 홋사르를 흘깃 쳐다보았지만, 무슨 생각을 하는지 젊은 주인은 표정 하나 바꾸지 않고 멍하니 그 노인을 쳐다볼 뿐이었다.

요타르 앞으로 끌려나온 노인은 무릎을 꿇고 절했다.

"아아, 자네 얼굴은 기억이 나는군. 할아버님께서 '아카파의 걸어다니는 사전'이라고 불렀던 자로구나. 투림이라고 했던가?"

투림이라 불린 남자는 고개를 들고 굵은 목소리로 대답했다.

"예, 투림이옵니다. 요타르 님께서 열두세 살이실 때 뵈었는데, 설마 기억해주실 줄은 생각도 못했습니다. 영광이옵니다."

요타르가 가만히 웃었다.

"맞아, 내가 아직 성인식을 치르기 전이었지. 확실히 기억은 가물가물하지만, 자네가 감독관이었을 때 이곳은 지금보다 훨씬 질서가 있었다는 생각이 드는군."

투림의 눈 속에 문득 복잡한 빛이 꿈틀거렸다.

요타르는 그것을 보고도 표정을 바꾸지 않았다.

아카파 소금광산은 이 땅에 사는 아카파 인이 처음 발견한 이후로 수백 년에 걸쳐 소금을 생산하며 아카파 왕국의 재정을 뒷받침해온 장소다.

아카파 인들이 전통적인 방식으로 운영하던 소금광산을, 츠오르는 전쟁 노예를 마구잡이로 투입하는 그들의 방식으로 억지로 바꾸었다. 그리고 그것이 이 땅에 사는 이들에게 미묘한 감정을 불러일으킨다는 사실을 알면서도 그것을 조용히 무시해왔다.

'……이 남자는 의외로 현명하군.'

마코우칸은 요타르를 다시 보았다. 그는 츠오르 제국의 서쪽 끝, 영토 확장의 최전선에 있는 이 아카파 영지를 맡고 있는 영주가의 남자치고는 다소 여려 보였다. 하지만 그는 굳센 기상이 아니라 부드러운 정을 담당하는 남자인 것 같다고 새삼 생각했다.

아니, 부드러워 보이는 것은 외모뿐이고 배짱이 두둑할지도 모른다.

'이 남자가 홀로 아카파 왕을 찾아가 예를 다하고 그의 조카딸을 아내로 맞이했다는 소문도 어쩌면 정말일지 모르겠군.'

그 소문을 들었을 때는 오후한 제후가 자신이 잔혹한 정복자가 아니라 복종을 맹세한 아카파 왕에게 경의를 표할 줄 아는 좋은 통치자임을 자랑하고자 과장해서 퍼뜨린 이야기인 줄로만 알았는데, 의외로 사실일지도 모른다.

실제로 어젯밤에 요타르의 저택에서 본 그의 부인과 아들의 표정은 온화하고 넉넉했다. 저택도 츠오르 양식이기는 했지만 오우한 제후가 거처하는 성과 달리, 아카파 양식처럼 통풍이 잘 되는 인상을 받았다.

게다가 선제후選帝侯의 차남이라는 지위를 과시하지 않고 홋사르에게도 경어를 쓴다.

요타르의 단정한 옆얼굴을 바라보며 마코우칸은 마음속으로 중얼거렸다.

'우리 입장에서는 고마운 남자지.'

이 남자라면 아버지와 똑같이 오만하고 고집 센 형 우타르를 능숙하게 다룰 수 있을지도 모른다. 그렇다면 두 민족 사이를 잇는 소중한 가교가 될 수 있다.

생각해보면 이 소금광산에서 벌어진 이상 사태를 제사의에게 알리기 전에 홋사르에게 먼저 보여준 것만 해도 실리를 중시하는 이 남자의 유연한 사고방식과 배짱을 알 수 있다.

아카파 인들도 그 정도는 꿰뚫어보았을 것이다. 투림은 빈정거리는 기색 없이 감사의 말을 담담히 늘어놓았다.

"과분한 말씀이옵니다. 부족한 관리 능력이었는데 그렇게 기억해주시니 지극한 영광입니다."

요타르는 고개를 끄덕이고 홋사르를 돌아보았다.

"여기 투림을 압니까?"

홋사르는 가만히 웃었다.

"알다마다요. 의술에 파묻혀 사는 오타와르의 외톨이도 아카파에는 어렸을 때부터 자주 다녔으니까요."

그 말을 어떻게 받아들였는지는 몰라도 요타르는 아무 표정 없이 고개를 끄덕였다.

"그렇겠군요."

두 사람의 대화를 듣던 마코우칸은 섭섭했다.

'……뭐야, 나만 모르나.'

그 표정을 눈치 빠르게 알아챈 홋사르가 씨익 웃었다.

"자넨 처음 보지? 여기 투림은 전에 소금광산 감독관으로 지냈던 터라 이곳 사정이라면 누구보다 훤해. 실로 걸어 다니는 사전이지. 안내인으로 그보다 더 적합한 사람은 없어."

투림은 쓴웃음을 흘리며 고개를 숙였다.

"오랜만입니다, 홋사르 님. 과분한 말씀, 고맙습니다. 당신을 '아카파의 보석' 안으로 안내해드릴 수 있어 영광입니다."

홋사르는 싱긋 웃었다.

"……고마워. 잘 부탁하네."

*

어두운 갱도로 들어간 마코우칸은 그 거대한 크기에 놀랐다.

검게 빛나는 암반의 천장은 아득히 높고, 앞쪽에는 폭이 넓은 갱도가 저 멀리 어둠 속으로 이어졌다.

갱도 안쪽에서 뻗어 나온 낙수받이 같은 장치 끝에 놓인 커다란 나무통으로 물이 뚝뚝 떨어지고 있었다.

소금이 잔뜩 낀 나무통을 흘긋 본 투림이 요타르를 돌아보며 말했다.

"주제넘은 소리일지도 모르지만 사태가 안정될 때까지 저희가 소금물을 관리하는 게 어떻겠습니까?"

요타르는 고개를 끄덕였다.

"내가 먼저 부탁하려던 참이었네. 노예를 당장 보급할 방도도 없지만 무엇보다 소금을 다룰 줄 아는 기술자가 한 사람도 남김없이 당해버린 게 문제야. 자네가 도와준다면 나도 아버님과 형님께 잘 말씀드려서 걸맞은 보수도 주겠네."

투림은 고개를 숙였다.

"알겠습니다. 그럼 그렇게 하겠습니다."

홋사르는 두 사람의 대화에는 관심이 없는지 쉴 새 없이 갱도를 둘러보았다.

소금광산 안쪽은 무심결에 시선을 빼앗길 정도로 아름다웠다.

굵은 목재 골격이 여기저기서 갱도를 받치고 있지만 태반은 훤히 드러난 암벽이었다. 검게 보이는 그 암벽에 횃불이 닿자 수정 유약이라도 바른 것처럼 하얀 줄무늬가 일렁거리며 떠올랐다.

"소금이라는 건 신기한 물질이라……."

투림의 목소리가 공허하게 울렸다.

"이렇게 수정처럼 매끈하게 보이는 부분이 있는가 하면, 마치 꽃송이처럼 알갱이 같은 결정이 올록볼록 튀어나와 있는 부분도 있습니다. 또 아득히 저 밑에는 수정으로 착각할 정도로 거대한 기둥으로 변한 곳도 있습니다. 소금은 놀라우리만치 다양한 모습으로 땅속에 깃들어 있지요."

그는 횃불이 아니라 표주박 모양의 커다란 수정 초롱을 들고 있었다. 안정적인 불빛이 수정을 통해 주위를 비추었다.

"훌륭한 초롱이군. 소금광산에서 쓰는 초롱인가?"

홋사르가 묻자 투림이 미소를 지었다.

"그렇습니다."

그는 고개를 끄덕이며 홋사르를 흘깃 보더니 덧붙였다.

"주입한 기름은 정확히 여섯 시간 동안 지속됩니다. 옛날에 암염 채굴꾼들이 땅속에 머무는 시간을 여섯 시간으로 정했지요. 채굴꾼들은 땅의 어둠 속에서도 기름의 잔량을 보고 언제 일을 끝내고 돌아오면 되는지 알았답니다."

투림은 뒤에 있는 요타르를 돌아보지 않았다. 뒤를 돌아보면 지금 한 말은 설명이 아니라 비판이 된다. 그것을 피한 것이겠지만, 투림의 마음속 분노는 말없는 메아리가 되어 그 등에서 뿜어 나왔다.

이윽고 바닥에 뻥 뚫린 거대한 구멍이 보였다.

"천통天通 갱도입니다. 아래층에서 파낸 암염이나 염수를 도르래로 끌어올리는 구멍이지요."

울타리를 붙잡고 구멍을 들여다본 마코우칸의 뺨 언저리에 소름이 돋았다.

바닥이 보이지 않는다. 아득한 어둠의 나락까지, 하염없이 수직으로 사다리가 뻗어 있을 뿐이다.

천장에 매달린 도르래에 굵은 밧줄이 걸려 있다. 희미한 바람에 조용히 흔들리는 그 밧줄의 끝은 보이지도 않았다.

"……설마, 저 사다리를 타고 내려가는 건가?"

마코우칸이 중얼거리자 홋사르가 웃었다.

"자네 목소리가 떨리는데, 무서운가?"

마코우칸은 젊은 주인을 바라보았다.

"무섭지 않은 사람이 있을까요?"

홋사르는 눈썹을 실룩거렸다.

"난 별로 안 무서워."

그 말투가 너무나 태연해 다른 사람들은 살짝 눈살을 찌푸리며 홋사르를 쳐다보았다.

"……나도 나서서 내려가고 싶지는 않군."

요타르는 병장을 돌아보았다.

"구명줄이 있었지?"

"예."

병장이 고개를 끄덕이더니 울타리에 걸어두었던 쇠고리가 달린 허리띠를 하나씩 들어 사람들에게 건넸다.

"삼 층까지 내려간다고 하셨지요?"

투림은 병장에게 그렇게 묻고는 구명줄의 길이를 가늠했다. 그는 손놀림으로 허리띠를 감고 거기 달린 쇠고리에 구명줄 끝에 달린 쇠고리를 찰칵 끼웠다.

"그럼 저부터 내려가겠습니다. 저를 따라 사다리를 타고 내려오십시오. 사다리에는 소금이 껴 있으니 미끄러지지 않게 조심하세요."

그렇게 말하더니 마코우칸을 보았다.

"소금광산 안에서는 목재가 제법 오래갑니다. 금속은 금방 녹슬지만."

투림이 청년 같은 가벼운 몸놀림으로 사다리를 내려갔다.

마코우칸은 한숨을 내쉬고 신중히 그의 뒤를 따랐지만, 홋사르는 정말 무섭지 않은지 담담하게 사다리를 내려갔다.

구멍 밑에서 차가운 바람이 훅 치솟았다.

바닷물 냄새가 나는 바람이었다. 바다 밑에서는 이런 냄새가 날지도 모르겠다 싶은 냄새였다. 희미하게 코를 찌르는 오물 냄새와 왠지 익숙한 냄새가 섞여 있다.

'……말?'

어째서 말 냄새가 날까, 눈살을 찌푸렸을 때, 밑에서 투림의 목소리가 들렸다.

"병장님, 말은 그대로 묶여 있는 거지요?"

위에서 병장의 대답이 내려왔다.

"그대로다."

이 층에 다다르자 역시나 말의 모습이 보였다. 불안한 기색으로 머리를 흔들며 이쪽을 보고 있다.

"도르래를 돌리는 짐말입니다. 죽는 날까지 햇빛을 보지 못하는 가여운 녀석입니다."

구멍 가장자리에서 뭔가 하얀 물체가 날렵하게 움직였다. 민첩한 동작이었다.

"고양이입니다. 말을 갱도에 두면 그 먹이를 노리고 쥐가 몰려들거든요."

투림이 뜻 모를 웃음을 흘렸다.

"고양이들은 이곳과 바깥을 마음껏 오가지요. 여기에서 일했을 때는 녀석들이 고단한 마음을 많이 달래주곤 했습니다."

마코우칸은 쥐가 있다는 말에 무심코 홋사르를 올려다보았다.

"……뭐, 괜찮겠지."

홋사르의 태연한 목소리가 내려왔다.

"여기는 도시나 마을과는 제법 거리가 있으니까. 짐에 섞여 이동하지 않도록 철저히 박멸해야겠지만."

투림과 요타르는 대화에 끼어들지 않고 묵묵히 사다리를 내려 갔다.

이윽고 투림의 목소리가 들려왔다.

"자, 거의 다 왔습니다."

그리고 투림의 모습이 사라졌다.

마코우칸은 사다리에서 신중하게 발을 뻗었다. 발바닥이 삼 층 바닥에 닿자 안도하며 사다리에서 손을 뗐다.

뒤늦게 뒷목부터 등줄기까지 차가운 땀이 솟았다.

'발밑에 단단한 땅바닥이 있다는 건 고마운 일이군.'

지상으로 돌아가려면 다시 한 번 이 사다리를 타야 하지만 지금 은 생각하고 싶지 않았다.

뒤에서 홋사르와 다른 사람들이 차례로 바닥에 내려서는 소리가 들렸다.

메아리로 짐작건대 이 층에도 제법 넓은 공간이 있는 듯했다. 그 러나 주위가 깜깜해서 초롱을 든 투림의 주변밖에 보이지 않았다.

"불은?"

그렇게 묻자 투림이 고개를 돌렸다.

"벽에 횃불걸이가 있는데, 잠시 기다려보십시오."

투림은 횃불에 불을 켜기 전에 암벽에 기대어놓은 긴 막대기를 들었다.

'먼지떨이인가?'

천장까지 닿을 듯한 기다란 막대기 끝에 털 같은 게 붙어 있다. 투림은 거기에 불을 붙이더니 막대기를 쭉 뻗어 갱도 천장 부근을 쭉 훑었다.

그러자 막대기 끝의 불이 한층 밝아졌다. 한참 동안 그렇게 천장 주변을 불쏘시개로 훑던 투림이 "……이 정도면 됐겠지" 하고 중얼거리더니 막대기를 내려 불을 껐다.

"기체연료를 태운 건가?"

홋사르가 묻자 투림이 그를 돌아보았다.

"그렇습니다. 이 부근 층에서 기체연료를 우습게 봤다가는 혼쭐이 나거든요. 아버지 때는 갱도가 몇 달이나 훨훨 탄 적도 있었다고 합니다."

홋사르는 어두운 천장을 올려다보며 말했다.

"기체연료는 별로 안 쌓인 것 같더군."

"그러게요. 보아하니 네댓새 전에 한번 태운 것 같습니다."

마코우칸이 눈살을 찌푸렸다.

'병사들도 열나흘 전에는 딱히 특별한 보고가 없었다고 했지.'

역시 뭔가가 벌어진 것은 그 무렵이다.

투림이 암벽에 세워둔 횃불에 불을 붙이자 갱도가 어렴풋이 밝아졌다.

어둠 속에서 떠오른 광경에 요타르가 작은 신음을 흘렸다.

바위에 둘러싸인 어두운 굴속에 시체가 점점이 굴러다니고 있다. 언뜻 보기에도 전부 시체였다.

"굴러다니는 시체에 비해서 썩은 내가 별로 안 나는군."

훗사르가 혼잣말처럼 중얼거렸다.

"소금광산 심층부의 대기 속 염도가 높기 때문인가."

잠시 굴을 바라보며 뭔가 생각하던 훗사르가 곧바로 투림을 돌아보았다.

"그 초롱 좀 빌려주겠나?"

투림이 초롱을 건네자 훗사르는 굴속으로 들어가 가장 앞에 있던 시체 곁에 몸을 구부리고 그 상태를 관찰하기 시작했다.

"……역시 흑랑열입니까?"

요타르가 묻자 훗사르는 고개를 끄덕였다.

"물론 아직 단정할 수는 없지만, 적어도 방금 전 위에서 본 시체와 증상이 대단히 흡사합니다."

훗사르는 일어나서 병장을 돌아보았다.

"자, 그럼 문제의 장소로 데려가주시겠습니까?"

병장은 고개를 끄덕이며 신중하게 시체를 피해 굴속으로 들어갔다.

드문드문 굴러다니는 시체들 모두 발목에 족쇄가 채워진 채, 암벽에 박힌 쐐기에 굵은 사슬로 묶여 있었다.

짐승에게 습격을 당해도 달아나지도 못하고 물릴 수밖에 없었으리라.

마코우칸은 그 절망감을 생각하니 분한 나머지 무심코 주먹을 불끈 쥐었다.

"······여깁니다."

병장이 가리킨 장소는 확실히 그곳만 시체와 시체 사이가 마치 이가 빠진 것처럼 텅 비어 있었다. 더군다나 암반에 박힌 쐐기에서 뻗어 있는 사슬이 중간에 끊겨 있다.

그것을 본 투림이 말했다.

"이건 사람 힘으로는 끊을 수 없겠는데요."

홋사르가 마코우칸을 올려다보며 가만히 웃었다.

"잡아당겨봐. 말의 목도 꺾을 수 있는 자네라면 끊을 수 있을지도 몰라."

마코우칸은 젊은 주인에게 초롱을 빌려 그 자리에 몸을 숙이고 사슬을 찬찬히 관찰했다.

사슬을 구성하는 쇠고리 중 하나가 힘없이 벌어진 채로 빠져 있다. 소금기에 녹슬어 있지만 잡아당겨보니 묵직하니 단단하고 튼튼했다.

허리를 낮추고 손목에 사슬을 감아 체중을 잔뜩 실어 힘껏 잡아당겼지만 꼼짝도 하지 않았다.

"······자네 힘으로도 무린가?"

마코우칸은 고개를 끄덕였다.

"불가능합니다. 말이 끌면 끊어질지 모르겠습니다만."

마코우칸은 그렇게 대답하며 무릎을 꿇고 초롱으로 그 주변의 돌 바닥을 구석구석 비추었다.

지저분한 깔짚이 사방에 흩어져 있는 것만 보아도 누가 이곳에서 생활했다는 것을 알 수 있다.

병장을 흘깃 쳐다보니 거북한 표정으로 그를 마주 보았다.

병장이 자신의 실책을 변명한 것만 보아도 이곳에 노예가 묶여 있었다는 사실은 누가 보더라도 분명했다. 하지만 요타르는 이 자리에서 그를 질책하지 않았다. 다만 엄한 표정으로 끊긴 사슬을 바라보고 있었다.

"한 사람의 힘으로 끊을 수 없다면 누가 도와줬는지도 모르겠군."

요타르의 말에 마코우칸은 신음했다.

"그럴지도 모릅니다."

무슨 일이 벌어졌는지 정확한 사정은 모르겠지만, 그 노예는 상처를 입은 듯했다. 돌바닥 한 곳에 핏자국이 있다. 보고하려고 고개를 든 순간, 홋사르와 시선이 마주쳤다.

아무 말도 하지 말라고 그의 눈이 말하고 있었다. 예리한 사람이다. 검은 바닥에 떨어져 있는 작은 핏자국은 어지간히 탐색에 익숙하지 않고서야 알아차릴 수 없는데, 보아하니 젊은 주인은 이미 알고 있었던 듯하다.

지금까지 보았던 잇자국은 전부 깊이가 얕아서 피가 뚝뚝 흐를 정도의 상처는 아니었다. 이곳에 있던 노예가 짐승에게 물렸다면 스스로 상처를 묶고 피를 짜낸 것이리라.

'……하지만.'

짐승에게 물렸다면 어째서 그는 죽지 않았을까?

홋사르를 쳐다보니 그는 기묘한 표정을 띠고 있었다. 영혼이 빠진 듯한 허망한 눈이다. 무서우리만치 생각에 집중하고 있는 것이다. 저 매끄러운 이마 속에서 어떤 생각이 소용돌이치고 있는지 보고 싶을 정도다.

병장이 품에서 종이 다발을 꺼내 노예의 출신지 따위가 적힌 일람표와 사슬 번호를 대조하기 시작했다. 어둑한 공간에서 글자를 읽기가 어려운지 옆쪽의 노예 사슬을 확인하면서 꽤나 오래 생각했다. 그리고 마침내 표를 위에서 아래로 더듬어가던 그의 손가락이 멎었다.

"……간사 씨족의 반이라는 노예인 것 같습니다."

옆에서 요타르가 몸을 움찔거리는 기척이 났다.

"간사 씨족의 반이라고?"

그 날카로운 목소리에 놀라 병장이 고개를 들었다.

"예."

요타르는 서류를 가리켰다.

"표 뒤에 비고가 있을 테지? 어디에서 잡았는지 기록이 있나?"

병장이 황급히 불빛에 표를 비추어가며 실눈을 뜨고 이름 뒤의 문장을 읽었다.

"카슈나 호반 전투에서 포획했다고 적혀 있습니다."

요타르는 표를 낚아채 제 눈으로 확인하더니 부서진 사슬을 굽어보며 혀를 찼다.

"……하필이면."

어리둥절한 병장에게 요타르는 신음 어린 목소리로 말했다.

"자네는 남방 전투부대에서 이쪽으로 온 지 얼마 되지 않아 서역의 전투는 잘 모르겠지. 하지만 외뿔이라는 이름 정도는 들어봤겠지?"

병장의 눈에 경악의 빛이 감돌았다.

"예. ……그렇군요, 간사가 그 광전사들의 씨족입니까?"

요타르는 고개를 끄덕였다.

"카슈나 호반에서 잡혔다면 틀림없다. 여기 묶여 있던 건 외뿔의 우두머리인 '부러진 뿔의 반'이다."

요타르가 영문을 알 수 없어 곤혹스러워하는 홋사르와 마코우칸에게로 시선을 돌렸다.

"토가 산지에 퓨이카를 다루는 까다로운 씨족이 있습니다. 아주 작은 씨족이었는데, 평정하기까지 얼마나 애를 먹었는지 모릅니다. 외뿔이라는 이름을 들어보셨습니까?"

홋사르가 입을 열었다.

"들은 적은 있습니다. 퓨이카를 타고 신출귀몰하게 싸운다던데요."

요타르는 쓴웃음을 흘렸다.

"저들 앞마당이나 다름없는 토가 산지의 전투에서 그런 능력을 보였다면 그리 놀랄 일도 아니지만, 외뿔이라는 놈들은 여우처럼 교활하거든요. 평지의 숲이나 초원에 점재點在한 우리 군의 요새까지 원정을 올 정도로 정신 나간 끈질긴 놈들이라 정말 까다로운 상대였습니다."

요타르는 사슬에 시선을 흘깃 던지고 말했다.

"그 외뿔을 이끌었던 게 이자입니다. 왼쪽 뿔이 부러진 투구를 쓰고 있어서 눈에 잘 띄기도 했고, 늘 선두에 있었습니다. 그럼에도 이상하게 화살이 빗나갔다고 병사들이 투덜거리는 소리를 들은 적이 있습니다."

눈을 내리뜨고 그 이야기를 듣던 훗사르가 불쑥 말했다.

"꽤나 그 남자에 대해 자세히 알고 계시는군요. 토가 산지의 작은 씨족 출신 전사장 따위야 당신에게는 새끼손가락에 박힌 가시밖에 되지 않았을 텐데."

요타르의 눈 속에 씁쓸한 빛이 떠올랐다 사라졌다.

"……그자에게 훌륭한 장수를 둘이나 잃었으니까요. 악운이 센 놈이라 외뿔이 전멸한 카슈나 호반 전투에서도 이 남자는 홀로 살아남았습니다. 산더미처럼 쌓인 시체 속에서, 한 그루 고목처럼 초연히 서 있었다더군요."

그 목소리가 갱도 안에서 공허하게 메아리쳤다. 남자들은 잠시 입을 다물고 서늘한 어둠 속에서 사람 없는 잠자리를 바라보고 있었다.

얼마 후, 훗사르가 희미하게 입가를 일그러뜨리며 중얼거렸다.

"그리고 이곳에서도 시체 속에서 홀로 살아남았다……."

훗사르는 그렇게 말하고 말투를 싹 바꾸어 물었다.

"덩치가 큽니까? 이 사슬도 끊을 수 있을 만큼?"

요타르는 고개를 저었다.

"아니, 병사들 말로는 거구라기보다 오히려 늑대처럼 날쌘 남자였다고 하더군요."

홋사르는 흐음, 하고 신음하더니 그대로 입을 다물었다.

남자들은 잠시 침묵 속에서 저마다 상념에 젖어 시체가 점점이 굴러다니는 어두운 갱도에 서 있었다.

얼마 후, 홋사르의 입가에 희미한 미소가 떠오르더니 고개를 쓱 치켜들고 마코우칸을 바라보았다.

"자네, 이 노예를 쫓을 수 있겠나?"

마코우칸이 눈살을 찌푸렸다.

"불가능합니다."

"하지만 자네는 추적술을 익혔잖아?"

마코우칸은 한숨을 쉬었다.

"확실히 아버지께 기술을 배우긴 했지만 실제로 추적술을 써본 지 벌써 이십 년도 더 지났습니다. 그리고 경험도 부족합니다. 게다가……."

마코우칸은 주위를 둘러보며 말을 이었다.

"시간이 너무 많이 흘렀습니다. 아버지께서 추적은 날것이라는 말씀을 자주 하셨는데, 흔적은 시간과 함께 희미해집니다. 이미 며칠 전에 달아난 노예의 흔적을 쫓기란 거의 불가능에 가깝습니다. 병사들에게 추적을 맡기는 게 어쩌면 가장 빠른 지름길이겠지요."

그렇게 대답하면서도 뭔가 석연치 않은 감정이 가슴을 스쳤다. 그런 건 젊은 주인도 이미 아는 사실일 텐데 어째서 굳이 묻는 걸까…….

마코우칸이 입을 다물자 요타르가 미소를 지었다.

"아니, 이 문제는 당신 손을 빌리지 않아도 괜찮습니다. 이럴 때는 보통 이면법을 취하니까요."

"이면법?"

훗사르가 묻자 요타르가 고개를 끄덕였다.

"예. 마을이나 도시에는 방을 뿌려 병사들을 풀지만, 달아난 장소에서 시작하는 추적은 숙련된 전문가에게 맡깁니다."

요타르는 희미한 미소를 띤 채로 훗사르와 투림을 번갈아 쳐다보았다.

"아카파의 유능한 추적 사냥꾼이 저희에게 큰 도움이 되고 있지요."

투림은 입을 꾹 다물고 어두운 표정으로 요타르의 말을 듣고 있었다.

병의 내력

요타르의 저택은 아카파의 옛 왕도인 카잔 교외에 있었다.

저택은 츠오르 양식으로, 하얀 벽에 검은 기와를 얹은 집이었다. 아카파 정원사가 꾸몄다는 안뜰을 바라보는 창은 늘 활짝 열려 있었고, 저녁 바람이 꽃향기를 실어왔다.

초원을 유유히 가로지르는 대하大河 마하르에서 끌어온 물이 찰랑찰랑 작은 소리를 내며 정원을 적시고 있었다.

마코우칸은 창가에 놓인 의자에 앉아 연보랏빛으로 물들어가는 정원을 멍하니 바라보았다.

홋사르의 곤한 숨소리가 들려왔다. 방금 전까지는 어찌어찌 눈을 뜨고 있었지만 지금은 의자에 깊숙이 파묻혀 잠들어 있다.

'……그럴 만도 하지.'

홋사르는 어제 새벽부터 소금광산에 갔다가 저택에서 쉬고 가라는 요타르의 권유를 사양하고 영도領都 카잔에 있는 자신의 의원으로 돌아가 검시에 착수했다.

의원에 도착했을 때 시신은 이미 배달되어 있었다. 홋사르의 오랜 조수이자 밤에는 한 침대를 쓰는 미라르가 보좌 몇 명의 도움을 받아 기본 처리를 시작하고 있었다.

'치미야 토로스', 약자들의 보금자리라는 뜻의 의원답지 않은 이름을 가진 홋사르의 의원은 오우한 제후의 후의로 세운 시설이다. 치료원과 세 개의 탐구동, 그리고 홋사르와 조수들의 거주용 저택으로 이루어져 있는데, 이 지방에 왔을 무렵부터 홋사르는 거의 매일 이곳에 틀어박혀 있었다.

홋사르는 의원에 도착하자마자 시신이 있는 탐구동으로 향하려 했지만 마중 나온 미라르가 다짜고짜 그의 팔꿈치를 붙잡아 식당으로 끌고 갔다.

조수들이 이미 저녁 식사를 마친 뒤라 식당 안은 한산했다. 미라르는 난로에 불을 지펴 옆에 놓인 냄비를 얹었다. 그리고 그날 저녁 식사인 소고기 양파 조림을 데워 홋사르에게 내주었다.

달콤한 꿀이 든 차를 마시고 오래 익혀 입 안에서 살살 녹는 고기를 씹어 먹는 동안 조금씩 뺨이 붉어지는 홋사르를 보며 마코우칸은 '역시 미라르는 이 사람에게는 없어서는 안 될 여인'이라고 생각했다.

홋사르보다 세 살 위인 미라르는 체격이 자그마하고 통통하다. 그리 미인은 아니지만 이따금 말도 못할 정도로 심사가 틀어지는 홋사르를 누나처럼 편안하고 차분하게 다루었다.

오타와르 인이기는 해도 평민 출신이라 '성스러운 일족'인 홋사르와는 신분이 하늘과 땅 차이지만, 그녀는 홋사르에게 도움이 안 된다고 생각하는 일에는 거침없이 그를 꾸짖고 조언한다.

그래서 오히려 마음이 편한 것이리라. 미라르와 함께 있을 때 홋사르는 뒤집어쓰고 있던 껍질을 벗은 것처럼 편안한 표정을 지었다.

하지만 어젯밤에는 두 사람 다 편안함과는 거리가 멀었다.

홋사르는 한시라도 빨리 뭐든 해야 한다고 채근당하는 사람처럼 초조해했고, 미라르 역시 그녀답지 않게 흥분해서 조림을 입에 넣으면서도 줄곧 떠들어댔다.

두 사람 사이에 오가는 말이 너무 어려워서 마코우칸은 도무지 따라갈 수가 없었다. 아무래도 두 사람은 흑랑열이 다시 발생했다는 사실에 불안해한다기보다 기다리던 것이 마침내 찾아왔다고 여기는 것 같았다. 그것이 이상한 마코우칸은 바보 취급당할 것을 각오하고 어째서 그렇게 흥분하는지 물어보았다.

아니나 다를까. 홋사르는 "자네한테는 말해도 몰라" 하고 신랄한 말로 상대도 해주지 않았지만, 미라르는 차를 채워주며 설명해주었다.

"오히려 당신이라면 잘 알 텐데. 유령이 무서운 이유는 붙잡을 방법이 없기 때문이잖아? 유령에게 몸이 있고 붙잡을 수 있다면 분명 아무도 두려워하지 않겠지. 병도 마찬가지야. 실체를 붙잡을 수 있다면 대처할 방법도 찾을 수 있어."

미라르의 눈동자가 반짝였다.

"이백오십 년이라는 세월이 지나서 마침내 흑랑열에 감염된 사람의 시신이 손에 들어왔으니 흥분할 만하지 않겠어? 아아, 정말이지, 한시라도 빨리 심학원 창약부創藥部 담당자들하고 계획을 세워 창약 작업을 시작하고 싶어."

"창약이라니…… 시체에서 약을 만들 수 있단 말입니까?"

대답하려던 미라르는 난처한 표정을 지었다.

"당신한테 거기까지 설명하는 건 어렵겠네. 하지만 맞아. 아주 간단히 말하면 그 시신은 세 종류의 약을 만들어낼 수 있는 보물이야."

"예? 세 종류나요?"

"그래. 흑랑열에 감염되어 죽은 사람의 시신이니 흑랑열의 병소를 찾아낼 수 있을지도 모르잖아? 병소를 찾아내면 그것을 약화시키거나 죽여서 만드는 '약독약弱毒藥'을 만들 수 있을지도 몰라. 약독약 제조에 성공한다면 굉장한 일이야. 발병을 예방할 수 있을지도 모르니까. 게다가 흑랑열의 병소가 있으면 그걸 진정시키거나 죽이는 약효가 있는 소재를 찾을 수 있어. 다시 말해 '항병소약抗病素藥'을 만들 수 있을지도 몰라. 그뿐이겠어? 흑랑열에 감염된 사람들의 몸속에는 흑랑열의 병소에 대항하는 특수 물질이 만들어졌을 수도 있어. 우리는 그걸 '항병소체抗病素體'라고 부르는데, 그걸 잘만 채취해내면 흑랑열의 병소에 저항할 힘을 가진 '혈장체약血漿體藥'을 만들 수 있을지도 몰라.”

마코우칸은 눈살을 찌푸렸다.

“하지만…… 저 사람들은 흑랑열을 이기지 못하고 죽은 것 아닙니까? 그러니까 저 사람들한테는 그 항병소체인지 뭔지가 도움이 되지 않았던 것 아닌가요?”

미라르는 깜짝 놀란 듯이 눈을 크게 떴다.

“어머, 마코우칸, 예리하구나!”

그렇게 말하더니 웃음을 터뜨렸다.

“미안, 미안. 말이 짓궂었지? 용서해줘.”

“……그다지, 상관없습니다.”

“하지만 예리한 질문이야. 약을 만들 때는 그들에게 도움이 되었는지의 여부보다 타인의 육체가 만들었다는 점이 더 중요한 조건이지. 어쨌든 그들의 항병소체로 만든 약은 효과가 한정적이야. 어느 정도의 발병 예방과 증상 억제는 가능하겠지만, 가령 그 약을 투여해 살아남은 사람이 다시 짐승에게 물린다면 그때도 발병을 완벽하게 막을 수 있다고 장담할 수 없거든. 어느 정도 효과는 있겠지만.”

미라르의 눈에 막막한 빛이 떠올랐다.

“흑랑열을 앓고도 죽지 않고 치유된 사람의 피로 혈장체약을 만들어내면 이번에 시체로 만든 혈장체약보다 치유 효과가 높을 거야. 뭐, 역시 그 효과나 지속 기간은 한정적이겠지만, 그래도 말이지.”

'아하, 그래서 홋사르는 그때 외뿔의 우두머리를 추적할 수 있는 지 물었던 건가.' 마코우칸은 그런 생각을 하며 꿈꾸는 소녀 같은 표정을 짓고 있는 미라르를 지그시 바라보았다.

"······하지만 약을 만들든 어쨌든, 흑랑열을 상대하는 겁니다. 두렵지 않습니까?"

미라르가 까르르 웃었다.

"그야 무섭지! 하지만 전설의 적, 더군다나 입소문이 아니라 이 손으로 만질 수 있는 육신을 가진 적을 겨우 만났는걸. 가슴이 설레."

홋사르는 한쪽 뺨을 일그러뜨리며 눈썹을 실룩였다.

"들었지, 마코우칸? 진정한 용사란 이런 사람을 두고 하는 말이야. 이따금 나보다 남자답다는 생각이 든다니까."

미라르는 콧방귀를 뀌었을 뿐 장난은 받아주지도 않고 "자, 다 먹었으면 시작해" 하고 다시 홋사르의 팔꿈치를 붙잡더니 이번에는 탐구동으로 끌고 갔다.

그 후 무슨 작업을 했는지는 모르겠지만 홋사르는 한숨도 못 잔 눈치였다.

오늘 오후에 저택으로 와달라는 요타르의 전언을 받았을 때, 마코우칸은 몹시 귀찮다는 듯이 자네 혼자 다녀오라고 말하는 젊은 주인을 겨우 설득해 데려왔다. 하지만 지금 생각하면 요타르에게 몸이 불편하다고 핑계라도 대고 쉬게 했어야 하는지도 모른다.

바로 옆에 있는 큼직한 둥근 식탁에는 두툼하게 썰어놓은 구운 과자와 향긋한 차가 놓여 있다.

마코우칸은 남김없이 먹어치웠지만 홋사르는 차만 홀짝이고 과자에는 손을 대지 않았다.

아까부터 때때로 들려오던 날카로운 새 울음소리가 점점 가까워지더니 이윽고 창문 바로 밑에서 들려왔다.

홋사르가 몸을 움찔 떨며 잠에서 깨어나 눈을 깜빡였다. 그리고 새소리에 깬 것을 알고는 눈을 비비며 쓴웃음을 흘렸다.

홋사르와 마코우칸은 잠시 일어나 창 밑을 굽어보았다.

열 살쯤 되는 소년 하나가 손에 큰 새집을 들고 걸어가고 있었다. 요타르의 차남이다.

"오리무 님!"

홋사르가 부르자 퍼뜩 고개를 든 소년이 두 사람의 모습을 보고는 얼굴을 붉혔다.

츠오르와 아카파, 두 민족의 피를 이은 그는 검은 머리카락 때문인지 어젯밤 잠시 보았을 때는 츠오르의 피가 짙은 것 같았다. 하지만 이렇게 가까이서 보니 그 눈과 높은 콧대가 어머니를 닮아, 아카파 왕족의 피를 이어받았다는 사실이 한눈에 보였다.

홋사르가 미소를 지으며 물었다.

"무슨 새입니까?"

그러자 오리무는 얼굴을 붉힌 채로 대답했다.

"민나르예요."

마코우칸은 놀라운 마음에 무심코 몸을 내밀었다.

민나르는 잘 가르치면 아름다운 목소리로 노래하는 새로, 아카파에서는 이 새의 노래를 겨루는 대회가 자주 열린다. 아버지가 민나르에게 노래를 가르치던 모습이 생각나 마코우칸은 절로 웃음이 났다.

"좋은 민나르군요. 하지만 가르치는 게 힘들 텐데요."

소년은 발그레한 얼굴로 고개를 끄덕였다. 손님이 말을 걸어 긴장한 것이리라. 빨리 이 자리에서 벗어나고 싶은 마음이 역력히 보여 마코우칸은 소년이 가여워졌다.

"가시는 길을 방해해서 죄송합니다. 어서 사육장으로 데리고 돌아가시지요."

그렇게 말하자 오리무는 안도한 듯 고개를 꾸벅 숙이고 잰걸음으로 멀어져갔다.

"……이상한 일입니다."

마코우칸이 속삭였다.

"요타르 님을 쏙 빼닮았는데 눈과 코에 아카파 왕의 그림자가 있다니……."

홋사르가 입가를 일그러뜨렸다.

"자네 입장에서는 마음이 복잡하겠군."

그 말투에 발끈한 마코우칸은 젊은 주인을 쳐다보았다.

"그러시는 주인님은 어떠시고요?"

홋사르는 하품을 했다.

"내 생각을 자네에게 말하려면 날이 샐 거야."

마코우칸이 뭐라 대꾸하려는데 누가 문을 두드렸다.

홋사르가 대답하자 요타르가 문을 열고 들어왔다.

그 뒤에서 술 항아리와 술잔을 얹은 쟁반을 든 시종이 따라와 술잔에 술을 따라 식탁 위에 올려놓고는 고개를 숙이고 방에서 나갔다.

요타르는 홋사르와 마주 앉더니 술잔을 들고 두 사람에게도 술잔을 권했다.

술잔을 살짝 기울여 잔을 비운 요타르는 홋사르의 얼굴을 뚫어져라 바라보며 물었다.

"……안색이 나쁜데, 괜찮은 겁니까?"

홋사르는 쓴웃음을 흘렸다.

"괜찮습니다. 잠을 못 잔 것일 뿐, 시신을 건드리다 흑랑열에 걸린 건 아니니 염려 마십시오."

요타르는 싱긋 웃었지만 바로 진지한 얼굴로 물었다.

"조사는 어떻게 됐습니까? 뭔가 진전이 있습니까?"

"아니, 아니요. 아직 멀었습니다."

홋사르는 손사래를 쳤다.

"어제 그만 병명을 알아낼 것처럼 호언장담했으나 어쨌든 기록이 고문서밖에 없다 보니, 일단 다른 질병일 가능성을 배제하는 게 먼저라."

"그렇군요. ……그런 작업을 하시는데 불러내서 죄송합니다만, 어젯밤 파발마로 아버님과 형님께 보낸 편지의 답장이 도착했습니다."

　요타르는 다행히 어전 회의에 참석하기 위해 멀리 제국의 수도로 향한 오우한 제후와 형 우타르가 카잔의 다음 역참 마을에 머물러 있을 때 따라잡았다고 했다.

　"아버님도 형님도 사태를 대단히 심각하게 받아들이고 계십니다. 저는 식견이 부족해 몰랐지만, 아버님과 형님은 흑랑열이 얼마나 두려운 병인지 아시는 듯합니다. 지금 대처를 그르치면 되돌릴 수 없는 일이 벌어질 테니 홋사르 님과 잘 의논하여 신중히 대처하라고 지시하셨습니다."

　홋사르는 고개를 끄덕였다.

　"제가 할 수 있는 일은 뭐든지 하겠습니다. 발병 소식을 성역에 전하고 최선의 대응책을 찾고 싶었지만, 일단 제후님의 의향을 여쭙고 처리하려고 아직 말씀드리지 않았습니다."

　역병이 발생했다는 소문이 퍼져 영민들이 동요한다면 적의 침략을 유도하는 요인이 된다. 경솔히 다룰 수 없는 정보였지만, 그 말을 들은 요타르는 미소를 지었다.

　"저는 오히려 오타와르의 힘을 전면적으로 빌리고 싶습니다. 어쨌든 저희에게는 미지의 병이니까요. 로나 선생도 같은 의견이라, 흑랑열에 관해서는 무조건 홋사르 님의 의견을 여쭈어보라고 말씀하셨습니다."

　홋사르는 눈을 껌뻑거렸다.

　"그렇습니까? 그건 고마운 일이군요."

"이미 아버님의 생각도 여쭈어보았습니다. 이만한 중대사라면 당연히 궁정제사의단에 알려야 하지만, 그쪽은 황제의 의향도 살피면서 아버님 쪽에서 잘 처리하겠다고 하십니다. 제게는 홋사르님의 뜻을 받들어 오타와르 심학원 현자들의 지혜를 청하라고 하셨습니다. 부디 잘 부탁드립니다."

홋사르의 얼굴에 서서히 미소가 떠올랐다.

"그렇습니까? 오우한 제후께서는 역시 판단이 빠르시군요."

요타르는 쓴웃음을 지었다.

"그렇지요. 아버님은 그런 점에서는 전혀 노쇠를 모르십니다. 저도 배워야 하는데."

그렇게 말한 요타르는 웃음을 거두었다.

"그나저나 어째서 느닷없이 역병이 되살아난 걸까요? 아버님도 형님도 그것을 이상하게 여기셨습니다. 아버님의 서한에 따르면 흑랑열은 과거 이백 년 넘도록 발생한 적이 없었다고 합니다."

홋사르도 고개를 끄덕였다.

"아버님 말씀이 맞습니다. 정확히는 이백사십칠 년 전의 대유행을 끝으로 더는 유행한 기록이 없습니다. 그 후에도 병을 앓은 이는 있을지 모르지만 적어도 수십 명이 죽었다는 기록은 없습니다."

요타르는 눈썹을 찌푸렸다.

"그렇다면 어째서……."

홋사르는 가녀린 손가락으로 턱을 천천히 쓰다듬었다.

"모르겠습니다. 조사해보면 원인이 보일지도 모르지만…… 원래 역병이란 이상한 구석이 많은 질병입니다. 어느 날 갑자기 크게 유행해 다수의 사망자를 내다가도 갑자기 기세가 수그러들어 사라지지요."

훗사르는 쓴웃음을 지었다.

"고국이 멸망한 원인이니 저희 선조들께서도 필사적으로 조사했겠지만, 아직도 의문점이 많이 남아 있는 터라."

요타르는 훗사르를 바라보았다.

"알고 계신 사실만이라도 가르쳐주실 수 없겠습니까? 가급적 상세히."

훗사르는 의자에 등을 기댔다.

"상세히 알려달라고 하셔도 말씀드릴 게 많지는 않습니다. 글쎄요, 자, 무엇부터 말씀드릴까요. ……그래요, '오타와르 멸망의 노래'를 아십니까?"

"아니요."

"그러십니까. '하얀 산봉우리에서, 검은 그림자를 불러들여……' 이런 가사로 시작하는 노래인데, 이 검은 그림자라는 게 늑대를 뜻합니다. 그것도 고대 오타와르 왕국의 왕도 주변에서는 본 적이 없는, 털이 검게 빛나는 늑대라지요. 이것을 사냥을 취미로 삼던 귀인들이 토가 산지에서 발견해 끌고 돌아온 것이 모든 일의 시작이라고 전해 내려옵니다. 그 첫 번째 검은 늑대도 병은 없었을 겁니다. 아름다운 털과 영리한 용모가 오타와르 귀인들의 마음을 사로잡았고, 서로 앞다투어 검은 늑대를 손에 넣으려 했지요. 그 소식을 듣고 왕국 내 짐승 상인이나 사냥꾼들이 검은 늑대를 잡아와 오타와르 귀인들에게 팔았습니다. 검은 늑대와 개를 교배하는 짓도 서슴지 않았고, 왕도에는 '흑랑상黑狼商'이라고 해서 검은 늑대를 전문으로 다루는 상인까지 나타날 정도로 열광했다고 역사서에 기록되어 있습니다."

훗사르는 식탁에서 술잔을 들어 한 모금 마셨다.

"하지만 어느 봄에 기묘한 소문이 퍼지기 시작했습니다. '흑랑상 사이에 열병이 돌고 있다.' 그것도 몹시 끔찍한 병인데, 검은 늑대에게 물린 자가 고열을 앓으며 사지가 판자처럼 빳빳이 굳어서 경련하다가 부스럼이 피부에 나타나면서 하루 만에 죽는다는 소문이었습니다. 당시의 오타와르 성왕은 그 소문을 듣고 검은 늑대의 사육을 금지했고, 그 후에 기묘한 열병도 종식되었습니다. 하지만 여름이 다가올 무렵, 다시 병이 만연하기 시작했습니다. 이번에는 검은 늑대에게 물리지 않은 자들이 똑같은 증상으로 줄줄이 죽어나갔던 겁니다."

요타르는 미동도 하지 않고 경청했다.

"그해 여름은 무척 무더웠다고 합니다. 역병은 가장 가난한 자들이 모여 사는 지구에서 퍼지기 시작해, 마침내 왕도 전체로 퍼져나갔습니다. 심학원 의술사들이 병에 걸린 검은 늑대의 피를 빤 벼룩이나 진드기가 쥐에게 병을 옮겨 점점 퍼졌을지 모른다는 가설을 세우고 왕도에서 벌레와 쥐를 박멸하기 시작했을 때는 이미 수천명이 병으로 쓰러진 후였다고 합니다."

"그래서……"

요타르는 중얼거리듯 물었다.

"어떻게 됐습니까? 어떻게 병을 종식시킨 겁니까?"

홋사르는 요타르를 가만히 바라보며 말했다.

"왕도를 버렸습니다."

"예? ……아, 그렇다면 '왕도 포기의 대호령'이란 그때를 뜻하는 건가요?"

"예, 그때의 일화입니다. 오타와르의 마지막 왕 타카르하르는 천 년을 번영한 왕도를 버렸습니다. 당시 오타와르 왕도와 그 주변의 주요 도시는 아시다시피 광대한 내해 속에 떠 있는 세 개의 섬 안에 있었습니다. 외적을 물리치기에도 유리했지만, 한편으로 역병이 그토록 치명타가 된 것 역시 섬이라는 폐쇄된 환경 때문이라고 생각합니다. 하지만 폐쇄된 환경은 역병을 가두기에 실로 유효한 조건이었지요. 타카르하르 왕은 병든 자들과 떠나기를 거부한 자들을 남기고 왕도와 그 맞은편 섬을 연결하는 긴 다리를 떨어뜨려 백성들을 버렸습니다. 병에 걸리지 않은 이들을 구하기 위해서."

요타르는 굳은 얼굴로 홋사르를 바라보았다.

"고문서에는 희화 같은 광경이었다고 기록되어 있습니다. 옷을 벗고, 몸털을 모조리 깎은 희멀건 오타와르 인들이 울며 줄지어 다리를 건너갔다고 하지요. ……하지만 도시에 남겨진 사람들에게는 희극으로 끝나지 않는 잔혹한 종언이었을 겁니다."

홋사르는 담담히 말을 이었다.

"타카르하르는 백성을 버린 자가 왕일 수 없다고 생각했겠지요. 왕국 안에서 신기할 정도로 역병의 피해가 없었던 서쪽 땅, 이곳 아카파 지방의 교역 도시 카잔으로 왕도를 옮기고 카잔의 왕이었던 청년에게 왕관을 넘겨주었습니다. 다시 말해 아카파 왕국은 흑랑열에서 살아남기 위해 세워진 도시입니다."

홋사르가 입을 다물자 저녁 바람에 나부끼는 창문 가리개가 벽을 훑는 소리가 들렸다.

"그나마 다행이었던 건……."

홋사르가 말했다.

"사람 사이에 옮는 병이 아니었다는 점과, 병에 걸린 짐승이나 벌레에 물리면 사람이든 동물이든 극히 짧은 시간 내에 발병한다는 점입니다."

요타르가 눈을 가늘게 떴다.

"……그렇군요. 그렇지 않다면 병에 걸린 줄도 모르고 돌아다니다가 병을 퍼뜨릴 테니까요."

그렇게 말하던 요타르는 문득 눈살을 찌푸렸다.

"하지만 그토록 끔찍한 병에 걸렸는데 어째서 검은 늑대는 끌려오는 도중에 죽지 않았을까요?"

홋사르가 눈을 빛냈다.

"이거 대단하군."

무심코 흘렸는지 홋사르는 쓴웃음을 지으며 말했다.

"실례했습니다. 혜안이시군요. 말씀대로 병에 걸려도 발병하지 않는 짐승이 있습니다. 사람도 그런 경우가 있는 모양입니다. 똑같은 병을 앓는 사람도 있고, 앓지 않는 사람도 있지요. 병을 앓아 금방 죽는 사람도 있는가 하면 살아남는 사람도 있어요. 저는 거기에 병이라는 것의 중요한 본질 중 하나가 숨어 있다고 생각합니다."

"그렇군요."

요타르는 그렇게 중얼거린 뒤에 뭔가 생각난 듯이 물었다.

"살아남았다고 한 그 탈주한 노예 말인데, 사람 사이에 옮지 않는다는 게 확실합니까? 달아난 그자가 병을 퍼뜨릴 가능성은 없을까요?"

홋사르는 눈썹을 실룩였다.

"없다고 생각은 하지만, 아직 절대적으로 확실한 건 하나도 없습니다. 이 병이 정말 흑랑열인지 아닌지도 아직 확정된 게 아니니까요. 다만 이 상황으로만 보면 적어도 사람이 옮기지는 않는 것 같습니다."

홋사르는 손가락으로 뺨을 긁적이며 말했다.

"시신 상태를 보면 모두가 거의 동시에 감염되어 발병하고 사망했습니다. 먼저 감염된 누군가에게서 시작해 한 명, 또 한 명 같은 식으로 감염된 것 같지는 않았습니다. 그렇게 발병했다면 살아남은 자가 발병 사실을 알릴 여유도 있었겠지요."

요타르는 천천히 고개를 끄덕였다.

"그렇군요, 확실히."

"게다가 이 병은 격렬합니다. 소금광산의 상황을 보면 감염된 후에 극히 짧은 시간 내에 증세가 나타났고, 더군다나 거의 모두 사망했어요. 노예야 몸이 약했을 테니 육체가 병을 견디지 못했겠지만, 노예 감독도 당했습니다. 그래도 그저께 오후부터 작업한 병사들 가운데 병에 걸린 자가 없는 것을 보면 벼룩이나 진드기에게 옮은 것은 아닌 듯합니다. 바람을 통해 감염되었을 가능성을 살펴보아도 그런 기미는 없지 않습니까?"

요타르는 또 고개를 끄덕였다.

"다시 말해 지금 단계에서는 짐승에게 물리지 않는 한 발병하지 않는다는 뜻이겠군요. 그렇다면 이 병을 퍼뜨리지 않으려면 병을 옮기는 짐승을 사냥하는 게 최선이라는 뜻일까요?"

"뭐, 그런 셈이지요. 그리고 쥐도 잡아야 하고요."

"아아, 그렇군요. 그게 까다롭네요."

요타르는 그렇게 말하며 턱을 쓰다듬었다.

"최근 영민들에게서 늑대인지 승냥이인지 모르겠지만 양을 덮치는 짐승이 있어 난처하다는 신고가 자주 들어옵니다. 이런 피해로 이어질 수도 있다면 조속히 어떻게든 해야겠군요."

홋사르는 고개를 저었다.

"늑대나 승냥이를 사냥하는 것도 어느 정도는 효과가 있겠지만, 그런 산만한 방법으로는 이 병을 막기 어려울 겁니다."

요타르는 눈살을 찌푸렸다.

"어째서입니까?"

"양을 습격한 늑대나 승냥이들이 이 병의 원인이라면 목장 사람들이 짐승에 물려 줄줄이 죽었다는 소문이 들릴 법도 한데, 그런 이야기는 없지 않습니까?"

아아, 하고 요타르가 눈을 번쩍 떴다.

"그렇군요. 막연히 승냥이를 사냥할 게 아니라 이 병의 원인인 짐승을 찾아내 박멸하지 않으면 의미가 없다는 뜻이로군요."

"그렇습니다."

요타르는 어두운 표정으로 반쯤 혼잣말처럼 중얼거렸다.

"그러면 마르지에게 부러진 뿔의 반의 추적과 원인 짐승을 찾아내 박멸하는 두 가지 임무를 동시에 맡겨야겠군."

"마르지?"

홋사르가 되묻자 요타르는 고개를 들어 그를 바라보았다.

"아십니까? 아카파 노예 사냥꾼의 이름입니다. 솜씨 좋은 사냥꾼이 몇 명 있는데, 그중 우두머리인 마르지의 실력이 탁월합니다."

"알다마다요."

홋사르는 환하게 웃었다.

"마르지라…… 그렇군. 투림을 보내실 거라면 저도 꼭 동행하고 싶군요."

그 변덕에 놀라 마코우칸이 무심코 외마디 소리를 냈다.

"시신은 더 조사하지 않아도 되는 겁니까?"

마코우칸이 묻자 홋사르는 태연한 얼굴로 대답했다.

"지금 하는 조사도 결과가 며칠 뒤에나 나올 테고, 소금광산 안의 시신은 부패가 느린 것 같아. 어차피 지하의 시체를 지상으로 끌어

올리는 작업도 하루 이틀 안에 끝나지 않을 테고."

"하지만 잠을 못 주무시고 계시잖습니까."

"오늘 밤에 푹 자면 그만이지."

"하지만 날도 꽤 추워졌는데, 사냥꾼의 고향이라면 산지 아닙니까?"

훗사르는 마코우칸의 어깨를 툭 쳤다.

"자네는 내 시종이지 어머니가 아니야. 쓸데없는 걱정은 마."

그리고 요타르에게 시선을 돌리더니 진지한 얼굴로 말했다.

"병에 걸려 죽는 자도 있고 사는 자도 있다고 했지만, 아직은 누가 죽고 누가 살아남을지 예측할 수 없습니다. 병은 나라를 따지지 않습니다. 그리고 저는 의술사입니다. 병에서 사람을 구하기 위해 살아가겠다고 맹세한 몸입니다."

갑작스러운 말이었지만 요타르는 훗사르가 무슨 말을 하고 싶은지 알았다는 듯이 천천히 고개를 끄덕였다.

"부디 투림과 함께 가주십시오. 이 역병으로부터 이 땅을 구해줄 분이 계시다면, 전 당신이라고 생각합니다. 번거로운 일에 괜히 마음 쓰지 마시고 병을 막는 일에 최선을 다해주십시오."

지하수

아카파는 고대 오타와르 왕국의 북서부에 있다.

겨울이 길고 여름이 짧은 혹한지가 많아 농작물을 키우기에는 혹독한 땅이다. 하지만 아카파의 보물로 칭송받는 소금광산의 소금과, 울창한 숲과 산등성이에 서식하는 짐승들에게서 얻는 양질의 털가죽은 많은 상인들을 이 땅으로 이끌었다.

추위가 혹독한 땅이라고 해도 남부 유카타 평원에는 광대한 초원이 있고, 훌륭한 말이 자라기로 유명했다. 이곳에서 자란 말은 불을 연상케 하는 붉은 털을 지녔으며 기질이 사납고 자그마한 몸집에도 지구력이 뛰어났다.

날래기가 늑대와 같다 하여 두려움의 대상이 된 아카파의 기마군단은 이 '아카파의 아파르[火馬]'가 지탱하고 있었다. 하지만 아카파 왕국를 정복한 츠오르가 종마를 접수하고 방목지도 몰수해버렸다.

지금 남부 초원 지대는 츠오르에서 먼 길을 끌려온 목양민들이 양을 치는 방목지로 바뀌었다. 요타르가 승냥이 피해로 고충을 겪고 있다고 한 것은 이 남부 초원 지대로 이주해온 목양민들을 말하는 것이었다.

남쪽 유카타 평원에 살던 '아파르 오마(아파르의 민족)'는 마코우칸의 출신 씨족인 '유카타 산지민(오파르[山地] 오마)'의 토지에 몸을 의탁하거나 대상隊商의 말꾼이 된 자도 있었다. 하지만 도시 생활이 싫어 북서쪽 고지대로 흘러들어가 낯선 땅에서 근근이 살아가는 이도 많았다.

다만 아파르 오마 중에서 북쪽의 오키 지방으로 이주한 자는 극히 드물었다.

원래 아카파 북부의 오키 지방은 다양한 지방에서 흘러들어온 유목민이 모여드는 땅이다. 그런 사람들은 순록과 함께 이동하며 살아가지만 산지와 숲이 펼쳐진 지역에는 순록을 키우면서 사냥도 하는, 방목과 수렵을 양립하는 사람들도 있다.

이들은 자신들과 마찬가지로 순록을 방목하며 살아온 츠오르 이주자를 싫어하지 않았을뿐더러 이미 피도 상당히 섞였다. 고집스레 츠오르를 원망하고 증오하는 아파르 오마에게 오키 지방은 불편한 땅이었다.

그렇지만 순록은 북쪽의 오키 지방에서만 키우는 게 아니었다. 오키 지방에서 남동쪽으로 조금 떨어진 지역에서도 순록 방목과 수렵이나 채집으로 살아가는 사람들이 있었다.

요타르가 말하는 아카파 노예 사냥꾼이라는 건 그들을 가리키는데, 그 마을로 가려면 삼림 지대를 관통하는 좁은 길을 지나야만 했다.

투림은 묵묵히 말을 몰았지만 숲을 지나 시야가 트인 광대한 초원 지대가 나오자 홋사르를 흘깃 쳐다보았다.

"요즘에도 마르지는 성역에 꼬박꼬박 인사하러 갑니까?"

마코우칸은 깜짝 놀라 젊은 주인과 투림을 쳐다보았다.

'······뭐라고?'

지금 만나러 가는 사냥꾼 대장은 오타와르 성역을 빈번히 찾아오는 남자인가?

당황한 마코우칸을 무시하고 홋사르는 투림에게 대답했다.

"요즘은 아들에게 맡긴다고 들은 기억이 나는군. 본인은 거의 안 오는 게 아닐까? 적어도 내가 마지막으로 만난 건 삼 년도 더 됐어."

그러더니 마코우칸을 슬쩍 보고 눈썹을 씰룩거렸다.

"자네는 심부 집안에서 태어났으면서 어제 우리 대화를 전혀 이해 못 한 건가? 아카파의 추적꾼이라고 하면 모르파잖아."

모르파란 말을 들은 마코우칸은 화들짝 놀랐다.

"······그럼 그 사냥꾼들이 '아카파 왕의 그물'입니까?"

과거 아카파 왕이 아카파를 통치하던 시절, 대대로 강도나 간첩 체포를 직무로 맡아온 씨족이 있었다는 사실은 물론 알고 있었다.

경이로운 추적 기술 때문에 나라 전체에 그물을 친 것과 같다는 말까지 들었으며, 신출귀몰하여 그 모습을 제대로 볼 수 없는 사냥꾼이라 불리며 두려움을 샀다는 이야기를 들은 적이 있다.

투림이 한숨을 쉬었다.

"아카파 왕의 그물이라…… 그리운 별명이군."

그렇게 중얼거린 그는 마코우칸을 올려다보았다.

"그들 앞에서는 그 이름을 말하지 말게나."

이유를 물어보려는데 홋사르가 옆에서 끼어들었다.

"오타와르와 아카파가 츠오르 밑으로 들어간 이후로 그들은 오로지 탈주 노예만 쫓고 있어. 우리 입에서 과거의 별명을 들으면 심기가 불편하겠지."

홋사르의 눈에 짓궂은 빛이 번득였다.

"지난날 그들은 아카파 왕이 신뢰하는 사냥꾼인 동시에 그 기술로 우리 오타와르를 받드는 사냥꾼이었어. 자네가 섬기길 거부한 곰팡내 나는 성역의 '심부'에서 일하는 모르파도 많았지. 요타르는 영리한 자라 나와 마르지가 그런 관계임을 알면서도 태연히 다녀오라고 한 거지만."

마코우칸은 머쓱했다.

'그렇군. 어제 대화는 그런 뜻이었구나.'

그것을 이제야 이해한 자신의 둔한 성격이 부끄러웠다.

"지금도 그들과 접촉이 있습니까?"

홋사르는 웃었다.

"당연하지. 특히 마르지는 장남이 어렸을 때부터 까다로운 병을 앓고 있어서 할아버님이 직접 진찰하고 목숨을 돌봐주고 있어. 그런 의미에서도 깊은 교류가 이어지고 있지."

가슴속에 서늘한 한기가 퍼졌다.

오타와르 성역의 '성스러운 일족'은 과거에 지배했던 아카파 왕국의 사냥꾼들을 지금도 비밀리에 부리고 있다.

'그렇다면······.'

오래된 지배 관계는 아직도 맥맥이 살아 있다는 뜻인가?

츠오르 제국에 정복당한 후에도 마치 지하수맥처럼 면면히 살아 숨 쉬며, 지면의 얇은 껍데기를 한 장 들추면 그 밑에 지상에서 보이는 것과는 전혀 다른 고대 왕국들의 유대가 지금도 뻗어 있다는 말인가.

요타르는 그것을 알면서도 모르파나 오타와르 인을 츠오르를 위해 부리고 있다. 신중하게 의심하고 신뢰하면서.

'거미집 위에 다른 거미가 집을 튼 꼴이군.'

머릿속에 그 광경이 떠오르자 왠지 속이 울렁거렸다.

마코우칸의 우울한 마음은 아랑곳하지도 않고 홋사르와 투림은 담담히 모르파 씨족의 근황을 주고받았다.

"마르지는 아직 사냥꾼 대장이지만, 아내를 잃은 뒤로 노쇠함이 적잖이 눈에 띄기 시작했습니다. 아직 정정하고 성질이 그러하니 지배력은 그대로입니다만."

"······그렇겠지, 벌써 일흔이 넘었으니까. 그 외에 쓸 만한 사냥꾼은 좀 생겼나?"

"마르지의 장남은 방금 말씀드린 것처럼 병을 앓고 있고, 둘째 아들이 살아 있었다면 아버지의 뒤를 훌륭하게 이었겠지만 일찍 죽었습니다. 셋째 아들은 뭐, 나름대로 유능하고요. 물론 그 밖에도 쓸만한 놈들은 제법 있지만."

투림은 먼 곳을 바라보며 조용한 목소리로 말했다.

"저는 사에가 으뜸이라고 생각합니다."

훗사르는 눈을 깜박였다.

"사에? 여성인가?"

"예, 마르지의 장녀지요. 벌써 서른두엇 됐을 겁니다. 한 번 시집 갔다가 돌아왔습니다만."

투림의 눈가에 희미한 미소가 서렸다.

"얌전한 아이라 겉으로는 그래 보이지 않지만, 그 녀석의 추적 기술은 아마 전성기 때의 마르지도 못 당할 겁니다."

"호오……."

훗사르의 눈이 흥미롭다는 듯이 빛났다.

"그런 여성이 있는 줄은 전혀 몰랐군."

투림이 쓴웃음을 흘렸다.

"모르파 남자들도 체면이 있으니 실제로 공을 세운 게 사에라도 그걸 겉으로 드러내지는 않습니다. 다만 저는……."

투림이 턱을 슬며시 쓰다듬으며 말했다.

"전에 사에에게 추적을 부탁한 적이 있는데, 그 기술을 직접 보고 간이 철렁했습니다."

투림은 잠시 입을 다물었다가 훗사르를 똑바로 쳐다보았다.

"그 노예, 츠오르에 넘기지 않고 손안에 두고 싶으시지요?"

홋사르는 슬쩍 눈썹을 들썩였다.

"……어째서 그렇게 생각하지?"

투림은 웃는 시늉도 않고 대답했다.

"노예가 쓰던 깔짚에 피가 묻어 있던 것을 요타르에게 말하지 않고 잠자코 계셨으니까요."

홋사르의 표정도 진지해졌다. 한참 그렇게 침묵하더니 이윽고 피식 웃었다.

"역시 아카파 왕의 심복이군."

투림은 조용히 그 말을 듣고 있었지만 마코우칸은 마음속으로 '어쩐지, 그랬구나' 하고 생각했다. 이 초로의 남성은 아마 겉으로 보이는 것보다 훨씬 힘 있는, 이른바 숨은 실력자일 것이다.

기나긴 한숨을 내쉰 홋사르가 입가에 희미한 미소를 머금었다.

"그 노예는 아마 다른 노예와 마찬가지로 짐승에게 물렸겠지. 물렸지만 어째선지 살아남았어. ……그래, 내게는 어떤 보석보다 가치 있는 노예다."

투림은 단호한 표정으로 물었다.

"누구에게나 보석인 건 아닙니다. 홋사르 님이 손에 넣어야 비로소 빛나는 원석이지요."

한 차례 한숨을 내뱉은 투림이 어스름한 푸른 산맥을 바라보았다.

"그나저나 신들은 이따금 얄궂은 장난을 치는군요. 외뿔이었던 부러진 뿔의 반은 언제나 죽음에게 버림받아 살아야만 하는 운명에 처하니……."

그 말을 들은 홋사르가 한쪽 뺨을 일그러뜨렸다.

"그렇군. 외뿔은 죽을 자리를 찾아 헤매는 서글픈 무리였지."

투림은 어깨를 으쓱했다.

"예. 산속에 사는 야만족에게도 절망이라는 감정은 있겠지요. 사는 것보다 죽는 일에 더 열심인, 실로 가련한 사병死兵입니다."

투림이 문득 미소를 지으며 홋사르를 바라보았다.

"부러진 뿔의 반에게 별명이 또 하나 있는 것을 아십니까?"

"아니."

투림의 미소가 깊어졌다.

"'참수인 반'이라고 한답니다."

홋사르가 눈썹을 치켜세웠다.

"사람 머리라도 잘랐단 말인가?"

"아닙니다. 매사냥 때의 그 머리를 뜻하는 겁니다."

"아아……."

사냥에 숙달된 매는 사냥감의 머리를 붙잡는다. 등이나 엉덩이 쪽을 붙잡으려 하면 반격을 당하거나 놓치는 경우가 있지만, 머리를 붙잡힌 사냥감은 달아나지 못한다.

"부러진 뿔의 반은 공격할 때 가장 먼저 적의 우두머리를 칩니다. 비록 장수가 수백의 병사들 뒤에 숨어 있어도 교묘하게 뒤로 돌아가 반드시 장수를 죽입니다. 먼저 장수부터 죽이지요. 그런 전법을 취하는 남자였습니다."

홋사르의 눈에 빛이 감돌았다.

"허! 그거 재미있는 녀석이군."

투림은 고개를 끄덕였다.

"요란한 싸움보다 오히려 담담하게 싸운다는 인상을 주었습니다. 뭐랄까, 남자가 반할 만한 남자일 테지요. 소문을 자주 들었습니다. 주변 씨족들도 그자가 츠오르 군을 농락할 때마다 갈채를 보냈는데, 그만큼 츠오르 놈들을 미워하고 증오했지요. 그러니 카슈나호반 전투에서 살아남았을 때도 그 자리에서 처형하지 않고 일부러 노예로 소금광산에 붙잡아둔 것입니다."

투림은 눈을 가늘게 뜨고 고개를 저었다.

"달아난 게 그자라면 그리 쉽게 잡히지는 않겠지요."

"그렇겠지. 게다가 이쪽에 적의를 품지 않도록 해야 해."

홋사르는 얼굴을 찌푸렸다.

"하지만 그렇게 똑똑한 남자라면 되레 까다롭겠군. 어설픈 사냥꾼을 보내 일을 번거롭게 만들기는 싫은데."

"그렇지요. ⋯⋯그렇다면 역시 사에를 추천하겠습니다. 눈치가 빠른 아이니 그런 쪽으로는 자연스럽게 해낼 겁니다."

홋사르는 눈썹을 치켜세우고 투림을 보았다. 현명한 남자가 이토록 한 여성에게 마음 쓰는 것을 재미있어 하는 것이다. 그 눈에는 희미한 웃음이 서려 있었다.

"그런가? 자네 천거라면 믿어야지. 그 여성을 불러주게."

5

모르파 마을

여름에는 땅을 기어가듯 낮게 머물러 좀처럼 질 줄 모르던 태양이 지금은 스멀스멀 저물어간다.

분홍색에서 보라색으로 물들어가는 산지로 다가가자 순록 무리가 풀을 뜯는 모습이 드문드문 보이기 시작했다. 여름에는 풀이 많은 산허리에 있던 무리가 눈에 갇히는 가혹한 겨울에는 저지대로 내려온다.

북녘땅은 숲에게도 나무에게도 가혹하다. 순록이 좋아하는 이끼류는 한 번 먹어치우면 다시 자라기까지 오랜 시간이 걸린다. 그래서 이 땅의 민족들은 무리를 서서히 이동시키며 살아가야 한다.

경작이 어려운 이 땅은 살아가기에 쉬운 토지가 아니다. 그렇기에 이곳에 사는 이들은 예로부터 생업을 하나로 정하지 않았다. 하나가 잘못되어도 다른 생업으로 버틸 수 있도록 몇 가지 구명줄을 마련해놓고 살아왔다.

모르파 씨족으로 태어난 자는 걸음마만 떼면 '저물녘'이라 불리는 늙은 사냥꾼들의 손에 이끌려 산으로 들어가 살아가는 기술을 배운다. 그렇게 끌고 다니면서 사냥꾼에 적합한지 목축인에 적합한지 가늠하는 것이다.

사냥꾼에 적합해 보이는 아이는 '산의 모르파'가 되고, 목축인에 적합해 보이는 아이는 '초원의 모르파'가 된다. 남녀 불문하고 이렇게 나누는데, 여자아이는 적령기가 되면 어느 한쪽 모르파의 남자에게 시집을 간다. 때문에 개중에는 '산'에서 '초원'으로 삶의 터전을 옮기는 이도 많았다.

'초원의 모르파'들은 이미 여름 방목지에서 겨울 방목지로 내려와 있었다. 돌을 둘러쌓아 만든 바람막이 안으로 들어가자 투림의 모습을 알아본 사람들이 저마다 경애하는 표정으로 고개를 숙이고 두어 마디 말을 걸어왔다.

홋사르와 마코우칸의 모습이 신기했는지 아이들은 눈을 둥그렇게 뜨고 입을 떡 벌린 채 올려다보고 있다. 어른들도 무슨 일인가 싶었는지 얼굴에 호기심과 경계의 빛이 감돌았다. '산의 모르파'를 써서 어떤 사냥감을 쫓을지 궁금한 것이리라.

부락을 지나 산지로 들어가자 주변 경치가 크게 바뀌었다. 가을을 맞아 나무들은 섬세한 금빛으로 옷을 갈아입었고, 석양빛이 아스라이 숲을 비추고 있었다.

이따금 숲속에서 사슴이 푸르르 우는 소리가 들렸다.

말이 제대로 보이지도 않는 좁은 길을 지나고, 말굽 밑에서 낙엽이 바스락거렸다.

길가 나무들을 신중하게 살피며 말을 몰던 투림이 무엇을 발견했는지 어느 장소에 다다르자 말을 세우고 몸을 살짝 내밀어 낙엽송의 잔가지를 바라보았다.

그러더니 뒤를 돌아보며 말에서 내리라고 했다.

"올해는 여기에 있는 모양입니다."

마코우칸은 말에서 내리며 투림에게 물었다.

"뭔가 표식이라도 있습니까?"

투림은 뒤를 돌아보며 고개를 끄덕였다.

"예. 꺾인 나뭇가지를 보고 그해 부락 위치를 알 수 있지요. 무수히 많은 부락 후보지가 머릿속에 들어 있지 않으면 표시를 봐도 아무 의미 없지만."

그렇게 말한 투림은 말의 재갈을 벗겼다.

"여기서부터는 길이 좁아지는데 되도록 말이나 몸으로 덤불을 꺾지 않도록 주의해주십시오. 모르파는 덤불에 자국이 나는 걸 싫어하거든요."

마코우칸은 눈살을 찌푸렸다.

"그렇다면 말을 타고 가는 게 좋지 않습니까? 말을 다루기도 쉽고."

투림의 눈에 쓴웃음이 스쳤다.

"가지 표식은 이 앞에 덫이 있다는 뜻이기도 합니다. 기마병 가슴 위쪽에 닿도록 어딘가에 가느다란 실을 쳐놓았을 겁니다. 건드리면 순식간에 저세상으로 가니 조심하십시오."

마코우칸은 입을 다물고 순순히 말을 끌며 걸음을 뗐다.

짐승들이나 다닐 법한 좁은 길을 한참 나아가자 연기 냄새가 풍겨왔다. 개 짖는 소리가 여럿 겹쳐 날카롭게 울렸다.

투림이 품에서 작은 피리를 꺼내 삐익 불자 개 짖는 소리가 서서히 잦아들더니 이윽고 뚝 멈췄다.

"……훌륭하군."

마코우칸이 중얼거리자 투림이 미소를 지었다.

"모르파의 사냥개는 길이 잘 들어 있으니까요."

사방으로 뻗은 덤불이 교묘하게 가리개 역할을 하고 있었는지 계속 이어질 줄 알았던 숲은 겨우 몇 걸음 만에 금세 탁 트였다.

투림과 훗사르의 뒤를 따라 덤불 밖으로 나온 마코우칸은 무심코 걸음을 멈추고 눈앞에 펼쳐진 풍경을 바라보았다.

몇 개의 천막이 있었다. 천막이 짙은 갈색이라 그런지, 아니면 배치가 교묘해서 그런지 매우 자연스럽게 숲속에 녹아들었다. 거기에 이물이 있다는 느낌을 받지 못했다.

사냥개나 사람들의 모습이 보이고 천막에서는 연기가 피어오르고 있었다. 그런 것들이 눈에 보여도 어쩐지 그곳에 마을이 있다는 생각이 들지 않는다.

투림이 다가가자 한 노파가 천천히 다가왔다.

환한 웃음을 띠고 살짝 굽은 허리를 더욱 굽혀 투림에게 고개를 숙였다.

"날이 참 좋네요, 투림 님."

마코우칸은 깜짝 놀라 노파를 바라보았다. 완벽한 오타와르 말이었기 때문이다.

그 놀라는 모습이 우스웠는지 노파는 마코우칸을 보며 미소를 짓더니 홋사르에게 깊숙이 머리를 숙였다.

"잘 오셨습니다, 성스러운 땅의 젊은 어르신."

홋사르는 고개를 끄덕이고 미소를 지으며 노파에게 대답했다.

"오랜만이야, 무료. 건강해 보이니 다행이군."

"고맙습니다. 덕분에 이도 거의 남아 있답니다."

무료라는 여성은 그렇게 말하고는 웃음을 거두고 투림에게로 시선을 돌렸다.

"오라버니를 만나러 오신 거지요?"

"그래, 급한 용건이라네. 만날 수 있을까?"

무료의 얼굴이 약간 흐려졌다.

"때가 조금 안 좋았군요. 오라버니는 지금 사내들과 가을철 곰 사냥을 떠났습니다."

"그렇군. ……언제 떠났나?"

"사흘 전에 갔으니 빠르면 오늘 밤에 돌아올 수도 있겠지만, 그것만큼은 확실히 알 길이 없습니다."

"그건 그렇지. 사냥 상황에 따라 다를 테니. 어쩔 수 없군, 여기서 기다릴까?"

무료가 턱을 쓰다듬으며 생각에 잠긴 투림을 보고 물었다.

"저물녘이라면 몇 명 남아 있는데, 그들로는 성에 안 차는 용건이신가요?"

투림이 눈을 껌뻑거렸다.

"음. 이건 마르지하고 직접 의논해야 되는 문제라……. 그나저나 사에도 마르지를 따라갔나?"

"사에?"

무료는 눈썹을 실룩거리며 웃었다.

"사에라면 있지요. 그 애도 일단은 여자니까."

투림도 아차 싶은 듯 쓴웃음을 흘렸다.

"그런가. 곰 사냥을 간 거였지, 마르지는. 나도 나이를 먹었군."

마코우칸은 두 사람의 대화를 들으며 '그야 그렇겠지, 아무리 실력이 뛰어나도 여자가 곰을 잡을 수는 없으니'라고 생각했다.

그 생각이 얼굴에 드러났을까. 무료가 불쑥 마코우칸을 올려다보며 슬그머니 웃었다.

"여자는 곰을 사냥하지 않는답니다. 사냥을 못하는 게 아니라 하지 않아요."

"……곰은 땅에 속하니까."

홋사르가 중얼거리자 무료가 고개를 깊이 끄덕였다.

마코우칸이 영문을 몰라 어리둥절해하자 홋사르가 짧게 설명했다.

"모르파는 땅에 속한 것과 바람에 속한 것을 가려. 곰도 여자도 서로 땅에 속하니 여자는 곰을 사냥하지 않아. 남자는 바람에 속하는 사슴이나 산토끼를 사냥하지 않고. 그렇지, 무료?"

"예, 그렇습니다."

'……까다롭기는.'

마코우칸은 반쯤 어이없는 기분으로 두 사람의 대화를 듣고 있었다.

'어디든 그 땅의 독자적인 사고방식이 있는 법이지만, 이 척박한 땅에서 그렇게 까다로운 규칙을 지키면 효율이 떨어질 텐데.'

무료가 마코우칸을 올려다보았다.

"이상하게 들리나요?"

"아니, 뭐……."

마코우칸은 수염을 긁적이며 대답했다.

"그게 당신들 방식이라면 제가 참견할 문제는 아니지만, 보고도 놓치는 사냥감이 많을 것 같아서 그럽니다."

무료의 웃음이 더욱 깊어졌다.

"저희는 흔히 부부나 형제자매끼리 사냥을 떠나니 그중 누군가가 잡으면 그만이거든요."

"아……."

마코우칸은 쓴웃음을 지었다.

"그렇군요. 여자가 사냥을 한다는 발상이 머릿속에 없어 미처 그 생각을 못 했습니다. 그런데 잡아서는 안 되는 대상이 있다는 건 역시 놓아주어야만 하는 사냥감이 있다는 뜻 아닙니까? 둘 다 잡을 수 있다면 더 많은 사냥감을 얻을 텐데요."

무료는 고개를 끄덕였다.

"그렇지요. ……그래서 신들은 저희에게 영역을 지키라고 가르쳐주신 거겠지요. 어렸을 때, '저물녘' 할머니가 자주 말씀해주셨답니다. 저희가 놓치는 사냥감이 있기에 산이 살아 있는 거라고."

마코우칸이 한마디도 못 하고 잠자코 있자 옆에서 홋사르가 심술궂게 웃었다.

울컥해서 젊은 주인을 쳐다보자 홋사르는 태연한 얼굴로 눈썹을 들썩이더니 진지한 얼굴로 무료를 돌아보았다.

"그나저나 무료, 자네 조카딸에게 긴히 할 이야기가 있는데, 마르지 없이 이야기하면 문제가 있을까?"

잠시 고민하던 무료가 이윽고 고개를 저었다.

"급한 용건이니 상관없겠지요. 다만 오라버니가 돌아오면 그 딸에게 무슨 명령을 내렸는지 말씀해주셨으면 합니다."

"그야 물론이지."

"그럼 오시지요. 사에는 저 천막 뒤에 있습니다. 사람을 보내 불러올 테니 제 천막으로 가시지요. 차를 끓일 테니 안에서 말씀 나누세요."

"고마워. 하지만 사람을 보낼 것도 없네. 우리가 조카딸을 데리고 자네 천막으로 가지."

홋사르의 말에 무료는 그럼 그렇게 하라고 고개를 끄덕였다.

무료는 손을 살짝 들어 멀찍이서 이쪽을 지켜보던 청년들에게 뭔가 신호를 보냈다. 그러자 청년들은 매끄러운 발놀림으로 다가와 말을 데려갔다.

말 한마디 없이 신호 하나로 매끄럽게 움직인다. 훈련된 사냥개 같은 청년들이었다.

무료가 가리킨 천막 뒤를 향해 걸어가는데 아이들이 열심히 떠드는 소리가 들려왔다.

홋사르는 아무 말도 하지 않았지만 투림도 마코우칸도 그의 앞으로 나가지 않고, 그가 천막 그늘에서 걸음을 멈추자 조용히 그 옆에 섰다.

천막 뒤는 목초지였다. 작은 시냇물이 목초지와 숲의 경계를 나누듯 흐르고 있다.

그 시냇가에 한 무리의 아이들이 있었다.

아이들이 에워싸고 있는 것은 한 그루의 거목이었다. 그 굵은 가지를 교묘하게 사용해 커다란 사슴을 매달아놓았다. 뿔이 있는 머리는 남아 있지만 목 아래로는 가죽을 싹 벗겨 하얀 지방과 붉은 살이 그대로 드러나 있었다. 잡아서 바로 내장을 발라냈는지 텅 빈 배 속이 붉었다.

"아줌마, 잡았어!"

열 살쯤 되는 소년이 사슴 넓적다리를 붙잡고 앳된 목소리로 외쳤다.

목소리는 기세가 등등했지만 발밑이 비틀거려서 누나로 보이는 소녀와 친구들이 제대로 붙잡아 "다리에 힘을 줘", "내가 할까?" 하고 저마다 말을 걸고 있다.

아줌마라고 불린 자그마한 여성은 아이들이 법석을 떠는 가운데 담담히 사슴을 손질하고 있었다.

그 손놀림을 열심히 지켜보는 키 큰 소녀에게 뭔가를 가르치면서 허리뼈를 따라 사냥칼을 재빨리 집어넣었다. 그러고는 넓적다리를 붙잡고 있는 소년에게 말을 걸면서 단숨에 뼈와 만나는 힘줄을 갈랐다.

순식간에 무거운 넓적다리가 허리에서 깔끔하게 떨어지자, 소년은 새빨간 얼굴로 넓적다리를 떨어뜨리지 않으려고 버텼다. 다른 아이들이 달려와서 거들어, 풀밭에 깔아놓은 낡은 가죽 위에 넓적다리를 조심스레 내려놓았다.

'……대단하군.'

마코우칸은 속으로 중얼거렸다.

사슴 손질은 전에도 몇 번이나 보았다. 넓적다리는 허리뼈를 따라 칼을 넣어 연결 부위의 힘줄을 자르면 간단히 떨어지지만, 그래도 저렇게 재빨리 떼어내기란 어렵다.

그녀의 손놀림이 얼마나 뛰어난지는 멀리서 봐도 똑똑히 알 수 있었다. 그녀가 든 사냥칼이 아무렇지도 않게 사슴의 몸속으로 쑥 들어가는 바람에 마치 사슴의 몸이 부드러운 지방덩어리처럼 보였다.

그녀는 시선을 알아차리고 이쪽을 흘깃 쳐다보았지만, 말을 걸지 않고 그저 지켜볼 뿐이라는 것을 알고는 미소와 함께 고개만 꾸벅 숙이고 눈앞의 작업으로 주의를 되돌렸다.

하지만 아이들은 그렇지가 않아, 자꾸 눈짓과 귓속말을 주고받으며 이쪽을 살피고 있다. 이따금 그 아이들을 불러 도움을 받으며 그녀는 담담히 손질 작업을 했다.

몸뚱이를 전부 잘라 낡은 가죽 위에 펼친 것을 지켜본 홋사르가 그제야 움직였다.

"……사에."

홋사르와 함께 다가간 투림이 이름을 부르자 사에는 사냥칼을 곁에 있던 키 큰 소녀에게 건네고 이쪽을 돌아보았다.

"날이 참 좋습니다, 투림 님."

두 손을 무릎에 모으고 고개를 숙이며 인사하는 목소리가 부드러웠다.

'상냥해 보이는 사람이군.'

똑바로 쳐다보는 그녀의 시선에 마코우칸은 왠지 마음이 술렁거렸다. 서른이 넘었다는데 갈색 눈동자가 맑아 아직 한참 젊어 보였다.

목덜미께의 머리끈에 얌전한 장식을 하나 달았을 뿐, 화장기 하나 없이 차분한 인상의 여인이었다. 아무리 봐도 뛰어난 사냥꾼으로는 보이지 않는다.

홋사르가 그녀의 정면에 서서 물었다.

"자네가 사에인가? 나는 홋사르 유그라우르라고 하네. 자네에게 부탁이 있어 찾아왔네."

사에의 눈이 희미하게 일렁였다.

"유그라우르 가문의 젊은 어르신. 뵙게 되어 영광입니다. ······제게 무슨 용건이신지요?"

그 말을 들은 홋사르가 환하게 웃었다.

"이거 훌륭하군. 군더더기가 한마디도 없어. 투림이 신뢰할 만하군."

사에는 그 칭찬에 미소를 지었지만 눈에는 여전히 불안한 빛이 남아 있었다.

입가에 희미하게 떠오른 작은 보조개가 왠지 가련해 보여, 마코우칸은 입술을 굳게 다물고 그 자그마한 사냥꾼을 바라보았다.

추적

사에는 거의 빈손으로 아카파 소금광산에 도착했다.

앞으로 도망자를 추적해 얼마나 긴 여행이 될지 모르는데도 비스듬히 멘 자그마한 가죽 주머니 하나와 개 한 마리가 전부였다.

그 모습을 보며 마코우칸은 아카파 민족이 흔히 말하는 '사냥꾼처럼 날렵하다'는 표현을 떠올렸다.

얻어 타고 있던 투림의 말에서 뛰어내린 사에가 마중 나온 요타르에게 깊숙이 머리를 조아렸다.

요타르는 흥미진진한 표정으로 눈앞에 있는 사냥꾼 여인을 바라보았다.

"먼저 온 사자에게 이야기는 들었다. 자네가 마르지의 딸인가?"

사에는 요타르를 바라보며 고개를 끄덕였다.

"예. 아버지를 비롯해 모두 늘 감사드리고 있사옵니다."

요타르가 미소를 지었다.

"감사해야 하는 건 내 쪽인데. 마르지는 벌써 승냥이 사냥을 떠났다면서?"

"예. 아버지와 사내들은 이 주변 숲으로 들어갔습니다."

그 말을 들은 마코우칸은 마르지라는 사냥꾼 대장의 못마땅한 얼굴을 떠올렸다. 그 늙은 사냥꾼은 홋사르가 설명하는 동안 한마디도 하지 않고, 홋사르가 이야기를 마친 뒤에도 고개만 끄덕일 뿐이었다.

힘겨운 사냥 여행에서 이제야 돌아와 지치기도 했겠지만, 그것과는 별개의 울분이 있는 것 같았다.

그는 사내들을 불러 평탄한 어조로 날이 밝으면 긴 여행을 떠나겠다고 알렸다. 피로가 얼굴에 남아 있는 사내들은 일언반구 없이, 고개조차 끄덕이지 않고 대장이 물러나라는 동작을 하자 잠자코 천막에서 나갔다.

그 사내들이 지금 이 주변 숲에 있다.

어둑한 덤불 속을 소리도 없이 전진하는 사냥개 같은 그들의 모습이 눈에 보이는 것만 같았다.

"사흘 뒤 요타르 님을 찾아뵙고 추적 상황에 대해 말씀드리겠다 하였습니다."

사에의 말에 요타르는 고개를 끄덕이고 사에가 데리고 있는 개를 흘깃 쳐다보았다.

"훌륭한 개로구나. 자네 개인가?"

사에는 미소를 지으며 귀를 쫑긋 세우고 앉아 있는 개를 굽어보았다. 자기 얘기를 하는 줄 아는지, 개도 얌전히 주인을 올려다보았다.

어딘가 늑대의 피라도 섞여 있는지 덩치가 크고 날렵한 인상의 개였다.

"예. 벌써 오랫동안 저를 도와주고 있습니다."

"그런가? 하지만 아무리 후각이 뛰어난 개라도 냄새를 추적하기는 어렵겠지. 노예가 달아난 지 벌써 이레는 지났으니."

"그렇겠지요. 비도 내렸다고 하고. ……장담은 드릴 수 없지만 그래도 할 수 있는 일이 조금은 있을지도 모릅니다. 맡겨주시겠습니까?"

요타르는 조금 의아하다는 표정을 지었다.

요타르도 총명한 사내이다. 눈앞에 있는 자그마한 여인의 온화한 얼굴 밑에 의외로 굳은 심지가 있다는 사실을 알아차린 듯했다.

"알았네. 필요한 게 있으면 말하게나."

"고맙습니다."

사에는 고개를 숙이고 소금광산 갱도 입구를 쳐다보았다.

"누구든 이곳 노예 생활에 해박한 분이 계시면 이야기를 좀 나누고 싶습니다만."

"아아, 이곳 순찰병이었던 자 중에 똘똘한 자를 불러놓았으니 그자의 안내를 받게나."

조금 떨어진 곳에서 두 사람의 대화를 듣고 있던 홋사르가 마코우칸을 올려다보았다.

"자네도 도와."

"예?"

마코우칸이 깜짝 놀라 되묻자 홋사르는 태연하게 말했다.

"노예를 찾을 때까지 사에를 따라가. 그리고 보고 들은 걸 모조리 내게 보고해."

마코우칸은 눈을 껌뻑였다.

"하지만 저는 주인님의 시종입니다. 주인님 곁을 떠날 수는 없습니다."

홋사르가 웃었다.

"난 보모는 필요 없어. 잠자코 명령을 따르도록 해. 사에를 방해하지는 마."

마코우칸은 부루퉁한 표정을 지었지만 내심 이것이 의외로 좋은 기회일지도 모른다고 생각했다. 사에라는 여성의 기술이 어느 정도인지 궁금했기 때문이다.

"그리고……."

홋사르가 생각났다는 듯이 덧붙였다.

"저 여자는 건드리지 마."

늘 하는 농담인 줄 알았는데 홋사르의 얼굴이 진지했다.

마코우칸이 잠자코 있자 홋사르가 작은 목소리로 말했다.

"외로운 여인이야. 자네 같은 사내에게는 깊은 나락이 될 여자야."

마코우칸은 그 말에는 대답하지 않고 부루퉁한 얼굴로 부름을 받고 온 중년 병사와 이야기를 나누는 사에를 바라보았다.

　사에는 병사의 이야기를 꼼꼼히 들었다.

　이 소금광산에서 일하는 노예에 대해, 저런 것까지 들을 필요가
있나 싶은 사소한 정보까지 듣고 나서야 개를 입구에 남기고 소금
광산의 깊은 갱도로 내려갔다.

　어두운 광산 안에는 아직 무수히 많은 시체들이 뒹굴고 있다.

　사에는 그 시체들을 보자 침울한 얼굴로 조용히 손을 모으고 기
도했다. 가지런히 모은 손가락 끝이 바르르 떨리는 것을 마코우칸
은 어두운 표정으로 바라보고 있었다.

　이윽고 고개를 든 그녀는 도망친 노예의 잠자리로 가더니 장승처
럼 서서 그 자리를 바라보았다.

　뒤에 서 있는 안내 병사가 무료함을 견디다 못해 무심코 발을 꼼
지락거릴 정도로 오랫동안 그 자리를 바라보던 사에는 이윽고 몸
을 숙이고 무릎과 두 손을 짚고 돌바닥에 뺨을 붙이다시피 해서 한
껏 낮은 위치에서 바닥 위를 살폈다.

　그리고 몸을 일으켜 조심스레 발을 내디디며 안쪽 암벽 옆으로
가서 끊어진 사슬을 보았다.

　사슬을 만지고, 주위 바닥을 본다. 그 얼굴이 갑자기 흐려졌다.

　"……왜 그래?"

　마코우칸이 묻자 사에는 고개를 들고 입을 벙긋했지만 바로 도리
질을 치며 작은 목소리로 아무것도 아니라고 했다.

그러더니 암벽을 등지고 섰다. 얼굴은 이쪽을 향하고 있지만 초점은 마코우칸과 병사의 얼굴을 지나쳤다.

'우리는 눈에 보이지 않나 보군.'

마코우칸은 속으로 중얼거렸다. 이 사람은 지금은 없는 무언가를 보고 있다.

자세히 보니 시선이 빠르게 꿈틀거리고 있었다.

그녀의 눈에는 달아난 노예의 움직임이 보이는 걸까? 그럴 리 없다고 생각하면서도, 자꾸만 그런 생각이 들었다.

사에는 한숨을 한 차례 내쉬더니 무릎을 구부리고 깔짚을 헤집어 한 묶음 뽑더니 허리띠에 끼웠다.

"……오래 기다리셨습니다. 위로 돌아가지요."

사에가 갱도에서 나오자 지시한 자리에서 기다리고 있던 개가 기쁜 듯이 벌떡 일어나 꼬리를 흔들었다.

개가 다가오자 사에는 허리띠에 끼워두었던 깔짚을 뽑아 사냥개에게 그 냄새를 맡게 했다.

곧바로 개의 태도가 바뀌었다. 코끝부터 목덜미까지 잔뜩 힘을 주더니 꼬리를 길고 편평하게 뻗었다.

땅바닥에 코를 박았다가 다시 높이 쳐들고 한참 냄새를 맡는 시늉을 했지만, 확실하게 찾지 못했는지 이윽고 곤혹스러운 기색으로 나직하게 울었다.

"……역시 개를 풀어 추적하기란 어렵겠어. 비도 내렸고, 여러 사람들이 짓밟았으니."

마코우칸의 말에 사에가 고개를 돌렸다.

"맞아요. 비에 젖지 않은 장소에 뭔가 남아 있다면 좋을 텐데."

사에는 사냥개에게 따라오라는 신호를 보내고 광산 옆에 늘어서
있는 건물로 향했다.

'……그래, 집 안이라면 냄새가 씻겨 내려가지는 않았을 테지.'

그래도 벌써 며칠이나 지났다. 시신을 옮기려고 여러 사람이 드
나들었으니 흔적이 나올 리 없다.

사에는 문득 발길을 멈추고 뒤를 돌아 병사에게 물었다.

"저 문은 병사가 부순 건가요?"

병사는 고개를 저었다.

"아니, 우리가 여기에 도착했을 때 이미 부서져 있었어. 열어두려
고 버팀목을 댄 건 우리지만."

"그런가요."

사에는 건물의 용도를 캐묻고는 병사에게 고개를 숙여 인사하며
이제 충분하니 업무로 돌아가라고 했다.

병사가 떠나는 모습을 지켜본 뒤에 마코우칸은 사에에게 다가가
작은 목소리로 물었다.

"방금 사슬을 보고 뭘 찾은 거지?"

사에의 눈이 흔들렸다. 말을 할까 말까 망설이는 눈치였는데, 마
침내 작은 한숨을 내뱉으며 입을 열었다.

"실성했다고 생각할지도 모르지만, 그 사슬은 부러진 뿔의 반이

혼자서 끊은 것 같습니다."

"……."

사에는 마코우칸을 올려다보며 쓴웃음을 지었다.

"적어도 저곳에 남아 있던 흔적으로는 그렇게밖에 보이지 않네요."

마코우칸은 미간을 찌푸렸다.

"어떤 흔적이 있었기에?"

사에는 조용히 대답했다.

"족쇄에 묶여 있다는 사실을 잊고 반사적으로 도망치려 했던 것 같아요. 그래서 사슬에 오른발을 낚아 채여 이런 식으로……."

사에는 오른발을 뒤로 뻗고 두 손으로 앞을 짚는 시늉을 했다.

"풀썩 고꾸라져서 두 손을 짚은 흔적이 있었습니다. 그리고……."

사에는 뒤로 돌아 허리를 살짝 구부리고 두 손으로 사슬을 잡아당기는 동작을 했다.

"이렇게 체중을 실은 발바닥에 쓸려서 형태가 일그러진 자국이 깔짚에 나 있었어요. 만일 누가 그를 도와 함께 사슬을 잡아당겼다면 이 부근에……."

사에는 몇 걸음 뒤로 물러난 자리를 가리켰다.

"깔짚에 다른 사람의 발자국이 있어야 하는데, 그런 건 없었어요. 남아 있던 건 이렇게……."

사에는 엉덩방아를 찧은 흉내를 냈다가 재빨리 두 손으로 무릎을 짚고 일어나는 시늉을 했다.

"한 사람이 엉덩방아를 찧었다가 황급히 일어나 달려간 흔적뿐입니다."

마코우칸은 입을 헤 벌리고 사에를 바라보았다.

그런 흔적이 어디에 있었단 말인가? 흐트러진 깔짚은 보았지만 그 지푸라기 속에 그런 움직임의 흔적이 정말 보였단 말인가?

사에는 고개를 숙이고 개의 귀를 살살 어루만졌다.

"제 눈에는 그렇게 보였지만 아닐지도 모릅니다. 찾아내면 본인에게 물어보세요."

사에는 그렇게 말하더니 등을 돌리고 굴뚝이 몇 개나 있는 주방 문으로 다가갔다.

문에 다가간 순간 사냥개의 표정이 바뀌었다. 부서진 두꺼운 판자의 냄새를 연신 맡아댔다.

"밥의 냄새가 남아 있나 보군."

마코우칸이 말하자 사에는 문에서 시선을 떼지 않고 고개를 끄덕였다.

"몇 번이나 몸으로 부딪쳤던 모양이에요. 여기서……."

사에가 사냥개의 코를 가만히 밀어내고 결이 일어난 판자에 걸려 있던 뭔가를 뽑았다.

"옷이 해져서 실밥이 빠졌네요."

마코우칸에게 실오라기를 건넨 사에가 주방 안으로 들어갔다.

그 안에 시신은 없었다. 농노나 병사가 시체를 운반하려고 옆으로 치웠는지 긴 조리대가 한쪽에 비스듬히 몰려 있었다.

사에는 소금광산 안에서 그랬던 것처럼 일단 일어나서 전체를 지그시 바라본 다음, 바닥에 닿을 정도로 얼굴을 찰싹 붙여 낮은 위치에서 관찰했다.

그런 동작을 되풀이하다가 조리대 옆에서 멈춰 서더니 천장에 매달린 순대 타래 따위를 올려다보며 천천히 안까지 들어가 뒷문을 지나 밖으로 나왔다.

그녀를 따라 밖으로 나와 보니 주방처럼 보이는 건물이 또 하나 눈앞에 나타났다.

"이쪽이 노예용 주방이군. 이쪽은 문이 그대로 있네."

"네."

사에가 고개를 끄덕였다.

석양빛이 아스라이 비치는 건물 측면으로 돌아가자 뭔가 마음에 걸리는지 사에는 몸을 웅크리고 고개를 숙여 바닥을 훑어보았다. 그리고 일어나서 채광창 밑으로 가더니 그곳 바닥을 가만히 본다.

그녀는 무슨 생각을 했는지 펄쩍 일어나 방금 전 주방으로 돌아가더니 잠시 후 작은 의자를 하나 들고 돌아왔다.

한 손에 의자를 든 채로 사에가 바닥을 가리켰다.

"여기에 손으로 땅을 훑어 고른 흔적이 있어요. 이 의자를 놓고 그 위에 올라가 창문으로 들어간 거겠지요."

그렇게 말하며 의자를 뒤집어 마코우칸에게 보여주었다. 아니나 다를까, 의자 다리에 흙이 묻어 있다.

"의자 다리 자국은 지우고, 의자는 제자리에 돌려놓은 거겠지요."

마코우칸은 눈살을 찌푸렸다.

아무리 봐도 바닥에 손으로 땅을 고른 흔적은 보이지 않는다.

"여기에 서서 이렇게 굽어보세요."

시키는 대로 사에의 눈높이에서 보니 그녀의 말대로 다른 곳과는 달리 희미하게 그곳 바닥만 모양이 있는 것처럼 보였다. 하지만 그곳에 있다는 말을 듣고서야 비로소 보이는, 아주 미세한 차이였다.

사에가 채광창을 올려다보며 말했다.

"비가 오지 않았다면 이런 흔적은 보이지 않았겠지만, 비가 땅을 적셔 손바닥 자국을 조금이나마 남겨주었네요."

그러더니 마코우칸의 이마 언저리에 손을 쓱 뻗었다.

"소금광산 안에 남아 있던 흔적으로 보건대 키는 이 정도일 거예요. 힘이 세고, 몸이 가벼운 사람이네요."

사에는 허리띠에 남겨두었던 깔짚에서 가느다란 터럭을 뽑아 마코우칸에게 보여주었다.

"머리카락은 검정에 가까운 갈색. 여기로 끌려온 지 그리 오래 되지는 않은 머리카락이에요. 거칠긴 하지만 옆에 쓰러져 있던 시신의 머리카락하고 비교해봐도 아직 굵고 힘이 있으니까."

그 눈에 희미한 그림자가 드리웠다.

"오래도록 혹독한 노역을 한 노예의 머리카락은 훨씬 가늘고 약하죠. 색도 옅어집니다."

마코우칸은 잠자코 나직한 그 목소리를 듣고 있었다.

투림 정도 되는 남자가 이 여인을 아끼고, 진심으로 신뢰하는 이유를 이제는 이해하고도 남았다. 신기에 가까운 추적 솜씨이다.

'하지만…….'

이 여인은 이 일에 어울리지 않는다. 그런 생각이 가슴속에 퍼져
나갔다.

사에는 작은 한숨을 내쉬고 마코우칸의 손에 머리카락을 건네더
니 발길을 돌려 노예용 주방으로 들어갔다.

휑하니 넓은 노예용 주방에 비스듬히 쏟아지는 햇살 속에서 먼지
가 나풀거렸다.

시신을 정리한 병사들이 남긴 흔적인지, 바닥에는 발자국이 잔뜩
나 있었는데 사에는 하나하나 찬찬히 살피기 시작했다.

사냥개도 열심히 냄새를 맡고 있다. 아무래도 반이 분명 이곳에
있었던 모양이다.

가을 햇살이 기울어 주방 안에 어스름이 감돌기 시작했을 무
렵, 사에가 부뚜막 하나를 들여다보더니 그대로 그 자리에 멈춰버
렸다.

"뭔가 있나?"

마코우칸이 묻자 사에는 꿈지럭거리며 잠자코 일어섰다.

푸르스름한 어둠 속에서 눈, 코, 입도 분간하기 어려운 그 모습은
어딘지 모르게 망령처럼 보였다.

"그자는 이곳에서 하룻밤을 난 것 같습니다."

사에는 그렇게 중얼거리고는 부뚜막 앞쪽 바닥을 굽어보았다.

"목욕도 한 것 같네요. 바닥에 대야 자국이 남아 있어요. 이곳에서 일하던 여자들이 목욕한 흔적일지도 모르지만, 다른 부뚜막 앞에는 대야 자국이 없으니 여자들은 다른 곳에서 씻었을 겁니다. 그렇다면 그자가 이곳에서 나가기 전에 몸을 씻고……."

그 말을 덮어버릴 기세로 누가 밖에서 부르는 소리가 들렸다.

"우리를 부르는 모양이군."

마코우칸의 말에 사에도 고개를 끄덕이며 입구 쪽으로 걸음을 뗐다.

아래쪽에는 아직 햇살의 밝은 기운이 남아 있었지만 하늘은 이미 밤의 빛깔로 변했다. 횃불을 든 병사가 키 큰 남자 하나를 안내하며 다가오는 모습이 보였다.

남자는 모르파였다.

매끄러운 걸음걸이로 다가와, 인사도 없이 사에에게 말했다.

"대장님이 부르신다. ……숲에서 흔적을 찾았어."

7

눈 속으로 사라지다

　아득한 벼랑 아래쪽을 느긋하게 굽이쳐 흐르는 강물 소리가 바람과 함께 위로 기어 올라온다.

　오른쪽은 깎아지른 낭떠러지, 왼쪽은 광대한 분지의 바닥까지 이어지는 가파른 비탈. 마차 한 대가 겨우 지나갈 만한 좁은 벼랑길을 순록을 타고 가면서 마코우칸은 몇 번째인지 모를 한숨을 쉬었다.

　"……설마 이런 곳까지 오게 될 줄은 꿈에도 몰랐는데."

　이 지방은 겨울이 이르다.

　첫눈은 아직 오지 않았지만, 눈이 내리기 시작하면 이 벼랑길도 눈에 파묻혀 통행이 불가능해질 것이다.

　지금도 서리가 녹아 길바닥이 질퍽해 미끄럽다. 말이 아니라 순록을 타고 가자던 사에의 말뜻을 이제는 이해할 수 있다.

　아카파의 큰 순록은 몸집이 커서 덩치 큰 마코우칸도 힘든 기색

없이 태워주었다.

게다가 순록이란 혹한의 땅에서 사는 짐승이라 그 발굽도 말과는 전혀 다르다. 체중을 실을 때마다 발굽이 쫙 펼쳐져 부드러운 눈 위도 걸을 수 있고, 발굽 가장자리가 날카로워서 빙판 위에서도 미끄러지지 않고 걸을 수 있다. 아카파의 순록이 아니면 이 계절, 이 길을 지날 수는 없었으리라.

그렇지만 아무리 순록이 험한 길에 탁월하다 해도, 얼음장 같은 바람이 불어오는 벼랑길이 이처럼 길게 이어지다 보니 언제 발이 미끄러져 골짜기로 떨어질지 몰라 노심초사했다.

마코우칸의 푸념을 들은 사에가 뒤를 돌아보며 웃었다.

"거의 다 왔어요. 해가 지기 전에는 분지로 내려갈 수 있을 테니 마을도 보이겠지요."

"제발 그래야 할 텐데. 오늘 밤에는 눈이 내릴 것 같아."

사에도 하늘을 보고 고개를 끄덕였다.

광대한 골짜기 저편으로 낮은 산지가 한없이 이어졌다.

눈 덮인 산봉우리들이 연노란 띠 같은 하늘을 등지고 아련히 빛나고, 그 위로 잿빛 하늘이 펼쳐졌다.

하늘은 잿빛 뒤에 하얀 빛을 감추고 있는 것처럼 무겁게 부풀어 있는 듯 보였다.

"⋯⋯잘못 판단했나. 이리 멀 줄 알았다면 봄까지 기다릴 것을."

눈이 내리기 전에 돌아올 수 있을 줄 알고 출발에 찬성했는데, 길이 이러니 설령 탈주 노예를 찾더라도 돌아갈 길이 끊기고 말 것이다.

멀리 펼쳐진 장대한 풍경을 바라보며 사에가 말했다.

"눈이 내려도 야영은 할 수 있어요."

마코우칸은 얼굴을 찌푸렸다.

"농담 마. 눈 속에서 야영이라니 절대 사양이야. 그만 돌아가는 게 어때?"

사에가 뒤를 돌아보며 웃었다.

"그렇게 아이처럼 떼쓰지 말아요. 지금 돌아가도 어차피 눈 속에서 야영할 신세인 줄 알면서. 괜찮아요. 마을만 찾으면 봄까지 머물게 해줄 테니까요."

이런 벽지에서 겨울나기라니 말도 안 된다고 따지고 싶었지만 마코우칸은 입을 다물었다.

"탐색은 유동적인 활동이에요. 봄이 되길 기다리면 상황이 바뀔지도 몰라요. 지금 당장 오키 골짜기를 탐색해봅시다."

이런 사에의 제안을 찬성한 그에게도 책임은 있다. 설마 사에가 이곳에서 겨울을 날 것까지 염두에 두고 있을 줄은 몰랐지만.

'이래서 사냥꾼이나 유목민이 싫다니까.'

마코우칸은 속으로 한숨을 쉬었다.

이동이 당연한 삶을 사는 사람들이라 어디서 밤을 보내도 개의치 않는다.

'젠장, 뜨뜻한 물로 목욕하고 싶네.'

뜨뜻한 목욕물에 느긋하게 몸을 담그고, 맛있는 밥을 먹고, 두꺼운 벽과 지붕이 막아주는 집 안의 푹신한 침대에서 잠드는 것이야말로 인간의 삶이 아니던가?

휘몰아치는 바람에 눈 내음을 느낀 마코우칸은 땅이 꺼져라 한숨을 쉬었다.

탈주 노예가 오키 지방에 숨어들었을 가능성을 찾아낸 것은 투림이었지만, 이는 사에가 발견한 단서 덕분에 도달한 실마리였다.

사에의 아버지가 이끄는 사냥꾼 무리가 숲에서 발견한 것은 모닥불 흔적이었다. 사에는 그곳에서 짐차를 가진 누군가와 탈주 노예가 만난 흔적을 읽어냈다.

사에의 사냥개도 실력을 발휘했다. 시간이 그렇게나 흘렀는데도 모닥불 옆의 땅바닥에서 냄새의 흔적을 찾아내 그곳에 틀림없이 그들이 찾는 노예가 있었다는 사실을 알려주었다.

모닥불 주변의 흔적을 꼼꼼히 조사한 사에는 노예와 만난 남자가 걷지 못할 정도로 깊은 상처를 입은 것 같다고 했다. 비에 젖은 바닥은 누군가가 다리에 잔뜩 힘을 주고 다른 이를 안아 들어 짐차에 태운 발자국을 남겨주었다.

사에는 또 남아 있던 발굽 흔적에서 짐차를 끄는 게 말이나 순록이 아니라 퓨이카라는 사실도 꿰뚫어보았다.

퓨이카를 키우는 민족이라면 서쪽 토가 산지의 민족이 먼저 떠오르지만, 최근에는 츠오르 제국의 서역 정책으로 이 주변에서도 왕성하게 키우기 시작했다.

그렇지만 퓨이카는 다루기 어려운 짐승이므로, 농민이나 상인이 퓨이카를 말이나 순록 대신 부린다고 생각하기는 어렵다. 북쪽 유목민이 털가죽을 팔러 도시로 가는 길에 이곳에서 모닥불을 피웠다고 보는 게 가장 타당한 가설이었다.

사에는 짐차의 수레바퀴 자국을 따라 그들이 카잔으로 향한 사실을 알아냈다. 하지만 카잔은 이 부근에서는 최대 교역 도시로, 아무리 사에라도 하루에 몇백 대나 되는 짐마차가 오가는 길에서 흔적을 쫓기란 불가능했다.

때문에 도시 탐색은 투림에게 맡긴 것이다.

투림에게 사정을 전하고 탈주 노예의 행방을 알아내기까지, 사흘도 걸리지 않았다는 사실에 마코우칸은 등골이 서늘했다.

투림은 카잔의 도시 상인조합에 의논해 퓨이카 짐차로 털가죽을 팔러 온 사람 가운데 부상당한 남자가 있는지 조사했다고 한다. 그 명령은 이 잡다한 민족이 섞여 사는 거대한 도시 안에 눈 깜짝할 사이에 퍼져나가, 곧바로 수두룩한 정보가 들어왔다.

아카파 상층민은 지금도 과거의 자국민을 샅샅이 장악하고 있다. 정보의 속도는 그것을 똑똑히 보여주었다.

퓨이카 짐차로 털가죽을 팔러 온 남자는 몇 명이나 되지만 걷지 못할 정도로 다친 사람은 토마라는 청년뿐이었다.

투림은 덩치 좋은 사내가 그를 부축하고 있었다는 털가죽 상인의 이야기를 들은 후에 그 남자야말로 그들이 찾는 탈주 노예일 거라

짐작하고 사에게 알렸다.

"그 남자는 마흔 안팎으로, 머리카락은 검정에 가까운 갈색이라고 한다. 용모도 상황도 네가 한 이야기와 딱 맞아떨어져. 토마의 씨족에서 더부살이로 일을 할 테니 앞으로 잘 부탁한다고 했다는구나."

미소를 지으며 그렇게 말한 투림의 얼굴이 살짝 흐려졌다.

"하지만 토마라는 남자의 고향이 어디인지는 정확히 모른다. 토마란 이름도 흔하고, 오키 민족이라고는 해도 오키라는 건 광대한 분지와 야트막한 산지와 그 골짜기 전체를 아우르는 지명이지. 거기는 유목민 부락 천지야."

봄이 되기를 기다려 수색하는 게 낫다는 투림의 말에 사에는 고개를 저으며 찾을 바에야 서두르는 게 낫다고 말했다.

잿빛 구름 속에 자그마한 하얀 점으로 어둡게 빛나던 태양이 어느새 구름 밑으로 모습을 드러냈다.

그 황금빛이 광대한 분지에 실타래처럼 쏟아졌다.

해가 아직 높이 떠 있었지만 날이 저물기 시작하면 눈 깜짝할 사이에 산 끝으로 사라진다. 그 후에는 칠흑 같은 밤이 찾아온다.

다행히 벼랑길은 내리막이라 조금씩 분지로 다가가고 있었다.

강가의 초원 여기저기에서 가축 떼를 모는 남자들의 모습이 드문드문 보인다. 그 광경에 마음이 조금 밝아졌다.

'마을을 찾는 게 먼저일까, 해가 지는 게 먼저일까, 아슬아슬하군.'

그렇게 생각한 순간, 마코우칸의 눈에 앞장서서 가는 사에가 문득 뭔가를 알아차린 것처럼 고삐를 잡아당겨 순록을 세우는 것이 보였다.

"왜 그래?"

한마디 던진 찰나, 마코우칸도 이변을 깨달았다. 뭔가 느껴진다. 벼랑에 접한 오른쪽 피부에 어느새 소름이 돋아 있었다.

벼랑 위를 올려다보자 뭔가가 움직였다.

울창한 덤불을 헤치고 시커먼 물체가 고개를 내밀었다.

'승냥이인가?'

아니, 개 치고는 크다. 늑대일지도 모른다.

한 마리가 눈에 들어오더니 이어서 덤불 여기저기에 숨어서 이쪽을 굽어보는 검은 짐승의 머리가 몇 개나 보였다. 노란 눈동자가 가만히 이쪽을 바라보고 있다.

오싹한 공포가 명치를 찔렀다.

마코우칸은 재빨리 허리춤으로 손을 뻗어 검집에서 검을 뽑았다.

그것이 신호인 것처럼 검은 그림자가 잔뜩 뛰어오르나 싶더니 믿을 수 없는 몸놀림으로 벼랑을 뛰어내려와 일직선으로 두 사람을 덮쳤다.

깽, 한 마리가 비명을 지르며 튀어 올랐다.

마코우칸이 흠칫 놀라 쳐다보니 어느새 사에가 순록에서 뛰어내려 단궁短弓을 거머쥐고 활을 쏘고 있었다.

놀라운 연사였다.

화살집에서 화살을 뽑는 손이 현에 활고자를 맞추었다 싶었는데 이미 검은 짐승이 활에 쿡, 꿰뚫려 튀어 올랐다.

화살은 연이어 날아갔고, 그때마다 짐승이 튀어 올라 벼랑길에 부딪치고 골짜기 밑으로 굴러 떨어졌다.

느긋하게 구경할 여유는 없었다.

피비린내가 얼굴을 스쳤을 때, 마코우칸은 밑에서 검을 휘둘러 짐승을 베어 쓰러뜨렸다. 그 무게가 팔에서 사라져 호를 그리며 골짜기 밑으로 떨어지는 것을 지켜볼 새도 없이 다른 짐승이 덤벼들었다.

몸을 꿰뚫으면 검을 다시 몸에서 뽑아야 하니 번거롭다. 날아오는 돌을 튕기는 요령으로 마코우칸은 하염없이 좌우로 검을 휘둘러 짐승을 베어 물리쳤다.

땀이 눈에 들어간다. 타고 있는 순록이 겁에 질려 비틀거리는 바람에 상체가 흔들렸다.

찰나의 순간, 집중력이 흐트러졌다……. 그 순간을 노리고 짐승이 목덜미 쪽으로 달려들었다. 검을 휘두를 틈이 없었다. 물릴 각오로 팔로 목을 감싼 순간, 짐승이 깨갱 하고 울며 옆으로 날아갔다.

사에가 이쪽으로 활을 겨누고 있었다. 구해준 것이다. 그렇게 생각한 순간, 이쪽을 돌아본 탓에 틈이 생긴 사에의 몸으로 짐승이 덤벼들었다.

짐승에게 눌린 사에가 비틀거리다 벼랑길에서 발을 헛딛는 것이 보였다.

"사에!"

마코우칸이 이름을 부르며 순록에서 뛰어내려 그녀에게 손을 뻗으려 했지만 너무 늦었다.

메마른 덤불에 부딪치면서 사에는 흙먼지를 일으키며 데굴데굴 굴러떨어졌다. 중간에 짐승이 사에의 몸에서 떨어져 나온 것이 자그맣게 보였다.

이윽고 멀리서 물보라가 일더니 한순간 하얀 점 같은 물체가 수면에 떠올랐지만 바로 물줄기에 휩싸여 사라지고 말았다.

"사에!"

마코우칸은 벼랑길에 몸을 내밀고 목이 터져라 외쳤다.

목소리가 바람에 묻혀 사라지자 압도적인 정적이 주위를 뒤덮었다. 사에를 공격한 짐승이 무리의 마지막 한 마리였는지, 살아 움직이는 짐승은 이제 없었다.

거친 숨을 몰아쉬며 땀이 흥건한 얼굴로 주위를 돌아보던 마코우칸이 다시 낭떠러지 밑을 굽어보았을 때, 하얀 솜 같은 물체가 눈꺼풀에 내려앉았다.

'……눈.'

한숨처럼 소리 없는 소리와 함께 찾아온 눈이 잿빛 하늘에서 내려왔다.

망연히 골짜기 밑을 바라보던 마코우칸은 자리에서 일어나 마비된 듯한 머리를 흔들어 정신을 차리려 했다.

'넋 놓고 있을 때가 아니야.'

벼랑길 위에는 화살에 뚫린 짐승이 점점이 굴러다니고 있다. 아직 고통스러운 듯 몸부림치는 놈도 있었다.

개보다 크지만 늑대보다는 조금 작아 보이는 그 짐승을 바라보다가, 덤불에 고삐가 엉켜 달아나지 못한 순록을 보았다. 잔뜩 겁에 질려 부들부들 떨고 있다.

사에의 순록은 이미 어디론가 달아나버렸는지 코빼기도 보이지 않았다.

마코우칸은 살살 어르면서 순록에게 다가가 고삐를 잡았다. 손에 익숙한 가죽의 감촉이 평소의 감각을 조금이나마 되찾아주는 듯했다.

마코우칸은 옷소매로 검을 닦아 검집에 넣고, 검대를 풀어 어깨에 비스듬히 걸쳤다. 그리고 순록에 올라타 아랫배에 잔뜩 힘을 주고 싫어하는 순록을 억지로 몰아 벼랑의 비탈길을 내려갔다.

위험은 각오한 바였다. 지금 이런 곳에서 순록을 잃으면 어차피 목숨은 없다. 말을 다루는 기술에는 자신이 있다. 끌고 내려가는 것보다 올라타서 부리는 게 차라리 낫다.

일단 출발하자 순록은 발밑을 꼼꼼히 확인하면서 비탈을 능숙하게 내려가기 시작했다. 길고 위험한 내리막이었지만 전보다 벼랑길을 많이 내려와 비탈이 완만한 덕에 간신히 다치지 않고 강가로 내려올 수 있었다.

눈이 꼬리에 꼬리를 물고 떨어진다.

"사에!"

마코우칸은 잔뜩 불안한 표정으로 목이 쉴 때까지 외치다가, 순록을 데리고 강을 따라 사에의 모습을 찾아 헤맸지만 쏟아지는 눈이 시야를 가려 그녀를 찾을 수 없었다.

　깨갱, 하고 강 아래쪽에서 개 짖는 소리가 들리는 것 같아 그쪽을 훑어보았지만 그저 휘몰아치는 눈밖에 보이지 않았다.

　아직 날은 저물지 않았지만, 어두운 빛을 머금은 하얀 장막이 대지를 온통 뒤덮고 있었다.

　휘이잉, 휘몰아치는 바람 소리가 황량한 대지에 메아리쳤다.

제 **3** 장

순록의 마을에서

사슴의 왕 상

살아남은 자

겨울나기

오후까지는 날씨가 좋았는데 해가 저물자 바람이 거세지더니 눈이 옆으로 들이쳐 몸을 때렸다.

숨을 헐떡이며 언덕 끝까지 올라가자 눈앞에 숨이 멎을 만큼 푸르고 매끄러운 대지가 펼쳐졌다. 그 푸른 어둠 속에 별이 떨어진 것처럼 드문드문 불빛이 보였다.

반은 가만히 숨을 돌리며 걸음을 멈추고 끌고 온 썰매의 밧줄을 어깨에서 풀었다.

토마의 형이 입었다는 순록 털가죽 외투는 반에게는 조금 작았지만 그래도 푸근하게 몸을 감싸주었다. 장화도 장갑도 솔기가 야물어서 눈에 젖어도 물이 스며들지는 않았지만, 이 극한의 땅에서는 밖에 오래 있는 것만으로도 몸이 속부터 얼어붙었다.

천막의 불빛을 보면서 반은 피가 잘 돌아가도록 몇 번이나 손뼉을 쳤다.

유나는 잘 놀고 있을까?

다소 음치 기운이 있는 망야 할멈이 잔일을 하면서 콧노래를 부르는 바람에 요즘 그 꼬마도 조금이라도 기분이 좋으면 똑같이 묘한 음정으로 콧노래를 부른다. 덕분에 그 콧노래가 완전히 귀에 익어버렸다.

천막으로 돌아가면 꼬마는 얼굴 한 가득 환한 웃음을 띠고 아직 뒤뚱거리는 걸음걸이로 아장아장 달려와 "아바!" 하고 달려들 것이다.

유나[銀魚]라고 이름 붙인 아이는 모래가 빗물을 빨아들이듯 말을 익히고 있지만, 어째서인지 반을 '아빠'라고 부르지 못하고 '아바'라고 부른다. 하지만 아바, 라고 부르는 목소리가 우스워 반은 일부러 그대로 내버려두었다.

썰매에 실은 멧돼지는 벌써 꽁꽁 얼어붙었다.

해가 있을 때 가죽을 벗기고 고기를 썰어두길 잘했다. 사냥감이 걸린 덫이 멀리 있었고, 오후 늦게야 발견한 탓에 내장을 빼 씻기만 하고 일단 그대로 가져갈까 하는 생각도 했지만 바람에 눈 내음이 묻어나 그 자리에서 처리했던 것이다.

귀갓길이 늦어졌지만 이 상태라면 고기를 화롯가에 잠시 걸쳐두면 잘게 썰 수 있을 것이다. 오늘 밤 저녁 식사는 속이 뜨뜻해지는 멧돼지 전골이다.

토마의 고향인 오키에서 살게 된 지도 벌써 두 달이 지나가고 있었다.

소금광산 숲에서 만난 토마와 교역 도시 카잔에 가서, 털가죽을 팔아 식량과 생필품을 손에 넣은 게 가을 끝 무렵이었다. 그리고 소금광산에서 훔친 돈으로 짐차를 끌 순록을 사서 토마와 함께 여행 길에 올라 이 마을에 도착했을 때는 이미 슬슬 눈이 내리기 시작할 계절이었다.

토마가 향한 곳은 아카파 최북단, 오키 지방의 분지였다. 그의 말에 따르면 이곳은 겨울 보금자리고 여름에는 산 너머 해변에 더 가까운 초원이나 산지에 머문다고 한다.

이 부근은 분지로 흘러들어가는 강을 따라 완만한 골짜기가 나 있어 분지 바닥보다는 조금 따뜻하다. 산이 눈구름을 가려주기 때문에 쌓이는 눈도 적다. 엄동설한에도 순록들이 발굽으로 눈을 살짝 파헤치면 즐겨 먹는 '순록이끼'를 찾을 수 있기 때문에, 해마다 눈이 내리기 전에 이곳으로 순록 떼를 몰아넣는다고 토마는 여행 길에 설명해주었다.

순록이 즐겨 먹는 이끼의 한 종류인 순록이끼는 성장이 느리다. 다 먹어치우면 그 뒤로 몇 년씩 이끼가 돋아나지 않는다. 때문에 이 부근의 민족은 겨울 보금자리를 해마다 바꾼다. 올해 머문 보금자리로 다시 돌아오는 것은 몇 년 뒤라고 한다.

그 설명을 들으며 반은 순록을 키울 때도 나름대로 고생이 많다고 생각했다.

퓨이카도 너무 오래 한곳에 두면 주변 풀과 잎을 전부 먹어치우기 때문에 계절마다 방목지를 바꾼다. 하지만 퓨이카가 즐겨 먹는 나무 싹이나 풀은 빨리 자라니 순록을 키우는 것처럼 해마다 터를 바꿀 필요는 없다.

말이나 소밖에 키울 줄 모르는 츠오르 인들에게는 퓨이카나 순록이 매한가지로 보일지도 모르지만, 실제로는 완전히 다른 짐승이다. 순록을 키워본 사람이라고 해서 퓨이카를 그리 쉽게 키우지는 못한다. 반에게 도움을 청한 토마의 심정도 이해가 갔다.

하지만 동료들의 눈도 있을 테고, 더욱이 츠오르 이주민과 혼인한 사람들이라면 더더욱 동료들 눈치를 보느라 분쟁의 씨앗이 끼어드는 것을 싫어할 터였다.

신원도 확실치 않은 외지인을 데리고 돌아와 아버지와 삼촌들에게 무슨 말을 들을지 불안했을 것이다. 토마는 돌아가는 길에 당신을 받아줄지 안 받아줄지는 아버지의 마음에 달렸다고 거듭 못을 박았는데, 그것은 처음부터 각오한 일이었다.

토마의 아버지가 거부하면 그때 가서 생각하면 된다.

비록 오래 살지는 못한다 해도 아이가 딸린 사람을 엄동설한의 밖으로 내쫓는 비정한 짓은 못 할 것이다. 반은 겨울 동안만이라도 신세를 지고 봄이 오기 전에 처신을 정하리라 생각하면서 기나긴 여행길에 올랐다.

겨우 도착한 겨울 보금자리는 바람막이용 돌담 안쪽에 세 개밖에 되지 않는 천막을 쳐서 만든 극히 작은 거주지였다.

마중 나온 토마의 부모와 할머니는 난데없이 찾아온 늠름한 손님을 보고 놀랐는지, 잘 왔느냐는 말 한마디 못 하고 한참 멀거니 서 있었다.

예상대로 토마의 어머니는 츠오르 인이었지만, 시집온 지 오래되어 그런지 아무 위화감 없이 북부 유목민 사이에 녹아 있었다.

토마의 아버지 오마는 나이가 제법 많았다. 어쩌면 첫 번째 처자식을 잃고 토마의 어머니를 후처로 들였는지도 모른다.

그는 굳은 얼굴로 반을 바라보다가 아들이 사정을 설명하기 시작하자 끼어들지 않고 곰곰이 이야기를 들었다. 그리고 아들이 이야기를 마치자 천천히 고개를 끄덕이며 반에게 손을 내밀었다.

그는 아들을 구해준 것에 대해 정중하게 인사했다. 그리고 반을 '이입자(씨족 출신은 아니지만 동료로 인정받은 자)'로 인정해줄지 그렇지 않을지는 씨족장의 판단에 달린 문제지만, 이곳에서 살면서 일을 해준다면 천막과 당장 먹을 식량을 어떻게든 마련해볼 테니 부디 오래 머물라고 말해주었다.

말투는 무뚝뚝했지만 주름이 자글자글하고 두터운, 메마른 그 손에 깃든 힘은 가슴에 사무칠 정도였다.

수상한 외지인이 갑자기 들이닥쳤는데도 꼬치꼬치 캐묻지도 않고 환영해준 이유를 금방 알 수 있었다. 토마의 일족은 두 가족이 겨우 열다섯 마리의 순록에 의지해 살아가는, 몹시 가난한 일족이었던 것이다.

이 주변에 사는 사람들의 삶에 비추어 보면 한 가족이 살아남기 위해서는 최소한 스무 마리의 순록이 필요하다. 두 가족인데 열다섯 마리라니, 일단 먹고 살 수가 없다. 게다가 성인 남자는 요키라는 토마의 숙부뿐, 젊은 사람은 토마밖에 없다.

토마의 아버지는 담담한 목소리로 전에는 일손을 도울 남자도 있었고 어린아이도 있었지만, 사 년 전 눈사태로 두 가족의 천막이 무너지는 끔찍한 재난을 당한 데다 재작년에는 유행병으로 요키의 아들과 토마의 형을 잃었다고 설명해주었다.

요키의 딸은 시집을 가서 손자도 있지만 시댁이 먼 북서쪽 숲 너머에 있고, 그쪽도 가난해 좀처럼 만나지 못한다고 했다.

정 어려우면 씨족 회의가 열릴 때 곤궁한 처지를 설명하고 다른 일족으로 들어가는 길이 있기는 했다.

난처할 때는 돕고 지낸다. 핏줄이 가까운 일족도 있으니 여차하면 싫은 내색 않고 받아주겠지만, 역시 눈칫밥을 먹을 수밖에 없다. 여자들도 낯선 가족에게 신경을 쓰며 노인들 수발을 들어야만 한다. 토마의 아버지는 가능하면 계속 지내온 가족끼리 살고 싶다고 했다.

그는 굳이 이야기하지 않았지만, 아내가 츠오르 이주민이라는 사실도 다른 일족에게 신세를 지고 싶지 않은 이유 중 하나일지 몰랐다.

토마의 어머니 키야도 역시 츠오르 변경에서 강제로 이주당한 이주민이었다.

아직 소녀였을 때 이 땅에 왔는데, 익숙하지 않은 낯선 땅에서 병과 부상으로 연달아 가족을 잃고 막막했던 처지를 오마의 가족이

도와주었다고 한다. 그녀의 가족 또한 츠오르 북부에서 순록을 방목하며 키우던 민족이었으니, 방목민들끼리 서로 돕는 사이에 마음도 통해 키야가 오마와 짝을 이룬 것은 자연스러운 흐름이었다.

그녀의 가족도 가까운 곳에 살고 있어서 지금도 서로 돕기는 하지만, 그쪽도 넉넉한 생활은 아니라고 한다.

이렇게 근근한 생활 속에서도 순록 수만큼 세금을 떼였다. 이주민의 혈족은 세금이 가볍지만 면제 혜택을 받을 수 있는 건 토마와 그 어머니뿐이니 그것만으로는 그리 큰 도움이 되지 않았다.

때문에 오마는 순록을 팔고 세금을 경감해주는 퓨이카를 키우기로 결심했지만, 익숙하지 않은 퓨이카 방목이 좀처럼 손에 익지 않아 그들 가족은 괴로운 선택의 기로에 서 있었다.

토마가 털가죽을 판 돈으로 산 곡물과 말린 과일, 감자와 콩이 든 자루가 짐차에 실려 있는 것을 보자 그의 일족은 떨리는 손으로 짐을 어루만지며 눈물을 뚝뚝 흘렸다. 그것들은 실로 생명의 양식이었다.

그리고 퓨이카를 속속들이 알고 있다는 건장한 일손의 등장은 그들의 마음속에 앞으로도 다른 일족에게 손을 벌리지 않고 어떻게든 그들만의 삶을 꾸려나갈 수 있을지 모른다는 어렴풋한 희망의 빛을 켜준 듯했다.

반은 외지인인 자신을 바라보는 그들의 눈에 떠올랐던 빛이 가슴에 사무쳤다.

자신을 필요로 하는 사람이 있으면 그에 응하고 싶은 마음이 솟아오른다. 겨울이 바로 코앞이었다. 노인과 아이들이 무사히 겨울을 날 수 있게 하려면 우물쭈물할 새가 없었다.

삔 다리가 다 낫지 않아 아직 바깥일을 못 하는 토마를 시켜 사냥칼을 갈거나 덫을 만들게 했고, 반은 일단 땔감을 마련했다.

겨울나기에 필요한 땔감을 숲에서 베어와 쪼개고 차곡차곡 쌓아 말리는 작업은 고된 노동이었다. 요키와 몇몇 사람들이 한참 전부터 일하고 있는 듯했지만 아직도 많이 부족했다.

땔감 준비가 끝나자 반은 토마의 삼촌 요키와 오마를 도와 순록과 퓨이카를 위한 겨울나기용 울타리를 고쳤다.

이 부근의 민족은 평소에는 순록 울타리를 만들지 않는다.

새끼를 묶어두면 어미가 옆에 붙어 있다. 순록은 무리지어 움직이는 생물이라 암컷이 마을에서 떠나지 않으면 울타리가 없어도 무리는 멀리 달아나지 않는다.

다만 겨울만큼은 예외였다. 숲의 늑대가 배를 곯는 겨울철, 순록은 그들에게 절호의 사냥감이 되고 만다. 늑대가 뛰어넘지 못할 튼튼한 겨울 울타리가 반드시 필요한 것이다.

반과 남자들이 울타리를 만드는 모습을 목에 나무토막을 매단 사냥개들이 어딘가 불만스러운 얼굴로 가만히 지켜보았다.

커다란 귀와 민첩한 다리를 가진 개들은 사냥감을 쫓는 친구로는 최고지만, 어쨌든 사냥을 위해 길들인 녀석들이라 아직 어린 새끼 순록을 덮치지 않는다는 보장이 없다.

그래서 천막 옆에 있을 때는 문이 열려 있어도 울타리에 걸려 들어가지 못하도록 목에 나무토막을 매달아둔다고 오마가 설명해주었다.

송골송골 맺힌 땀을 훔치며 울타리용 통나무 끝을 뾰족하게 다듬다가 지친 오마가 큰 소리로 외쳤다.

"어이, 누가 얼른 숲에 달려가서 검은 형제(늑대) 목에도 나무토막 좀 걸고 와!"

하지만 귀에 못이 박히도록 들은 농담인지, 옆에서 돕던 아내조차 쓴웃음만 지을 뿐이었다.

월동 준비는 울타리 하나로 끝나지 않는다. 산에 들어가 덫을 쳐 늑대와 사슴, 산새를 잡거나 물고기를 잡아 훈제나 순대로 만들어 겨울을 나기 위한 식량을 비축해야 한다.

이 주변 민족들은 뛰어난 사냥꾼이지만 반 역시 타고난 사냥꾼이었다.

낯선 땅의 숲에서도 반은 매일 어떤 사냥감이라도 들고 돌아갔다. 오마는 처음에 반이 가지고 돌아온 사냥감을 봤을 때 온화하게 웃었다.

"자네 착하게 사냥하는군."

사냥감에게 무의미한 고통을 주지 않고 죽인다. 오마는 그런 반의 마음과 솜씨를 제대로 이해할 줄 아는 남자였다.

토마가 사 온 식량과 반이 들어오면서 크게 늘어난 사냥감으로 이번 겨울은 그럭저럭 날 수 있겠다는 생각이 들자, 사람들의 얼굴이 눈에 띄게 밝아졌다.

하지만 이번 겨울을 나더라도 문제는 그 다음이다.

원래 이 고장의 생활을 지탱했던 것은 순록인데, 그 수가 너무 적어 겨우 입에 풀칠하는 신세이다. 게다가 봄이 되면 세금 징수인이 찾아오는데, 그에게 퓨이카 번식에 성공했다는 증거를 보여주어야만 세금을 감면해준다.

앞날의 불안이 머릿속에 떠올랐는지 여자들은 이따금 한숨을 쉬었지만, 그래도 새벽부터 날이 저물 때까지 집안일을 하면서 이 계절에 나는 과실을 햇볕에 말리고, 고기를 훈제하며 겨울을 대비해 몸이 닳도록 일했다.

함께 살고 함께 일하면 마음도 통하는 법이다.

반이 사연 있는 남자라는 것을 마을 사람들도 눈치챘을 텐데, 오마도 요키도 여자들도 굳이 묻지 않았다. 섣불리 캐물었다가 반이 이곳을 떠날까봐 두려운 건지도 모른다.

어쨌든 반은 마을 사람들이 자신을 따뜻하게 받아들여주었다는 사실이 고마웠다.

수고와 비용을 들여가면서 겨우 탈주 노예 한 명을 찾을 리 없겠지만, 그래도 탈주 노예라는 사실이 사라지지 않는다. 언제, 어떤 이유로 이곳을 떠나게 될지 모르기에 이곳에 머물 수 있는 동안 조금이라도 은혜를 갚고 싶었다.

'내가 도와줄 수 있는 가장 큰 일은……'

역시 퓨이카 사육일 것이다. 그렇게 생각하자 가슴이 울컥 뜨거워진 반은 무심코 쓴웃음을 흘렸다.

어떤 상황이라도 퓨이카를 접할 수 있다고 생각하니 피가 따뜻해진다. 이런 순간마다 반은 자신이 영락없는 퓨이카 기수라는 사실을 깨달았다.

2

모호키

월동 준비가 일단락되자 반은 퓨이카를 돌보기 시작했다.

이곳의 퓨이카를 처음 보았을 때는 그 어이없는 모습에 할 말을 잃고 우뚝 서버리고 말았다. 울타리 안에 말뚝을 여럿 박아놓고 퓨이카를 한 마리씩 묶어두었던 것이다.

마을까지 기꺼이 짐차를 끌어주었던 츠피도 요키가 고삐를 쥐자마자 날뛰기 시작하더니 말뚝에 묶자 더 흥분해서 자꾸만 말뚝에 몸을 부딪쳤다.

"이 녀석들은 기가 막힐 정도로 높이 뛰어오르거든."

반의 표정을 본 토마의 삼촌 요키가 담뱃잎을 씹다가 침을 땅에 뱉으며 말했다.

"울타리를 아무리 높이 쳐도 뛰어넘는 바람에 저렇게 묶어두고 있다네. 묶어두다 보니 먹이도 우리가 줘야 하는데 먹는 건 또 어찌나 잘 먹는지. 손이 정말 많이 가."

반은 눈살을 찌푸린 채로 요키에게 물었다.

"퓨이카를 판 자들이 모호키에 대해 알려주지 않던가?"

요키가 눈살을 찌푸렸다.

"모호키? 그게 뭔가? 그런 말은 없었는데."

그 말을 듣자 가슴속에 서글픈 마음이 퍼졌다.

퓨이카를 판 오크바 놈들이 모호키를 모를 리 없다.

모호키는 고목에 붙어 있는 이끼류로, 어찌 된 일인지 퓨이카는 이것을 몹시 싫어한다. 모호키를 말려서 밧줄처럼 꼬아 울타리 사방에 묶어만 두어도 퓨이카는 절대 울타리에 다가가지 않는다.

모호키가 있기 때문에 퓨이카를 가둬둘 수 있는 것이다. 그것이 없으면 울타리를 간단히 뛰어넘고, 그렇다고 너무 높은 울타리 안에 가두면 드센 데다가 속박을 극도로 싫어하는 퓨이카는 우울해하다가 병에 걸리고 만다.

애초에 퓨이카는 방목하는 짐승이지 가둬놓고 키우는 짐승이 아니다.

그 점은 순록 사육과 흡사한데, 늑대의 습격이 많은 계절 밤에는 울타리에 넣는 경우도 있지만 그 외에는 숲에서 마음껏 뛰놀게 한다.

퓨이카는 다른 사슴의 습성과 꽤나 다르다.

무리를 이루지만 어미와 새끼 외에는 어디까지가 같은 무리인지 모를 때도 있을 만큼 뿔뿔이 흩어져 있기도 한다.

그런 식으로 자유로운 기질이 강한 반면, 외로움도 잘 타고 이상하리만치 충성심도 강하다. 새끼일 때 정을 붙이면 평생 잊지 않고 휘파람 하나로 다가온다.

철마다 이동하기는 하지만, 퓨이카들은 반드시 지나는 길을 만드는 습성이 있어서, 숲의 요소마다 모호키를 심어두면 무리를 교묘하게 관리할 수 있다.

씨족 아이들은 어릴 때부터 부모를 따라 숲으로 들어가 퓨이카의 일상을 보며 자란다. 그해 태어난 어린 퓨이카 중에서 이거다 싶은 녀석을 골라 정을 들이는 어른들을 보면서 아이들은 자연스레 퓨이카를 구분하고 사육하는 것을 보면서 자란다.

토가 산지에 사는 사람들은 아득한 옛날부터 그렇게 퓨이카와 함께 살아왔다.

퓨이카를 팔러 온 오크바 씨족이 퓨이카를 키울 때 반드시 필요한 모호키에 대해 일부러 말해주지 않았다면, 츠오르의 명령을 따르는 척하면서 번식에 실패하기를 바랐다고 볼 수밖에 없다.

오크바 씨족의 심정도 충분히 이해한다. 하지만 그런 농간으로 고통받는 것은 츠오르 군인이 아니다. 거금을 지불해놓고도 번식에 실패해 무거운 세금과 부담을 떠안게 되는 이곳 오키 사람들이다. 츠오르 군인 입장에서는 퓨이카의 번식은 잘 되면 좋고 안되도 그만인 사업에 지나지 않을 것이다.

하지만 이미 기르던 순록 수를 줄이고 퓨이카 번식에 미래를 건 오키 사람들은 실패하면 빈고貧苦의 나락으로 떨어지고 만다.

'하지만 성공하면……'

츠오르 병사들이 퓨이카에 올라탄 모습을 떠올린 순간, 반은 속이 쓰라려 얼굴을 찌푸렸다. 그것만은 결코 용납할 수 없었다.

'……진퇴양난이군.'

반이 한숨을 쉬었다.

어느 쪽을 선택해도 고통스럽다면 고통이 적은 쪽을 선택하는 수밖에 없다. 오크바 씨족도 아마 그런 생각으로 오키 민족의 고난을 눈감은 것이리라.

하지만 오키 민족만 고통받는 것이 아니다.

퓨이카의 가련한 모습을 보고도 오크바 놈들은 아무 생각도 들지 않았을까? 과거에 반의 씨족과 더불어 퓨이카 기수로 이름을 날렸던 그 오크바의 사나이들이.

아무 생각도 하지 않았을 리 없다. 그들 또한 고통스러웠을 터였다.

반은 잠시 눈을 감았다.

눈꺼풀 속에 퓨이카가 보였다. 뿔을 드높이 들고, 바람처럼 달리는 퓨이카의 자유로운 모습이…….

눈을 뜬 채 고개를 떨구고 있는 퓨이카를 바라보면서 반은 생각했다.

'나는 퓨이카를 버릴 수 없어.'

그 옛날, 아버지가 말씀하셨다. 어떤 핑계를 갖다 붙여도, 우리는 퓨이카를 우리네 이기심으로 부리고 있는 것이다. 그것을 결코 잊지 마라. 용맹한 노래로 마음을 북돋우면서 속으로는 '퓨이카야, 미안하구나' 하고 용서를 구하는 한심한 자, 그것이 퓨이카 기수라고.

술고래였지만 좋은 아버지였다. 스스로에게 거짓말하는 것이 의미하는 바를 늘 고민할 줄 아는 사람이었다.

반은 퓨이카를 보며 마음속으로 중얼거렸다.

'인간들의 이기심으로 부려왔다.'

그렇다면 양보해야 할 것은 그들이 아니라 자신일 것이다.

'너희들 위에 올라탄 츠오르 병사의 모습을 보기 싫은 건 내 고통에 지나지 않아. 나는 내 의지로 고향을 떠났지만, 너희는 억지로 이곳에 끌려왔으니까.'

전쟁, 복종, 무거운 세금, 고통받는 백성과 쥐어짜는 나라. 그런 것은 전부 인간의 사정이다. 그것은 너무나 복잡해서 퓨이카를 희생한 것으로는 미미한 변화조차도 바랄 수 없다.

그렇게 생각한 순간, 흔들렸던 마음이 서서히 굳어갔다.

'우리가 할 수 있는 일이 있다면.'

지금 눈앞에 있는 자의 고통을 덜어주는 것뿐이다. 퓨이카들과 이곳에서 사는 사람들의 고통을.

월동 준비를 어느 정도 마친 날, 반은 긴 막대기 끝에 칼을 달아 임시로 긴 낫을 만들더니 바구니를 등에 지고 모호키를 채집하러 숲으로 들어갔다.

남쪽, 낙엽수가 많은 양지바른 숲은 잎이 다 떨어져 싱그러우니 밝았다.

낙엽을 밟으며 그 건조한 빛 속을 걷고 있노라니 문득 어린 시절 느꼈던 불안감이 가슴속에서 되살아났다.

친구들과 모호키를 찾으러 숲에 들어갔다가 정신을 차리고 보니 그들과 따로 떨어져 있었을 때, 가슴속이 철렁 내려앉으면서 서늘해지는 그 감각…….

큰 소리로 외치면 누구든 대답해줄 거라고 생각하며 겁을 내는 게 부끄러워 억지로 참았던 그때의 마음이 어째서인지 생생하게 떠올랐다.

아마도 낯선 숲에 있는 탓이리라.

내 집 앞마당처럼 원했던 고향의 숲과 이 숲의 얼굴은 다르다.

그래도 살랑거리는 수풀 사이로 문득문득 얼굴에 비치는 햇살과 낙엽에서 풍기는 희미한 흙먼지의 냄새가 피부에 스며들면서 지금 그가 살아 있음을 실감케 했다.

새가 울고 있다. 꼬리와 날개가 붉은 매가 부르는 가녀리고 드높은 가을의 노래이다.

나뭇잎 사이로 반짝이는 섬세한 금빛 햇살을 얼굴로 느끼면서, 늘씬하게 뻗은 하얀 줄기에 손을 대고 멍하니 매가 지저귀는 소리를 듣던 젊은 날 아내의 모습이 떠올라, 반은 걸음을 멈추고 그 쓸쓸한 노래에 귀를 기울였다.

그날, 아내의 뺨은 매끄럽고 환했다. 아직 자기 배 속에 아이가 있는 줄도 모르고, 어떤 세월을 보내게 될 줄도 모르고, 밝은 기쁨으로 충만했었다.

반은 무심코 눈을 감고 하얀 빛 속에 우뚝 섰다.

사람도, 세월도, 모두가 흘러갈 뿐, 멈출 수 없다.

가을의 투명한 빛이 그의 육신마저 하얗게 씻어내는 듯했다.

덤불이 부스럭거리는 소리에 반은 눈을 번쩍 떴다.

사슴과 얼핏 눈이 마주쳤다.

아직 어린 사슴이다. 호기심 가득한 눈으로 침입자를 훔쳐보다가 눈이 마주치자 허둥지둥 몸을 돌려 달아났다. 덤불을 헤치는 부산스러운 소리에 반은 저도 모르게 쓴웃음을 흘렸다.

부산스러운 어린 사슴의 어수선한 모습이 부러웠다.

반은 바구니를 멘 어깨를 한 차례 들썩거린 후에 다시 걸음을 뗐다. 해가 기울면 모호키를 찾기 어렵다. 넋을 놓고 있을 여유가 없다.

낯선 숲이라도 햇살이 들어오는 방향이나 나무들의 생장을 알면 어디에 어떤 초목이 있을지 대충 감이 온다.

모호키는 고목에 들러붙어 안개를 빨아들이면서 천 년 넘도록 산다고 한다. 조금 더 북쪽으로, 숲속 깊이 들어가야만 한다.

감을 따라 걷던 반은 콧속을 자극하는 낯익은 냄새에 고개를 들었다.

축축하고 부연 나무들 사이, 얼기설기 겹친 가지 너머로 하얀 거목의 줄기가 언뜻 보였다. 딱 보기에도 모호키가 있을 법한 고목이었다.

하지만 저 나무까지는 아직 한참을 더 가야 한다. 어째서 이런 곳에서 모호키 냄새를 느꼈을까?

'……설마, 또.'

최근 잊고 있던 감각이 콧속에서 스멀스멀 고개를 드는 것을 느낀 반은 눈살을 찌푸렸다.

계기는 모르겠지만 뭔가에 자극을 받으면 예의 놀랍도록 날카로운 후각이 눈을 뜨는 듯했다.

약간은 풋풋한 모호키의 익숙한 냄새가 묘하게 코를 찔렀다.

지금까지는 아무렇지도 않았는데, 여기에서 냄새만 맡아도 가슴이 술렁거리는 기묘한 감각에 사로잡혔다.

기가 막힐 정도로 고약한 냄새라고 생각하면서도 한편으로는 묘하게 마음이 끌린다. 마치 두 개의 상반되는 생물이 몸속에서 감각을 다투고 있는 것처럼 진정이 되질 않는다.

지금부터 저것에 다가가 베어낸 후에 바구니에 담아서 돌아갈 생각을 하니 오싹했지만 그냥 갈 수도 없다.

반은 어쩔 수 없이 오른손으로 입과 코를 막고, 그 팔에 돋은 소름을 왼손으로 문지르면서 모호키가 난 고목으로 다가갔다.

키가 큰 고목의 가지에서 연노란 털 같은 이끼가 몇 겹으로 늘어져 있다. 마치 쇠락한 몰락 귀족의 가느다란 팔에서 다 해진 얇은 천이 늘어져 있는 것 같았다.

지금까지는 아무렇지도 않았던 그 모습이 지금은 몹시 괴상하게 보였다.

만지고 싶은 충동과 지금 당장 등을 돌려 이 자리에서 벗어나고 싶은 충동이 동시에 치밀어 올라 배가 당기면서 다리 근육이 떨리기 시작했다.

육체를 사로잡은 영문 모를 충동에 강렬한 위화감을 느끼며 반은 눈을 꾹 감고 숨을 고르려 했다.

냉정을 되찾으려는 마음이 혼란에 빠져 날뛰는 육체를 억지로 짓눌러 겨우 충동의 파도가 가라앉았을 때, 마치 빛이 치닫듯이 어떤 생각이 뇌리에 번뜩였다.

'이것인가? 이런 느낌 때문에 퓨이카가 모호키를 피하는 건가?'

그렇다 해도 반은 퓨이카가 아니다.

어째서 퓨이카가 아닌 자신에게 그런 감각이 깃들었을까?

'내 몸에 내가 모르는 변화가……'

가슴속에서 공포가 기어올라오자 반은 이를 악물었다. 윗니와 아랫니 사이로 숨을 들이마시며 공포를, 낯선 자신의 육체를 의지의 힘으로 억누르며 눈을 부릅뜨고 일부러 정면에서 도전하듯 모호키를 쏘아보았다.

'……나는, 나다.'

눈앞에 늘어져 있는 모호키는 퓨이카 기수인 내게는 유익한 존재이다. 나는 이것을 따서 나를 기다리는 사람들에게 가지고 돌아가야 한다.

'등을 쭉 펴!'

그렇게 자신을 채찍질하자, 단단하고 커다란 무엇을 꿀꺽 삼킨 것처럼 공포와 충동이 좁은 목구멍으로 힘겹게 내려가더니…… 돌연, 홀가분해졌다.

몸에서 힘이 빠진 순간, 식은땀이 솟았다. 반은 숨을 크게 들이쉬며 긴 낫을 고쳐 쥐고 모호키를 잘라내기 시작했다.

어렸을 때부터 셀 수 없을 정도로 해왔던 작업이니 머리로 생각하지 않아도 저절로 손이 움직인다. 묵묵히 일하는 사이에 평소의 감각이 몸으로 돌아왔다. 하지만 몸속에 숨어 있는 또 하나의 자신이 눈을 뜰 순간을 가만히 엿보고 있다는 느낌은 사라지지 않았다.

마을로 돌아가니 벌써 해가 저물고 있었다. 반은 숨 돌릴 새도 없이 퓨이카를 넣을 울타리를 고치기 시작했다.

모호키는 말려서 밧줄처럼 꽈서 사용하는데, 그 수고조차 아까웠다. 퓨이카를 한시라도 빨리 말뚝에서 풀어주고 싶었던 것이다. 그는 퓨이카가 말뚝에 묶여 있는 모습만 보아도 화가 치밀었다.

오마와 가족들은 끼어들지 않고 멀찍이 서서 반의 행동을 지켜보았다.

모호키를 울타리 군데군데에 휘감은 반은 왼손에 나무토막을, 오른손에 낫도끼를 들고 울타리 안으로 들어갔다. 그가 쉴 새 없이 뿔을 휘두르며 위협하는 커다란 수컷 퓨이카 쪽으로 걸어가자 지켜보는 이들의 표정에 불안이 떠올랐다.

반이 혀로 짧은 소리를 내며 도끼를 휘둘러 말뚝의 밧줄을 끊자, 퓨이카는 펄쩍 뛰어올라 앞발을 들고 상체를 높이 젖혀 단숨에 반을 뿔로 내리찍으려 했다.

지켜보던 오마와 가족들이 숨을 삼킨 순간, 반이 나무토막으로 퓨이카의 턱을 밑에서 받치듯이 쿡, 찍어 올렸다.

순간 퓨이카가 몸을 쭉 뻗더니 실이 끊어지듯 느닷없이 땅을 울리며 바닥에 쓰러졌다.

무슨 일이 벌어졌는지 영문을 모르는 오마와 가족들이 술렁거리는 사이, 퓨이카는 몸을 움찔 떨며 발을 허우적거리며 일어나더니 머리를 한 차례 털었다.

그리고 이내 몸뚱이가 자유로워졌음을 깨달은 것처럼 달려갔지만, 울타리에 다가가지는 않고 그 안을 뱅글뱅글 맴돌았다.

그 수컷이 차분해질 때까지 반은 조용히 서서 지켜보고 있었다.

이윽고 수컷 퓨이카가 달리기를 멈추고 풀을 뜯어 먹기 시작하자, 반은 다른 말뚝으로 다가가 똑같은 순서로 차례차례 퓨이카를 풀어주었다.

그렇게 다른 퓨이카들이 얌전해지자 마지막으로 새끼를 밴 츠피 곁으로 다가가, 흥분한 그녀를 혓소리로 어르며 조용히 말뚝에서 풀어주었다.

풀려난 것이 어지간히 기뻤던 모양이다.

한참 새끼 사슴처럼 펄쩍펄쩍 뛰어오르던 츠피가 반의 등을 쿡 찌르더니 옆구리에 코끝을 문질렀다. 그러고는 맛있는 풀이 나 있는 쪽으로 걸어갔다.

초원에 길게 뻗은 그림자가 이미 어스름에 섞이고 있다.

반은 울타리 밖으로 나와 이마에서 흘러내리는 땀을 훔쳤다.

오마가 다가와 물었다.

"자네, 괜찮은가?"

반은 땀을 닦으며 고개를 끄덕였다.

사실 뼛속이 욱신거릴 정도로 피곤했지만, 작업 탓이라기보다는 모호키 냄새와 퓨이카의 신경질을 그대로 받아냈기 때문인 듯했다. 울타리 밖으로 나와 그것들로부터 멀어진 순간, 단숨에 긴장이 느슨해지면서 땀이 솟아난 것이다.

이미 표정도 어렴풋하게 보이는 어스름 속이었지만, 강렬한 감정을 띤 오마의 눈은 똑똑히 보였다.

"······오스마리, 아나마노."

신이여, 감사합니다.

오마의 입에서 흘러나온 것은 오래된 감사의 표현이었다. 억양은 좀 다르지만 반의 고향 사람들도 똑같은 말로 신들에게 고마움을 표했다.

그가 이곳에 온 것을 오마와 가족들은 진심으로 기뻐했다.

반은 따뜻한 담요가 어깨를 감싸는 듯한 고요한 안도를 느꼈다.

3

유나

반이 데려온 아이는 눈 깜짝할 사이에 오마의 가족들과 융화되었다.

오랫동안 어린아이가 없었던 탓에 여인들은 기꺼이 아이를 돌봐주었다.

고맙게도 아이도 크게 낯을 가리지 않는 성격이라 태어났을 때부터 여기에 있었던 것처럼, 어느새 토마의 어머니인 키야의 무릎에서 놀기 시작했다.

토마의 할머니 망야가 이 아이 이름이 뭐냐고 묻기에 반은 저도 모르게 유나라고 대답했다. 당시에는 이름을 불러도 어리둥절한 표정으로 대답도 하지 않는 아이를 보며 이를 어쩌나 싶었지만, 지금은 혀짤배기소리로 자기를 유나라고 말한다.

묘한 인연으로 거둔 아이지만, 반은 이 아이가 자신을 보며 얼굴

한가득 환한 웃음을 지으면 조용하면서도 깊은 기쁨을 느꼈다.

부뚜막 속에 있던 이 아이와 만난 것은 정말 행운이었다고, 밤에 화롯가에 앉아 유나를 무릎에 앉힐 때마다 생각한다.

이른 아침부터 시작한 긴 사냥을 마치고 일몰 후의 어스름 속에서 천막으로 돌아올 때, 기분 좋은 피로가 온몸을 감싼다. 완만한 언덕 밑의 천막으로 돌아가는 일이 어느새 평안하게 느껴졌다.

천막 앞에서 썰매를 세우고 실어놓았던 멧돼지 고기를 내려 어깨에 짊어진 반은 가벼운 인사와 함께 천막 입구의 천을 들어올렸다.

화롯가에서 놀던 유나가 환한 얼굴로 벌떡 일어섰다.

"아바! 아바! 돌아아따!"

유나는 달려오려다가 키야가 손질하던 털가죽에 발이 걸려 반이 손을 뻗을 새도 없이 철퍼덕 넘어져버렸다. 그러고는 곧바로 으아아앙, 요란한 울음을 터뜨렸다.

"어머나. 아유, 얘도 참."

키야가 황급히 안아 들고 얼러도 울음을 그칠 줄 모른다.

반은 쓴웃음을 지으며 지고 있던 고기를 천막 가장자리의 차가운 곳에 내려놓았다. 그리고 키야에게서 유나를 받아 쑥 들어 올렸다.

깜짝 놀라 눈을 휘둥그레 뜬 유나는 반이 번쩍 들어 올릴 때마다 까르르 웃음을 터뜨렸다.

"펑펑 우나 싫더니 금세 웃네. 정말 야단스러운 아이야."

화롯가에서 바느질을 하던 망야가 웃자 그 옆에서 밧줄을 엮고 있던 토마도 슬그머니 웃었다.

"멧돼지가 큼직하네. 무거웠지?"

도끼를 들고 고기를 썰러 간 오마가 고기를 두 덩어리 들고 돌아와 화롯가에 앉으며 말했다.

"큼직한 녀석은 발자국이 꽤 있었지만, 어린 멧돼지 발자국은 적네요."

반이 유나를 내려놓으며 말하자 오마가 고개를 끄덕였다.

"요새 부쩍 그래. 나도 신경이 쓰였어."

사냥칼을 갈며 토마가 고개를 들었다.

"전에 요키 삼촌이 검은 형제가 늘어서 그런 게 아닌가 하던데."

"그야 그렇겠지. 그래도 어째서 그렇게 늘었을까? 지금은 순록도 퓨이카도 수가 적으니 그럭저럭 울타리 안에 넣어둘 수 있지만, 봄이 되어 새끼가 태어나면 밤에도 눈을 붙일 수 없을 게야."

반은 토마가 간 사냥칼을 받아 화롯불에 살짝 달구어 얼어붙은 고기를 먹기 좋게 썰기 시작했다.

"여기서도 형제 송별식을 합니까?"

고기를 썰면서 반이 묻자 오마가 깜짝 놀란 표정을 지었다.

"허어, 토가 산지에서도 하는가?"

반은 고개를 끄덕였다.

늑대는 다른 짐승들과 다르다. 뿌리를 거슬러 올라가면 사람과 늑대는 같은 신에게서 태어나, 동료와 함께 사냥을 하며 살아가는 짐승이다.

게다가 늑대는 사람보다 훨씬 더 신에 가깝다. 황천의 경계를 뛰어넘어 훌쩍 깊은 어둠 속으로 들어갈 수 있는, 두려워해야 하는 신성한 짐승이다. 때문에 사람들은 그들을 우러러야 한다. 결코 천벌받을 농민들처럼 늑대라고 함부로 불러서는 안 된다.

과거에 토가 산에는 빛나는 검은 털을 가진 아름다운 늑대가 있었다고 한다. 하지만 끔찍한 병을 가져왔다는 이유로 대다수가 죽임을 당했고 이제는 그 모습을 거의 찾아볼 수 없다.

대신 승냥이가 버젓이 어슬렁거렸다. 토가 산지에는 잿빛 털을 가진 늑대도 있어 노인들은 그 늑대들이 승냥이의 수가 과도하게 늘어나는 것을 조금이나마 억누르고 있다고 했다.

물론 늑대는 퓨이카를 습격한다. 그 점은 곤란하지만 그래도 사냥감을 죽이듯 늑대를 죽여서는 안 된다. 불이나 고함으로 형제들에게 자신들의 곤란한 처지를 알리고 설득해 사냥을 멈추게 해야 한다.

그렇게 정중하게 굴어도 형제들이 늘어나 이쪽의 청을 들어주지 않을 때, 비로소 사람들도 결심을 굳히고 의식을 치른다. 그것이 '형제 송별식'이었다.

오마는 화롯불을 바라보며 턱을 어루만졌다.

"그래. 형제들이 이렇게나 늘어난 걸 보면 그것을 고려해야 할 시기인지도 모르겠군. 다른 곳도 비슷한 상황이라면 다음 달 씨족 모임에서 그 이야기가 나오겠지."

그것이 계기가 되어 화제가 이웃 씨족 이야기로 옮겨갔다.

마침내 대화가 끊길 무렵, 먹음직스러운 냄새가 풍겨왔다.

잘게 자른 멧돼지 고기를 꼬치에 꿰어 화롯불을 빙 둘러싸듯 재에 꽂아놓았는데 거기서 기름이 뚝뚝 떨어지면서 향긋한 냄새가 물씬 피어올랐다.

재에 기름이 떨어져 작은 불씨가 환하게 터질 때마다 유나는 손뼉을 치며 까르르 웃었다.

키야가 그 모습을 보며 웃었다.

"화로의 신께서 기뻐하시는구나. 반짝반짝, 숨을 불어넣어주시네."

"마시따, 그래?"

"그럼. 화로의 신께서는 멧돼지 기름을 정말 좋아하시거든."

키야가 보글보글 끓고 있는 냄비의 뚜껑을 열자 김이 물씬 올라오면서 부드럽게 익은 멧돼지 고기와 배추 냄새가 퍼졌다.

"배추도 슬슬 다 떨어져가는구나. 꼭꼭 씹어 먹으렴."

국물을 떠서 그릇에 덜어주며 키야가 말했다.

배추는 눈 밑에서 키우면 단맛이 진해진다. 강가에 사는 농민들이 그렇게 키워 파는 배추를 키야가 몇 번 샀는데, 앞으로 눈이 많이 쌓이면 농민들도 더는 찾아오지 못할 것이다.

앞으로는 가으내 채집해 저장해둔 나무 열매나 눈 밑에 묻어두면 오래가는 뿌리채소밖에 없으니 조금씩 아껴 먹어야만 한다.

잘 익은 멧돼지 고기는 입에 넣자 씹을 새도 없이 사르르 녹았고 그 진한 맛이 혀로 퍼졌다.

키야가 만드는 멧돼지 전골은 정말 맛있지만, 늘 먹던 요리와는 어딘가 맛이 달랐다.

아마도 산마늘이 들어 있지 않아서 그런 것이리라.

아내는 늘 멧돼지 전골에 산마늘을 넣었다. 산마늘은 생으로 알싸한 매운맛을 즐기는 것도 좋지만, 멧돼지 전골에 넣어 푹 익히면 기름을 흡수해 부드럽고 달콤해진다. 그 단맛과 향기, 희미한 매운맛이 그리웠다.

게다가 밀가루를 반죽해 구운 향긋한 파우(빵)와 남은 국물에 파우를 찍어 먹을 때의 구수한 맛……

이 부근은 너무 추워 밀을 경작할 수 없을 것이다. 여자들이 굽는 것은 보릿가루를 반죽해 만든 시큼한 파우뿐이다.

하지만 오마 가족은 그것도 감지덕지 먹는다.

"옛날에는 이런 게 있는 줄도 몰랐어."

오마가 추억에 젖어 말한 적이 있다.

"키야가 처음 구워주었을 때는 깜짝 놀랐지. 이렇게 맛있는 음식이 다 있구나 싶었다네."

키야는 조용히 웃으며 남편의 말을 듣고 있었다.

"보리도 그렇고, 산마늘에 콩도 그렇고, 이 추운 땅에서 경작할 수 있다니 정말 굉장하지. 좋은 걸 가져다준 츠오르 이주민에게 우리는 정말 감사하고 있어. 하지만 듣자하니 남부 초원에서는 불같이 화를 내는 사람들도 있다며? 말이 먹으면 날뛰는 풀을 심었다고 트집을 잡으며 이주민을 공격하는 놈들도 있다고 들었네."

그 말을 들은 키야가 작은 한숨을 쉬었다.

그 사건은 반도 알고 있었다.

남쪽 유카타 평원은 원래 아파르를 키우는 민족의 터전이었는데, 츠오르가 지배한 뒤로는 그 평원에 양을 잔뜩 풀어 콩이나 보리밭을 만들었다.

벌써 오래전 일이지만 그 보리를 먹은 아파르가 연이어 죽는 바람에 격노한 '아파르 오마'가 이주민의 마을에 불을 질러 츠오르 군이 나설 정도로 소동이 커진 적이 있었다.

사건 자체는 방화에 가담한 아파르 오마가 츠오르 군에게 처형되면서 마무리되었지만, 그 일을 계기로 아파르 오마는 유카타 평원에서 추방당해 고향 없는 민족이 되었다고 한다.

"……그 아파르를 키우던 사람들은 보리에 대해 잘 몰랐을까?"

남편이 입을 다물자 키야가 불쑥 말했다.

"보리에는 독 이삭이 잘 생기니까."

보리에는 분명 독 이삭이 날 때가 있다. 하지만 아파르 오마가 사는 아카파 대평원에도 아카파 보리라는 작물이 있는데 그들은 그것을 먹었을 터였다.

'아카파 보리에는 독 이삭이 없나?'

그럴지도 모른다.

아파르 오마는 이주민들에게 '네놈들이 독을 가지고 왔다'고 외쳤다지만, 이 오키 지방에서는 이주민이 맛있는 음식을 가져다주었다고 감사하고 있다.

고향 토가 사람들이었다면 어땠을까. 반은 검은 파우를 먹을 때마다 생각했다.

"사는 곳이 다르면 자라나는 것도, 짐승들 종류도 다른 법이니까."

오마가 국물을 먹으며 말했다.

"츠오르 사람들은 젖을 마시지 않는다던데. 그렇지, 여보? 그렇다고 했지?"

남편의 물음에 키야가 생글생글 웃었다.

"당신, 처음에는 안 믿었잖아."

오마는 눈을 희번덕거렸다.

"그야 그렇지. 안 그래? 젖을 안 마시는 사람이 이 세상에 있다니 누가 믿겠어? 말도 소도 키우면서 왜 안 마실까?"

키야가 쓴웃음을 지었다.

"순수한 츠오르 인은 청심교도라 부정한 건 입에 넣지 않으니까. 청심교에서는 사람은 어머니의 젖을 먹어야지, 짐승의 젖을 먹으면 짐승이 된다고 믿는데. 도시 사람들이나 남쪽 농민들도 청심교를 믿으니까. 하지만 우리는 츠오르라고 해도 그 사람들이 점점 세력을 넓혀 영내에 들어갔을 뿐, 청심교도인 건 아니니까. 우리는 옛날부터 순록 젖을 먹으며 자랐는데, 우리 말고도 그런 사람들은 많지 않을까?"

두 사람의 이야기를 들으며 반은 유나를 바라보았다.

아직 어머니의 젖을 기억하기도 전에 이곳으로 온 유나에게는 키야의 요리가 고향의 맛이 되리라.

유나는 혼자서도 용케 그릇을 움켜쥐고, 입가에 국물을 잔뜩 묻히면서도 맛있게 먹고 있다.

얼마 전에는 뜨거운 국물을 벌컥 마셨다가 '뜨거, 뜨거' 하고 난리를 쳤는데, 지금은 국물에 숨을 불어 식힌 뒤에 조금씩 마시고 있다.

작은 입을 오므리고 호호 부는 유나를 보며 반은 무심코 미소를 지었다.

"그 정도로 안 해도 이제 식었을 거야."

그렇게 말하자 유나는 도리질을 쳤다.

"아니야. 아직 뜨거."

요즘에는 말대답도 잘한다. 그런 시기인 것이다.

이 아이는 몇 살일까. 반은 이따금 마음속으로 생각한다.

자식을 키웠을 때의 기억과 친족 아이들을 떠올리며 짐작해보지만 정확한 나이는 알 길이 없다. 아마도 두 살 반이나, 슬슬 세 살쯤 되겠지.

이곳으로 오는 동안 유나는 어머니가 그리워 울 때도 있었다. 특히 밤에 재우려 하면 잘 울었다.

하지만 이제는 그런 일도 사라져 밤에는 반의 품에 꼭 들러붙어 새근새근 잔다.

이 아이는 어머니의 얼굴을 기억하지 못하겠지. 그런 생각을 하자 이 아이를 부뚜막에 넣어 등으로 막았던 그 젊은 어머니가 안쓰러웠다.

조금 더 자라서, 세상일을 알 만한 나이가 되면 말해주어야겠지. 해줄 수 있는 이야기는 많지 않지만……

'그래도 네 어머니가 너를 어떻게 보살폈는지는 말해줄 수 있겠구나.'

정신없이 국물을 마시고 있는 유나를 바라보며 반은 그런 생각을 했다.

4

초여름의 숲속에서

　길고 어두운 겨울이 언제까지고 계속될 줄 알았다. 하지만 문득 뺨에 닿는 햇살이 다르다는 사실을 깨달을 무렵, 눈보라는 멀어지고 눈이 녹아 이슬이 영롱한 가지에 단단한 새싹의 눈이 보이기 시작했다.

　북녘 땅의 봄은 어린아이 같다.

　기나긴 인내에서 풀려나기가 무섭게 환하고 흥겨운 어깨춤을 춘다.

　눈이 녹아 검게 젖은 땅에는 초록빛 풀이 한가득 돋아나고 색색의 꽃이 핀다. 숲의 나무들도 일제히 어린잎과 꽃을 틔운다.

　봄이 아이라면 초여름은 싱그러운 처녀다.

　상큼하고 아련한 향기를 두른 소녀가 어느새 가슴 설레도록 짙푸른 잎사귀의 향기를 풍긴다.

그렇게 초여름이 찾아오면 숲 여기저기에서 짐승들의 출산과 육아가 시작된다.

*

"……정말 찾을 수 있어?"

토마가 속삭였다.

"그래."

반이 미소를 지었다.

"몸을 푸는 장소는 대충 빤하거든."

*

봄이 찾아왔을 때, 반은 오마 가족에게 퓨이카를 숲에 풀어주라고 했다.

오마 가족은 주위에 익숙하지 않은 퓨이카를 풀어주었다가 다시 모이지 않을까봐 걱정했지만, 반은 숲에 풀어주는 게 가장 중요하다고 그들을 설득했다.

퓨이카는 말이나 소처럼 울타리 안에서 키우는 동물이 아니다.

그런 점은 순록과 비슷하지만, 퓨이카는 순록보다 자유분방해서 속박을 무엇보다 싫어한다.

그들은 우리에 갇힌 가축이 아니라 길들여 정을 붙이는 짐승으로, 그것이 퓨이카를 키우는 비결이었다.

퓨이카는 숲과 산을 돌아다니며 생활한다.

사슴은 눈 쌓인 땅에서 놀랍도록 먼 곳까지 이동할 때도 있지만, 퓨이카는 다른 사슴보다 잡다한 먹이를 먹을 수 있는 탓인지 행동 범위가 그리 넓지 않다.

반이 태어난 토가 산지에서 씨족 남자들은 어릴 때부터 아버지나 형을 따라 숲이나 산을 돌며 그들의 퓨이카 무리를 지켜보기 때문에, 그들이 어느 때 어디에 있는지 명확하게 배운다.

야생에서 자란 퓨이카는 사람에게 정을 붙이지 않는다.

하지만 태어났을 때부터 사람 냄새로 길들이고 제대로 정을 붙이면 그 인연은 평생 사라지지 않는다.

퓨이카는 다른 사슴과는 달리 한 번에 두 마리의 새끼를 낳는다.

젖을 많이 먹어 몸집이 커진 새끼를 어미 사슴에게서 떼어내 길들인다.

"……여린 새끼는 어미에게, 강한 새끼는 우리에게."

숨 막히도록 풋풋한 잎사귀 냄새 속에서 젊은 어미 사슴의 출산을 지켜보며 노래하듯 중얼거리던 아버지의 말씀을 반은 지금도 똑똑히 기억한다.

수컷이든 암컷이든 타고 다닐 목적으로 길들일 수는 있지만, 수컷은 교미기가 되면 제어할 수가 없으므로 거세해야 한다. 또한 강한 새끼를 전부 빼앗으면 다음 세대가 약해지기 때문에 무리의 상태를 신중히 가늠해 데려올 새끼의 수를 정해야만 한다.

수사슴은 초봄에 뿔을 갈지만, 수컷 퓨이카는 거세를 하면 어째 서인지 뿔을 갈지 않는다. 몸집도 미묘하게 변해 근력이 조금 떨어지기는 해도 정력을 교미에 쓰지 않는 탓인지 지구력이 늘고 유순해지기 때문에 부리기가 쉽다.

타고 다닐 퓨이카는 그렇게 키워야 한다고 오마 가족에게 설명하자 그들은 어이없다는 듯이 고개를 저었다.

"거참, 손이 많이 가는 방법이네."

오마는 한숨을 쉬며 말했다.

"순록이 훨씬 편하고 도움이 돼."

확실히 그럴지도 모른다.

순록은 젖에 털가죽에 고기에 뼈까지, 전부 쓰임새가 있다. 타고 여행할 수도 있고, 짐을 끌어주기도 한다.

퓨이카도 젖은 맛있고 개체 수가 너무 늘었을 때는 수컷을 솎아내 잡아먹을 때도 있지만, 토가 산지의 씨족에게 퓨이카는 생활의 거름이 아니라 어디까지나 타고 다니는 듬직한 동료였다.

토가 산지는 이곳보다 남쪽이고 토지도 비옥해 골짜기에서는 밀이나 감자도 키울 수 있다.

윤택한 숲에서는 사냥감이 부족할 일도 없고, 약초도 많이 나며, 산마루를 넘어 오가는 사람들과의 교역도 왕성했다.

오키 지방 사람들이 순록에게 의지해 살아가는 것과 토가 산지 사람들이 퓨이카를 소중히 여기는 것은 그 의미가 상당히 달랐다.

그 점을 이해하게 되면서 퓨이카를 바라보는 오마 가족의 시각도 바뀌었다.

"그러니까, 결국……."

오마는 울타리에서 풀려나 흥겹게 숲으로 사라져가는 퓨이카를 지켜보며 쓴웃음을 흘렸다.

"츠오르 놈들은 아무것도 모른다는 거군."

반은 그 말을 듣고 웃으며 고개를 끄덕였다.

오마의 말대로 츠오르 상층부는 큰 착각을 한 채로 퓨이카를 번식시키려 하고 있다.

군마의 번식과 똑같이 여기고 있겠지만, 퓨이카는 군마와는 확연히 다르다.

수사슴은 번식기가 되면 사람 말을 듣지 않기 때문에, 타고 다닐 퓨이카를 키우려면 오랜 세월이 걸린다.

"……당신이 도와주면 머릿수를 늘릴 수야 있겠지만, 그렇게 늘려 츠오르 무인들에게 바쳐도 아무 소용없다는 뜻이군."

그렇게 말한 오마의 눈에 근심이 서렸다.

츠오르 인이 그 사실을 깨닫는다면 퓨이카 번식에 성공하면 세금을 덜어주는 제도도 수정할 것이다.

그때까지 일 년이 될지, 이 년이 될지. 오마는 그들이 그 사실을 깨닫기 전에 퓨이카 번식으로 절약한 돈으로 순록을 도로 사들일 계산을 해야 한다고 생각한 듯했다.

그것이 올바른 판단이라고 생각하면서도 그렇게 되면 무용지물이 될 퓨이카가 어찌 될지 마음에 걸렸다.

또 한 가지, 남몰래 우려하는 문제도 있다. 키운 사람에게만 정을 붙인다는 사실을 알면 츠오르는 오키의 청년들을 퓨이카 기수로 징병하려 들지 않을까?

변경의 민족들로 만드는 변경 방위선이라니, 츠오르 군인이라면 생각하고도 남을 일이다.

하지만 반은 그 걱정을 아직 오마에게 털어놓지 않았다. 말하면 오마는 고민할 것이다. 빈곤과 징병, 어느 쪽을 택하든 뼈저리게 괴롭다. 퓨이카가 아직 번식조차 하지 않은 단계에서 그런 앞날의 고생까지 얹어주고 싶지는 않았다.

순록과 퓨이카 수를 적절히 조절해 꾸려나가는 방법도 있을 터였다.

'앞일은 천천히 고민하고, 일단 새끼부터 무사히 받아야지.'

배가 부른 츠피가 이 낯선 숲에서 무사히 새끼를 낳도록, 그리고 올가을에는 다른 암사슴들과 함께 또 새끼를 밸 수 있도록 돌봐주어야만 한다.

그럴 수 있어야 비로소 오마 가족도 앞날의 계획을 세울 수 있을 테니까.

하지만 초여름이 다가오는 계절, 순록과 퓨이카를 함께 키우는 게 얼마나 어려운 일인지 다시금 깨달았다. 순록 무리를 여름 방목지로 이동시키는 시기와 퓨이카의 출산 시기가 겹치는 것이다.

"작년에는 새끼를 밴 암컷이 없어서 밧줄로 묶어 끌고 갔는데."

오마가 그렇게 말했지만 퓨이카의 본래 습성에 반하는 그런 강요도 번식에 실패한 원인 중 하나였으리라.

그렇지만 등에와 모기가 증가하는 이 계절에 순록들을 풀이 적은 이 겨울 방목지에 그냥 둘 수는 없다. 순록은 잡식이라 쥐나 벌레도 곧잘 먹지만, 그래도 여름에는 바닷바람이 모기와 등에를 쓸어주는 여름 방목지로 데려가야 했다.

며칠 동안 다 함께 머리를 맞대고 의논한 결과, 이웃들과 협력하면 어떻겠느냐는 토마의 제안에 오마가 적극 찬성했다. 오마의 아내 키야의 친족을 비롯한 츠오르 이주민과도 의논해보기로 했다.

키야의 친족도 퓨이카 번식에 고생하던 터라, 키야에게 퓨이카를 다룰 줄 아는 남자가 함께 산다는 말을 듣고 전부터 만나보고 싶다고 말하던 터였다.

키야가 부르자 남동생 가족은 물론, 다른 친족들도 금방 관심을 보였다.

한데 모여 의논한 결과, 키야의 조카뻘 되는 세 명의 청년이 토마와 반과 함께 이 땅에 남아 퓨이카 키우는 법을 배우고, 다른 사람들은 두 집단의 순록 무리를 끌고 여름 방목지로 이동하는 방법으로 이번 여름을 보내보기로 했다.

반은 유나를 돌보기 위해 남겠다고 말해준 키야가 고마웠다.

당연한 일이지만 키야의 조카라는 청년들의 생김새는 어디로 보나 츠오르 인이었다.

반은 표정을 읽을 수 없는 그들의 밋밋한 얼굴을 보자 반사적으로 피비린내 나는 전쟁터에서 마주했던 적병의 얼굴이 떠올라, 가슴이 꽉 막히는 혐오감이 느껴졌다.

미노, 치다, 모키라는 이름의 세 조카들도 낯선 남자를 상대로 긴장을 지울 수가 없는지, 매일 함께 숲에 들어가도 입을 꼭 다물고 웃음조차 보이지 않았다.

그런 어색한 관계를 바꿔준 것이 유나였다.

어느 날 아침, 반이 청년들과 밖에 나갈 준비를 하는데 갑자기 유나가 천막으로 쪼르르 들어왔다.

고개를 든 키야의 조카들이 '풋' 하고 웃음을 터뜨렸다.

무슨 일인가 싶어 뒤를 돌아본 반도 무심결에 얼굴이 누그러져 껄껄 웃었다. 유나의 얼굴이 엉망진창이었기 때문이다.

몸의 절반은 들어갈 법한 커다란 바구니에 키야와 함께 딴 산딸기와 모초라고 하는 매끄러운 붉은색의 작은 열매를 잔뜩 담아 낑낑거리며 들고 있었다.

그건 괜찮았지만 최대한 많이 따서 먹고 싶다고 욕심을 부린 모양이다. 입 안 가득 모초를 머금어 뺨이 다람쥐처럼 불룩하게 튀어나와 입도 다물지 못하고 있다. 그것으로도 모자랐는지 한쪽 콧구멍에도 모초가 박혀 있었다.

본인은 괴로운지 우우, 우우, 하고 눈을 희번덕거렸지만 반도 청년들도 웃음보가 터져 좀처럼 도와줄 수가 없었다.

입을 다물지 못하면 씹어서 삼키지도 못한다. 반이 웃다 지쳐 숨을 헐떡거리며 유나의 얼굴을 붙잡아 손가락으로 열매를 빼냈다. 유나는 그제야 흐에에, 하고 한숨을 내뱉었다.

그때 코에서 빨간 열매가 툭 튀어나오는 바람에 반과 청년들은 또다시 배를 부여잡고 껄껄 웃었다.

"우찌 마!"

유나는 눈물을 흘리며 화를 냈지만 모두 너무 웃어 눈물을 글썽이는 판국이었다.

나중에 돌아온 키야가 그 모습을 보고 생글생글 웃었다.

키야가 유나를 안아주며 "자자, 화내면 못써요" 하고 눈물을 닦아주어도 유나는 한참이나 툴툴거리며 화를 냈다.

"반 씨가 그렇게 껄껄 웃는 걸 보고 녀석들, 깜짝 놀라던걸."

그 일이 있은 후에 토마가 반에게 그렇게 말했을 때 그는 깜짝 놀랐다.

"어째서?"

토마는 쓴웃음을 흘렸다.

"어째서긴, 반 씨가 딱 보기에도 무서우니 그렇지. 나도 처음 봤을 때는 이대로 죽는구나 싶었어."

그 말을 듣고서야 반은 비로소 깨달았다. 그렇구나, 저 청년들은 나를 두려워했던 거구나.

'나도 둔하군.'

무서워서, 허세를 부리려고 무표정하게 침묵을 지켰던 것이다.

그렇게 생각하니 문득 옛날에 키워낸 젊은 전사들의 얼굴이 마음속에 떠올랐다. 모두들 저렇게 아무것도 무섭지 않다는 얼굴로 부루퉁하니 입을 꾹 다물고 있었다.

츠오르 청년들의 얼굴에 고향 청년들의 얼굴이 어른거리는 것이
이상했다.

시간은 모든 것을 바꾼다.

타향의 숲속에서 타향의 젊은이들을 데리고 돌아다니는 위화감
도 느끼지 않게 될 날이 올 것이다.

츠피의 배가 점점 불러올라 출산이 가까워질 무렵에는 청년들도
토마 못지않게 말수가 늘어, 쉴 새 없이 반에게 질문을 던지게 되
었다.

5

여름의 빛

"……멈춰."

반이 속삭이자 토마가 흠칫 걸음을 멈추었다. 그 뒤에서 키야의
조카들도 발길을 멈추고 긴장한 얼굴로 반을 올려다보았다.

반은 살짝 허리를 숙여 큼직한 가문비나무 저편, 이끼가 잔뜩 낀
바위에 가린 수풀을 가리켰다. 나뭇잎 사이로 쏟아지는 환한 햇살
속에 모기와 등에가 잔뜩 모여 있었다.

바위 그늘에서 갈색 귀를 움찔거리며 몰려드는 모기를 몰아내는
모습이 보였다.

"보이나?"

그렇게 속삭이자 토마와 청년들이 목을 빼고 수풀을 보다가 아,
하고 눈을 번쩍 떴다.

"……저게 츠피야?"

"그래. 곧 새끼가 태어날 거야."

불안한 모습으로 한곳을 맴돌거나 땅 냄새를 맡던 츠피가 드러누웠다가 일어나길 반복했다.

"잘 봐."

반이 속삭이며 살며시 청년들에게 자리를 양보했다.

츠피의 다리 사이로 검은 가지 같은 것이 보였다.

"……다리?"

토마가 속삭였다.

"앞다리야. 금세 머리도 나올 거다."

검게 젖은 가느다란 두 다리 사이로 머리가 불쑥 튀어나오나 싶더니 순식간에 온몸이 쑥 빠져나와 풀숲에 툭 떨어졌다.

"태어났다!"

조카들 중 한 명이 흥분해서 살짝 웃었다.

그 기척을 느꼈는지 츠피가 이쪽으로 고개를 돌렸다. 청년들은 허둥거리다가 얼어붙기라도 한 것처럼 동작을 멈추었다.

숨을 죽이고 있자 츠피가 발딱 일어나 방금 전에 그랬듯이 한곳을 불안하게 맴돌다가 다시 멈춰 서서 또 한 마리의 새끼를 낳았다.

그리고 갓 낳은 새끼들을 돌아보더니 그 젖은 몸을 열심히 핥기 시작했다.

어미가 꼼꼼히 핥아준 새끼들은 얼마 지나지 않아 일어나려고 버둥거렸다. 갓 태어났는데도 벌써 스스로 젖을 찾아가려 한다.

당장이라도 뚝 부러질 듯한 가느다란 다리로 열심히 버티고 서서 비틀비틀 젖을 찾아 헤맨다.

"……힘내."

토마가 속삭였다.

"힘내…… 힘내라…… 조금 더 아래로……."

조카들도 주먹을 움켜쥐고 속삭였다.

먼저 태어난 새끼 사슴이 코끝으로 젖을 찾아내 매달리는 모습이 보였다. 조금 늦게 나머지 한 마리도 무사히 젖을 물었다.

츠피는 태어나 처음 먹는 젖을 정신없이 빠는 제 새끼의 귀를 다정하게 핥기 시작했다.

"장하구나."

반은 미소를 지으며 속삭였다.

"혼자서 큰사슴 새끼를 낳았어."

튼튼한 암컷이다. 이 녀석이라면 앞으로도 튼튼한 새끼를 잔뜩 낳아줄 것이다.

방금 전 큰일을 치렀는데도 태연한 얼굴로 새끼를 핥아주는 암컷 퓨이카를 보며 반은 가슴속에 뭔가가 조용히 차오르는 것을 느꼈다.

저렇게 새끼를 낳고 결국에는 죽는다. 그 당연한 순환이 투명한 파도처럼 몸속에 퍼져나갔다.

어디선가 새가 울었다. 바람이 가지를 흔들고, 하얀빛이 나뭇잎 사이를 지나 어미와 새끼 위로 일렁거렸다.

햇살이 여름의 따가운 볕으로 바뀔 무렵, 수많은 새들이 드높은 소리로 지저귀며 하늘을 가로질러 넘어오기 시작했다.

따뜻한 남쪽에서 겨울을 나고 북쪽 땅에서 여름을 지내는 철새들이었다.

멧돼지의 발자국을 좇아 강가를 걷고 있던 반은 느닷없이 들려오는 요란한 종소리 같은 울음소리에 눈길을 들었다.

하늘을 미끄러지듯 날아오던 새들이 차례로 호수에 내려섰다. 하얀 날개 뒤에 붉은 깃이 있어 날갯짓을 하자 번득이는 불처럼 보였다.

'……맛카라[火打鴨]인가?'

고향에서는 가을에 흔한 철새였다.

맛카라가 많이 건너오는 해는 퓨이카가 좋아하는 앗시미가 숲을 덮는다고 해서, 이 새를 발견하면 왠지 기분이 좋았다.

'여기서는 이렇게 빨리 찾아오는구나.'

초여름에 여기까지 와서 여름을 이곳에서 지내고, 가을이 다가오면 남쪽으로 떠나는 것이리라. 그리고 남쪽 월동지로 향하는 길에 반의 고향인 토가 산지에서 날개를 쉰다…….

'난 이곳에서 어찌어찌 살고 있어.'

그 자그마한 등에 내 소식을 싣고 가서 고향 산하에 전해다오.

고향으로 건너갈 새들을 바라보면서 반은 마음속으로 중얼거렸다.

초여름에서 여름으로 바뀌어가는 숲속에서 새끼 사슴들은 무럭

무럭 자랐다.

반은 매일 청년들을 데리고 숲에 들어가 사냥을 하면서 퓨이카의 생활에 대해 세세히 가르쳤다.

어느 날 반이 덫을 치고 있는데 어미와 새끼가 있는 수풀을 보러 간 토마가 창백한 얼굴로 돌아와 새끼들이 사라졌다고 했다.

"여우한테 당하기라도 한 걸까?"

뒤늦게 돌아온 조카들도 불안한 얼굴로 츠피는 무리의 다른 암컷들과 함께 풀을 뜯어먹고 있지만 새끼들이 온데간데없다고 했다.

반은 손길을 멈추지 않고 덫을 치고 작업을 마친 뒤에야 일어섰다.

"따라와."

반이 걸음을 떼자 청년들은 헐레벌떡 뒤를 따라왔다.

무리가 즐겨 모이는 숲의 풀밭으로 가자 그들 말대로 츠피는 새끼들을 거느리지 않고 풀을 뜯고 있었다.

반은 퓨이카들이 흩어져 있는 상황을 지켜보고는 그들이 놀라지 않도록 바람이 불어나가는 방향으로 돌아가 나무 그늘에 주저앉았다.

"너희도 앉아. 오래 기다려야 할 거야."

청년들은 의아한 눈빛으로 반을 쳐다보더니 시키는 대로 바닥에 앉았다.

반은 주머니에서 모기를 쫓는 풀을 꺼내 청년들에게 나눠주었다. 청년들도 말없이 풀을 짜서 그 풋내 나는 즙을 얼굴과 목덜미에 발랐다.

사냥도 방목도 느긋하게 기다려야 할 때가 많은 일이다. 청년들은 기다리는 데는 익숙했다.

퓨이카들은 꽤 오랫동안 여기저기 옮겨 다니며 풀도 뜯어 먹고, 뒷발로 서서 부드러운 나뭇잎도 먹었다. 그러다가 츠피가 무리에서 떨어졌다.

그 모습을 본 반이 일어섰다.

청년들에게 조용히 따라오라는 신호를 보낸 후에 충분한 거리를 두고 츠피의 뒤를 쫓았다.

츠피는 나무 사이를 지나 부러져서 굴러다니는 이끼 낀 나무토막으로 다가갔다.

"……!"

토마가 숨을 삼켰다.

부러진 나무 그늘에서 작은 모습이 나타난 것이다. 휘청거리는 걸음걸이로 열심히 어미에게 다가간다. 바위 뒤에서도 또 한 마리가 튀어나왔다.

새끼들은 기뻐하며 어미의 배 밑으로 들어가 열심히 젖을 빨기 시작했다.

그 광경을 망연히 지켜보는 청년들에게 반이 말했다.

"새끼들은 아직 풀을 못 먹어. 하지만 어미 쪽은 풀을 잔뜩 먹어 영양가 있는 젖을 만들어야 하지. 그래서 저렇게 새끼를 부러진 나무 그늘이나 바위 뒤에 숨겨놓는 거야."

반이 주위를 둘러보며 미소를 지었다.

"이 시기에는 여기저기에 새끼들이 숨어 있지. 숨을 죽이고 말이야."

그렇게 말하고 반은 웃음을 거두었다.

"너희라면 저 새끼들 중에 어느 쪽을 키우겠나?"

토마와 조카들은 얼굴을 마주 보며 한참 망설였다. 마침내 미노가 입을 열었다.

"······저라면 먼저 태어난 쪽을 키울 겁니다."

반은 다른 세 사람을 쳐다보았다.

"다들 똑같은 의견인가?"

토마와 모키는 고개를 끄덕였지만 치다는 우물거리면서 대답했다.

"전 나중에 태어난 새끼가 크게 자랄 것 같아요."

"어째서 그렇게 생각하지?"

치다는 얼굴을 붉혔다.

막내인 이 청년은 소극적인 성격이라 형들 뒤를 따라다니는 것이 성미에 맞는 듯 했다. 무심코 형들과 다른 의견을 말해 당황했는지 좀처럼 말을 못 하고 있었다.

반은 조용히 기다렸다.

이윽고 치다가 바짝 마른 목소리로 말했다.

"······걸음걸이가, 빨라서."

그 대답에 반은 미소를 지었다.

"그걸 용케 봤군."

반은 새끼들을 가리키며 말했다.

"다리가 벌어진 폭을 봐. 나중에 태어난 새끼가 조금 더 좁지? 다리를 넓게 벌리고 균형을 잡지 않아도 제대로 서 있는 거지."

한참 뚫어져라 새끼들을 바라보던 청년들이 이윽고 고개를 끄덕였다.

"다리와 허리가 빨리 안정된다는 건 먹은 젖이 탄탄한 몸을 만들고 있다는 증거야. 어미의 젖을 늘 물고 있는데도 몸이 늦게 자라는 녀석은 사실 젖을 충분히 빨지 못하는 거야."

청년들은 진지한 얼굴로 듣고 있었다.

"저 새끼들은 둘 다 몸집이 제법 튼튼해. 여우나 늑대에게 당하지만 않으면 먼저 태어난 녀석도 듬직하게 자라겠지. 하지만 남자를 태우고도 태연히 달리는 건 나중에 태어난 녀석이야. 저 녀석은 훌륭한 퓨이카가 될 거야."

반은 청년들을 향해 미소를 지었다.

"퓨이카와 정을 맺으려면 이 시기가 가장 중요해. 어미와 새끼가 떨어져 있는 틈을 타서 새끼에게 다가가, 조금씩 우리 냄새를 익히게 하는 거야."

청년들은 억누를 수 없는 흥분에 눈을 빛내며 고개를 끄덕였다. 특히 치다는 기쁜 표정으로 얼굴을 빛내고 있었다.

밤이 되자 반은 화롯가에서 퓨이카에 대한 옛날이야기나 퓨이카를 타면서 터득한 비결을 청년들에게 한두 마디 들려주었다.

조용히 타들어가는 불에 비친 청년들의 얼굴을 보고 있노라면 문득 아들이 살아 있었다면 이런 표정으로 내 이야기를 들었을까, 하는 생각이 가슴을 스칠 때가 있었다.

책상다리로 앉은 허벅지 위에 올라탄 유나의 무게와 온기를 느끼고, 새근새근하며 자는 그 숨소리를 들으며 반은 허망하게 떠나버린 자식을 생각했다.

이제 제법 무거워진 유나의 뺨이 붉게 빛났다. 아들에게도 이렇게 살아 숨 쉬던 날이 있었다.

오래 살 수 있는 생명과 이 세상에 오래 머물지 못하는 생명. 대체 무엇이 다르단 말인가?

무슨 짓을 한 것도 아닌 어린 아들이 어째서 그렇게 허망하게 떠났어야 했나. 병은 어째서 그 아이와 아내를 선택했나…….

그런 생각을 할 때마다 부조리한 이 세상에 숨 막히는 분노를 느꼈다.

아들을 생각할 때마다 생생하게 되살아나는 가슴을 후비는 분노와 슬픔은 죽는 날까지 치유되지 않을 것이다. 배 속이 뻥 뚫린 듯한 이 허무함도.

유나는 정말 사랑스럽다.

하지만 이 아이를 키운다고 해서 자식을 잃은 슬픔이 치유되지는 않는다.

토마와 청년들을 퓨이카 기수로 키운다고 해서 과거의 삶의 보람이 돌아오는 것도 아니다.

그래도 지금과 같은 날들에는 투명한 가을 햇살 속에 있는 듯한 평안함이 있었다.

어느새 잠시 머물다 가는 생활이라는 생각이 흐려지고 있다. 자신이 이곳 생활에 뿌리를 내리고 있음을 반은 어렴풋이 느끼고 있었다.

하지만 등 뒤에는 그림자가 있었다.

빛을 받는 나무 밑에 그림자가 드리우듯, 따뜻한 햇살 속에 있을수록 점점 어두워지는 차가운 그림자가 늘 등 뒤에 길게 뻗어 있었다.

나뭇잎 사이로 쏟아지는 금빛

초여름에서 여름으로, 그리고 가을로, 북쪽 숲의 계절은 성급히 바뀌어간다.

철새 떼가 하늘을 건너가기 시작하고 나뭇잎이 금빛으로 빛날 무렵, 뿔 끝을 갈고 닦은 수사슴들이 망가진 피리처럼 괴상한 소리로 울며 암컷을 유혹한다.

이윽고 대지에 서리가 내렸다. 순록을 이끌고 오마 일행이 돌아올 즈음, 청년들은 반을 아버지처럼 따랐다. 반 역시 그들과 헤어지는 게 서운했다.

하지만 순록이 돌아오면 또다시 월동 준비에 쫓기는 나날이 시작된다.

여운을 곱씹으며 키야의 조카들은 그들의 가족과 함께 부락으로 돌아갔다.

그해 가을, 네 마리의 퓨이카가 새끼를 뱄다.

키야의 조카들도 세 마리가 새끼를 뱄다는 소식을 보내와 모두 진심으로 기뻐했다.

세금 징수인이 찾아올 시기가 되자 반은 유나를 데리고 하루 종일 숲에서 지냈다. 하지만 부락을 찾아온 세금 징수인은 마침내 퓨이카가 새끼를 뱄다는 사실에 흥분한 나머지 이 마을 주민이 두 사람 늘어났다는 사실은 눈치도 채지 못했다.

다행히 세금이 면제된 덕분에 올해는 그만큼 월동 준비에 여유가 있었다. 반이 사냥에 가담한 만큼 판매용 털가죽 양도 크게 늘었다.

올해는 키야의 조카들이 카잔에 가겠다고 하자 오마는 기꺼이 그들에게 털가죽과 말린 고기를 건넸다. 청년들이 곡물과 옷가지를 산더미처럼 싣고 돌아오자 두 부락 사람들이 모여 큰 잔치를 열어 실컷 먹고 마셨다.

키야의 일족이 자기 마을로 돌아가자 오마가 기분 좋은 얼굴로 반을 올려다보았다.

"이것도 전부 당신 덕분이야."

오마가 반의 어깨를 두드리자 키야의 발밑에 있던 유나가 "아바 덕분이야" 하고 반의 다리를 두드렸고 모두 웃음을 터뜨렸다.

작년 월동 준비 때는 이래저래 어두운 마음으로 일하느라 괴로웠다. 하지만 올해는 다가올 봄을 기다리며 일하다 보니 자연히 웃음도 흘러나왔고, 여름내 있었던 재미있는 일로 이야기꽃이 피었다.

훗날 반은 종종 그해를 떠올리곤 했다.

키야를 따라 숲에 들어간 유나가 모초 열매를 입 안 한가득 물고 돌아왔던 그 초여름 아침, 토마와 청년들과 함께 보낸 여름, 퓨이카들의 사랑의 의식을 지켜보았던 가을, 잔치를 열어 이런저런 이야기에 배꼽을 잡았던 늦가을의 기나긴 밤을.

그해는 따스한 등불처럼, 가슴속에서 오래도록 빛나는 추억이 되었다.

이듬해 봄은 비가 많이 내리는 짜증스러운 날이 이어졌다. 하지만 초여름이 되자 맑은 날이 이어졌고 새끼를 밴 퓨이카들도 모두 무사히 튼튼한 새끼를 낳았다.

토마는 퓨이카를 다루는 데 제법 익숙해져 츠피가 작년에 낳은 새끼 위에 능숙하게 올라타 숲을 달릴 정도가 되었다.

키야의 조카들이 새끼가 태어났다는 소식을 알려왔다. 모쪼록 그쪽으로 와서 길들이는 걸 도와달라는 부탁에 반은 그들의 마을로 가서 한동안 숙식하며 조카들과 새끼들이 정을 붙이도록 도와주었다.

그해에 태어난 새끼는 다들 몸집이 제법 튼튼했다.

처음에는 새끼들이 조카들보다 반을 잘 따르는 바람에 불안했지만 끈기 있게 길들이는 동안 차츰 그들에게도 친근감을 표하게 되었다.

반은 새끼들과 정 붙이는 데 푹 빠진 그들에게 뭐든 곤란한 일이 생기면 부르라는 말을 남기고 토마 곁으로 돌아갔다.

시행착오를 거치면서 제힘만으로 해보면 남의 도움을 받았을 때는 보이지 않던 것이 보이는 법이다. 그들이라면 그런 식으로 제힘으로 성장해갈 것이다. 반은 그렇게 생각했다.

지난해와 마찬가지로 오마 가족은 키야의 친족과 서로 도와가며 순록 무리를 데리고 여름 방목지로 떠났지만, 가을바람이 불어오자 일찌감치 돌아왔다.

"황금거미들이 집을 높이 짓더군. 올해 겨울은 혹독할 거야."

오마는 돌아오자마자 그렇게 말하고는 가을 제사를 준비하기 시작했다.

작년에는 순록 수가 아직 적어 제사도 드리지 못했고, 올해는 새끼가 잔뜩 태어났지만 약한 녀석도 섞여 있다. 오마는 작년에 드리지 못했던 몫까지 더해 신들에게 제사를 드릴 셈이었다.

신들에게 죄송하니 병든 새끼는 제사에 쓰지 않는다. 하지만 일단 건강하더라도 '아아, 이 새끼는 혹독한 겨울을 나지 못하겠구나' 싶은 녀석을 제물로 하면 무리의 부담도 줄고, 겨울 식량도 확보된다.

고향에서도 해마다 제사를 드렸지만, 오마가 제사 준비를 시작하자 반은 마을을 떠나 숲으로 들어갔다.

약한 새끼를 죽이는 모습을 차마 볼 수가 없었다.

반은 사냥을 할 기분도 아니어서 마을에 가까운 함지땅에 주저앉아 그저 단풍이 든 낙엽송의 싱그러운 밝은 빛을 쬐고 있었다.

이 부근은 고향 생가의 뒤편에 있던 숲과 참으로 비슷했다. 그 때문일까, 이곳에 오면 늘 마음이 평온했다.

눈을 감고 황금빛 바닥에 앉아 있으려니 얕은 물밑에 있는 기분이었다.

그 물밑은 어딘가 먼 곳과 닿아 있어서 조용히 헤엄쳐 가면 아내와 아이가 있는 곳까지 갈 수 있을 것만 같았다.

바늘로 쿡 찌르는 것처럼 슬픔의 씨앗이 부풀어 올라 가슴속으로 퍼져나갔다.

숨을 깊이 들이마셨을 때, 목소리가 들렸다.

"……아바!"

깜짝 놀라 눈을 뜨니 나무들 사이로 달려오는 작은 그림자가 보였다.

걸음걸이는 아직 어딘가 불안했지만 나무뿌리에 걸리지도 않고 달려온다.

어느새 유나가 그만큼이나 쑥쑥 자랐다는 사실을 깨달은 반은 이름도 부르지 못하고 잠시 그 모습을 바라보고 있었다.

낙엽을 밟으며 달려온 유나는 반을 보고는 얼굴 한가득 환한 웃음을 머금었다.

"아바, 차자따!"

품에 와락 달려든 유나를 영차, 하고 안아 올리자 유나가 코를 맞대왔다.

코끝이 강아지의 것처럼 차가웠다.

"여기 있는 건 어떻게 알았지?"

그렇게 묻자 유나는 뿌듯해하며 웃었다.

"나 다 아라. 다 보이거든. 이찌, 할머니하고 할아버지가 이찌, 순록 만지지 말라고 해서, 유나, 아바한테 와써."

반은 쓴웃음을 지었다. 아무래도 제사 준비로 한창 바쁜 사람들이 놀아주지 않자 쓸쓸한 나머지 이곳으로 온 모양이다.

유나는 감이 뛰어났다. 이따금 마을에서 보이지 않는 곳에 있는 반을 찾아올 때가 있었다. 냉정하게 생각해보면 꽤나 이상한 일이었지만 그럴 수도 있겠다는 생각이 든다.

퓨이카 새끼가 멀리 떨어진 어미를 찾아내는 것처럼, 눈에 보이지 않는 무언가가 유나와 반 그 사이에 있는지도 모른다.

품속에 안겨 있는 아이의 온기와 햇살의 내음이 가슴속에 서서히 퍼져나갔다. 문득 사랑스러운 마음이 치밀어 올라 살짝 힘을 주어 끌어안자 유나도 작은 손으로 반을 꼭 안아주었다.

이 아이가 자라나는 모습을 빠짐없이 지켜보고 싶다. 결국 이 아이는 소녀가 되고, 아가씨가 되고, 어머니가 되리라. 그 모든 과정을 지켜보고 싶다……. 그런 마음이 치밀어 오르자 반은 당혹스러웠다.

해서는 안 될 생각을 해버린 것 같아 두려웠다.

올해는 제사를 드리고도 순록이 충분히 남았다.

경매로 몇 마리 팔면 식량을 넉넉하게 살 수 있다. 옛 왕도 옆의 순록 시장에 가는 건 오랜만이지만 그곳에 가면 낯익은 사람들도 만날 수 있고, 세상에 무슨 일이 벌어지고 있는지도 들을 수 있다. 그런 생각에 오마는 채비를 하는 내내 흥겨워 보였다.

이번에는 토마도 따라가게 되었다. 시장에 팔 순록이 있다는 사실이 자못 기쁜지 떠나는 토마의 얼굴도 환하게 빛났다.

가을의 투명한 햇살 속, 순록에 올라타고 여행길에 오른 사내들을 향해 유나는 열심히 손을 흔들었다. 작은 키 때문에 그들의 모습이 더는 눈에 보이지 않자, 반에게 안아달라고 조르더니 어깨에 올라타서는 하염없이 손을 흔들었다.

제 4 장

다시 불어 오는 죽음의 숨결

사슴의 왕 상

살아남은 자

평화로운 매사냥

푸르스름한 하늘에 붓으로 쓱 그은 듯한 구름이 떠 있다.

맑고 옅은 가을 햇살은 초원에 서 있는 대형 천막을 하얗게 부각시켰다.

산들바람에 천막 양쪽 옆에 높이 걸린 츠오르 제국의 창룡기와 아카파 왕의 천마기가 느긋하게 나부꼈다.

아카파 왕이 츠오르의 오우한 제후를 초청해 여는 '어전 매 의식'은 세밀한 사전 준비가 필요한 사냥이다. 십 년 전 처음 시작했을 때는 아카파 왕가를 섬기는 매잡이가 그 기술을 선보이는 자리였지만, 츠오르의 매잡이들도 참가하면서부터는 각자의 실력을 겨루는 자리로 바뀌었다.

가로로 길쭉한 대형 천막은 정면이 활짝 걷혀 있었다. 사람들은 그 안에서 야영용 의자에 앉아 편안하게 눈앞의 초원에서 펼쳐지는 매사냥의 시작을 기다리고 있다.

"……주무시면 안 됩니다."

마코우칸이 속삭이자 홋사르가 졸린 얼굴로 콧방귀를 뀌었다. 가을 햇살이 그 턱 언저리를 곱게 비추었다.

"매사냥은 기다리는 시간이 너무 길어."

초원에 매잡이들의 모습이 점점이 보였다.

붉은 머리띠를 두른 쪽이 아카파, 파란 머리띠를 두른 쪽이 츠오르의 매잡이였다. 그들은 저마다 자기 매를 주먹 위에 앉히고 조용히 서 있었다.

때때로 바람을 타고 들려오는 개 짖는 소리에 퍼뜩 긴장하는 매도 있었지만 대부분은 그저 조용히 집중한 채로 몰이꾼과 사냥개가 사냥감을 몰아세우는 것을 기다리고 있었다.

"참을성이 없는 사람은 사냥꾼이 못 됩니다."

마코우칸이 타이르려는 찰나, 조용히 걸어온 아카파 왕가의 가령家令이 홋사르의 뒤에서 무릎을 꿇고 인사를 올렸다.

"홋사르 님, 송구스럽지만 슬슬 저쪽 자리로 옮기셔서 식사를 드시라고 하옵니다."

누구의 전언인지 굳이 말하지 않는 것이 아카파의 풍습으로, 아카파 왕이 상대에게 경의를 표하고 있음을 은연중에 전하고 있었다.

홋사르는 고개를 끄덕이고는 자리에서 일어났다.

속으로야 귀찮다고 여길지 모르지만, 홋사르는 신분이 높은 사람들 앞에서는 극히 침착하게 행동했다. 마코우칸에게 그러하듯 장난스러운 일면을 보이는 일은 없다.

원래 홋사르의 자리는 아카파 쪽 귀빈석에 마련되어 있었으나, 왕들과 얼굴을 맞대야 하는 자리에 앉아 있는 게 갑갑했는지 음식이 나올 때까지 이쪽 각도에서 보고 싶다며 적당히 둘러대고 이 자리로 피한 것이다.

상석으로 다가가자 요타르가 미소를 지으며 고개를 꾸벅 숙였다. 홋사르도 화답하고 안내해주는 자리에 앉았다. 마코우칸은 그 뒤쪽, 수행인을 위한 자리에 앉았다.

제사의 로나 선생이 홋사르와 눈이 마주치자 천천히 고개를 숙였다. 여전히 물처럼 고요한 표정이다.

마코우칸은 그를 만날 때마다 제사의란 사람은 역시 의술사라기보다 신을 받드는 구도자라고 생각했다.

하지만 말석에 앉아 있는 젊은 제자들은 홋사르에게 자꾸 호기심이 이는지 흘깃흘깃 시선을 던졌다.

그들의 표정을 본 마코우칸은 예전에 홋사르가 젊은 제사의 중에 오타와르 의술에 관심이 있는 자들도 있는 듯하니 그들과 마음 편하게 이야기를 나눠보고 싶다고 말했던 것을 떠올렸다.

'그래, 정말 관심이 있는 자들도 있나보군.'

그렇게 생각하면서 마코우칸은 문득 '어쩌면 저들도 단순히 마신의 반려에만 관심이 있을지도 모른다'는 생각에 내심 쓴웃음을 지었다.

기다란 식탁에는 이미 가볍게 먹을 만한 음식이 차려져 있었지만, 아카파 왕과 오우한 제후는 고개를 살짝 맞대고 뭔가를 이야기하느라 음식에는 눈길도 주지 않았다. 홋사르가 온 것도 모르고 진지한 표정으로 서로 귀엣말을 주고받았다.

가을바람이 불어오자 식탁 위에 놓인 향료가 든 술에서 달콤한 향기가 물씬 풍겨왔다.

아카파 왕의 일족이 앉아 있는 서쪽에는 라파테(건락에 나무 열매를 다져 넣은 것)나 설탕에 절인 과일을 라츄(발효유)로 버무린 음식 따위가 놓여 있었다. 하지만 츠오르의 오우한 제후 일족이 앉아 있는 쪽에 차려진 음식은 황금색으로 튀겨 설탕을 뿌린 떡으로, 유제품을 사용한 식재료는 전혀 없었다.

홋사르가 자리에 앉자 옆자리의 여성이 가만히 웃으며 라파테를 권했다. 아카파풍으로 묶은 머리에 츠오르풍 비녀를 꽂았다. 요타르에게 시집온 아카파 왕의 질녀 스루미나였다.

"감사합니다."

홋사르는 살갑게 인사하며 스루미나가 건네는 라파테 접시를 받아 바로 한 조각 입에 넣었다. 순간 얼굴에 경탄의 빛이 스쳤다.

"이건 진귀한 맛이군요. 농후하면서도 감칠맛이 납니다."

스루미나가 기쁜 표정으로 대답했다.

"순록 젖으로 빚은 건락을 이용해 만든 오키라프타(오키 산 라파테)랍니다. 제가 좋아하는 음식이라 제철이 되면 유모에게 부탁해 챙겨두곤 하지요."

마코우칸은 슬쩍 눈살을 찌푸렸다.

오키라는 지명을 들은 순간, 그 눈보라와 계곡 밑으로 떨어져 사라진 사에의 모습이 머릿속을 스쳐 지나갔기 때문이다.

봄이 되고 나서 꽤 샅샅이 수색했지만 결국 사에도, 도망친 노예도 찾지 못했다.

'이 건락은 그 분지에서 온 건가.'

순록 무리를 따라가며 사는 사람들이 있다는 그 북녘땅…….

"순록 젖으로 만들면 이런 맛이 납니까?"

"예. 맛이 조금 다르지요? 오타와르 분들은 순록 젖으로 빚은 건락은 안 드시나요?"

"보통은요. 성역은 아카파보다 남쪽이라 오키 지방 상인들도 거의 오지 않다 보니……."

훗사르는 그렇게 말하고 나서 살짝 목소리를 낮추어 속삭였다.

"하지만 요타르 님이 싫어하시지는 않습니까? 젖으로 만든 요리는……."

스루미나가 쓴웃음을 지었다.

"남편은 입에도 대지 않아요. 제가 짐승의 젖을 먹는 꼴을 보는 것도 싫어할 테니, 남편이 보는 앞에서는 먹지 않는답니다. 하지만……."

스루미나가 눈빛을 살짝 짓궂게 반짝이며 덧붙였다.

"남편 몰래 아이들과 함께 먹곤 하죠. 아이들도 남편 앞에서는 라파테를 입에도 댈 수 없다는 시늉을 하고 있지만, 사실은 얼마나 좋아하는지 모른답니다. 특히 부드러운 순록의 라츄를 몹시 좋아해서…… 저를 닮은 거겠지요."

훗사르는 웃었다.

"후후, 그거 멋지군요. 발효유는 몸에 좋습니다. 부디 요타르 님께 들키지 말고 마음껏 드십시오."

스루미나는 눈썹을 실룩거리면서 미소를 짓고는 고개를 끄덕였다.

"아카파 인은 라파테나 라츄 없이는 살 수 없어요. 하지만 최근에는 소와 양의 젖으로 만든 음식들뿐이고, 순록 젖으로 만든 라파테는 거의 찾아볼 수 없잖아요? 제 경우 유모의 친척이 순록 시장에 연줄이 있어 철이 되면 미리 챙겨주지만, 그렇게라도 하지 않으면 구할 수가 없어요."

스루미나는 한숨을 쉬듯 말했다.

"제 아이들은 순록 젖을 더 좋아하지만, 오라버니의 아이들은 모두 소젖으로 만든 라파테가 더 맛있다며 순록 젖으로 만든 건 먹지 않는다더군요."

두 사람의 대화를 들으며 마코우칸은 오래도록 오키라프타를 먹지 않았다는 생각을 했다.

마코우칸이 어렸을 때부터 먹었던 라파테는 아파르 젖으로 만든 것이어서 스루미나처럼 순록 젖으로 만든 오키라프타가 없으면 못 살 정도로 좋아하는 것은 아니었다. 하지만 확실히 최근에 아카파

술집에서 오키라프타를 전혀 찾아볼 수 없게 되었다.

과거에 아카파에서 유제품이라고 하면 순록이나 아파르의 젖으로 만든 것이 전부였다.

하지만 츠오르가 강제로 보낸 이주민들은 대부분 양이나 소를 데리고 이 땅에 왔다. 그들이 온 뒤로 아카파 시장에 양이나 소의 젖으로 만든 음식이 넘쳤고, 대량으로 구입할 수 있는 저렴한 유제품들이 어느새 사랑받게 되었다.

게다가 츠오르 군은 최근 순록보다 퓨이카를 키우는 정책을 추진하고 있어 그 영향으로 순록이 줄고 있는 건지도 모른다.

서쪽 무코니아 왕국과 대립하는 츠오르 군은 산간 전투에서 위력을 발휘하는 퓨이카의 개체 수를 늘리고 싶은 것이다.

아카파 왕과 오우한 제후는 여전히 담화에 빠져 있었다.

아카파 인과 츠오르 인의 용모는 딴판이지만 두 사람은 기묘하리만치 비슷한 체형을 갖고 있다. 거구지만 나태한 구석이 없는, 탄탄한 체구의 노인들이다.

'둘 다 현역 사냥개니까.'

마코우칸은 마음속으로 중얼거렸다.

'아직 자식들에게 자리를 물려줄 마음은 없겠지.'

최근 오우한 제후는 병력 증강에 힘을 쏟고 있다.

들려오는 은밀한 소문으로 츠오르 제국의 황제는 서쪽 판도를 개척하는 데 그리 적극적이지 않은 모양이지만, 국경이 맞닿아 있는 무코니아 왕국의 동향을 늘 경계하는 오우한 제후는 황제에게 국경을 지키는 데 그치지 않고 영토를 확장할 위력이 있다는 사실을 보여주어야 한다고 거듭 진언하고 있다고 했다.

하지만 황제는 좀처럼 서역에 병력을 증강할 노력을 하지 않았다. 남쪽 국경 전투가 격렬해져서 그럴 여유가 없는 것이다. 아직 일어나지도 않은 전쟁보다 지금 벌어지고 있는 전쟁을 우선시하는 것이 당연했지만 오우한 제후로서는 답답할 따름이었다.

이전에 병력 증강에 대한 이야기가 나왔을 때, 마코우칸은 홋사르에게 물어본 적이 있다.

"무코니아 왕국은 정말 이쪽에 야심이 있는 걸까요?"

그는 딱히 관심 없다는 얼굴로 대답했다.

"야심이야 있겠지. 무코니아 입장에서는 토가 산지가 동진에 방해가 돼. 넘지 못할 산은 아니지만 막상 산을 넘으면 병사들이 지치고, 무엇보다 식량이나 보급 물자를 운반하기도 어려우니까. 아카파만 점령할 수 있다면 츠오르 공략의 거점으로 써먹을 수 있지."

"하지만 토가 산지가 방해가 되기는 츠오르도 마찬가지 아닙니까? 그 산지를 경계로 서로 건드리지만 않으면 둘 다 편한 것 아닙니까?"

그렇게 말하자 홋사르가 웃었다.

"자네는 참으로 야심이 없는 사내로군."

그러더니 진지한 표정으로 말했다.

"나라 사이의 관계라는 건 방심한 쪽이 불리해져. 토가 산지가 있다고 안도하는 쪽이 지는 거야. 오우한 제후도 무코니아 왕도 그걸 뼈저리게 알고 있어. 두 개의 대국이 있는 한 아카파는 군사적으로 중요한 영토야."

그때 미라르가 차를 따르며 끼어들었다.

"생물은 잡아먹는 쪽이 강하다고 하지. ……하지만 잡아먹히는 쪽도 사라지는 건 아닌데 말이야."

홋사르가 씨익 웃었다.

"오, 나왔군, 오타와르 인의 기질이."

마코우칸이 두 사람이 나누는 대화의 의미를 알 수가 없어 눈살을 찌푸리자 미라르가 차를 내밀며 가르쳐주었다.

"오타와르 인은 이 세상에 승패는 없다고 믿지. 잡아먹히게 됐을 때 맛있게 먹히면 그만이야. 먹힌 쪽은 먹은 자의 육신이 되니까."

미라르는 그렇게 말하다가 쑥스러웠는지 쓴웃음을 흘렸다.

"'제국을 살리고, 스스로도 살라'라는 말이 있어. 우리는 몇백 년을 그렇게 살아왔어."

일렁이는 차의 표면을 바라보며 마코우칸은 이해했다.

그것은 실로 오타와르 인의 기질이었다. 왕국이라는 육신이 멸해도 다른 왕국의 체내에 스며들어 살아남는다. 어지간한 재능과 각오가 없으면 그렇게 사는 게 어렵지만, 오타와르 인은 그렇게 굳세게 살아온 것이다.

미라르는 자기 찻잔에도 차를 따르며 중얼거렸다.

"타인을 살림으로써 스스로도 살고, 타인을 행복하게 함으로써 스스로도 행복해지는 거야."

그것은 마치 기도처럼 들렸다.

개 짖는 소리가 점점 가까이 다가왔다.

매잡이가 기다리는 장소로 교묘하게 사냥감을 몰아세우는 사냥 개들의 소리다.

초원 중간쯤에 서 있던 붉은 머리띠를 두른 사내가 이쪽을 흘깃 쳐다보더니 신호를 보냈다. 슬슬 사냥이 시작되니 구경거리를 놓치 지 말라는 신호였다.

천막 안이 순식간에 긴장감으로 휩싸이더니 조용한 기대와 흥분 이 사람들의 얼굴에 떠올랐다. 이야기에 빠져 있던 아카파 왕과 오 우한 제후도 입을 다물고 초원으로 시선을 던졌다.

"……마자이 님은 침착하군."

홋사르가 말했다.

"포상을 몇 번이나 받은 분이니까요. 개 짖는 소리와 매의 기척으 로 사냥감의 위치를 대강 아는 거겠지요."

아카파에서 매사냥은 귀인들의 도락으로 왕족 남성들은 어렸을 때부터 매 길들이는 법을 배운다. 지금 이쪽으로 신호를 보낸 마자 이는 아카파 왕의 조카로, 왕족 중에서도 으뜸을 다투는 기량의 소 유자였다.

그 옆에 두 명의 소년이 서 있었다. 한 사람은 마자이의 장남 '이 자무', 또 한 사람은 요타르의 아들 '오리무'다.

멀찍이서 보기에도 창백한 얼굴로 바짝 긴장한 그 가녀린 소년을 바라보며 마코우칸은 실눈을 떴다.

'……그렇군. 오리무 님은 마자이 님의 조카뻘이구나.'

요타르의 아내 스루미나가 마자이의 여동생이니, 저곳에 선 소년들은 서로 사촌 간이 된다.

그 관계성을 알면서도 침략당한 나라의 왕족과 침략자의 아들이 나란히 서 있는 모습을 보니 배 속에 뭔가 거북한 감정이 꿈틀거렸다.

아직 성인이 되지 않은 오리무는 경기에 참가하지 않았다. 단지 기술을 배우기 위해 뛰어난 매잡이인 외삼촌 곁에 붙어 있는 거겠지만, 그렇다고 해도 아버지나 휘하 무인들이 지켜보는 앞에서 제 아들을 츠오르 진영이 아닌 아카파 진영에 세운 요타르가 마코우칸에게는 심술궂게 보였다.

아카파 왕족과 환담을 나누는 요타르와는 대조적으로 그의 형인 우타르는 츠오르 진영의 파란 머리띠를 당당하게 두르고 초원에 서 있다. 팔에 거느린 매는 부근에서 보기 드문 푸른 날개를 가지고 있었다.

작년 어전 사냥에서 마자이에게 진 것이 어지간히 분했던 모양이다. 천막 안에서 보는데도 그의 기백이 느껴졌다.

개 짖는 소리가 점점 가까워졌다.

초원 가장자리를 에워싼 관목림과 덤불 중 어느 쪽에서 사냥감이 튀어나올지 가늠한 매잡이들이 자세를 바꾸었다……. 그 순간, 그들이 등을 돌린 쪽 수풀이 부스럭거리더니 검은 그림자가 차례로 뛰어들었다.

마코우칸은 언뜻 사냥개들이 그쪽으로 돌아온 줄 알았다.

왕족들도 그렇게 생각했는지 잠시 눈살을 찌푸렸을 뿐, 뒤쪽에서 매잡이들을 향해 달려가는 검은 개들을 잠자코 바라보고 있었다.

하지만 검은 개들은 매잡이들에게 바짝 다가가서도 멈출 기미를 보이지 않았다. 매잡이들에게 단숨에 덤벼드는 광경을 보고 난 후, 희미한 의혹은 경악으로 바뀌었다.

2

검은 개들의 습격

누군가가 외마디 비명을 질렀다.

매를 감싸며 돌아선 조련사들에게 늑대를 닮은 개들이 달려들었다. 훤히 드러난 송곳니가 번득이고 침이 입가로 실처럼 흘렀다.

맨 앞에 있던 츠오르 조련사의 손에서 매가 겁에 질린 울음소리를 내며 날아올랐다. 그는 필사적으로 목을 감쌌지만 쓰러지고 말았다.

다른 개가 우타르를 덮쳤지만 수많은 전장을 경험한 노련한 우타르는 당황하는 기색도 없이 먼저 매를 날려 보내고 허리춤에서 사냥칼을 뽑아 개와 맞섰다.

마자이가 소년들을 등 뒤로 감싸는 모습이 언뜻 보였지만 그 모습은 곧 개들에게 둘러싸여 시야에서 사라졌다.

온화한 가을 햇살로 충만하던 초원은 눈 깜짝할 새에 짐승과 사람이 뒤엉켜서 비명을 질러대는 아비규환의 무대로 변했다.

아카파 왕이 조카의 이름을 부르는 소리와 요타르가 아들의 이름을 부르는 소리가 겹쳤다. 스루미나가 비명 같은 목소리로 "오리무! 오리무!" 하고 외치고 있다.

자리에서 일어나 천막에서 나가려는 그들을 근위병들이 막아섰다. 아카파와 츠오르 쌍방의 병사들이 매잡이와 소년들을 구하기 위해 천막에서 뛰어나갔지만 또 다른 개들이 수풀에서 뛰쳐나와 이번에는 천막을 향해 일직선으로 달려오는 것을 보고는 황급히 발길을 멈추었다.

요타르가 팔을 휘두르며 고함쳤다.

"너희는 오리무를 구해라! 여기는 괜찮다! 여기는 우리가 지키마!"

아카파 왕도 시뻘건 얼굴로 외쳐댔다.

"마자이를 구해! 어서!"

노성이 오가는 가운데, 마코우칸은 단검을 뽑아 들고 홋사르를 등 뒤로 숨겼다.

의자와 식탁을 쓰러뜨리며 검은 개들이 뛰어들었다.

접시가 깨지는 소리, 노성과 비명이 교차했다.

좁은 천막 안에서 어지러이 달아나는 귀부인들과 그녀들을 감싸려는 남자들이 뒤엉켰다. 그 때문에 병사들이 검을 휘두르지 못하는 틈을 타 개들이 사람들을 차례로 덮쳤다.

한 마리가 스루미나에게 달려들었다.

마코우칸은 몸을 내밀어 단검으로 개를 쫓아내려 했지만 사이에 있던 의자가 거치적거려 한 끗 차이로 손이 닿지 않았다.

반사적으로 얼굴을 감싼 스루미나의 팔을 개가 물어뜯었다.

홋사르가 스루미나를 뒤에서 붙잡아 개에게서 떼어냄과 동시에, 의자를 걷어찬 마코우칸이 개의 머리를 노리고 단검을 휘둘렀다.

개는 놀라운 몸놀림으로 단검의 칼날을 피했지만 코끝을 스친 촉감이 느껴졌다.

겁을 집어먹고 펄쩍 물러난 개를 쫓아가려고 걸음을 내디디려는 순간, 뒤에서 홋사르의 목소리가 들렸다.

"뒤!"

또 다른 한 마리가 뒤에서 달려드는 것을 눈이 아니라 피부로 느낀 마코우칸은 재빨리 단검을 거꾸로 쥐고 등 뒤로 손을 뻗어 개의 얼굴을 향해 가로로 그었다. 반응은 없었지만 개는 뒤로 물러났다.

그때였다. 개들이 일순 동작을 멈추었다.

무슨 소리를 듣는 것처럼 가만히 귀를 기울이더니 이내 물어뜯을 듯한 표정으로 이쪽을 노려보면서 눈에 보이지 않는 밧줄에 끌려가는 듯한 부자연스러운 동작으로 천막에서 떠나갔다.

개들이 떠난 후 깨진 접시와 음식이 흩어져 있는 천막 바닥에는 잔뜩 겁에 질려 울부짖는 여인들이 웅크리고 있었다.

팔과 다리를 물린 남자들은 넋이 나간 표정으로 멀거니 서서 물린 상처를 누르고 있었다.

홋사르는 바닥에 굴러다니는 술 항아리를 들어 흔들어보면서 아직 술이 남아 있는지 확인하더니 떨고 있는 스루미나의 손을 붙잡아 상처에서 피를 짜내고 술로 씻어냈다.

훗사르는 꼼꼼히 상처를 씻으며 마코우칸에게 물었다.

"……물렸나?"

마코우칸은 거친 숨을 토해내며 훗사르를 돌아보았다.

"예?"

"물렸느냐고 물었어."

마코우칸은 아아, 하고 중얼거리며 제 손을 보았다. 단검도, 단검을 쥐고 있는 손에도 피가 묻어 있었지만 통증은 없다.

"아니요, 물리지 않았습니다."

"정말이야?"

"예."

훗사르는 안도의 한숨을 내쉬었다.

"그대로 꼼짝 말고 있어. 아무것도 건드리지 마."

그렇게 말한 훗사르는 망연자실한 사람들을 향해 낭랑한 목소리로 외쳤다.

"개에게 물린 분들은 손을 들어주십시오!"

드문드문 손이 올라왔다. 주저앉아 있는 츠오르 귀부인의 옆에서 대신 손을 드는 남자도 있었다.

아카파 왕과 오우한 제후와 요타르는 무사한 듯했지만 몇몇 남녀가 손을 들었다.

로나가 훗사르를 똑바로 쳐다보았다.

"상처를 씻어야 할 텐데."

훗사르는 고개를 끄덕였다.

"동감입니다. 우선 상처에서 피를 짜내십시오."

로나는 고개를 끄덕이고는 차분한 목소리로 제자들에게 지시를 내렸다. 훗사르는 사람들을 돌아보며 말했다.

"개에게 물리지 않은 분들은 술을 모아주십시오!"

훗사르는 천막 옆에 있는 시종들에게도 명령했다.

"각자 물을 최대한 많이 가져와! 물이든 술이든 통째로 닥치는 대로 가져오너라! 비누도 있으면 가져오고! 당장!"

시종들이 뛰어나가자 사람들이 숨을 되찾은 것처럼 움직이기 시작했다. 로나와 제자들은 이미 개에게 물린 사람들 곁으로 가서 상처를 치료하고 있었다.

요타르가 창백한 얼굴로 아내 곁으로 달려왔다.

"물렸나?"

스루미나가 훗사르에게 치료를 받으며 고개를 끄덕였다. 온몸을 바르르 떨고 있었다.

"……전 괜찮아요. 그보다 당신, 오리무는요?"

"보고 오지. 그대는 여기 있게."

요타르는 걱정 어린 눈으로 천막 밖을 바라보는 아내의 어깨를 다독이듯 감싸고 그렇게 말하더니 천막 밖으로 뛰어나갔다.

"저도 돕고 싶습니다만."

마코우칸의 말에 허리를 숙이고 치료를 하던 훗사르는 돌아보지도 않고 버럭 소리쳤다.

"꼼짝 마! 자네 손에는 개의 피가 묻어 있잖나! 입이나 상처에 절대 닿지 않도록 조심해!"

훗사르는 시종들의 도움을 받아 개에게 물린 사람들의 상처를 술로 씻었다. 집요하리만치 씻고 또 씻더니 시종들이 물을 가져오자 물로도 씻었다.

그리 깊은 상처를 입은 사람은 없었지만, 여인들 중에는 동요를 억누르지 못하고 비명을 지르며 우는 사람이 있어 소란스러운 상태가 계속되었다.

그래도 아카파 왕과 오우한 제후는 재빨리 동요에서 벗어나 금세 휘하의 병사들에게 피해 상황을 확인하고 대처하도록 지시를 내리기 시작했다.

"훗사르 님!"

아카파 왕이 훗사르를 불렀다.

"상처만 씻는 거라면 아무나 할 수 있소. 다른 사람들을 돌봐주시오."

훗사르는 고개를 끄덕이고 밖으로 뛰어나갔다.

그날, 검은 개에게 물린 사람들 중에는 마자이와 그 장남 이자무, 그리고 우타르와 오리무도 있었다.

*

소동이 있은 후 이튿날, 훗사르는 우타르의 상처를 확인하기 위해 오우한 제후의 성을 찾았다. 개에게 물린 사람들의 상태를 전부 확인해야 했기 때문에 아침 식사도 하는 둥 마는 둥 하고 의원을 박차고 나섰던 것이다.

오우한 제후는 홋사르의 도착을 이제나 저제나 기다리고 있었는지, 그가 성 문지기에게 찾아온 이유를 밝히자 바로 내실로 안내해 주었다.

근위들이 홋사르의 방문을 알리며 사람 키의 두 배나 되는 커다란 미닫이문을 열자 안에 있던 사람들이 일제히 고개를 들어 홋사르를 쳐다보았다.

"아아, 기다리고 있었네. 자, 어서 이리로."

오우한 제후의 손짓에 우타르가 앉아 있는 상석으로 다가가 그의 맥을 보고 있던 로나가 옆으로 물러나며 자리를 내주었다.

"……괜찮으십니까?"

그렇게 속삭이자 로나는 고요한 표정으로 그저 예, 라고만 대답했다.

"그럼."

홋사르는 묵례를 하고 무릎을 꿇고 앉아 우타르의 팔을 붙잡았다.

우타르는 팔을 물렸지만 상처는 그리 깊지 않았다. 덮어놓은 헝겊을 들추자 붓기도 거의 없었다.

"굳이 살펴볼 만한 상처도 아니야."

우타르는 재빨리 소매를 내리며 불쾌한 목소리로 말했다.

"이런 건 상처 축에도 못 들어."

시종이 뜨거운 차를 얹은 쟁반을 들고 들어와 홋사르의 앞에 내려놓았다.

"어쨌든 한 잔 들게."

오우한 제후는 차를 권하며 홋사르에게 물었다.

"어제는 얘기를 제대로 못 나누었는데, 광견병을 방지할 약이 있다고 했지?"

홋사르는 고개를 끄덕이며 로나를 흘깃 보았다.

"예. 만일의 경우도 있으니 약독약을 처방하기를 권했습니다. 광견병 병소의 독을 약하게 하여 만든 약으로, 몸이 병소를 이겨내도록 도와주는 약입니다."

"……그 약독약을 먹으면 광견병을 예방할 수 있단 말인가?"

오우한 제후의 질문에 홋사르는 고개를 저었다.

"먹는 게 아니라 바늘로 약을 주입하는 겁니다. 며칠 간격으로 여러 번 놓아야 합니다."

바늘로 찌른다는 말에 오우한 제후가 눈살을 찌푸렸다.

옆에서 팔을 문지르며 듣고 있던 우타르가 신음하듯 말했다.

"그런 짓, 나는 허락 못 한다."

홋사르를 노려보는 눈 밑으로 감출 수 없는 불신의 빛이 일렁거렸다.

"약하게 억눌렀다 해도 독은 독이잖아."

홋사르가 뭐라 대꾸하려다가 입을 다물고 천천히 말했다.

"극히 간단히 말씀드리자면 그렇습니다. 새로운 치료법이라 아직 시험한 사례가 적어, 위험이 없다고 말씀드리지는 못하겠습니다. 하지만 아시다시피 광견병은 일단 발병하면 손쓸 도리가 없습니다. 반드시 죽습니다. 제가 개발한 이 방법으로 지금까지 열두 명이 발병을 면했습니다."

우타르가 콧방귀를 뀌며 뭐라 말하려다가 목구멍에 가래가 걸린 것처럼 기침을 하더니 눈앞에 놓인 찻잔을 들고 차를 마셨다.

그리고 살짝 쉰 목소리로 말했다.

"발병하지 않았다는 말은 애초에 걸리지 않았다는 뜻일지도 모르잖나."

"아닙니다. 그들을 문 개는 광견병으로 죽었습니다."

우타르는 입술 끝을 이죽거리며 고개를 저었다.

"그대는 이교도라 모르겠지만, 하늘의 가르침을 충실히 지키며 사는 자는 비록 개에게 물려도 광견병 따위는 앓지 않는다. 왜냐하면 광견병이란 짐승의 영혼에 부정을 탄 자가 앓는 병이기 때문이지. 짐승의 젖을 먹는 자들 중에는 광견병을 앓는 이가 많겠지만, 츠오르에서는 짐승이나 다름없는 생활을 하는 변경민이나 하층민만 앓는 병이라는 걸 누구나 아는 사실이야. 그렇지, 로나 선생?"

로나가 눈길을 들었다.

"그러하다 들었사옵니다. 하나 하늘의 가르침을 충실히 지키기란 대단히 어려운 일이므로, 귀인이라고 해서 절대 광견병에 걸리지 않는 것은 아닌 줄로 아옵니다."

우타르가 울컥한 듯이 미간을 찌푸렸다.

"그게 무슨 뜻인가? 우리는 짐승의 젖은 입에도 대지 않고 몸을 경건히 가다듬는다네. 절대 부정을 탈 리가 없어."

로나는 표정을 바꾸지 않고 담담히 대답했다.

"부정이란 의도하지 않고도 탈 수 있는 것이옵니다. 병에 걸리고 나서야 비로소 부정을 탔다는 사실을 깨닫는 경우도 있지 않겠나이까."

우타르의 눈에 짜증스러운 기색이 비쳤다.

"그대는 무슨 말을 하고 싶은 겐가? 이 이교도에게 독을 놓게 하라고 은근히 권하는 겐가?"

로나는 고개를 저었다.

"아니옵니다."

강렬한 빛이 그의 눈에 떠올랐다.

"목숨이 아까워 짐승의 피를 인간의 육신에 넣어 제 몸을 더럽히는 짓은 하늘의 도리에서 크게 어긋나는 행위이옵니다."

홋사르는 움찔 놀라 로나를 바라보았다. 그가 이토록 강하게 말하는 것을 듣는 것은 처음이었다.

로나는 홋사르는 거들떠보지도 않고 오로지 우타르만 똑바로 바라보고 있었다.

"광견병은 치료법이 없는 병이오니, 발병했을 때는 천명으로 받아들이는 것이 인간의 도리인 줄로 아옵니다."

우타르는 불쾌한 기색으로 입을 다물었다.

잠자코 그 대화를 듣고 있던 홋사르가 마침내 우타르를 바라보며 입을 열었다.

"저는 가능성을 말씀드린 것입니다. 어찌 생각하시고, 어떤 행동을 취하실지는 당신의 뜻이지요."

선뜻 결정을 내리지 못하고 장남과 홋사르를 쳐다보던 오우한 제후는 우타르가 목에 건 청심교 부적을 어루만지자 작게 고개를 끄덕였다.

그런 두 사람의 행동을 지켜보던 홋사르는 슬그머니 눈살을 찌푸렸지만 이내 가만히 고개를 숙이고 말했다.

"두 분의 판단을 따르겠습니다."

그러고는 고개를 들어 오우한 제후를 똑바로 쳐다보았다.

"한 가지 더 우려스러운 점이 있습니다만, 말씀드려도 되겠습니까?"

오우한 제후는 금세 표정을 가다듬었다. 무슨 말을 들을지 예상했는지 낮은 목소리로 짧게 대답했다.

"흑랑열 말인가?"

"예. 소금광산 문제가 있습니다. 설사 기우로 끝난다 해도 승냥이에게 물렸다면 흑랑열에 유의하셔야 합니다."

우타르는 표정을 바꾸지 않았다. 다만 그 턱 언저리가 희미하게 굳었다.

오우한 제후는 가느다란 눈에 매서운 빛을 띠고 홋사르를 바라보았다.

"유의하라니, 구체적으로 어쩌란 말인가?"

훗사르는 차분한 목소리로 대답했다.

"지금 하실 일은 두 가지이옵니다. 한 가지는 병소를 가진 승냥이에 대한 대처, 또 한 가지는 병에 걸렸을지도 모를 사람들에 대한 대응입니다. 전에도 말씀드렸지만 승냥이는 그저 찾아내 죽이기만 하면 될 문제가 아닙니다. 흑랑열이라면 그 몸에 붙어 있는 진드기나 벼룩이 사람들에게 병을 옮길 수도 있으니, 충분한 방책을 세워 신중히 대처해야 합니다."

오우한 제후가 고개를 끄덕였다.

"그건 잘 알고 있네. 소금광산 사건 때 오타와르 성역에서 조언을 받았는데, 이번에도 그렇게 추진하면 되겠지?"

"예. 부디, 부탁드리겠습니다."

"음. 그리고 로나 선생과도 이야기했는데, 흑랑열은 이 땅의 병이라 우리는 자세히 알지 못하네. 아무래도 병을 잘 아는 그대의 도움이 필요해. 만일 그 개들이 흑랑열을 앓고 있었다면 치료약은 있나?"

이마가 창백했다. 오우한 제후의 눈 속에는 숨길 수 없는 불안이 어른거렸다.

"유감스럽게도 치료약이 있다는 말씀은 이 자리에서 드리지 못하겠습니다."

훗사르가 오우한 제후를 바라보며 말했다.

"하지만 소금광산 사건 덕분에 흑랑열의 병소를 손에 넣을 수 있었습니다. 그것을 이용해 숙달된 수많은 창약부 제약사들이 총력을 기울여 약을 제조하고 있었습니다. 제약사는 세 조로 나뉘어 한 조는 광견병 치료약과 마찬가지인 약독약, 즉 독성을 약화한 흑랑열 병소를 이용해 그 병소에 대항할 수 있는 힘을 인간의 육신에 부여하는 약을 만들고자 노력하고 있습니다. 또 한 조는 이끼류처럼 병소의 활동을 억누르는 힘을 가진 소재를 이용해 항병소약을 만들고 있습니다. 그리고 세 번째 조는 감염자의 육체가 만들어낸 병과 싸우는 성분을 정제한 혈장체약 제조를 시도했습니다. 혈장체약은 양이 적으므로 감염자가 다수 발생했을 때는 부족하지만, 어쨌든 이 세 가지를 병용하면 큰 효과를 거둘 수 있을 것으로 기대됩니다. 가능성이 있는 몇 가지 약도 완성 단계에 있습니다만, 약의 개발이라는 것은 아득한 시간이 걸리는 일입니다. 그 가능성이 있을 법한 약조차 쥐에게 효과가 있었을 뿐, 아직 한 번도 실제 환자로 시험한 적은 없습니다."

넓은 실내가 쥐 죽은 듯 고요해졌다. 아무도 입을 열지 않았다.

우타르는 태연한 척했지만 오우한 제후의 왼쪽 편에 있던 요타르의 안색은 눈에 띄게 창백했다.

요타르가 손으로 천천히 얼굴을 쓸었다.

"그렇다면……, 지금은 손쓸 방도가 없다는……."

훗사르는 요타르를 보고 조용한 목소리로 말했다.

"병이란 이상한 것이라, 같은 병소가 몸에 들어 있어도 죽는 이가 있는가 하면 죽지 않는 이도 있습니다. 흑랑열의 경우, 병에 걸린 검은 늑대에게 물린 오타와르 인의 상당수가 병으로 죽었지만, 어째서인지 아카파나 오키, 토가 산지 변경에 살던 사람들은 발병하지 않고 살아남았다고 합니다. 물리고 발병하기까지의 기간이 대단히 짧기 때문에 광견병처럼 물리면 즉시 약독약을 체내에 주입해야 합니다. 그 방법이라면 과거의 아카파 인들처럼 흑랑열을 앓은 개에게 물려도 발병을 면할 수 있을지 모릅니다.”

요타르의 눈에 환한 빛이 감돌았다.

“그러고 보니 소금광산 사건 때 살아남은 자가 부러진 뿔의 반이었지. 놈은 토가 산지의 오파르 오마였어……!”

우타르가 콧방귀를 뀌며 불쾌하다는 듯이 웃었다.

“애초부터 짐승에 가까운 놈들에게는 짐승 독도 독이 아닌가 보군. 잘됐네, 네 아내는 걱정할 필요 없겠구나.”

그러자 요타르는 굳은 얼굴로 입을 다물고는 형에게 눈길도 주지 않았다.

오우한 제후가 매서운 눈초리로 장남을 쏘아보았다. 우타르는 눈썹을 실룩이면서 숨을 깊이 들이마시더니 두어 번 기침을 하고 입을 다물었다.

“실례지만…….”

훗사르가 우타르에게 물었다.

“아까부터 기침을 하시는데, 목구멍을 좀 보여주시겠습니까?”

우타르는 꺼림칙한 얼굴로 손을 내저었다.

“감기에 걸린 것뿐이야. 야단을 떨 일은 아니다.”

홋사르는 우타르의 얼굴을 가만히 바라보며 말했다.

"광견병과 흑랑열 모두 처음에는 감기와 비슷한 증상이 나오기도 합니다. 광견병은 목이나 얼굴에 가까운 부위를 물린 게 아니라면 이토록 빨리 발병하는 경우는 거의 없습니다. 하지만 방금 전에도 말씀드렸다시피, 흑랑열의 잠복 기간은 광견병보다 훨씬 짧습니다. 모쪼록 감기라고 방심하지 마시고 부스럼이 나타나면 제게 바로 알려주십시오."

우타르가 콧방귀를 뀌었다.

"알려서 어쩌라고? 그대도 신통한 비책은 없다면서."

순간 철썩, 하는 날카로운 소리가 울려 퍼졌고 그 자리에 있던 모든 사람들이 움찔 놀라며 등을 빳빳이 폈다.

손바닥으로 제 허벅지를 내리친 오우한 제후가 장남을 쏘아보며 엄격한 목소리로 야단쳤다.

"우타르, 버르장머리가 없구나. 두 번은 말 않겠다."

우타르의 표정이 바뀌었다.

오만한 웃음이 서려 있던 그 눈에 희미한 두려움이 떠올랐다가 사라졌다.

"……예."

우타르는 아버지에게 고개를 숙이고 커다란 눈으로 홋사르를 뚫어져라 쏘아보며 말했다.

"무례한 말을 했네. 용서하게."

홋사르는 고개를 저었다.

"저야말로 말을 가리지 못했습니다. 용서해주십시오."

그렇게 말하고 홋사르는 오우한 제후를 쳐다보았다.

"우타르 님께서 발병하지 않기를 진심으로 기원하겠습니다. 다만 흑랑열은 전염병입니다. 만일 발병자가 생길 경우, 그분들의 치료는 물론이고 병이 퍼지지 않도록 신속히 손을 써야 합니다. 심각한 사안인 만큼 독한 말씀을 드릴지도 모르지만 양해해주시기 바랍니다."

오우한 제후가 고개를 끄덕였다.

"흑랑열을 퍼뜨리지 않는 게 무엇보다 중요하네. 그대가 하는 말에는 성심껏 귀를 기울일 테니 무슨 말이든 하게."

홋사르는 안도한 표정으로 고개를 숙였다.

"황송하옵니다."

"다만……."

오우한 제후는 번득이는 눈으로 홋사르를 바라보며 말을 이었다.

"신중히 처리해야 할 일도 있네. 무슨 일을 할 때 먼저 내게 보고한 뒤에 행동하게."

홋사르는 오우한 제후의 시선을 받으며 고개를 끄덕였다.

"명심하겠습니다."

두 가지 의술

홋사르와 마코우칸이 오우한 제후의 처소에서 물러나 복도를 지날 때, 뒤에서 문 열리는 소리가 나더니 요타르가 종종걸음으로 쫓아왔다.

가까이 다가온 요타르가 작은 목소리로 말했다.

"광견병의 약독약 말입니다만."

"예."

"만일 흑랑열에 걸렸을 경우, 약독약을 맞으면 몸에 독이 될까요?"

홋사르는 고개를 저었다.

"그렇지는 않을 겁니다. 약독약이란 말하자면 몸속에 있는 병사에게 적의 얼굴을 숙지시켜 그 적만 공격할 힘을 주는 약이니까요."

요타르가 눈살을 찌푸렸다.

"몸속에 병사 같은 존재가 있다고요?"

홋사르는 가만히 웃었다.

"물론 어디까지나 비유입니다. 사람 모습을 하고 있는 게 아니에요. 단지 역할로 볼 때 성을 지키는 병사처럼 우리 몸을 지켜주는 존재가 우리 몸속에 있는 겁니다. 알기 쉬운 예가…… 그래요, 칼에 베였을 때 상처가 지저분하면 곪을 때가 있지요?"

"예."

"그 고름은 우리 몸속에 있는, 눈에 보이지 않는 그 작은 병사가 상처를 통해 들어온 병소를 잡아먹어 죽은 송장입니다. 병사들은 병소와 맞붙어 싸우다 죽어서 고름이 되는데, 몸속에 있는 병사들이 더 많아서 강하면 상처는 이윽고 딱지가 되고, 그것이 벗겨지면 매끈한 새 피부가 되어 낫는 것입니다."

요타르가 눈을 휘둥그레 떴다.

"아아…… 그럼, 낫는다는 건 몸속에 있는 소위 그 병사라는 존재가 병소와 싸워서 이겼다는 뜻이겠군요."

"그래요! 바로 그렇습니다!"

홋사르는 고개를 크게 주억거리며 말을 이었다.

"그런 병사는 한 종류만 있는 게 아닙니다. 성을 지키는 병사만 해도 파수병, 궁병, 공병이 있듯 저희 몸속에는 다양한 역할을 맡은 병사들이 있습니다. 그리고 병소 역시 그것이 독인지, 독이 아닌지 금방 알 수 있는 형태를 띠고 있는 건 아닙니다. 처음 보는 상대가 적인지 아닌지 구분하기란 어렵지 않습니까? 때문에 몸속에 처음 들어오는 병소의 경우, 그것이 적이라는 정보를 알려주고 그 적에 대처할 수 있는 무기를 병사들에게 주어 싸움에 임하게 해야 합니다."

요타르가 신음했다.

"그렇군요. 다시 말해 독을 약화시킨다는 것은 혼쭐을 내서 저항할 힘을 빼앗은 적의 얼굴을 보여주면서 이 녀석이 적이다, 하고 병사들에게 알리는 과정입니까?"

"그렇습니다."

홋사르는 눈을 빛내며 고개를 끄덕였다.

"예로부터 한 번 걸린 병에 다시 걸리지 않는 사례가 있었지만, 그 이유를 해명해 약독약을 미리 체내에 넣는 수법을 고안해낸 사람이 제 할아버지이신 리무엣르였습니다."

요타르가 눈썹을 꿈틀거렸다.

"그 리무엣르 님께서……."

"그렇습니다."

홋사르가 빙그레 웃었다.

"그걸 실제로 사람 몸에 투입할 수 있는 약으로 만든 게 접니다."

그 미소는 바로 민망한 쓴웃음으로 바뀌었다.

"뭐, 어찌 되었든 그렇게 작용하는 치료법이니 병사는 얼굴을 익힌 병소만 공격합니다. 다만 제 몸이 아닌 곳에서 만든 물질을 몸에 넣어 전투 준비를 시키는 것이니 그 나름의 부담이 생깁니다."

요타르는 눈을 껌뻑거렸다.

"그래도 광견병일 경우 그 약을 맞으면 목숨을 건질 가능성이 높아지는 거지요? 그렇다면 부디 스루미나와 오리무에게 놓아주십시오."

홋사르는 즉답하지 않고 요타르의 눈을 바라보았다.

"몸에 어떤 부담이 갈지 예측하기가 어려운지라, 사람에 따라서는 바람직하지 않은 격렬한 반응이 나오는 경우도 있습니다. 그 경우 머리에 중한 장애가 남을 가능성도 없지 않습니다."

홋사르는 주눅 든 기색의 요타르를 보며 말을 이었다.

"물론 가능성이 그리 큰 건 아닙니다. 지금까지 약을 놓은 열두 명 중에는 나오지 않았으니까요. 다만 뭐라 하든 시험한 사례가 너무 적어서 위험이 없다고 말씀드릴 수가 없습니다."

요타르는 굳은 얼굴로 홋사르를 바라보았다.

"하지만 그 약을 맞지 않았는데 광견병이 발병한다면 손쓸 도리가 없다⋯⋯?"

"'절대'라는 말을 쓰지 말자는 게 제 신조지만, 유감스럽게도 그렇습니다. 현재의 저로서는 아직 손쓸 방도가 없습니다."

요타르는 숨을 토해내고 고개를 한 차례 흔들더니 눈에 굳은 결심을 비쳤다.

"그렇다면 놓아주십시오. 설사 불편한 몸이 된다 해도 목숨만 구할 수 있다면 그게 더 중요합니다."

홋사르는 요타르를 바라보았다.

"개의 병소로 만든 약을 아드님의 몸에 넣어도 괜찮다는 말씀입니까?"

"……그렇소."

요타르가 얼굴을 일그러뜨렸다. 흔들리는 그 시선을 본 홋사르의
얼굴에 그늘이 드리웠다.

'이토록 이지적인 사내도 짐승의 병소를 넣으면 부정을 탈까 봐
두려운 건가……'

요타르마저 망설인다면 다른 츠오르 인들에게 접종하는 것은 지
난한 일이 될 것이다.

요타르는 이윽고 참고 있던 숨을 내뱉으며 쓸쓸하게 웃었다.

"아내와 아들이 스스로 바란 게 아니라 제가 바란 일임을 신께서
도 알아주시겠지요. 두 사람의 몸을 더럽힌 벌은 제가 받겠습니다.
약을 놓아주십시오."

"알겠습니다. 그럼 오늘 오후에라도 당장 준비를 갖추어 저택으
로 찾아가겠습니다."

홋사르는 그렇게 말하고 슬그머니 표정을 누그러뜨렸다.

"제가 요타르 님 입장이었어도 똑같은 판단을 내렸을 겁니다."

그 말에 담긴 홋사르의 속마음을 알아차린 것처럼 요타르도 살짝
표정을 풀었다.

그리고 문득 떠올랐다는 듯이 홋사르에게 물었다.

"방금 전에도 말씀하셨는데, 그 방법이 흑랑열에도 통할 가능성
이 있는 거지요?"

홋사르는 눈을 빛내며 고개를 힘차게 끄덕였다.

"바로 그렇습니다. 똑같은 방법을 쓸 수 있다면 사람들을 구할 확률이 비약적으로 올라갑니다. 이미 물린 사람에게 놓는 것뿐 아니라, 예를 들어 승냥이와 접촉할 가능성이 높은 사람들에게 미리 놓을 약을 만들 수 있다면 흑랑열이 크게 유행하기 전에 막을 최대의 방어책이 될 것입니다."

요타르가 눈썹을 꿈틀거렸다.

"짐승에게 물리지 않은 사람에게도 듣는단 말입니까?"

"예. 다시 말해 츠오르 분들을 아카파 백성들과 마찬가지로 병에 걸리기 어려운 상태로 만들 수만 있다면."

"아아……."

요타르의 눈에 밝은 빛이 감돌았다.

"그렇군요. 그건 확실히 최선의 방법이겠군요. 그럴 수만 있다면 흑랑열에 대한 공포도 사라지겠지요."

홋사르는 가만히 쓴웃음을 지었다.

"뭐, 열심히 약독약을 제조하고는 있지만 그것을 사람 몸에 놓을 수 있도록 만드는 게 무척 어렵습니다. 하루아침에 만들어지는 것도 아니고, 설령 약을 완성해도 사람에 따라서는 격렬한 부작용이 발생할지도 모릅니다. 오랜 시간을 들여 신중히 시행착오를 되풀이해야만 합니다."

요타르는 한숨을 푹 내쉬었다.

"그렇군요. 쉬운 일이 아니군요. ……그렇지만 손가락만 빨고 있을 수도 없습니다."

"예."

"어쨌든 지금은 개에게 물린 사람들을 치료해주십시오. 잘 부탁드립니다."

"예. 최선을 다하겠습니다."

훗사르가 고개를 끄덕이자 요타르가 가만히 고개를 숙였다.

그가 걸음을 돌려 내실로 향하려는 찰나, 문이 열리더니 로나가 나왔다.

요타르의 얼굴에 언뜻 껄끄러운 기색이 스쳤지만 로나의 표정에는 여전히 아무 변화도 없었다.

훗사르는 묵례를 하고 옆을 지나가려는 로나를 무심코 불러 세웠다.

"로나 님."

로나가 멈춰 섰다.

잠자코 다음 말을 기다리는 로나를 본 훗사르는 불러 세운 것을 잠깐 후회했다.

섣불리 괜한 질문을 했다가는 그들 사이에 유지되고 있는 균형을 무너뜨릴지도 모른다. 하지만 물어볼 기회는 지금뿐이라는 생각도 들었다.

"제 이해가 부족할지도 모르지만, 청심교 의술에서는 치료할 방도가 없을 때만 병에 걸린 사람을 치료하지 않고 신에게 맡기는 줄 알았습니다."

로나는 희미하게 눈을 내리떴지만 고갯짓 하나 않고 그저 듣고만 있었다.

"광견병의 경우 발병을 막을 방법이 있습니다. 그래도 그 의술을 사용해 목숨을 구하는 것을 부정하시렵니까?"

로나는 입을 다문 채였다.

'대답하지 않을 셈인가.' 그렇게 생각한 순간, 그의 입술이 움직였다.

"예. 부정할 것입니다."

홋사르는 눈살을 찌푸리고 그의 뒷말을 기다렸다.

다시 길게 뜸을 들인 로나가 입을 열었다.

"신께서는 이 세상을 지금 있는 형태로 창조하셨습니다. 사람은 사람, 개는 개, 벌레는 벌레로. 다른 모습, 다른 삶을 주신 것은 그렇게 해야 할 의미가 있었기 때문이겠지요. 이 경계를 넘어서면 신께서 정하지 않으신 혼돈이 생깁니다. 그것은 인간이 해서는 안 될 일입니다."

홋사르는 입을 채 다물지 못하고 로나를 바라보았다.

'그런가…… 그런 식으로 생각하는 건가.'

하지만 그런 것보다 사람의 목숨이 더 중요하지 않은가.

홋사르는 날카로운 어조로 물었다.

"그러니 구할 수 있는 생명도 모른 체하시겠다? 의술사인 당신이 구할 수 있는 생명을 구하지 말라고 말씀하시는 겁니까?"

로나는 전혀 변함없는 표정으로 조용히 대답했다.

"저희가 구하고자 하는 건 생명이 아닙니다."

"······예?"

"저희가 구하고자 하는 건 영혼입니다."

그는 아무런 의욕도 없는 담담한 목소리로 말했다.

"생명이 있는 존재는 언젠가 반드시 죽습니다. 중요한 것은 주어진 생명으로 어떻게 살 것인가 하는 방법이지, 그 길이는 문제가 아닙니다. 부정 탄 몸으로 오래 사는 것보다 청정한 생을 평안히 누릴 수 있도록 저희 제사의는 부족한 힘이나마 정성을 다하고 있는 것입니다."

훗사르는 로나를 망연히 바라보았다.

지면이 흔들리는 기분이었다.

'······제사의하고는 말이 통하지 않아.'

할아버지 리무엣르가 입버릇처럼 중얼거렸던 그 말의 의미를 비로소 실감했다.

이래서야 허공을 찔러대는 꼴이다. 서로의 접점을 찾지 못하면 반응점도 찾을 수 없다.

오래도록 제사의와 관계하며 온갖 귀찮은 일도 겪어보았다. 하지만 그것은 전부 제 권위를 지키려는 제사의들을 상대로 한 소위 정치적인 마찰이었지, 치료에 대해 토론할 기회는 전혀 없었다. 때문에 청심교의 의술이 이런 사상 위에 성립되어 있을 줄은 몰랐다.

'이거 큰일이군.'

지금 눈앞에 있는 문제는 정치적인 골칫거리와는 그 성질이 다르다.

'오타와르 의술과 청심교 의술은 근본부터 다르다.'

갑자기 오한이 들었다. 배 속에서 서늘한 불안이 스멀스멀 기어 올라와 가슴이 답답해졌다. 그들은 결코 예방을 위한 접종을 허락하지 않을 것이다.

'흑랑열이 다시 나타난 이때에 예방할 수 있는 길이 막힌다면.'

츠오르 인들은 면역되지 않는 병이다. 수많은 사람들의 목숨을 앗아갈 전염병이 다시 발생할지도 모른다.

초조함과 불안을 애써 억누르며 홋사르가 입을 열었다.

"……그렇다면 이번 사건으로 다친 사람들은 어떻게 치료하실 겁니까? 하늘의 뜻에 맡기고 어떤 조치도 해서는 안 된다는 겁니까?"

로나는 뜻밖의 소리를 들었다는 듯이 다소 표정을 바꾸었다.

"저는 그런 말씀은 드린 적이 없습니다."

"……."

"제가 하늘의 뜻에 반한다고 말씀드린 것은 짐승의 피를 몸에 넣는 치료법을 말하는 것입니다. 그 이외의 방법으로 뭔가 좋은 방도가 있다면 부디 치료해주십시오. 저희는 흑랑열에 대한 지식이 없어 치료할 방도가 없지만, 저희가 도울 수 있는 일이 있다면 말씀해주십시오. 기꺼이 돕겠습니다."

그 말만 남기고 로나는 조용히 고개를 숙이고 걸음을 돌려 떠났다.

입을 굳게 다물고 로나의 뒷모습을 지켜보는 홋사르에게 마코우칸이 조용히 물었다.

"다음은 아카파 왕을 찾아가실 거지요?"

훗사르는 눈을 깜빡거렸다.

"응? ……아아."

그러다가 고개를 젓는다.

"아니, 일단 츠오르 매잡이의 상처를 보고 나서 가자."

"예? 마자이 님을 먼저 진료하지 않으시고요?"

훗사르는 현관을 향해 걸음을 뗐다.

"개에게 물린 경우에 우선 고려해야 할 병은 광견병과 패혈증, 파상풍이야. 하나같이 막기 어려운 병이지만 가장 먼저 해야 할 조치는 취했어. 방금 전에도 말했지만 광견병은 대부분의 경우 바로 발병하지는 않아. 한 달 후에 발병하는 경우도 있고, 몇 년 후에 발병한 사례도 있지. 시간이 얼마나 지난 뒤에 발병할지 맞출 수는 없지만, 머리에 가까운 상처일수록 빨리 발병하는 것 같더군."

"아아, 그렇군요. 그래서 츠오르 매잡이를 먼저 보러 가시는 거군요. 그는 송곳니에 턱 밑을 긁혔으니."

훗사르는 고개를 끄덕였지만 마음은 딴 데 가 있는 표정으로 중얼거렸다.

"그다음은 아카파 왕의 저택인가."

마코우칸이 눈살을 찌푸렸다.

"뭔가 염려스러운 점이라도?"

훗사르는 마코우칸을 흘깃 쳐다보았지만 더 이상 아무 말도 하지 않았다.

어쩐 일로 농담도 하지 않고 침울한 표정으로 걸어가는 젊은 주
인의 옆에서 마코우칸은 가슴속에 묵직한 응어리가 고이는 것을
느꼈다.

4

아카파 왕의 처소에서

아카파 왕의 거처는 아카파의 옛 왕도인 카잔 교외에 있다.

과거의 궁성을 오우한 제후에게 넘기고 왕이 이주한 그 건물은 아름다운 숲으로 둘러싸인 광대한 저택으로, 같은 부지 안에 왕족의 저택이 여러 채 흩어져 있었다.

가을 햇살이 쏟아지는 거실에서 훗사르를 맞이한 아카파 왕은 오우한 제후와는 대조적으로 차분한 표정으로 훗사르를 정중히 대우했다.

"이 시간에 벌써 오우한 제후를 뵙고 오셨다면 아침 식사도 들지 못하셨겠지요. 그럴 줄 알고 준비해놓았으니 일단 드시지요."

실내에 들어갔을 때부터 향긋한 냄새가 났는데, 식탁 위에는 호화로운 조식이 차려져 있고 모락모락 피어오르는 김이 햇살 속에서 하얗게 일렁거렸다.

발효시킨 밀가루 반죽을 얇게 구워 향긋한 라크(버터)를 듬뿍 바르고 설탕과 꿀을 뿌린 음식과 계란 요리도 올라와 있고, 유리그릇에 하얀 라츄(발효유)를 담아 잘게 썬 과일을 넣은 후식까지 곁들여져 있었다.

"호의는 고맙습니다만 시간이 별로 없습니다. 먼저 마자이 님과 이자무 군의 상처를 보고 싶습니다만."

아카파 왕은 천천히 손을 내저었다.

"도착하셨다는 말을 듣자마자 부르러 갔으니 곧 올 겁니다. 기다리시는 동안 드시지요."

오타와르 귀인인 홋사르와 아카파 왕의 관계는 미묘해서 서로 애매한 존댓말을 쓴다. 마코우칸은 구석에 서서 두 사람의 대화를 들으며 이 미묘하고 애매한 말씨가 오타와르와 아카파의 관계를 여실히 상징한다고 생각했다.

'……그나저나 정말 냄새가 좋군.'

그렇게 생각한 순간, 배가 꾸르륵거렸다.

홋사르가 돌아보더니 어이없다는 듯 눈썹을 꿈틀거렸다.

"이런 때에 느긋하게 그런 소리나 내다니."

아카파 왕이 껄껄 웃었다.

"배가 고프면 경호 임무에 지장이 생길 테지. 그가 서서 먹을 만한 가벼운 식사를 준비하겠습니다."

왕은 작은 종을 흔들어 하인을 불러들이더니 조식을 추가했다. 그런 왕을 바라보며 홋사르는 뭔가 생각에 잠긴 듯 슬그머니 실눈을 떴지만, 왕이 돌아보자 그 표정을 지웠다.

왕은 홋사르에게 자리를 권하며 운을 뗐다.

"우타르 님의 상태는 어떤가요?"

홋사르는 눈을 가늘게 떴다.

"의술사로서 다른 환자의 상태를 남에게 말할 수는 없지만, 이번 일에 관한 오우한 제후의 판단은 거의 예상했던 바와 같았습니다."

그렇게 말하며 홋사르는 오우한 제후가 치료에 관해 했던 말을 설명했다.

그 설명을 들으며 마코우칸은 마음속으로 중얼거렸다.

'그렇구나. 그쪽 상황을 왕에게 전하기 위해 먼저 진료한 건가.'

오우한 제후도 그 점은 눈치챘을 것이다.

'복잡하군.'

하나의 땅에 세 개의 세력이 혼재해 서로 속을 가늠하고 있다고 생각하니 한숨이 나오려 했다.

'뭐, 늙은 사냥개 두 마리는 그런 낙으로 살겠지만.'

대강 상황을 들은 아카파 왕은 상황을 봐서 필요하다면 광견병을 막기 위한 약독약을 마자이와 이자무에게 놓아달라며 선뜻 허락했다.

"제 쪽에서 부탁하려던 참이었습니다. 아카파 사람에게는 전부 놔주십시오."

아카파 왕은 그렇게 말하고 한숨을 쉬었다.

"그건 끔찍한 병이니까요. 어렸을 때 한 번 본 적이 있습니다. 어차피 죽는다 해도 그렇게 죽는 건 절대 싫다고 간절하게 생각했더랬지요."

홋사르는 라츄를 떠먹으며 왕을 쳐다보았다.

"그럴 만도 하지요. 광견병은 정말 끔찍합니다. 하지만 어떻게든 발병을 막을 방도가 보이기 시작했고, 그건 진드기로 옮는 병은 아니니 빠르게 퍼지는 일은 일단 없을 겁니다. 저희가 지금 가장 두려워해야 할 문제는 흑랑열이겠지요."

아카파 왕이 표정을 가다듬었다.

"맞소, 바로 그렇습니다. ……오랜 숙적이나 다름없는 질병이 다시 모습을 드러냈군요."

아카파 왕은 한숨을 쉬며 창밖을 바라보았다.

"아카파의 신들께서 뭔가 우리에게 전할 말씀이 있으신 거겠지요. 그 음성을 올바로 알아들어야 할 텐데."

홋사르는 수저를 내려놓았다.

그리고 왕을 바라보며 조용히 말했다.

"병은 눈에 보이지 않는 병소가 일으키는 것입니다. 놀라우리만치 다양한 병소가 있고, 사람의 육체 역시 놀라우리만치 다양한 반응을 보입니다……. 아직도 수수께끼투성이입니다만, 언젠가 반드시 낱낱이 밝혀질 날이 오겠지요."

왕은 홋사르에게 시선을 돌리고 미소를 지었다.

"오타와르 귀인들께서는 늘 그리 말씀하시는군요. 병은 신이나 악령과는 상관없다고."

훗사르는 고개를 끄덕였다.

"그렇습니다. 저희는 적어도 사람 손이 닿는 범위에 있는 현상이라고 생각합니다."

왕은 천천히 고개를 저었다.

"저는 그리 생각하지 않습니다. 아무리 손을 뻗어도 닿지 않는 곳이 있어요. 그건 신과 악령의 영역입니다. 저는 우리가 엄청나게 거대한 존재의 품속에 있다는 것을 날마다 느낍니다."

훗사르는 희미하게 미소를 지었다.

"기묘하게 들릴지도 모르지만 저도 그렇게 생각합니다. 뭔가 엄청나게 거대한 존재의 품속에 있다고요."

왕은 하얀 눈썹을 꿈틀거렸다.

"허어?"

훗사르는 말을 이었다.

"하지만 저는 그 엄청나게 거대한 존재 앞에서 멀뚱히 서 있기만 할 생각은 없습니다. 그 모든 것에 '신들의 영역'이라는 이름을 붙여 넘어가거나 건드리지 않고 눈을 감을 수는 없습니다. 저는 걷고 또 걸으며 손을 뻗어 찾아낼 겁니다. ……목숨이 다하는 그 순간까지."

그리고 불현듯 미소를 거두었다.

"제가 겁쟁이라 그렇겠지요. 그 거대한 존재가 너무나 두렵습니다. 손이 닿지 않는 저편의 영역은 엄청나게 광대하고 늘 변화합니다. 쉴 새 없이 파도가 들이치는 거대한 바닷가에서 우리 같은 하찮은 생명이 파도에 휩쓸리지 않고 살아남으려면 끊임없이 진지하게 그 파도와 맞서 싸워야만 합니다."

홋사르는 강인한 빛을 감춘 눈으로 왕을 바라보았다.

"어느 순간까지는 무해했던 것이 별안간 적으로 바뀔 때도 있습니다. 병이란 그런 것이니 결코 우습게 봐서는 안 될 상대입니다."

아카파 왕이 슬그머니 실눈을 떴다.

그가 입을 열려는 순간, 문밖에서 방울이 울렸다.

왕은 눈을 껌뻑거리다가 문밖을 향해 들어오라고 말했다.

문이 열리자 마자이가 아들을 데리고 들어왔다.

오리무보다 두 살 많은 이자무는 이미 아버지와 키가 비슷했지만, 몸집이 아직 앳되어서 발목에 감겨 있는 붕대가 애처로워 보였다.

"아, 식사 중이셨습니까?"

홋사르는 미안한 표정으로 물러나려 하는 마자이를 웃으며 불러 세우고는 창가로 다가오라고 했다.

"어제는 마자이 님의 실력을 보지 못해 아쉬웠습니다. 그걸 보려고 지루한 대기 시간을 참았는데."

가벼운 태도로 말하며 홋사르는 마자이를 의자에 앉히고 팔의 붕대를 풀었다.

마코우칸이 치료 상자를 열어 홋사르에게 내밀자, 그는 먼저 손을 깨끗이 닦고 익숙한 손놀림으로 마자이의 상처를 소독하고 다친 자리를 자세하게 진찰했다.

"개에게 물린 상처치고는 깨끗하게 회복됐군요."

약을 바르고 새 붕대를 감아준 훗사르는 편편한 금속 주걱을 들었다.

"잠시 입을 벌려 목구멍을 보여주십시오."

창문으로 들어오는 빛으로 목구멍 안쪽을 보고, 양쪽 귀 밑을 손가락으로 만져보고, 웃옷을 벗게 하여 깔때기처럼 생긴 나무통을 가슴에 대고 한참 소리를 들었다.

훗사르는 고개를 한 차례 주억거리더니 미소를 지었다.

"당장 우려되는 증상은 없는 것 같습니다."

마자이의 얼굴이 눈에 띄게 밝아졌다. 아카파 왕은 식탁에 앉은 채로 흡족한 미소를 지었다.

"그럼 이제 네 차례다. 이쪽에 앉으렴."

훗사르가 이자무를 부르자 소년은 다소 긴장한 표정으로 아버지가 앉았던 의자에 걸터앉았다.

마코우칸이 무릎을 꿇고 이자무의 발목에 감겨 있는 붕대를 조심스레 푸는 사이, 훗사르는 편안한 말투로 상처가 아픈지 물었다.

"⋯⋯조금 아팠어요."

이자무는 간신히 귀에 들어오는 갈라진 목소리로 대답했다.

발목의 상처를 보며 훗사르는 실눈을 뜨고 상처 주위를 가만히 눌러 보고, 고관절 부근을 만져보았다.

"여기도 아프니?"

이자무가 고개를 끄덕였다.

"……조금."

훗사르는 소년의 얼굴을 햇빛 쪽으로 돌렸다.

그 눈을 본 후에 입을 벌리게 해 목구멍 안쪽을 살핀 훗사르의 얼굴에서 이미 미소는 찾아볼 수 없었다.

가슴의 박동까지 들은 훗사르가 말했다.

"그만 옷을 입어도 된다."

윗옷을 입는 소년을 바라보며 생각에 잠긴 훗사르가 마침내 자리에서 일어나 마자이와 왕을 돌아보았다.

"위중한 증상은 없지만 조금 마음에 걸리는 점이 있습니다. 어디까지나 만일을 대비한 조치이지만, 의원으로 데려가 잠시 상태를 지켜보고 싶습니다. 괜찮겠습니까?"

마자이와 왕의 얼굴이 굳어졌다.

"마음에 걸리는 점이라니요?"

"상처 주위가 제법 부어 있고, 살굴부위와 귀 밑에도 붓기가 느껴집니다. 목 안쪽도 붉고요. 이러한 증세는 병소가 몸에 들어갔다는 징조입니다."

창백하게 질린 두 사람을 보면서 훗사르는 달래듯이 미소를 지었다.

"개에게 물렸으니 당연한 일입니다. 마자이 님의 몸에도 병소는 들어갔습니다. 앞으로 붓기가 퍼지거나 목구멍이 붉어지면 마자이 님도 의원에 오셔야 합니다. 다만 이자무 군의 경우는 이미 반응이 강하게 나오고 있어, 혹시 모르니 상태를 지켜보고자 합니다. 이번 경우에는 신중을 기해야 하니까요."

그렇게 말한 홋사르는 망연자실하게 의자에 앉아 있는 소년의 어깨에 손을 얹었다.

"시종에게 며칠 외박한다고 말하고 채비를 하려무나. 하지만 말은 조심해야 한다. 엄살을 떨면 아버님이나 할아버님처럼 시종의 얼굴도 백짓장이 될 테니까."

소년은 살짝 누그러진 표정으로 고개를 끄덕였다.

그가 어른들에게 꾸벅 인사를 하고 밖으로 나가자 홋사르는 아카파 왕을 돌아보았다.

"한 가지 부탁드릴 일이 있습니다."

생각에 잠겨 소년이 나간 문을 멍하니 바라보던 아카파 왕이 눈을 껌뻑이더니 홋사르를 쳐다보았다.

"……예?"

"지카르 숲에 수렵용 저택이 있지요?"

왕은 눈살을 찌푸렸다.

"예."

"한동안 그곳을 빌릴 수 있을까요? 임시 진료원을 꾸리고 싶습니다."

왕의 눈에 퍼뜩 빛이 감돌았다.

"흑랑열에 걸린 사람을 격리할 진료원입니까?"

홋사르는 고개를 끄덕였다.

"지카르 숲이라면 이 저택에서도, 카잔에서도, 오우한 제후의 성에서도 적당히 멀면서도 가깝습니다. 그래서 전부터 그곳을 빌릴 방도가 없을까 궁리하고 있었습니다. 환자가 나온 뒤에는 늦으니 지금 부탁드리고 싶습니다만."

왕은 땅이 꺼져라 한숨을 쉬었다.

"알겠습니다. 빌려드리지요. 당장 목수를 파견해 진료원으로 쓸 수 있도록 손보겠습니다."

아카파 왕은 그렇게 말하고 홋사르를 보며 낮은 목소리로 물었다.

"이자무는 광견병에 걸린 겁니까?"

홋사르는 왕을 가만히 바라보았다.

"지금 단계에서 그건 알 수 없습니다. 발목을 물렸으니 이렇게 빨리 광견병이 나타날 리는 없습니다. 지금 이자무 군이 보이는 증세는 꼭 개에게 물렸을 때만 그런 게 아니라 깊은 상처를 입었을 때 흔히 보이는 증세입니다. 다만……."

홋사르는 조용히 말을 이었다.

"할 수 있는 조치는 전부 해두고 싶습니다. 저는 겁쟁이니까요."

5

발병

"그럼 환자를 한곳에 모을 수 있겠네?"

훗사르에게 상황을 듣기가 무섭게 미라르가 안도한 표정을 지었다.

"다행이다. 여기는 다른 환자도 있어서 어쩌나 싶었는데."

훗사르는 입술을 일그러뜨리며 창밖을 보았다.

"하지만 우리는 동시에 두 장소에 있을 재주가 없으니 말도 못하게 바빠질 거야."

훗사르는 사건 직후에 오타와르 성역에 전서구를 보내 사태를 상세히 알렸다. 심학원장은 전서구를 통해 의술사와 간호사들을 즉시 파견하겠다는 답신을 보내왔다.

하지만 그들이 성역에서 오기만을 기다릴 수 없었던 훗사르는 제자들에게 면밀한 지시를 내려 그렇게까지 할 필요가 있을까 싶을 정도로 집요하게 개에게 물린 사람들의 진료와 취침, 기상부터 식사에 이르기까지 빠짐없이 관리하도록 했다.

제자들도 의술에 정통하지만 그들에게 전부 맡길 수만도 없다.

'치미야 토로스(약자들의 보금자리)'에서 통상적인 진료를 하면서 도시에서 떨어진 저택에서도 진료를 하려면 홋사르와 미라르의 부담이 늘어날 것은 불 보듯 빤했다.

그래도 미라르의 말처럼, 비록 사람에게서 사람으로 병이 옮을 가능성은 낮아도 흑랑열이 전염병인 이상 의심 환자를 한곳에 모아 격리해 집중적으로 치료할 수 있는 장소가 생겼으니 고마운 일이기는 했다.

"……저기."

미라르가 머뭇거리며 말을 걸었다.

"음?"

"로나 선생 제자들에게 도움을 받으면 어떨까?"

홋사르는 얼굴을 흐렸다. 그 표정을 본 미라르가 애써 차분한 목소리로 말했다.

"어떤 의미로는 좋은 기회잖아. 우리 치료법을 직접 보면……."

씁쓸한 표정으로 고개를 저으려던 홋사르가 실눈을 떴다.

한참 동안 아무 말 없이 생각에 잠겨 있던 그는 눈길을 들어 미라르를 쳐다보았다.

"위험한 도박이지만 해볼까?"

미라르는 다소 긴장한 얼굴로 고개를 끄덕였다.

로나는 훗사르의 요청을 담담히 받아들여 마나라는 제자를 진료원에 파견해주었다.

제사의가 사용하는 치료 도구를 헝겊 자루에 싸서 메고 온 마나는 큰 키에 홀쭉하고 약간 구부정한 자세의 청년이었다.

제법 젊어 언뜻 보기에 미덥지 못했지만 치료 순서를 설명하자 익숙하지 않은 치료법일 텐데도 눈 깜짝할 새에 요점을 파악하고 이해했다. 로나 선생이 제자 중에서도 특히 뛰어난 청년을 보내준 듯했다.

*

로나 선생의 제자가 훗사르 밑에서 치료를 돕게 되었다는 말을 들은 오우한 제후는 몹시 기뻐하며 개에게 물린 츠오르 인들을 지카르 숲의 저택으로 보내는 것을 흔쾌히 승낙했다. 게다가 여러 비용은 물론이고 거액의 치료비까지 보내주었다.

사건이 일어난 지 사흘째 되는 날 점심에는 거의 대부분의 환자가 저택에 모였지만, 오우한 제후의 장남 우타르는 아버지를 어찌 설득했는지 고집스레 저택으로 오지 않았다.

저택에 수용한 환자들은 모두 발열과 무기력증을 호소했다. 하지만 그것은 개에게 물린 상처처럼 상처 부위가 오염될 경우 흔히 나타나는 증상이었다.

그들에게 보통은 찾아볼 수 없는 증상이 나타나기 시작한 것은 어전 사냥이 있은 날로부터 엿새째 되는 날 아침이었다.

＊

"……홋사르 님."

마나가 홋사르의 방에 뛰어 들어왔다.

어젯밤부터 이슬비가 내린 탓에 안뜰을 가로질러 달려온 그는 흠뻑 젖은 머리카락을 쓸어 올리며 창백한 얼굴로 홋사르에게 알렸다.

"매잡이에게 부스럼이 생겼습니다."

홋사르의 얼굴이 순식간에 굳었다.

그는 미라르를 흘깃 쳐다보고는 문을 향해 걸어갔다. 미라르는 아무것도 묻지 않고 곧바로 선반에서 나무 상자를 꺼내 홋사르의 뒤를 따랐다.

"제가 들겠습니다."

마코우칸이 상자를 들려고 하자 미라르가 고개를 저었다.

"괜찮아, 가벼우니까. 요령도 필요하고."

목소리는 또렷했지만 얼굴이 창백했다.

그 얼굴을 본 마코우칸은 홋사르와 미라르가 그가 모르는 곳에서 무언가를 예기하고 대비하고 있었다는 사실을 깨달았다.

"자네는 거기 자루를 들고 따라와."

홋사르의 지시에 마코우칸은 헝겊 자루를 들고 두 사람의 뒤를 따랐다.

그것이 잠들 시간조차 없는 나날의 시작이었다.

처음에는 목의 통증이나 권태감 같은 감기와 흡사한 증상만 보이다가, 일단 부스럼이 생긴 뒤에는 증상이 빠르게 악화된다. 이것이 흑랑열의 특징이었다.

이른 아침에 부스럼이 생긴 매잡이는 저녁에 고열이 나며 몸이 납덩어리처럼 무겁다고 하더니 혼수상태에 빠졌다. 그러고는 치료에 애쓴 보람도 없이 이내 온몸이 꺾일 정도로 격렬하게 경련을 일으키더니 밤중에 숨을 거두었다.

미라르가 그 얼굴을 하얀 천으로 덮어주자 구석에서 지켜보고 있던 매잡이의 아내와 딸들이 서로 부여안고 통곡했다.

전염병만 아니었다면 곁에서 손을 꼭 붙들고 임종을 지켜볼 수 있었겠지만, 다가갈 수조차 없는 가족들이 애처로웠다.

미라르는 깊은 한숨을 토하며 눈을 감고 고개를 떨구었다.

한참을 그러고 있던 그녀는 이윽고 눈을 뜨더니 매잡이의 가족에게 조용히 조의를 표하고 시신을 수습하면 부를 테니 그때까지 잠시 다른 방에서 쉬라며 그들을 밖으로 데리고 나왔다.

마나가 함께 나왔다.

복도로 나가자 그는 매잡이의 가족에게 조용히 다가가 말을 걸었다.

"저는 제사의인 마나라고 합니다."

매잡이의 가족은 퍼뜩 고개를 들더니 애절한 눈빛으로 마나를 바

라보았다. 그 시선을 너그러이 받아들이며 마나는 온화한 목소리로
말했다.

"고통스러운 임종이었지만 하늘에 계신 신께서는 그 고통을 지
켜보셨습니다. 이제 신께서 그 손으로 부군을 품에 안고 많이 애썼
다, 열심히 살았다고 인정해주시며 천상의 평안으로 인도하실 것
입니다."

조금도 흔들리지 않는 말투였다. 그 말을 들은 가족의 눈에 눈물
이 차올랐다.

마나는 조용한 목소리로 말을 이었다.

"괴로우실 겁니다. 하지만 열심히, 힘껏 사십시오. 신께서는 지켜
보고 계십니다. 신께서 주신 이 지상에서의 짧은 삶을 훌륭하게 영
위하면 언젠가 천상에서 부군과 다시 한번 얼싸안을 날이 올 것입
니다. 그때까지 인내하셔야 합니다. 부디 열심히 살아가십시오."

가족들이 소리 높여 울기 시작했다. 하지만 그 울음소리는 방금
전과는 다르게 어딘가 해방된 듯한 안도감이 느껴지는 울음이었다.

미라르가 망연히 그 모습을 바라보고 있었다.

마코우칸은 살짝 허리를 굽혀 고인의 가족을 위로하는 마나를 바
라보며 생각했다.

'제사의는 역시 의술사라기보다 신을 섬기는 사람이로구나.'

사람의 힘이 미치지 않는 곳에 왔을 때는 제사의가 사람들을 구할
수 있을지도 모른다. 문득 그런 생각이 마음속을 스치고 지나갔다.

무슨 생각을 하는지, 미라르도 복잡한 표정으로 마나와 유족들을

바라보고 있었다. 그녀 또한 같은 마음일지도 몰랐다.

유족을 돌려보내고 마나와 함께 돌아온 미라르는 아직 매잡이의
시신을 굽어보고 있는 홋사르의 곁에 섰다.

"……파상풍이었을 가능성은 없을까?"

얼굴에 두른 헝겊 때문에 목소리가 탁했다.

홋사르는 말없이 고개를 저었다.

"하긴, 빛이나 소리를 겁내지도 않았고 경련 증세가 나타난 과정
도 달랐지."

그렇게 중얼거린 미라르는 일부러 거리를 두고 구석에 서 있는
마나의 시선을 느끼며 침대 옆에 둔 주사기를 가만히 건드렸다.

"결국 듣지 않았네. 배양한 '흑랑 병소'에는 반응이 있어서 기대
하고 있었는데."

구석 쪽에서 작은 목소리가 들렸다.

"흑랑 병소?"

미라르는 마나를 돌아보며 가까이 다가오라고 손짓했다.

키가 큰 청년이 옆으로 오자 미라르는 조용히 말했다.

"우리는 병을 일으키는 게 극히 작은 생물이라고 생각해요. 그걸
병소라고 부르고 있지요."

마나가 눈썹을 꿈틀거렸다.

"생물? 병을 일으키는 것이?"

홋사르가 피곤한 목소리로 말했다.

"나중에 보여주겠네."

마나가 섬뜩한 표정으로 눈을 휘둥그레 떴다.

"네? 병소를 볼 수가 있단 말입니까? 그 정도로 크다면……."

홋사르는 고개를 저었다.

"크지는 않아. 일반적인 상태로는 눈에 보이지 않아. 흑랑열의 병소는 눈으로 볼 수 없지만 다른 병의 병소라면 볼 수 있는 게 있으니까."

"대체 어떻게……?"

"미안하지만 지금은 자네에게 그걸 설명할 기력이 없네."

홋사르는 깊은 한숨을 내쉬며 미라르를 쳐다보았다.

"어쨌든 그 개들이 흑랑 병소를 가졌을 가능성이 높겠군."

미라르는 고개를 끄덕였다.

"부스럼이 생기기 전에 다른 환자들에게 약을 두 종류 다 놓아볼까? 난 한시라도 빨리 놓아야 한다고 생각해. 흑랑열은 증상이 빠르게 악화되니까. ……솔직히 이미 늦었을지도 몰라. 개에게 물린 직후에 놨더라면 결과가 달랐을지도."

홋사르는 주사기를 만지며 고개를 끄덕이려다가 눈을 가늘게 떴다. 한참 그렇게 생각에 잠겨 있다가 이윽고 고개를 저었다.

"약독약은 그렇다 쳐도 혈장체약은 츠오르 인에게만 놓도록 하지."

두 사람의 대화를 들으며 마코우칸은 속으로 의아하게 여겼다.

'아카파 인에게는 놓지 않겠다는 말인가? ……어째서?'

마나도 수상쩍게 여겼는지 어째서 아카파 인에게는 놓지 않느냐고 물었다.

그 질문에는 미라르가 상세히 대답해주어 마나도 이해한 것처럼 보였지만, 뒤에서 듣고 있던 마코우칸은 뭐가 뭔지 하나도 알아들을 수 없었다.

'나도 알아들을 수 있는 말로 설명해주면 어디가 덧나나.'

내심 그렇게 생각했지만 지금 홋사르에게 말했다가는 역정을 살 것이 불을 보듯 빤했기 때문에 결국 아무것도 묻지 못했다.

하룻밤이 지나자 다른 츠오르 인들에게도 일제히 부스럼이 나타났다.

부스럼이 나오기 전에 투약한 약제의 효과가 있었는지 환자들은 이튿날까지 의식을 유지하고 있었다. 하지만 한 명, 또 한 명 혼수 상태에 빠져 경련하더니 혼신의 치료에도 불구하고 결국 숨을 거두고 말았다.

지금까지 개에게 물리고 살아남은 츠오르 인은 우타르와 오리무 두 사람뿐이었지만, 아카파 인들 중에 부스럼이 난 사람은 아직 한 명도 없었다.

홋사르는 이틀간 거의 눈도 붙이지 못했고 옆에서 보아도 알 수 있을 정도로 피로한 기색이 역력했다.

"······홋사르 선생님."

겨우 한숨 돌릴 시간을 짜내 선 채로 점심을 들고 있는 홋사르에게 마나가 조심스레 물었다.

"이것 좀 드셔보겠습니까?"

그가 내민 찻잔을 보고 홋사르가 눈썹을 찌푸렸다.

"이게 뭔가?"

"여섯 종류의 약초를 달인 탕입니다. 피로할 때 잘 듣는 생약입니다. 선생님께서는 이미 알고 계신 약일지도 모르지만, 혹시 모르신다면 부디 시험해보십시오."

그렇게 말하고 마나는 조금 쑥스러운 표정을 지었다.

"선생님께서는 요 며칠 동안 제가 여태껏 몰랐던 치료법을 많이 보여주셨습니다. 그 보답입니다."

홋사르는 눈살을 찌푸린 채로 찻잔을 들어 적당히 따뜻한 음료의 냄새를 맡았다.

"······처음 맡아보는 냄새로군."

단숨에 들이켠 홋사르가 얼굴을 찌푸렸다.

"입에 쓰던가요?"

"아니."

홋사르는 고개를 저었다.

"생각보다 훨씬 마시기 편하군."

그 말을 들은 마나가 표정을 누그러뜨렸다.

"다행입니다. 그렇다면 분명 효과가 있을 겁니다. 마시기 편하다는 것은 몸이 원한다는 증거니까요."

훗사르는 고맙다는 말을 하고 다시 진료를 시작했는데, 날이 저물 무렵 문득 이상하게 몸이 따끈따끈한 것을 느꼈다. 피곤하기는 했지만 오전처럼 온몸이 납덩어리처럼 무겁지는 않았다.

저녁을 먹을 때 마나에게 그 말을 하며 인사를 하자 마나는 몹시 기쁜 표정을 지었다.

"그거 다행입니다. 청심교 의술에서는 사람들이 매일 건강하게 생활할 수 있는 약을 달이는 것을 최상의 기술로 여깁니다. 피로가 조금이라도 풀리셨다니 기쁩니다."

훗사르는 마나를 지그시 바라보다가 미라르를 흘깃 보고 다시 마나에게 시선을 돌렸다.

"……그런가."

그 목소리에는 뭔가 깊은 감회가 깃들어 있었다.

"우리의 의술은 여러 면에서 다르지만…… 똑같은 것을 바라기도 하는군. 당연한 일이지만."

그리고 가볍게 웃었다.

"괜찮다면 그 탕약의 처방을 가르쳐주게. 미라르에게도 먹이고 싶군."

마나는 기쁜 얼굴로 고개를 끄덕였다.

"물론 괜찮고말고요. 처방법을 적어드리겠습니다. 미라르 님은 여인이시니, 제가 보기에 몸에 맞는 약이 따로 있습니다. 바로 한 첩 달여드리겠습니다."

미라르가 미소를 지으며 진심에서 우러난 목소리로 고맙다고 하자 마나는 얼굴을 붉히며 고개를 푹 숙였다.

구석에 서서 그 대화를 보고 있던 마코우칸은 치밀어 오르는 웃음을 입술을 꾹 깨물어 참았다.

'청심교 제사의는 아내를 맞이하지 않던가?'

그럴 리 없을 텐데, 이 청년은 아직 꽤나 순진해 보였다. 미라르가 말을 걸 때마다 기쁜 듯이, 하지만 혀가 꼬일 만큼 긴장해서 대답하는 마나를 보며 마코우칸은 오랜만에 푸근한 기분을 느꼈다.

6

질병과의 전쟁

매사냥으로부터 아흐레째 되는 날 오후.

정문의 초인종이 울리더니 곧이어 현관 주변이 아주 소란스러워졌다.

홋사르가 창백한 얼굴을 들어 현관 쪽을 바라본 것과 오우한 제후의 사자가 문을 벌컥 열고 뛰어 들어온 것은 거의 동시였다.

"급히 성으로 와주십시오."

사자는 그 말 외에는 한마디도 않고 다짜고짜 무서운 형상으로 홋사르를 재촉했다.

'우타르에게 부스럼이 생겼나?'

홋사르는 속으로 중얼거리며 저택에 남아 환자들을 치료하는 미라르 대신 마코우칸에게 치료 도구를 들려 마차에 올라탔다.

성에 도착했을 때 우타르는 이미 혼수상태였다.

널찍한 침소 한가운데, 큰직한 침구 위에 누워 있는 우타르 주위로 로나와 제자들이 앉아 있었다.

침소 창문에는 천이 내려와 있고, 저녁노을 속처럼 어슴푸레한 실내에 희미하게 향연이 넘실거렸다. 몇 번 맡아본 냄새였다.

'……명혼향瞑魂香.'

제사의가 이미 치료할 방도가 없는 자의 고통을 없애주는 약으로 환자를 잠재워 안락한 임종으로 이끌 때 피우는 향이었다.

오우한 제후와 요타르가 조금 떨어진 곳에서 자리에 누워 있는 우타르를 지켜보고 있었다.

오우한 제후는 눈길을 들어 홋사르를 보자마자 갈라진 목소리로 말했다.

"……부스럼이 난 걸 숨기고 있었더군."

오우한 제후는 힘겹게 말했다.

"어젯밤부터 얼굴이 창백하더니 점심 식사 중에 갑자기 쓰러졌네. 숨 쉬기 편하라고 옷깃을 풀어주다가 알았어. 부스럼이 생겼다는 걸……."

오우한 제후의 눈가가 붉었다.

주름이 깊게 팬 그의 눈꼬리가 아련히 촉촉해지는 것을 본 홋사르는 무심코 눈길을 돌렸다. 오우한 제후가 아버지의 얼굴을 하고 있다. 그런 건 보고 싶지 않았다.

우타르 쪽으로 시선을 돌려 천천히 오르내리는 그의 가슴을 보았을 때, 문득 머릿속에 어떤 생각이 스쳤다.

'아직 경련 증상은 나타나지 않았나? 그렇다면…….'

그 생각을 읽은 듯이 요타르가 물었다.

"남은 방도가 있습니까?"

홋사르는 고개를 들어 요타르를 쳐다보았다.

"약을 쓴다면 어쩌면. 하지만 지금까지는 약을 주사해도 겨우 하루 동안 목숨을 부지하는 게 고작이었습니다."

요타르는 입술을 굳게 다물고 아버지를 보았다.

"아버님."

이를 악물고 있는지 오우한 제후의 뺨이 불룩하게 솟았다.

오우한 제후는 로나와 누워 있는 장남을 차례로 보더니, 이윽고 쥐어짜낸 목소리로 말했다.

"……우타르가 쓰러졌을 때, 오타와르의 약으로 몸을 더럽히지 말아달라고 했다. 효과가 있다면 우타르의 마음을 무시하더라도 놓으라고 하겠지만……."

그 눈에 눈물이 번졌다.

"겨우 하루 동안 목숨을 부지하기 위해 자식의 마지막 소원을 무시하고 그 몸을 더럽힐 수는 없구나. ……신께서 보고 계시느니."

오우한 제후는 눈을 감고 오래도록 두터운 입술을 바르르 떨었다. 그러다 눈을 번쩍 뜨더니 신음하듯 아들에게 외쳤다.

"살아야 한다, 우타르! 병에 지면 안 된다!"

하지만 그 목소리는 우타르에게 닿지 않았다.

우타르는 혼수상태와 경련이라는 이미 눈에 익은 과정을 지나 밤중에 숨을 거두었다.

겨우 며칠 전까지만 해도 뻔뻔한 얼굴로 동생을 괴롭히던 남자, 전쟁터에서 선두에 서서 지휘봉을 휘두르던 당당한 남자, 그가 마치 줄기에서 떨어진 잎사귀처럼 허망하게 이 세계에서 떠나는 것을 지켜보면서 홋사르는 어딘가 현실로 받아들이기 어려운 기묘한 기분이 들었다.

*

오우한 가의 후계자인 형의 죽음이라는 가문의 중대사로 아버지 곁을 지켜야 하는 요타르는 초조한 얼굴로 홋사르를 자기 집무실로 부르더니 재빨리 물었다.

"……스루미나와 오리무는 부스럼이 없는 거지요?"

"예. 제가 저택에서 나왔을 때는 아직 없었습니다."

요타르는 홋사르의 손목을 움켜쥐었다.

"지금까지 아직 부스럼이 나지 않았다는 점을 어찌 생각하십니까? 살아날 가망이 높은 겁니까?"

홋사르는 요타르를 바라보았다.

"앞으로 어찌 될지, 지금은 아직 아무 말씀도 드리지 못하겠습니다. 하지만 건강한 육체를 가진 우타르 님보다 오랫동안 부스럼이 나지 않은 것으로 보아 그만큼 두 분이 이 병에 강한 체질이라는 뜻이겠지요."

훗사르는 왼쪽 손목을 붙잡은 요타르의 손에 제 오른손을 얹으며 살짝 얼굴을 가까이 대고 속삭였다.

"……아카파 인은 아직 아무도 부스럼이 나지 않았습니다."

요타르의 눈이 빛났다.

두 사람은 한참을 말없이 서로의 얼굴을 바라보았다.

이윽고 훗사르가 가만히 손을 떼며 속삭였다.

"각오는 하고 계십시오. 하지만 희망은 있습니다."

요타르는 훗사르에게서 떨어져 두 손으로 얼굴을 덮었다.

"……오리무."

손 사이로 새어 나온 비통한 목소리는 아카파의 피를 절반밖에 이어받지 않은 자식을 염려하는 비애와 초조함이 가득했다.

하지만 우타르 다음으로 부스럼이 나타난 사람은 오리무가 아니었다.

*

지카르 숲의 저택으로 돌아온 훗사르가 한숨 돌릴 새도 없이 마나가 그를 찾았다.

"……미라르 님께서 당장 오시랍니다."

훗사르는 눈썹을 찌푸렸다.

"오리무인가?"

마나가 고개를 저었다.

"아니요, 이자무 님입니다."

홋사르의 얼굴이 일그러졌다. 입술을 굳게 다물고 서둘러 이자무가 누워 있는 방으로 향했다.

큰 창문으로 들어오는 아침 햇살이 침대에 누워 있는 이자무의 가슴 아래를 따뜻하게 비추고 있었다.

홋사르가 들어가자 미라르가 돌아보았다. 눈 밑이 거뭇했고 안색이 몹시 나빴다.

홋사르는 침대로 성큼성큼 다가가 미라르 곁에 섰다.

이자무는 아직 의식은 있었지만 몽롱한 상태였다. 눈은 흐리멍덩했고 초점 없이 흔들리고 있었다.

땀에 젖은 소년의 가녀린 목에 부스럼이 드문드문 나 있었다.

"……방금 전 열이 오르더니."

미라르가 작은 목소리로 말했다.

홋사르는 고개를 끄덕이더니 미라르의 팔꿈치를 가만히 건드렸다.

"내가 볼 테니 조금 쉬어."

미라르는 입을 열었다 다물고는 작게 끄덕였다. 어깨를 축 늘어뜨리고 살짝 다리를 끌며 방에서 나가는 그녀의 몸 전체가 한층 줄어든 것처럼 보였다.

"마나 군, 미안하네만……."

홋사르가 입을 떼자 마나는 조용히 고개를 끄덕였다.

"미라르 님을 위해 달여놓은 탕약이 있습니다. 데워서 가져다드리겠습니다. 흥분한 마음을 가라앉히는 약초도 들어 있으니 푹 주무실 수 있을 겁니다."

홋사르는 마나에게 깊이 고개를 숙였다. 마나는 깜짝 놀라더니 바로 깊숙이 묵례를 하고 미라르의 뒤를 좇아 방에서 나갔다.

그들이 나가자마자 홋사르는 침대에 누운 소년을 돌아보았다.

"이자무, 들리니?"

홋사르가 귓가에 대고 불러보아도 소년은 반응하지 않았다.

이리되면 어떤 과정을 밟게 될지 이미 알고 있다.

마코우칸은 젊은 주인의 등 뒤에 서서 아직 앳된 얼굴로 이 세상이 아닌 어딘가를 바라보는 듯한 이자무의 눈빛에서 시선을 돌렸다.

그날 오후, 이자무가 몸을 떨기 시작했다. 갑자기 열이 오른 것이다.

홋사르는 몸을 숙이고 필사적으로 소년의 이름을 불렀다.

"정신 차려! 지면 안 된다! 자면 안 돼! 잠들지 마!"

홋사르는 주문처럼 되풀이하면서 제 이마를 때렸다. 무릎이 떨렸다. 벌써 사흘째 제대로 자지 못했다.

'……한계다.'

마코우칸이 다가가 어깨를 건드리자 홋사르는 그 손을 찰싹 쳐냈다.

"건드리지 마!"

"하지만."

"입 다물어!"

마코우칸은 홋사르 옆에 있는 마나를 쳐다보았다.

"그 탕약은?"

마나는 괴로운 표정으로 고개를 저었다.

"이미 드셨습니다. 이 이상은……."

홋사르가 고개를 들어 억누른 목소리로 고함을 질렀다.

"입 다물라고 하지 않았느냐! 지금 내 몸은 아무래도 상관없어!"

그 목소리와 동시에 문이 열리는 소리가 났다.

뒤를 돌아본 홋사르가 눈을 휘둥그레 떴다. 망연한 표정으로 실내에 들어온 사람을 바라보았다.

"……할아버님."

황토색 옷을 입은 초로의 남성이 조용히 들어와 홋사르의 곁에 섰다.

그를 따라 들어온 미라르가 홋사르에게 살짝 고개를 끄덕여 보이고 조금 떨어진 곳에 섰다. 마나의 탕약을 마시고 푹 잤는지, 그녀의 얼굴에 생기가 돌아와 있었다.

'할아버님? 그렇다면 이분이 리무엣르 님이신가?'

츠오르 제국 황제의 황비를 구한 고명한 의술사이자, 홋사르의 할아버지이며 양육자이기도 한 리무엣르. 살아 있는 전설을 지금 그 눈으로 보고 있다고 생각하니 마코우칸은 몹시 이상한 기분이었다.

리무엣르는 키가 컸다. 차분히 흔들리는 반백의 머리카락에 묻힌 갸름한 얼굴은 온화한 인상이었지만 눈에는 날카로운 빛이 서려 있었다.

리무엣르는 마나를 흘깃 쳐다보고는 흥미롭다는 표정을 지었지만 이내 홋사르와 이자무에게 시선을 돌렸다.

작은 목소리로 홋사르를 재촉해 이자무의 상태를 들은 그는 손을 뻗어 가만히 이자무의 눈꺼풀을 벌리고 홋사르가 건네준 촛불을 움직여 그의 동공을 살폈다.

한 차례 진찰을 끝낸 리무엣르가 낮은 목소리로 말했다.

"아직 경련 증세는 없는 게지?"

홋사르가 고개를 끄덕였다.

"예."

"그럼 '코카르'를 놓아보자구나."

예상하지 못한 말이었는지 홋사르가 깜짝 놀라 할아버지를 올려다보았다.

"코카르를 말입니까?"

그때 미라르가 앗, 하고 작게 소리를 지르자 홋사르가 그녀를 돌아보았다.

"왜 그래?"

미라르는 두 사람에게 다가가 조심스럽게 리무엣르를 올려다보았다.

"혹시 '스라의 광견' 때 쓰신 그 치료법을……?"

그 말을 들은 홋사르의 눈빛이 번뜩였다.

홋사르는 제 이마를 손가락으로 꾹 누르며 눈살을 잔뜩 찌푸렸다.

"하지만 그때 사용한 건 코카르가 아니라 '봇사'였잖아."

"맞아. 하지만 봇사보다 코카르의 효과가 더 빠르고 강해."

"하지만 그건······."

망설이는 홋사르의 어깨를 리무엣르가 힘껏 움켜쥐었다.

"경련이 일어난 후에는 아무 소용 없다."

홋사르는 숨을 깊게 들이쉬고 미라르를 보며 고개를 끄덕였다.

코카르라는 약을 준비할 생각이리라. 발걸음을 돌린 미라르를 따라 마코우칸도 방을 나왔다.

"도와드리겠습니다."

"······아, 고마워. 부탁할게."

마나도 닫히려는 문을 붙잡고 복도로 나왔다.

"함께 가도 되겠습니까?"

"그래, 물론."

어느덧 해가 기울어 회랑에는 그림자가 길게 뻗어 있었다.

약 창고를 향해 그 줄무늬 속을 종종걸음으로 지나며 마나가 미라르에게 물었다.

"코카르라는 게 위험한 약입니까?"

미라르는 마나를 힐끗 쳐다보았다.

"사람에게는 별로 쓰지 않아. 맹수를 재울 때 흔히 쓰는 약이야."

마나가 눈썹을 실룩거렸다.

"짐승을 재우는 약?"

"응. 호흡에 영향을 주지 않고 빠르게 재울 수 있어서 고마운 약이지만, 효능이 강해 혼수상태에서 깨어나지 못할 수도 있어."

"네? 그렇게 위험한 약을 어째서?"

미라르는 기둥을 살짝 붙잡아 모퉁이를 돌며 말했다.

"리무엣르 님은 몇 년 전에 광견병에 걸린 소녀를 구하신 적이 있어. 지금까지 단 한 번뿐인 기적적인 성공 사례야. 그때 사용하신 게 봇사인데, 코카르하고 마찬가지로 혼수상태에 빠뜨리는 약이었어. 자세한 사정이 궁금하면 나중에 알려줄게. 요약하면 환자를 혼수상태에 빠뜨려 머리에서 전달하는 명령을 차단해 경련을 억제하는 거야."

미라르는 잠시 숨을 가다듬고 설명을 이었다.

"그때까지 환자들은 다들 경련 때문에 숨을 못 쉬어서 죽었어. 리무엣르 님은 이자무 님의 머리를 재워서 경련을 억누르고 몸이 병독과 싸울 시간을 주시려는 거겠지."

입술을 악다문 미라르의 옆얼굴은 창백했지만, 그 눈에는 강렬한 빛이 있었다. 아이를 지키는 어머니 같은 뜨거운 기백이 그 옆얼굴에 흘러넘쳤다.

코카르를 맞은 이자무는 눈 깜짝할 새에 혼수상태에 빠졌다.

호흡이 빨라졌지만 끊기는 일은 없었다. 그 모습을 지켜본 리무엣르는 홋사르를 돌아보았다.

"신약은 전부 놓았느냐?"

"예. 하지만 다른 환자들의 경우 하루 정도 반응을 억눌렀을 뿐, 목숨을 구하는 데는 도움이 되지 않았습니다."

리무엣르가 실눈을 떴다.

"양은 부족하지 않고? 아직 남아 있느냐?"

"항병소약은 미라르와 제자들이 끈기 있게 만들어준 덕에 충분합니다."

리무엣르는 미라르를 힐끗 쳐다보며 미소를 짓다가 홋사르에게로 시선을 돌렸다.

"그렇다면 앞으로도 이 아이에게 계속 투여하거라."

잠시 시선이 흔들렸지만 홋사르는 곧바로 고개를 끄덕였다.

"알겠습니다."

세 사람 뒤에 서 있던 마나는 그 대화를 흥분한 얼굴로 듣고 있었다.

미라르가 가르쳐준 덕분에 마코우칸도 그들이 무엇을 하려는지 대충 감을 잡을 수 있었다.

머리를 재워서 경련을 억누르는 사이, 몸에 약을 넣어 병독과 싸울 힘을 주려는 것이다.

가녀린 소년의 몸이 그 가혹한 싸움을 이겨낼 수 있을지 알 수 없는 눈에 보이지 않는 도박이었다. 하지만 지금까지의 과정과는 다른 길로 이자무를 인도할 수 있다는 것만으로도 홋사르와 미라르는 몰라볼 정도로 생기를 되찾았다.

밤이 깊은 후에도 이자무에게 경련 증세는 나타나지 않았다.

리무엣르에게 치료를 맡길 수 있었던 홋사르와 미라르는 그날 밤, 오랜만에 그들의 침대에서 마음껏 숙면을 취할 수 있었다.

신약

이튿날 낮에도 이자무는 아직 생명을 유지하고 있었다.

훗사르가 마나를 데리고 병실로 들어갔을 때, 리무엣르는 이자무의 침대 옆에 앉아 맥을 짚고 있었다.

한낮의 햇살에 그의 옆얼굴이 하얗게 빛나고 있었다. 먼 길을 온데다가 잠도 못 자고 하루를 꼬박 보냈을 텐데도 그 얼굴에 지친 기색이 없었다.

'예순이 넘으셨는데도 할아버님은 정정함 그 자체로군.'

의술 교육은 물론, 일찍이 세상을 떠난 아버지 대신 여러 가지를 가르쳐준 그를 훗사르는 말로는 부족할 정도로 소중히 여겼다. 하지만 똑바로 시선을 마주하면 언제나 가슴속에 희미한 긴장감이 느껴졌다.

훗사르가 옆에 있어도 맥을 다 볼 때까지 리무엣르는 눈길을 들지 않았다.

얼마 후 소년의 팔을 가만히 담요 밑에 도로 넣으며 고개를 들어 홋사르를 보았다.

"혈압이 조금 내려가 맥이 느리지만 안정적이구나."

홋사르는 고개를 끄덕였다.

"고맙습니다. 이제 제가 돌볼 테니 부디 조금이라도 쉬십시오."

리무엣르는 자리에서 일어나 작게 신음하며 등을 폈다.

"그러자꾸나. 하지만 변화가 있으면 당장 깨우거라. 괜히 눈치 보지 말고."

"예."

리무엣르가 나가자 실내에 하얀 정적이 차올랐다.

이자무는 입을 살짝 벌린 채 잠들어 있었다. 그 창백한 얼굴을 보며 홋사르는 속으로 중얼거렸다.

'……지금 이 머릿속에서 무슨 일이 벌어지고 있을까?'

창백하지만 매끄러운 이마. 그 피부 밑에는 얇은 지방층과 뼈, 그리고 뇌가 있다. 그 뇌 속에서 일어나는 어떤 작용이 사람들로 하여금 생각을 하고, 통증을 느끼고, 몸을 떨게 만드는 것일까?

어릴 적, 할아버지가 인체의 내부 구조를 설명해줄 때마다 인체가 투명해지면서 그 안쪽의 구성물들이 움직이는 광경이 눈에 보이는 듯한 신비한 착각에 빠지곤 했다.

어른이 된 지금도 이따금 그런 환영이 보일 때가 있다.

의식이 없는 상태에서도 목숨을 지탱하기 위해 하염없이 움직이는 육체. 감정을 느끼고 사고하는 자신과 별개의 생물인 것처럼, 그가 잠든 사이에도 하염없이 움직이는 조직…….

깊은 잠에 빠진 소년의 의사와 상관없이, 그의 육체는 지금 목숨을 붙잡아두기 위한 필사적인 싸움을 벌이고 있다.

육체란 무엇인가? 생명이란 무엇인가? 사람의 육체를 볼 때마다 그런 생각을 하지 않을 수 없었다.

홋사르는 조금 흐트러진 담요를 가만히 고쳐주며 한숨을 내쉬었다. 그리고 구석에 서 있는 마코우칸을 돌아보았다.

"차를 가져다주겠나?"

"예."

"마나 몫도."

마코우칸이 고개를 끄덕이자 마나는 황급히 손사래를 쳤다.

"아니, 그럴 수는…….”

"개의치 마십시오. 큰 수고도 아니니까요.”

마코우칸이 웃으며 문을 붙잡았을 때, 바깥쪽에서 누가 쭈뼛거리며 문을 두드렸다.

문을 열자 복도에 마자이가 서 있었다.

눈이 붉고 촉촉했다. 열이 있는 것 같았다.

"마자이 님!"

마코우칸이 무심코 외치자 마자이가 걱정스러운 표정으로 실내를 들여다보았다.

"……이자무의 상태는 어떻습니까?"

홋사르가 일어나 대답했다.

"안으로 드시지요."

마자이는 방으로 들어가 침대로 다가가더니 잠든 아들을 굽어보았다.

"약 기운으로 자고 있지만 용태는 안정적입니다."

홋사르의 말에 마자이의 굳은 얼굴이 겨우 누그러졌다.

"그, 그렇습니까……."

그 이상 아무 말도 할 수 없는지, 침대 머리맡을 짚고 서서 아들의 얼굴을 바라보고 있었다. 그 옆얼굴이 불그스름했다.

"열이 있는 것 같군요."

마자이는 홋사르를 돌아보며 고개를 끄덕였다.

"조금 전부터 목이 따끔따끔합니다."

그는 침대 옆 진료대에 놓인 주사기를 힐끗 쳐다보고는 다시 홋사르를 바라보았다.

"미라르 선생님께 제게도 신약을 놓아달라고 부탁했습니다만……."

"안 된다고 했겠지요."

"예."

메마른 입술을 혀로 축이며 마자이가 어깨를 들썩였다.

"이유가 뭡니까?"

홋사르는 마자이를 의자에 앉혔다. 그리고 맥을 짚으며 말했다.

"이 약은 격렬한 과민반응을 일으킬 우려가 있습니다."

"과민반응?"

"예. 호흡이 불가능해지고 자칫하면 목숨이 위험할 수도 있습니다."

마자이는 눈살을 찌푸렸다.

"하지만 이자무에게는 놓으셨잖습니까?"

홋사르가 눈을 깜박였다.

"예. 이자무 군은 육체가 지고 있다는 것이 명백했으므로 놓았습니다."

잠시 침묵했던 마자이가 힘겹게 물었다.

"저는 지금 열도 나고 몸도 무겁습니다. 이건 병의 독소에 육체가 지기 시작했다는 증거가 아닌가요?"

홋사르는 즉답하지 않고 잠시 마자이를 바라보았다.

마자이가 뜨거운 숨을 내쉬며 물었다.

"그, 과민반응이라는 건 반드시 나오는 겁니까?"

"아니, 꼭 그런 건 아닙니다."

"반응을 일으키면 반드시 죽습니까?"

"위험하기는 하지만 살아날 가능성도 있습니다. 다만 과민반응 외에도 몸에 악영향을 줄 가능성이 다양해서……."

"하지만 반드시 죽는 건 아니란 말씀이지요? 가능성으로 따지면 흑랑열로 죽는 경우가 높은 것 아닙니까?"

홋사르는 입을 다물고 있었다. 마자이는 간절한 눈으로 홋사르를 바라보더니 갈라진 목소리로 말했다.

"부디 제게 놓아주십시오. 저는 흑랑열에 걸린 개에 물려 이미 몸이 견디기 힘듭니다. 약을 쓰지 않아도 죽을 가능성이 높겠지요. ……저는 아직 죽을 수 없습니다. 아내와 아이를 남겨두고 갈 수는 없습니다. 조금이라도 살아남을 가능성이 높은 쪽에 희망을 걸겠습니다."

입술을 악물고 홋사르는 진중히 고민했다. 한참 그러고 있다가 이윽고 한숨을 한 번 내쉬더니 마코우칸을 쳐다보았다.

"미라르에게 전해주게. 과민반응을 치료할 채비를 하고 여기로 오라고."

미라르가 들어오자 홋사르는 사정을 설명하고 준비를 갖추었다.

마나가 서툰 손놀림으로 지시받은 대로 치료 도구를 늘어놓는 사이, 홋사르는 마자이에게 주의 사항을 설명했다.

"피가 빠져나가는 느낌이 나거나 목구멍이 막혀 숨을 쉬기 어려우면 바로 알려주십시오. 과민반응을 보이는 경우에는 대개 오 분에서 십 분 사이에 반응을 일으키지만, 빠를 때는 몇 초 만에 나오는 경우도 있으니 기분 나쁜 느낌이 들면 주저하지 말고 말씀해주십시오."

마자이는 불안한 눈으로 홋사르를 쳐다보았다.

"지금도 목구멍은 아픈데, 그런 것과는 다른 느낌입니까?"

"예. 갑갑한 느낌이 들면 말씀하십시오."

마자이는 고개를 끄덕였다.

홋사르는 익숙한 솜씨로 마자이의 팔에 주사를 놓았다.

"이 솜으로 주사 맞은 자리를 꾹 누르고 계십시오. 기분은 어떻습니까?"

마자이는 침을 꼴깍 삼켰다.

"······딱히 다른 느낌은 모르겠습니다. 목은 아프지만."

시간의 흐름이 지독히 느리게 느껴졌다.

마코우칸은 홋사르의 지시로 마나와 함께 침대 하나를 방으로 옮겨 마자이가 아들과 함께 있을 수 있도록 했다.

마자이는 침대에 눕자 안도한 듯이 눈을 감았다. 몸이 무거울 것이다. 열 때문에 피부가 울긋불긋했다.

미라르는 마자이와 이자무가 탈수증상을 일으키지는 않을까 염려해 홋사르나 자신, 혹은 제자 중 누군가는 반드시 그 병실에 있도록 했다. 하지만 몇 시간이 지나도 마자이에게 과민반응은 나타나지 않았다.

그날 저녁, 요타르의 아들 오리무와 아내인 스루미나에게서 발열 증상이 나타났다.

과민반응

홋사르가 사람들과 함께 병실로 들어갔다. 오리무는 침대에 누워 있었지만 스루미나는 옆 침대에 앉아 아들의 손을 어루만지고 있었다.

오리무는 얼굴은 붉었지만 부스럼은 나지 않았고 눈에도 아직 빛이 있었다.

"목이 아프니?"

홋사르가 묻자 오리무는 고개를 끄덕였다.

"그래, 입을 좀 벌려보렴."

홋사르가 목구멍을 살펴보고, 양쪽 귀 밑을 만져보고, 맥을 짚는 동안 미라르도 똑같은 순서로 스루미나의 증상을 진찰했다.

"스루미나 님은 오늘 아침하고 크게 다르지 않군요. 목 안이 조금 붉어진 정도입니다."

미라르의 말을 들으며 스루미나는 걱정스러운 눈길로 아들과 홋사르를 바라보았다.

"오리무는 괜찮을까요?"

홋사르는 고개를 끄덕였다.

"아직 부스럼도 없고, 또 다른 사람들에 비하면 두 분은 증세가 상당히 가볍습니다. 아직 방심할 수는 없지만 희망은 충분히 있습니다."

스루미나가 안도한 표정으로 한숨을 토했다.

"……이자무와 오라버님은?"

두 사람의 상태를 홋사르가 쉬운 말로 전하는 모습을 마코우칸은 뒤쪽에 서서 보고 있었다.

평소에는 장난스러운 말도 잘하면서, 아픈 사람이나 가족들의 병을 염려하는 사람에게는 놀라우리만치 세심하게 배려한다. 그런 모습을 보고 있노라면 역시 이 사람은 천생 의술사라는 생각이 든다.

곰곰이 생각하는 얼굴로 홋사르의 이야기를 듣고 있던 스루미나는 마자이에게 혈장체약을 놓았다는 이야기를 듣고 눈을 빛냈다.

"약을 써주셨군요! 다행이에요! 미라르 씨가 안 된다고 하셔서 저는 그만…… 이제 가망이 없는 줄 알았어요."

홋사르는 난처한 표정으로 뭐라 대꾸하려는 미라르를 제지하고 마자이에게 들려준 것처럼 스루미나에게 위험성을 설명해주었다.

스루미나는 고개를 끄덕이며 듣고 있었지만 그 표정으로 보아 머릿속에 주사를 놓아달라는 생각밖에 없는 것 같았다.

훗사르가 입을 다물기 무섭게 스루미나는 몸을 바짝 내밀고 말했다.

"말씀은 잘 알겠어요. 위험할지도 모른다는 것도. 그래도 상관없습니다. 저희에게도 부디 그 약을 놔주세요. 이대로 아들의 몸이 병에 이길지 질지 불안에 계속 떨어야 하다니, 저는 견딜 자신이 없어요."

그녀는 빠른 목소리로 거듭 매달렸다.

"계속 기도를 드렸지만 오리무도 열이 나고 말았어요. ……저도…… 이제 어떻게 될 것만 같아요. 너무 무서워서."

훗사르는 스루미나의 하얀 손에 제 손을 얹으며 천천히 다독였다.

"진정하십시오. 어머니인 당신이 오리무 군에게 그런 모습을 보여서는 안 됩니다."

스루미나가 화들짝 놀라 입을 다물었다.

"오리무 군은 아직 부스럼도 나지 않았습니다. 이대로 살아날 가능성도 충분히 있습니다. 흑랑열의 혈장체약은 사람에게 써도 안전한지 아직 확인하지 못한 약입니다. 지금 불안하다고 약을 썼다가 과민반응을 일으킬 수도 있는데, 그런 위험을 권할 수는 없습니다."

스루미나는 훗사르를 바라보며 잠시 가쁜 숨을 가다듬으려 했지만, 이윽고 눈을 감고 깊은 한숨을 내쉬더니 눈을 떴다.

"……그럼 일단 제게 놔주세요. 저는 이 아이의 어미입니다. 오리무는 제가 낳은 아이예요. 피를 나눈 아들입니다. 제게 놔서 괜찮다면 이 아이에게 신약을 써도 괜찮다는 증거 아닌가요?"

홋사르는 눈살을 찌푸렸다.

"꼭 그렇다고 할 수는 없습니다. 확실히 약에 대한 과민 체질은 모자지간에 공통점이 있는 듯하지만……."

"오라버님께는 그 위험한 반응이 나오지 않았지요? 저하고 오라버님은 남매니까, 그 체질이라는 게 비슷할 가능성도 있는 것 아닌가요?"

불안에 내몰린 자의 필사적인 몸부림일까, 스루미나는 거듭 몰아붙였다.

무엇에 홀린 듯한 그녀의 표정을 보며 마코우칸은 의술과는 아무 상관없는 희미한 우려를 느꼈다.

'신약을 스루미나와 오리무에게만 쓰지 않았다가는 까다로운 문제로 번질지도 모르겠군.'

아카파 왕에게 스루미나는 조카딸이고, 오리무 역시 그의 피를 이은 자손 중 하나다. 또한 오리무는 오우한 제후의 손자다.

이 미묘한 혈연관계를 가진 두 사람에게 다른 사람들과 다른 치료법을 썼다는 게 알려지면 어떤 억측이 퍼질지 짐작도 되지 않았다.

마나가 상황을 전부 보았으니 로나에게는 제대로 이유를 설명해 주겠지만, 의술에 대한 지식이 없는 관료나 무인들은 멋대로 억측할 것이다.

'어느 쪽으로 굴러가도 위험한 병이니 모두에게 똑같은 치료법을 쓰면 일이 복잡해지지는 않을 텐데.'

홋사르도 그 정도 계산은 하고 있겠지만, 그렇다고 치료 방침을 바꾸지는 않을 것이다.

의술에서는 사람과 생명만 고려해서 판단해야 한다는 것이 홋사르의 신조로, 그런 면에서 그는 지독히 완고했다.

"마코우칸."

갑자기 이름이 불리자 마코우칸은 눈을 껌뻑거렸다.

"예."

"삿코르에게 가서 마자이 님의 용태를 물어보고 와. 과민반응 외에 다른 반응이 나왔는지 잊지 말고 듣고 와."

"알겠습니다."

마코우칸은 방에서 나가 마자이와 이자무의 병실로 향했다. 지금은 홋사르 대신 큰 제자인 삿코르가 돌보고 있을 터였다.

마자이의 병실 문을 두드리고 안으로 들어가 보니 리무엣르가 마자이의 침대 옆에 앉아 삿코르와 대화를 나누고 있었다.

"말씀 중에 죄송합니다."

조용히 말을 걸자 리무엣르가 고개를 들어 마코우칸을 보았다.

"무슨 일인가?"

홋사르의 지시를 전하고 사정을 설명했다. 생각에 잠긴 표정으로 듣고 있던 리무엣르는 마코우칸의 설명이 끝나자 자리에서 조용히 일어났다.

"내가 함께 가지. 그 병실로 안내해다오."

"……할아버님."

리무엣르가 마코우칸과 함께 병실로 들어오자 훗사르가 의자에서 일어났다.

손자를 향해 고개를 끄덕여 보인 리무엣르는 스루미나를 보며 미소를 지었다.

"상태는 어떠십니까?"

고명한 리무엣르가 그렇게 묻자 스루미나는 긴장한 나머지 떨면서 제 상태를 설명하기 시작했다.

리무엣르는 고개를 끄덕이며 듣다가 스루미나의 말이 끝나자 훗사르를 돌아보았다.

"스루미나 님은 신약을 시험해보길 원하시는구나."

"예."

"위험성을 제대로 이해하시고도 그러길 원하신다면 나는 약을 써야 한다고 생각하는데, 어떠하냐?"

훗사르는 눈살을 찌푸리고 리무엣르를 바라보았다.

두 사람은 한참 말없이 서로를 바라보고 있었다.

"물론 여러 가지로 고려해야 할 문제가 있긴 하지. ……스루미나 님."

리무엣르는 스루미나를 돌아보았다.

"오우한 제후께 당신은 둘째 며느리이고, 오리무 군은 소중한 손자입니다. 훗날 괜한 문제가 발생하지 않도록 일단 요타르 님께 서

신을 보내 승낙을 얻은 뒤에 투약하고 싶은데, 그래도 되겠습니까?"

스루미나는 바로 고개를 끄덕였다.

"예. 잘 부탁드리겠습니다."

병실에서 나간 리무엣르를 쫓아 홋사르도 복도로 나갔다.

"할아버님."

홋사르는 목소리를 억누르며 속삭였다.

"두 사람으로 실험을 하실 생각이십니까?"

리무엣르는 고개를 돌려 손자를 바라보았다.

"병의 독소는 체내에서 점점 증가하지. 약은 조기에 쓸수록 효과가 있다. 저 두 사람은 아무래도 면역이 있는 듯하지만 열은 계속 오르고 있다. 이대로 다른 사람들과 똑같은 과정을 밟을 가능성도 있지. ……그래, 도박인 건 분명하다만 어느 한쪽에 걸어야 한다면 대처법을 어느 정도 아는 과민반응을 억누르는 쪽에 거는 편이 그나마 낫지 않겠느냐?"

홋사르는 얼굴을 일그러뜨렸다.

"또 그렇게 아무것도 모르는 사람들을 속이시다니."

눈을 강하게 빛내며 홋사르가 말했다.

"할아버님은 오히려 어떤 반응이 나올지 보고 싶은 것 아닙니까?"

리무엣르는 손자를 바라보며 조용한 목소리로 대답했다.

"알면 굳이 물을 필요도 없을 텐데."

홋사르는 입술을 굳게 다물고 성난 표정으로 할아버지를 바라보다가 이윽고 요란하게 한숨을 내뱉었다.

"……젠장."

훗사르는 혀를 차며 말했다.

"너무하시네요, 여전히. 하지만 저도 결국 똑같으니."

리무엣르는 희미하게 웃으며 손자에게서 등을 돌렸다.

*

부디 신약을 써달라는 요타르의 답신을 받자마자 리무엣르는 과민반응이 나왔을 때의 대책을 마련해 스루미나와 오리무의 병실로 돌아왔다.

스스로 부탁한 일인데도 막상 주사기를 본 스루미나의 얼굴이 굳어졌다.

오리무는 당장이라도 울음을 터뜨릴 듯한 표정이다.

"자자, 그런 얼굴 하지 말고."

리무엣르는 쾌활한 표정으로 두 사람을 굽어보며 오리무에게 말했다.

"보기에는 무섭지만 생각만큼 아프지 않다는 건 알고 있겠지? 아픈 건 하나, 둘, 셋까지 세는 동안 잠깐뿐이란다. 츠오르의 맹장과 아카파 왕의 피를 이어받은 네가 그 잠깐도 못 참겠느냐. 그렇지?"

그런 말을 들으면 무인의 아들로서 겁먹은 표정을 보일 수는 없다. 오리무는 아직 앳된 얼굴에 힘을 주고 살짝 고개를 끄덕였다.

"오냐, 역시 무인이구나. 어려도 마음가짐이 다르군."

밝은 얼굴로 칭찬한 뒤에 리무엣르는 스루미나에게로 시선을 돌렸다.

"신약은 우선 오리무 군에게 놓겠습니다. 오리무 군이 열이 더 높으니까요. 약을 쓰려면 일찌감치 써야 합니다. 오리무 군이 안정세를 보이면 그 뒤에 당신께도 놓겠습니다. 괜찮겠습니까?"

스루미나는 창백한 얼굴로 리무엣르를 올려다보았다.

"……저, 그 과 뭐라고 하는 반응이 나타나면……?"

홋사르가 조용히 손을 들었다.

"대처할 준비를 하고 저희가 여기에 있습니다. 너무 걱정 마십시오. 여기까지 왔으니 이제 긴장 푸시고 뭐든 덤비라는 마음으로 임하세요."

리무엣르는 신중하게 신약의 용량을 잰 후에 주사기로 빨아들여 공기를 뺐다. 그러고는 떨고 있는 오리무의 가느다란 팔을 붙잡았다. 약액으로 적신 솜으로 소년의 피부를 닦고 익숙한 손놀림으로 약을 주사했다.

오리무는 통증에 얼굴을 찌푸렸지만, 리무엣르가 주사기를 빼고 "자, 끝났다. 생각만큼 아프지 않았지?" 하고 묻자 크게 한숨을 토하고는 떨면서 고개를 끄덕였다.

신약을 써도 오리무는 과민반응을 보이지 않았다. 마자이 때보다 약액을 주사한 부분이 부어올랐지만 한참 지나도 그보다 중한 반응은 나오지 않았다.

하지만 스루미나는 달랐다.

신약을 맞고 얼마 지나지 않아 스루미나의 안색이 바뀌었다.

"······입 안이."

갈라진 목소리로 말하기가 무섭게 창백하게 질린 스루미나가 목을 움켜쥐었다.

땀이 줄줄 흘러 뺨을 타고 떨어졌다.

경련하듯 컥컥거리며 입을 뻐끔거린다. 숨을 제대로 쉬지 못하는 것이다.

옆에서 보고 있던 마코우칸은 너무나 격렬한 그녀의 반응에 공포를 느꼈지만 홋사르와 미라르는 딱히 당황한 기색 없이 매끄러운 연계 동작으로 대처하기 시작했다.

홋사르가 스루미나의 뺨을 한 손으로 붙잡고 턱 밑에 손가락을 넣어 들어 올리며 기도를 확보하자, 미라르가 어떤 액체가 든 분무기를 입에 넣어 목에 약액을 분사했다.

그 사이, 리무엣르는 주사기를 들고 스루미나의 팔을 소독하고 약액을 주사했다.

어머니의 급변에 떨고 있는 오리무에게 홋사르가 말했다.

"이건 어떤 장기에서 분비되는 성분을 사용한 약인데 굉장히 잘 듣는 약이니 걱정 마라. ······봐, 벌써 진정되고 있잖니. 다행이야, 어머님께 이 약이 잘 듣는구나."

장기에서 분비되는 성분을 사용했다는 말을 들은 마나의 얼굴이 얼어붙었다. 그것을 본 홋사르와 리무엣르가 흘깃 시선을 주고받았지만 마나에게 별다른 말은 하지 않았다.

홋사르의 말에 거짓은 없었다. 스루미나는 잠시 후 호흡을 되찾았다.

그 빠르고 극적인 효과의 발현을 마나는 복잡한 표정으로 지켜보고 있었다.

창백한 얼굴로 몽롱한 상태에 빠진 스루미나를 홋사르는 담담하게 치료해나갔다.

"괜찮습니다. 이제 괜찮아요. 목숨에 지장은 없으니 진정하시고 천천히 숨을 쉬세요."

미라르는 손을 움직이며 쉴 새 없이 스루미나에게 다정하게 말을 걸었다.

"힘들었지요, 놀랐지요. 하지만 이제 괜찮아요. 혈압이 떨어져서 눈앞이 어둡고 가슴도 답답하겠지만 금방 좋아지실 거예요."

스루미나의 상태는 이윽고 진정되었다.

힘없이 눈을 감은 스루미나의 가녀린 하얀 손목을 쥐고 미라르가 진맥을 시작했을 때, 문을 두드리는 소리가 나더니 제자가 한 명 들어왔다.

"……죄송합니다. 삿코르 씨가 잠시 와달라고 합니다."

홋사르가 그를 돌아보며 고개를 끄덕였다.

"알았다. 바로 가마."

리무엣르와 미라르에게 스루미나와 오리무를 맡기고 홋사르는 자리에서 일어나 제자를 따라 방에서 나갔다.

복도로 나온 홋사르는 제자에게 물었다.

"용태가 변했나? 어느 쪽이?"

"마자이 님입니다. 목부터 배에 걸쳐 부스럼이 났습니다."

홋사르는 눈살을 찌푸렸다.

병실로 들어가자 큰 제자 삿코르가 자리를 내주었다.

"방금 전에 갑자기 생겼습니다. 의식도 혼탁한 것 같습니다."

홋사르는 부스럼을 살펴보더니 귀 밑을 만져본 후에 눈꺼풀을 벌려 눈을 살폈다.

"그 부스럼과 다른 것처럼 보입니다만."

삿코르의 말에 홋사르는 고개를 끄덕였다.

"다르군. 이건 약 때문에 생긴 거겠지. 신약에 대한 과민반응일 가능성이 높아."

목을 만지고 맥을 짚으며 홋사르가 희미하게 실눈을 떴다.

"의식 혼탁이 문제로군."

마자이는 그 후 경련을 일으켰다. 하지만 다른 환자들만큼 심각하지는 않았다. 극히 짧은 시간으로 끝나 목숨에 지장이 있을 정도는 아니었다.

이튿날 아침에는 마자이에 이어 오리무와 스루미나가 의식을 잃고 경련을 일으켰지만 역시 위독한 수준은 아니었다.

의식 혼탁과 경련을 거쳐 상태가 진정되자 이번에는 긴 잠에 빠졌다.

반나절이나 잠든 뒤에 그들은 똑같이 어딘가 먼 곳을 다녀온 것처럼 망연한 눈빛으로 잠에서 깨어났다.

"다행이야, 이제 괜찮아. 정말 잘 버텨주었어."

미라르는 기쁨을 감추지 않고 밝은 목소리로 위로하면서 살아남은 소년의 어깨를 쓰다듬었다.

소년은 쑥스럽다는 표정으로 미라르를 흘깃 쳐다보았다. 뭔가 말하고 싶은 듯이 눈빛이 일렁였지만 좀처럼 입을 떼지 못했다.

"이상한 꿈이라도 꿨니?"

미라르가 한마디 거들자 오리무는 고개를 끄덕이며 갈라진 목소리로 말했다.

"……굉장히 이상한 꿈을 꿨어요."

"어떤 꿈?"

오리무는 눈을 깜빡거리며 입을 뗐다가 다물었다. 그리고 작은 목소리로 중얼거렸다.

"……잊어버렸어요."

*

치료가 일단락되자 마나도 다시 로나 곁으로 돌아갔다.

홋사르가 보여주겠다고 했지만 그는 병을 일으키는 눈에 보이지 않는 작은 생물을 자신의 눈으로 보려 하지 않았다.

홋사르는 깜짝 놀라 물었다.

"어째서? 보면 분명 병에 대한 인식이 결정적으로 바뀔 거야."

하지만 마나는 천천히 고개를 저었다.

"바뀌지 않을 겁니다. 그래서 볼 필요를 못 느낍니다."

마나는 말을 골라가며 말했다.

"청심교 의술에서는 병의 원인을 따지는 것을 그리 중요한 문제로 여기지 않습니다. 치료해야 할 증상은 전부 환자의 몸에 나타나 있으니까요. 육체를 진찰하면 몸에 어떤 문제가 있는지 압니다. 작은 생물이 몸에 들어가 병이 생긴다고 하셨는데, 그 역시 결국 몸에 들어간 부정에 지나지 않습니다. 몸에 들어간 부정이 똑같아도 사람마다 나타나는 병에는 차이가 있습니다. 중요한 점은 부정의 동일성이 아니라 그 부정으로 사람에게 나타난 탈을 없애는 것입니다."

마나는 미소를 지었다.

"그렇다면 진료해야 하는 것은 육체. 병든 자와 마주하고 그 사람이 온건히 살 수 있도록 돕는 것입니다. 저는 그 길을 추구하고 싶습니다."

그렇게 말한 후에 깊이 고개를 숙인 마나는 스승의 곁으로 돌아갔다.

차를 마시며 잠자코 지켜보던 리무엣르는 마나가 방에서 나가자 요란하게 한숨을 쉬었다.

"……아깝군."

홋사르는 의자를 끌어당겨 할아버지와 마주 앉았다.

"청신교 의술이 제사의라는 건 커다란 구슬 안에 들어 있는 격입니다. 어디를 지나도 신의 가르침이라는 절대적인 논리 속을 빙글 빙글 맴돌고 말아요."

리무엣르가 고개를 끄덕였다.

"궁극의 답이 처음부터 존재하는 셈이니."

미라르가 조심스럽게 끼어들었다.

"하지만……. 솔직히 말씀드리면 저는 마음이 끌리더군요."

리무엣르가 미라르를 바라보며 미소를 지었다.

"그런가? 하긴, 그것도 모르는 바는 아니지. 하지만."

리무엣르의 눈에 홀연 굳은 빛이 감돌았다.

"잊으면 안 된다. 비록 이 세상의 바깥쪽이 완전한 구슬이라 해 도, 우리가 사는 안쪽에는 혼돈이 존재한다는 사실을. 그 혼돈의 벌 판을 하나하나 파내어 보고 직접 생각해야 비로소 새로운 한 걸음 을 디딜 수 있는 것이야. 제사의는 병으로 죽는 사람을 처음부터 포 기하고 있어. 청심교가 들이대는 신의 도리라는 것은 그 포기를 환 자와 가족에게 납득시키고, 또 자신의 무력함을 납득하기 위해 만 들어낸 궁극의 논리다."

리무엣르는 두 손을 쫙 펼쳐 허공을 움켜쥐는 시늉을 했다.

"결단코 우리는 포기하지 않는다. 그리고 환자에게도 포기를 용 납하지 않아. 병은 비단 환자 한 사람의 문제가 아니야. 전염병의 경우, 포기하고 치료를 거부한 자가 있다면 다른 사람들에게도 병 을 퍼뜨릴 가능성이 있기 때문이지."

홋사르는 다소 놀란 마음으로 할아버지를 망연히 바라보고 있었다.

그 말은 귀에 익숙한, 할아버지가 하고도 남을 말이지만 이렇게 과장된 동작으로 거침없이 말하는 할아버지의 모습은 처음 보았다.

훗사르의 표정을 알아차렸는지, 리무엣르가 들어 올린 두 손을 내렸지만 그 눈의 강렬한 빛은 사라지지 않았다.

"마나를 이곳에 불러 치료를 돕게 한 것은 정말 잘한 일이었다. 훗사르, 앞으로도 기회가 생기면 적극적으로 부르려무나."

리무엣르는 입가를 일그러뜨렸다.

"이제 와서 말할 것도 없지만, 청심교 의술은 우리 손발을 묶는 사슬이야. 제사의들을 이쪽으로 회유할 수 있다면 사슬은 끊어진다. 해방된다면 오타와르 의술은 비약적으로 성장할 수 있어. 윤택한 재원과 인재, 그리고 귀천을 따지지 않고 츠오르 인들에게 우리의 지식을 퍼뜨릴 수 있다면 모든 것이 크게 변하겠지."

훗사르는 눈살을 살짝 찌푸리고 할아버지를 바라보았다.

늘 냉정한 할아버지가 마음속에 저런 고민을 품고 있었나 싶어 괜히 서글퍼졌다.

어렸을 때부터 보아왔던 할아버지의 얼굴이 지금은 낯선 사람의 얼굴로 보였다. 창으로 들어오는 투명한 가을 햇살이 그 얼굴을 하얗게 비추고 있었다.

아카파의 저주

하얀 옷을 두른 사람들이 판자로 짠 관을 지고 간다.

청심교의 가르침을 엄격하게 지키는 츠오르의 무장들에게 장례식은 하얀 하늘로 승화하는 의식으로, 그것을 치르는 동안 울음소리를 내서는 안 된다.

하얀 천막, 펄럭이는 하얀 조기, 무덤까지 일직선으로 난 하얀 모랫길.

한낮의 눈부신 햇살 속을 하얀 행렬이 걸어간다.

아카파 사람들에게 우타르의 장례식은 유독 기이한 광경으로 보였다.

조문하러 간 홋사르는 장례식이 끝나고 오우한 제후의 부름을 받았다.

시종의 안내로 성 깊숙한 곳에 있는 집무실로 가서 문을 연 훗사르는 흠칫 놀랐다. 아카파 왕이 오우한 제후와 마주 앉아 있었기 때문이다.

오우한 제후는 신의 가르침을 적은 묵흔墨痕이 생생한 족자를 등지고 상석에 앉아 있었고 그 왼쪽에 요타르가 있었다. 실내 양쪽에는 네 명의 중신들이 말없이 앉아 있었다.

아카파 왕은 오우한 제후를 마주 보는 형태로 앉았고, 그 뒤에 세 명의 측근이 있었다. 측근 중에는 투림도 있었다.

오우한 제후는 지금까지 본 적 없는 위압적인 표정을 짓고 있었다. 그에 비해 아카파 왕은 차분한 얼굴로 그를 바라보고 있다.

훗사르가 투림 옆자리에 앉자 오우한 제후가 그에게로 시선을 돌렸다.

"훗사르 님, 이번에 손자의 목숨을 구해준 점, 참으로 고맙소."

훗사르는 고개를 숙였다.

"황송한 말씀, 감사합니다."

오우한 제후는 고갯짓조차 않고 훗사르를 가만히 쳐다보았다.

"솔직히 묻겠네만."

평탄한 목소리로 오우한 제후는 말했다.

"아카파 인은 흑랑열로 죽지 않는다는 게 사실인가?"

방의 가장 말석인 서쪽 구석에 정좌한 마코우칸은 목구멍이 바짝 오그라드는 기분이었다.

'……왔구나.'

지금 카잔에서 도는 소문, 그러니까 흑랑열의 부활은 영토를 유린당한 '아카파의 저주'라는 소문이 오우한 제후의 귀에 들어가는 건 시간문제라고 생각했다.

이런 소문은 흔하지만 큰아들을 잃은 오우한 제후의 입장에서는 그냥 넘길 수 없는 문제일 것이다.

교활한 남자의 얼굴에 기묘한 흥분이 감돌고 있다. 그것이 두려웠다.

"두 가지를 말씀드리겠습니다."

위압을 느끼는 건지 못 느끼는 건지, 홋사르의 말투는 그 자리에 어울리지 않게 평온했다.

"첫 번째로, 이번 질병이 정말 흑랑열인지 아직 알 수 없습니다."

실내가 수런거렸지만 홋사르는 무시하고 말을 이었다.

"두 번째로, 아카파 인이 반드시 살아남는다고 단언할 수는 없다는 점입니다."

그 순간, 실내가 쥐 죽은 듯 고요해졌다.

"아시다시피 흑랑열은 이백오십 년 전의 기록을 마지막으로 사라진 병입니다. 이번 질병은 분명 기록에 있는 증상과 흡사하지만, 그렇다고 예전의 질병과 똑같은 것인지는 확정할 수 없습니다. 또한 항간의 시시한 소문처럼 아카파 인만 살아남는가 하면, 그것도 알 수 없는 일입니다. 확실히 이번에 이 병으로 사망한 사람들은 대부분 츠오르 인이었지만, 아카파 인인 이자무 군의 병세는 츠오르 인의 피를 이은 오리무 님의 증세보다 훨씬 위중했습니다. 그때, 제 할아버지이신 리무엣르가 과감한 치료를 시행하지 않았다면 이자무 군은 목숨을 잃었을 겁니다. 다시 말해 아카파 인이라도 죽을 가능성은 있습니다."

고요한 실내에 철컥거리는 괘종시계 소리만 무겁게 울렸다.

이윽고 오우한 제후가 헛기침을 했다.

"……그렇군. 잘 알겠네."

오우한 제후는 목구멍에 담이 걸린 듯한 목소리로 말하더니 다시 헛기침을 하고 입을 열었다.

"다시 말해 그대는 그 병이 '아카파의 저주'라고 생각하지 않는다는 게로군."

그러자 홋사르가 쓴웃음을 지었다.

"그런 생각은 전혀 하지 않았습니다."

그렇게 말한 홋사르는 웃음을 거두었다.

"오히려 저는 아카파 인이라면 괜찮다는 시시한 소문이 퍼져, 병을 옮기는 개에 대한 경계심이 약해져 앞으로 아카파 인들 사이에 병이 퍼질까봐 두렵습니다. 병이란 환자가 늘면 증세가 변할 가능성이 있습니다. 지금은 개에게 물린 사람만 병을 앓고 있지만 그게 흑랑열과 똑같은 성질의 병이라면, 결국 따뜻한 계절이 되어 진드기나 모기가 늘면 병에 걸린 개나 사람의 피를 빤 벌레들이 매개가 되어 단숨에 병이 퍼질 가능성도 있습니다. 그것이 훨씬 더 우려해야 할 문제입니다."

오우한 제후는 뭔가를 생각하면서 홋사르를 뚫어져라 바라보았다.

"……그렇군."

오우한 제후는 고개를 끄덕였다.

"그쪽 대책도 서둘러야 하지만, 세워야 할 대책이 또 한 가지 있다."

오우한 제후는 아카파 왕에게 시선을 돌려 똑바로 쳐다보았다.

"그 천막으로 뛰어든 개, 내게는 사냥개로 보였소. 귀공은 어찌 생각하시오?"

사람들의 눈이 아카파 왕에게 쏠렸다.

아카파 왕은 한 박자 늦게 고개를 끄덕였다.

"제게도 그리 보였습니다. 물론 찰나의 일이었으니 확실하다고 단언할 수는 없습니다만."

오우한 제후는 빛나는 눈으로 아카파 왕을 바라보았다.

"사냥개라면 주인이 있겠지. 주인이 있다면 그건 의도적인 습격이라는 뜻이 되오."

"……."

"굳이 말할 것도 없지만, 나는 이미 그 습격의 배후를 찾아내도록 명령했소. 그리고 이 문제의 해결에 필요한 병사를 증강했소. 우타르를 죽이고 아카파의 저주라는 소문을 퍼뜨려 츠오르의 치세를 망치려는 무리가 있다면, 이를 철저히 조사해 관계자를 모조리 눈앞에 끌어내 참수할 때까지 손을 늦추지 않을 것이오."

눈가는 붉어지고, 이마에는 핏줄이 불끈거렸다. 끔찍한 형상이었다.

"양해하시오, 아카파의 옛 영주여."

아카파 왕은 표정을 바꾸지 않았다.

한참을 아무 말 없이 오우한 제후를 쳐다보던 아카파 왕이 이윽고 조용한 목소리로 말했다.

"알겠습니다. 제 쪽에서도 수색해 범인이 판명되는 날에는 여기로 끌고 오겠습니다. 홋사르 님의 말씀을 듣자 하니 지금은 정치로 줄다리기를 할 때가 아닌 것 같습니다. 저희 아카파 인들의 목숨도 걸려 있으니까요. 더군다나……."

오우한 제후를 똑바로 바라보며 못을 박듯 말했다.

"서쪽 무코니아의 동향도 걱정됩니다."

오우한 제후의 눈동자에 작은 빛이 어른거렸다.

그 모습을 보며 아카파 왕은 말을 이었다.

"저희에게 츠오르 인은 이미 오랜 가족입니다. 그러나 무코니아는 수백 년에 걸쳐 아카파를 위협해온 증오스러운 원수입니다. 무코니아 야만족이 이 땅을 유린하는 것만은 결단코 막아야만 합니다. 그러기 위해서라도 역병이 유행하도록 내버려둘 수는 없습니다."

이 땅의 현 영주와 옛 영주가 서로를 지그시 바라보았다.

노련한 두 군주의 머릿속에서 어떤 생각이 꿈틀거리고 있는지 알 길도 없었지만, 마코우칸은 숨 막히는 압박감을 느꼈다.

침묵이 오래 이어지면서 긴장감이 극에 달했을 때, 별안간 홋사르의 목소리가 실내에 울려 퍼졌다.

"역병의 유행을 방지할 대책 말입니다만."

중신들이 섬뜩 놀란 얼굴로 홋사르를 보았다.

회의석에서 오우한 제후가 말을 건 것도 아닌데 멋대로 발언하는 무례한 태도를 믿을 수 없었는지, 홋사르를 뚫어져라 쳐다보고 있다.

오우한 제후 역시 불쾌한 표정을 지었지만 숨을 한 번 들이쉬고 물었다.

"……뭔가?"

홋사르는 태연한 얼굴로 말을 이었다.

"카잔처럼 인구가 집중되는 지역에 어떤 대책을 세워야 할지, 이번 가을부터 겨울 사이에 반드시 고민해야 합니다."

"그야 그렇지."

오우한 제후는 고개를 끄덕였다.

"로나 선생과 자네가 충분히 의논해줬으면 하네. 그리고 좋은 대책이 나오면 그때마다 검토하도록 하지. 하지만……."

문득 생각났다는 듯이 오우한 제후가 얼굴을 찌푸렸다.

"진드기나 모기가 매개가 된다면 완벽하게 막기란 어렵겠지. 자네가 만든 그 신약, 그걸 개량할 수는 없나?"

홋사르는 고개를 끄덕였다.

"그건 가능 여부와 상관없이 해야만 하는 일입니다. 이번 경과를 보아도 약독약과 항병소약을 가급적 빠른 시간 내에 집중적으로 투여하는 게 가장 효과적입니다만……."

홋사르는 로나를 흘깃 쳐다본 후에 오우한 제후에게로 시선을 돌렸다.

"그 약을 츠오르 분들에게 써도 될지, 아직 그 문제가 남아 있습니다."

오우한 제후의 얼굴이 굳어졌다.

홋사르는 오우한 제후를 똑바로 쳐다보며 말을 이었다.

"아카파 인이라도 내성이 없는 사람은 흑랑열로 죽지만, 언젠가 약독약이 개량되면 그런 사람들은 구할 수 있겠지요. 하지만 츠오르 인에게 약을 놓을 수 없다면 이 병은 츠오르 인에게만 죽음을 몰고 오는, 다시 말해 츠오르 인만 두려워해야 하는 역병이 될 가능성이 있습니다."

실내가 술렁거렸다. 치료할 수 있는데도 그것을 거부하기 때문에 죽는다면 그것은 츠오르 측의 문제다.

병이 있는 땅에 와서 그들의 신에게 순종하는 탓에 그 병으로 죽는다. 그 사실이 세상에 알려지면 많은 이들이 거기에서 하늘의 뜻을 헤아릴 것이다.

이것이 실로 아카파의 저주이며, 더군다나 아카파 인을 탓할 수도 없다. 츠오르 인의 자업자득, 자승자박의 저주가 된다.

오우한 제후는 창백하게 질려 미간을 잔뜩 찌푸렸다. 로나는 표정을 바꾸지 않고 그저 가만히 정면을 바라보고 앉아 있다.

이윽고 오우한 제후가 갈라진 목소리로 말했다.

"……그건 가볍게 결정할 수 있는 문제가 아니니, 로나 선생하고도 곰곰이 의논해보고 정하겠네."

훗사르는 조용히 고개를 끄덕였지만, 그 정도로 납득하고 물러나지는 않았다.

"츠오르 분들의 판단은 물론 여러분 생각에 달려 있습니다. 하지만 병은 기다려주지 않습니다. 저는 구할 수 있는 생명을 구하기 위해 효과가 있는 약을 만들어야만 합니다. 아드님의 목숨을 앗아간 그 병으로 더 이상 목숨을 잃는 사람이 생기지 않도록 약을 만드는 것은 허락해주시지 않겠습니까?"

오우한 제후는 눈을 껌뻑거렸다. 잠시 생각에 잠기더니 이윽고 단호한 목소리로 대답했다.

"그건 당연한 일이네. 최선을 다해 약을 개량해주게."

훗사르는 안심한 듯 미소를 지었다.

"감사합니다. 사실 전에 허락을 받아 환자들의 피를 조금 채취한 것도 약을 개량하기 위한 조치였습니다. 다만 모든 환자에게 신약을 투여한 탓에 약을 쓰지 않아도 살아난 사람이 있었을지 알아낼 길은 없었습니다."

누가 끼어들 틈을 주지 않고 훗사르는 거듭 설명했다.

"이번에 가장 **빠르고** 격렬하게 중태에 빠진 건 턱에 가까운 부위를 물린 츠오르의 매잡이였습니다. 반대로 이 병에 가장 내성을 보인 환자는 스루미나 님이고, 다음이 마자이 님과 오리무 님인 것으로 보입니다. 이 차이가 어디에서 나오는 것인지, 아카파의 저주라는 시시한 정치적 유언비어와 상관없이, 병에 내성이 있는 사람과 없는 사람의 차이를 만들어내는 원인을 알아낼 수 있다면 유효한 예방책을 찾아낼 가능성이 있습니다. 특히 과거에 검은 늑대가 많이 살았던 변경 지역 사람들에게 어째서 지금까지 병이 나타나지 않았는지, 그 이유를 알 수만 있다면."

홋사르는 단숨에 그렇게 쏟아내더니 얼굴을 흐렸다.

"하지만 어렵겠지요. 이 아카파 전역과 변경 지역을 포함한 해변까지, 이 병에 걸렸다가 살아난 사람이 있는지 없는지 조사하고, 그 배경을 포함한 상세한 자료를 모으기란 거의 불가능할 테니까요. 유목민의 실태는 조사할 방법도 없고, 시간이 너무 많이 걸리니."

홋사르가 말을 끊자 요타르가 입을 열었다.

"가능할지도 모릅니다."

홋사르가 의아한 표정으로 요타르를 돌아보았다.

요타르는 차분한 목소리로 말했다.

"저희는 세무 관리를 면밀히 하고 있습니다. 오키 분지나 토가 산지 같은 변경 지역의 유목민도 분류하고 파악해 어디에 몇 명, 몇 살 된 사람이 있는지 정확히 조사하고 있습니다."

요타르가 피식, 표정을 누그러뜨렸다.

"물론 그 '부러진 뿔의 반'을 아직 찾아내지 못한 것처럼 조사하

는 동안 숲에 숨어 지내는 사람들도 몇 명은 있겠지요. 하지만 말씀
하신 조사 내용이라면 도망자를 찾는 것도 아니니 제법 정확한 자
료를 모을 수 있을 겁니다."

홋사르는 입을 벌리고 요타르를 바라보고 있다가 이윽고 무릎을
철썩 때렸다.

"그거 훌륭하군요! 역시 츠오르 분들은 일처리가 철저하십니다!"

너무 노골적인 그 말투에 사람들의 얼굴에 헛웃음이 떠올랐다.
오우한 제후도 얼굴을 일그러뜨렸다.

"특히 유목민과 생활하는 이주민의 자료가 필요했습니다! 왜, 변
경에는 변경의 백성과 결혼한 이주민들이 많잖습니까. 그런 사람들
사이에서 이 병이 어떻게 되었는지 알 수 있다면 실로 중요한 자료
를 얻을 수 있을지도 모릅니다. 게다가……."

홋사르는 요타르와 오우한 제후, 그리고 아카파 왕을 쳐다보며
말했다.

"그걸 조사하면 모든 게 분명해지겠지요. 병에 내성이 있는 사람
이 어떤 사람들인지 말입니다. 오리무 군이 이자무 군보다 내성이
있었던 것처럼, 의외로 츠오르 이주민 중에도 내성이 있는 사람이
있을지도 모릅니다. 그것이 명확해지면 지금 유행하는 시시한 소문
은 비를 맞은 모닥불처럼 사라질 겁니다."

'……그리되면 다행인데.'

마코우칸은 속으로 생각했다.

물로 끈 모닥불은 오래도록 불쾌한 냄새를 남긴다. 문득 코를 찌르는 그 냄새가 생각난 마코우칸은 고개를 떨구었다.

제**5**장

눈앞에 다가온 위기

사슴의 왕

살아남은 자

들불처럼 번지는 소문

그해 겨울은 일찍 찾아왔고, 오마의 예상대로 지난해보다 고된 겨울이 되었다.

늦가을부터 눈이 많이 내리더니 초겨울이 되자 하루가 멀다 하고 눈보라가 쳤다.

키야는 속에 품은 생각을 얼굴에 드러내지 않는 성격이라 평소처럼 담담히 일하고 있었지만, 이따금 멍하니 눈 내리는 하늘을 올려다보곤 했다.

그런 키야의 마음이 하늘에 닿았는지, 이윽고 오마 일행은 마침 눈보라가 그친 틈에 무사히 돌아왔다.

남자들이 돌아온 날 밤에는 오랜만에 천막 안에 웃음꽃이 피었다. 순록이 그럭저럭 괜찮은 가격에 팔려 오마는 필요한 식량 말고도 소금에 절인 연어와 설탕에 절인 과일을 선물로 사왔다.

기름기가 잘잘 도는 연어를 불에 구우니 소금이 묻은 껍질이 매우 맛있었다.

순록 경매는 봄과 늦가을에 두 번 열리는데, 그 시기가 되면 옛 왕도인 카잔 옆에 있는 커다란 선별장으로 각지에서 수많은 목축민들이 모여든다.

행상인들도 모여들기 때문에 순록의 선별과 매매가 끝난 밤에는 큰 잔치가 벌어진다고 한다.

즐거운 저녁 식사를 마치고 키야와 망야가 남은 연어를 바깥 저장고에 넣기 위해 천막 밖으로 나가자, 그때를 기다렸다는 듯이 오마가 반의 소매를 잡아끌었다.

그는 반의 무릎 사이에 앉아 잠든 유나가 깨지 않도록 작은 목소리로 속삭였다.

"순록 시장에서 불길한 소문을 들었어."

"불길한 소문요?"

"그래. 역병이 유행한다나봐."

그 말을 들은 토마가 끼어들었다.

"역병이 아니에요. 사람 사이에 옮지는 않는다고 한걸요."

오마는 아들을 보며 짜증스럽다는 듯이 혀를 찼다.

"명칭이야 어떻든, 큰 문제는 큰 문제 아니냐. 사람이 옮기지 않아도 개들에게 퍼져서 그놈에게 물리면 끝장이라잖아. 그럼 유행병이지."

"……그건, 그렇지만."

두 사람의 대화를 듣는 반의 가슴속에서 불안이 꿈틀거렸다.

"광견병입니까?"

그렇게 묻자 오마가 미간을 찌푸렸다. 그 얼굴을 본 반은 깜짝 놀랐다. 눈빛 속에 깊은 두려움이 있었기 때문이다.

"아니야."

오마는 무릎을 문지르며 말했다.

"……흑랑열이라는군."

반은 눈살을 찌푸렸다.

"당신은 잘 알겠지. 원래 당신 고향 쪽에서 생긴 병이라면서?"

반은 쓴웃음을 지었다.

"저희 쪽에 그런 병은 없습니다. ……분명 고대 오타와르 왕국을 멸망시켰다는 병에 걸린 검은 늑대가 제 고향 산지에서 끌려갔다고 하지만, 그때도 토가 산의 백성 중에 그런 병으로 죽은 사람은 없었다고 장로들이 그랬습니다. 게다가 먼 옛날에 아카파 병사들이 대대적으로 사냥을 해서 전부 죽여 없앴기 때문에 이제 검은 늑대는 거의 남아 있지 않습니다. 오히려 이쪽에 더 많을 텐데요."

오마가 손가락으로 뺨을 긁적였다.

"아아, 옛날에도 많았고 지금도 가끔 보이지만, 이쪽에서도 놈들한테 물려 병에 걸려 죽었다는 이야기는 들은 적이 없어."

오마는 한숨을 쉬었다.

"그게 불길하다는 거야. 그냥 병이 유행한다는 것만으로도 불길한데, 더 불길한 건……."

오마는 그렇게 말하다가 입을 다물어버렸다.

그런 아버지를 가만히 바라보던 토마가 반을 보고 중얼거렸다.

"사람들 말이, 그 병은 단순한 병이 아니라 아카파의 저주래."

토마는 얼굴을 일그러뜨렸다.

"츠오르 사람만 죽는다는 거야. 그놈에게 물려도 아카파나 오키 사람은 안 죽고, 츠오르 인이나 이주민은 죽는대."

"어리석은 소리."

반은 내뱉듯 말했다.

"고대 오타와르 왕국을 멸망시킨 끔찍한 병인데 아카파 인은 걸리지 않았다는 고사가 있으니, 그런 이야기가 나온 거겠지."

반은 두 사람을 쳐다보았다.

"사람은 자기가 생각하고 싶은 쪽으로 달려드는 법이야. 츠오르에 대한 원망이 낳은 소문이겠지."

오마가 고개를 저었다.

"나도 처음에는 그렇게 생각했어. 실제로 자꾸 그런 소리를 하는 녀석하고 그것 때문에 크게 싸우는 바람에, 이 녀석이 말리지 않았다면 그 녀석 머리를 도끼로 박살낼 뻔했어."

토마가 아버지를 보며 쓴웃음을 지었지만 그 입술에는 핏기가 없었다.

오마는 긴장한 얼굴로 눈을 깜빡거렸다.

"……하지만 정말이래. 삼십 년 넘게 알고 지낸 녀석들도 여러 가지를 알려주더군. 아무리 봐도 전부 진짜 같은 이야기였어."

토마가 반 쪽으로 고개를 돌렸다.

"벌써 많이 죽었대. 남쪽 유카타 평원 이주민 마을에서는 꽤 예전부터 개에게 물려 죽은 사람이 있었다더라고. 오키 분지 남쪽 끝에서도 이주민이 당했다고 하고. 그 무서운 신의 사냥개들이 점점 아카파 옛 왕도로 접근하고 있어서 가을에는 끔찍한 사태가 벌어진다는 거야."

토마는 아카파 왕과 오우한 제후의 어전 매사냥 때 벌어진 비극에 대해 침을 튀겨가며 떠들었다.

"우타르 님마저 그 병으로 돌아가셨대. 불쑥 튀어나온 검은 개에게 물려 온몸에 부스럼이 나서 돌아가셨다는 거야. 츠오르 귀부인들도 죽었는데, 똑같은 개에게 물린 아카파 왕의 친족들은 멀쩡하지 뭐야."

토마가 어두운 눈빛으로 말했다.

"이쯤 되면 의심을 안 하려야 안 할 수 없어. 아카파의 신들이 아카파 땅을 더럽힌 츠오르 인들을 한 사람, 한 사람씩 죽이는 거야. 그리고 아카파는 다시 아카파 인의 나라가 되는 거지……."

"바보 같은 소리."

오마가 내뱉듯이 말했다.

"그런 건 반의 말대로 제 입맛에 끼워 맞춘 이야기야. 아카파 왕족 중에도 팔인지 다리인지 못 쓰게 된 사람이 있다면서."

"응. 그건 저도 들었어요. 왕의 종손이라던가, 못 걷게 되었다고."

"또 있어. 츠오르 오우한 제후의 손자도 살아남았다잖아."

토마는 쓴웃음을 지었다.

"오리무 님? ……아니, 사람들 말이, 그게 바로 신의 뜻이라는 증거래요. 그분은 아카파의 피가 절반은 흐르고 있어 살아남은 거라던데요."

토마가 한숨을 쉬며 말했다.

"아카파 인을 얕잡아보던 우타르 님은 어이없이 죽었는데, 아카파 왕의 조카딸을 아내로 맞이한 요타르 님의 장남은 살아남았어. 그 의미를 이해 못 할 사람이 있을까?"

문득 한 가지 더 생각났다는 표정으로 토마가 반을 보았다.

"왜, 전에 아카파 소금광산에서 하룻밤 사이에 노예가 모조리 죽은 적 있었잖아. 딱 반 씨를 만났을 무렵……."

"……."

"모두 하는 소리가, 지금 생각해보니 그게 시작이었을 거래. 아카파 소금광산은 신들이 아카파 백성에게 하사한 성지였는데, 츠오르가 그곳을 노예를 부리는 지옥으로 바꾸어 더럽혔기 때문에 신들의 사냥개가 그곳을 먼저 습격했다는 거야."

토마는 자기 몸을 끌어안는 시늉을 하며 속삭였다.

"내가 그날 밤에 숲에서 본 그 무리…… 승냥이인 줄 알았는데, 어쩌면 그게 신들의 사냥개였을지도 몰라. 그럼 어째서 날 눈감아준 걸까? 난 절반은……."

오마가 손을 뻗어 아들의 뒤통수를 후려쳤다.

"쓸데없는 소리 마라! 넌 오키 백성이야. 열심히 사는 사람을 신이 어째서 벌하시겠느냐!"

그 목소리에 놀라 유나가 잠에서 깨 주변을 두리번거리다가 칭얼거리기 시작했다. 반은 유나를 어르며 품에 안았다.

"울지 마, 뚝. 괜찮아."

유나는 한참 칭얼거렸지만 살살 어르자 어지간히 졸렸는지 다시 잠들었다.

그 소동 때문에 긴장이 풀렸는지, 오마와 토마도 조금은 진정한 기색이었다.

유나가 잠들자 오마는 작게 한숨을 쉬었다.

"키야에게는 말하지 마."

반은 오마를 보았다.

"하지만 언젠가 귀에 들어갈 텐데요."

오마는 고개를 끄덕였다.

"봄이 되면 그렇겠지. ……겨우내 만이라도 시시한 문제로 걱정 끼치기는 싫어."

그때 키야와 망야가 돌아왔다.

두 사람이 싸늘한 밤바람의 향기를 두르고 들어오자 천막 안은 밤이 늘 그렇듯, 다시 잔잔한 분위기를 되찾았다.

따뜻한 유나의 무게를 허벅지에 느끼며 반은 등이 서늘해지는 오한을 느꼈다.

'그 짐승…….'

소금광산의 어둠 속에서 번뜩이던 그 눈에는 분명 묘한 빛이 있었다. 마치 자기가 무슨 짓을 하고 있는지 아는 것처럼, 명령받은 임무를 처리하는 병사처럼.

그래도 그 짐승을 보낸 것이 신이라는 소문을 믿을 마음은 들지 않았다.

사람은 자기 입맛에 맞게 상황을 짜맞춘다.

고향에서도 병이 유행할 때마다 온갖 소문이 돌았다. 기침이 오래 이어지는 병이 유행했을 때는 신이 깃든 나무의 뿌리에 누가 침을 뱉어서 그랬다는 소문이 돌았고, 사람들이 줄줄이 배탈을 앓았을 때는 강을 더럽힌 사람이 있기 때문이라며 강을 정화하는 의식까지 치렀다.

어렸을 때는 어른들이 하는 말을 믿었지만, 지금은 그런 말을 들을 때마다 가슴속에 화가 울컥 치민다.

아들의 밝은 눈이 떠올랐다. 천진한 웃음소리가 귓가에 울렸다.

'그 아이에게는…….'

병을 앓아야 할 어떤 이유도 없었다.

저주받아야 할 자가 이 세상에 있다면 그것은 신의 뜻을 제 입맛대로 꾸며대는 놈들이리라.

하지만 그런 사람들조차 아니, 훨씬 더 잔혹하고 죄 많은 사람들조차 천수를 누리며 행복하게 눈을 감기도 한다.

삶과 죽음은 인간의 논리로 따질 문제가 아니다.

바작바작 타오르는 불길을 보면서 반은 무릎에 누워 잠든 유나의 온기를 느끼고 있었다.

반의 변화

큰 천막 안에는 바닥도 벽도 순록 털가죽으로 둘러싸인 침소가 있었다. 그 안에서는 불을 지피지 않아도 사람의 체온만으로 온기가 돌아 몸이 어는 일은 없었지만, 천막을 흔드는 바람 소리 때문에 눈보라 치는 밤이면 하룻밤 사이에도 여러 꿈을 꾸었다.

어느 날 밤, 반은 묘하게 생생한 꿈을 꾸었다.

수풀 속에 숨어 바람 소리를 듣는 꿈이었다.

밤하늘에 휘몰아치는 바람에 머리 위의 잔가지가 술렁였지만 굵은 나무줄기와 수풀이 바람을 빨아들이는지 수풀 속은 의외로 조용했다.

이따금 얼음처럼 차가운 바람이 몸을 스치고, 눈송이가 살을 때린다. 그런 곳에서 그저 가만히 웅크리고 눈보라가 지나가기를 기다리고 있었다.

문득 뭔가를 느낀 반은 귀를 기울였다.

저 멀리 시커먼 무언가가 있다. 그림자가 어른거리는 것을 소리와 냄새로 느꼈다. ……그림자가 여럿 다가온다. 은밀하게, 슬금슬금 다가온다.

'……승냥이다.'

목구멍과 뱃가죽이 차갑게 오그라들었다. 저놈에게 들켰다간 송곳니가 파고들 만한 자리에 소름이 돋았다.

한편으로 어째서인지 기묘한 흥분도 느끼고 있었다. 조금만 더 있으면 사냥감이 활의 사정거리에 들어온다……. 그렇게 생각할 때의 그 짜릿한 기대감이 치밀어 올랐다.

뭔가 자신이 아닌 생물로 변해가는 듯한, 피부가 근질근질한 느낌이 두려워 일어서서 달아나려는 순간이었다. 배 밑에서 솟아나는 자지러지는 울음소리에 반은 꿈에서 튕겨 나왔다.

유나가 품에 매달려 바들바들 떨고 있었다. 무서워한다기보다 몹시 흥분해서 떠는 것 같았다.

"아바! 아바!"

자고 있는 오마 가족을 깨우지 않도록 작은 목소리로 어르며 유나의 자그마한 몸을 끌어안고 달랬다.

"괜찮아, 괜찮아."

하지만 유나는 울음을 그치기는커녕 몸을 쥐어짜듯 뒤틀었다. 막을 새도 없이 그 입에서 짐승 같은 울음소리가 터져 나왔다.

오마 가족이 일어나는 기척이 나더니 갈라진 목소리가 들렸다.

"무슨 일이야?"

전에도 밤에 울기는 했지만 지금 이 목소리에는 기묘한 울림이 있었다. 그래서 오마도 걱정하는 것이리라.

"꿈을 꾼 모양입니다."

그렇게 대답하며 유나를 안고 등을 어루만져주었지만 유나는 통 그칠 줄을 몰랐다. 큰 소리는 잦아들었지만 몸을 자꾸 떨었다.

작은 손으로 반의 옷깃을 꽉 움켜쥐고 잡아당기며 뭐라 옹알거린다. 갓난아이로 되돌아간 것처럼 짧은 혓소리로 열심히 뭔가를 전하려 하고 있다.

"……아바, 아바…… 그러니까…… 검은 개 말이야……."

하지만 그 입에서 알아들을 수 있는 말은 그 이상 나오지 않았다.

반은 무심코 유나를 바라보았다.

침소 밖 화롯불의 불빛이 바람구멍을 통해 희미하게 들어왔다.

그래도 거의 칠흑에 가까웠다. 얼굴이 보일 리도 없는데, 어째서 인지 유나의 얼굴이 보였다. 특히 눈가가 뚜렷이 보였다.

눈물이 그렁그렁한 눈이 흥분을 머금고 이쪽을 올려다보고 있었다.

'설마…….'

같은 꿈을 꾸었나?

그 수풀 속에서 느낀 슬금슬금 다가오는 검은 짐승의 기척을 이 아이도 느꼈단 말인가?

그렇게 생각한 순간, 무슨 소리가 들려와 화들짝 귀를 기울였다.

잘못 들은 게 아니다. 다시 한 번 삐익, 날카로운 소리가 귓속을 찌르고 사라졌다.

'경계음이다.'

퓨이카가 경계음을 내고 있다.

피리 소리와도 흡사한 높고 짧은 소리는 금세 땅속에서 뭔가가 기어 올라오는 것처럼 구우우우, 하는 위압적인 소리로 바뀌었다.

소름끼치는 울림이었다.

그 소리를 들은 순간, 미간 언저리에 날카로운 통증이 스치더니 갑자기 주변의 모든 광경이 바뀌었다.

유나의 냄새, 자신의 냄새, 오마 가족의 냄새가 한꺼번에 콧구멍 속으로 파고들더니, 귀가 먹먹해질 정도로 온갖 소리가 울리면서 모든 감각이 한 덩어리가 되어 쏟아졌다.

쿵, 쿵, 큰북이 울리는 것 같은 소리가 천지를 흔들고 있다.

그것이 자신의 심장소리라는 사실을 깨달을 때까지 제법 시간이 걸렸다.

공포와 흥분이 파도처럼 온몸을 몰아세웠다. 품속에 있는 어린아이가 그와 한 몸이 되어 똑같은 파도에 흔들리고 있다는 것을 분명하게 느낄 수 있었다.

반은 유나를 품에 안고 일어났다.

그 검은 짐승이 온다.

발소리는 아직 이쪽으로 다가오지 않았다. 순록과 퓨이카 울타리 쪽으로 가고 있다. 혼란에 빠진 순록과 퓨이카가 땅을 짓밟으며 날뛰는 광경이 눈에 보이는 것만 같았다.

묶여 있던 사냥개들이 짖고 있다. 미친 듯이, 날카로운 소리로 울어댔다.

토마에게 유나를 맡긴 반은 재빨리 외투를 두르고 장갑을 끼고 낫도끼를 들고 오마를 돌아보았다.

어째서일까, 말이 나오지 않는다.

반은 간신히 목구멍에서 신음 같은 목소리를 쥐어짜냈다.

"검은 개가…… 공격하고 있습니다."

오마가 곤혹스러운 얼굴로 되물었다.

"검은 형제인가?"

그 질문에 대답할 겨를은 이미 없었다.

눈앞의 풍경이 일그러지더니 말과 생각이 아득해졌다.

생각을 하는 자신은 몸속에 숨고, 움직이고 있는 손발과 그것을 보는 자신이 분열되어 간다. 천막 출입구의 헝겊을 힘차게 걷으며 밖으로 나가는 자신의 모습을 안쪽에 있는 또 한 명의 자신이 바라보고 있었다.

어느새 바람은 잦아들었다.

눈구름도 사라져 달려가는 천공의 구름 사이로 반달이 모습을 드러냈다가 숨을 때마다 눈 쌓인 푸른 대지에 무수한 그림자가 춤추었다.

주위가 기묘하게 밝다.

코로 들어와 머리를 찌르는 냄새와 눈을 밟으며 달리는 무수한 소리, 숲 언저리에서 검은 물처럼 달려오는 그림자, 그 모든 것이 뇌리에 선명하게 떠올랐다. 습격자가 다음에는 어디로 올지, 그 위치가 빛의 궤도처럼 눈에 보였다.

반은 뭔가에 자극받은 것처럼 뛰어나갔다.

믿을 수 없을 만큼 몸이 가볍다. 날고 있는 것처럼 설원이 등 뒤로 사라져간다.

반은 그런 움직임의 의미를 굳이 생각하지 않고도 이해했다. 모호키다. 놈들도 그 냄새에 마음이 흐트러지는 것이다.

어느새 눈으로 보는 풍경과 다양한 냄새로 뒤덮인 공간이 미묘하게 뒤섞였다. 그 냄새 속 풍경을 검은 짐승들이 가로질렀다.

몇 개나 되는 그림자가 으르렁거리며 울타리를 에워쌌다. 겁에 질린 퓨이카들이 반대편 울타리에 모여들었다.

그곳으로 몰래 다가가는 또 다른 그림자가 있었다.

으르렁거리는 짐승은 위협으로 사냥감을 한데 몰아넣을 심산이다. 그 짐승은 사냥을 위해 퓨이카의 뒤로 다가가 이미 몸을 낮추고 도약 자세에 들어갔다.

놈이 울타리를 뛰어넘는다.

그림자들이 실제로 움직이기 전에 울타리를 뛰어넘는 궤적이 보였다.

살아남으려는 퓨이카 무리의 고동 소리가 어느새 자신의 심장박동과 하나로 겹쳤다.

무리를 등지고 늑대에게 맞서는 수사슴처럼 머리를 낮게 숙인 반은 옆에서 짐승에게 달려들었다.

짐승이 기척을 느끼고 고개를 돌렸다.

그 눈을 본 순간, 기묘한 일이 벌어졌다. 그가 둘로 나뉜 것이다.

퓨이카들의 파도치는 공포에 호응하여 무리를 지키기 위해 싸우려는 자신. 그 안쪽에 짐승들의 냄새를 그리워하는 또 한 명의 자신이 있었다.

짐승이 동작을 멈추었다.

짐승들이 일제히 멈춰서 이쪽을 보고 있다. 그들을 하나로 묶는, 뜨겁게 고동치는 생명의 끈이 반에게도 이어져 함께 고동치고 있다.

어느새 주변의 모든 광경이 빛의 흐름으로 변해 있었다.

무수한 빛줄기가 잠시도 제자리에 머무르지 않고 사방으로 흐른다. 어느 줄기는 뒤엉키고, 또 어느 줄기는 고동치면서.

하늘과 땅의 모든 요소가 서로 다른 속도로 펄럭이고 있다.

숲속의 나무들은 초록색 빛의 흐름으로 모습을 바꾸어 땅속에서 하늘로 빛을 쏘아올리고 있다. 그 빛의 흐름과 울창하고 시커먼 전

나무들이 하나로 엉켜 보였다.

멧돼지만큼 커다란 수컷이 정면에 서서 이쪽을 똑바로 쏘아보았다.

시선이 겹치는 순간, 시야가 일그러졌다. 정신을 차리고 보니 사지를 벌리고 덤벼들 기세로 서 있는 커다란 남자가 눈앞에 있었다.

섬뜩한 기분으로 그 남자를 올려다본 반은 뒷걸음질을 쳤다.

'이건…… 나인가?'

그렇게 생각한 순간, 영혼이 몸속으로 쓱 돌아왔고 다시 사나운 수컷 승냥이의 모습이 보였다.

마음만 먹으면 어느 승냥이에게나 옮겨갈 수 있다. 이 고동치는 줄기를 따라서.

'이 녀석들은 나다.'

지금, 이 빛줄기를 잡아당기면 우리는 움직인다……. 그렇게 느낀 순간, 멀리서 바람 같은 게 불어와 말고삐를 당기듯 빛줄기를 끌어당겼다.

빛줄기의 타래는 숲 가장자리의 거대한 전나무를 향해 뻗어 있다.

그곳에 뭔가가 있었다. 그 무언가가 빛줄기를 한 손에 움켜쥐고 강제로 반에게서 빛줄기를 앗아갔다.

짐승들과의 연결이 뚝 끊기자 순식간에 주위가 정적에 휩싸였다.

마주 보고 있던 짐승의 눈에 흉악한 빛이 번득였다.

찬물을 뒤집어쓴 것처럼 소름이 돋았다.

사나운 수컷이 송곳니를 드러내며 허공으로 뛰어올랐다.

반은 뿔로 들이받을 것처럼 머리를 최대한 낮추고 송곳니를 드러낸 그 짐승의 코를 낫도끼의 등으로 내리쳤다.

딱딱한 감촉과 함께 깨갱, 비명을 지르며 수컷이 바닥에 나동그라지더니, 공처럼 튀었다.

놈이 한 바퀴 굴러 일어나는 사이, 다른 짐승들이 달려들었다. 반은 낫도끼를 집어던지고 힘껏 움켜쥔 주먹으로 좌우에서 달려드는 그놈들을 마구 때려눕혔다.

주먹이 부딪치는 순간, 누가 팔을 콱 잡아당기는 느낌이 들어 마음껏 후려칠 수가 없었다. 그래도 주먹에 맞은 짐승들이 허공으로 날아가 땅바닥에 처박혀 굴러갔다.

순간, 귓가로 날카로운 소리가 들렸다.

짐승들도 일제히 동작을 멈추고 숲 가장자리로 고개를 돌리더니 귀를 기울이는 시늉을 했다. 다음 순간, 그들은 걸음을 홱 돌려 달려가기 시작했다.

그들이 향하는 방향을 쳐다본 반의 가슴이 철렁 내려앉았다.

짐승들이 천막으로 향하고 있다. 천막 입구에는 횃불을 들고 이쪽 상황을 살피는 오마와 토마의 모습이 보였다.

달아나라고 외치고 싶었다. 하지만 입에서 말이 나오지 않았다.

순간, 천막 속에서 작은 그림자가 쪼르르 나왔다. ……유나다. 키야가 엉거주춤하게 그 뒤를 따라 나왔다.

반은 고함을 질렀다. 하지만 목구멍에서 나온 것은 짐승의 울음소리였다.

*

손에 쥔 횃불을 들고 토마는 순록 울타리 쪽을 보고 있었다.

그림자가 어렴풋이 꿈틀거렸지만 주위가 칠흑처럼 어두워 반이 어디에 있는지조차 알 수 없었다.

다만 울타리 앞에서 움직이는 그림자가 몇 개 보였다.

"횃불이 있으니 오히려 안 보여. 울타리까지 가볼까?"

오마가 그러자고 대답했을 때, 천막 안에서 키야의 목소리가 들렸다.

"얘, 애가! 나가면 안 돼!"

뒤를 돌아보니 유나가 천막의 헝겊을 들어 올리고 뒤뚱뒤뚱 달려왔다.

유나는 똑바로 순록 울타리를 향해 달려가려 했다. 엉거주춤하게 나온 키야가 간신히 유나를 붙잡았을 때, 뭔가 울부짖는 기묘한 소리가 멀리서 들려왔다.

흠칫 놀라 소리가 난 쪽을 돌아보니 성큼성큼 달려오는 여러 개의 시커먼 그림자가 어렴풋이 보였고, 눈밭을 저벅저벅 밟는 발소리가 들렸다.

"아버지!"

손가락질할 새도 없이 횃불에 그 모습이 비쳤다.

검은 털, 금색 눈, 그리고 드러난 송곳니가 불빛에 번쩍인 순간, 선두에 선 짐승이 허공을 박차고 일직선으로 오마를 덮쳤다.

오마는 다급히 횃불을 휘둘렀다. 하지만 짐승은 머리를 젖혀 횃불을 피하고는 오마의 팔을 와락 물어뜯었다.

토마는 비병을 지르며 오마의 팔을 물고 늘어진 짐승을 횃불로 후려쳤다.

불똥이 허공에 산산이 부서졌다. 깨갱, 비명을 지르며 짐승이 오마의 팔을 놓더니 눈 위에 굴렀다.

뒤를 돌아보니 몸을 웅크려 유나를 품에 끌어안는 키야가 보였다. 그쪽으로 달려간 짐승이 키야의 등을 향해 다가갔다.

고함을 지르며 달려가려 했지만 옆구리에 묵직한 물체가 쿡 부딪혀 숨이 막혔다. 바닥에 나동그라져 배를 끌어안고 신음하며 눈을 뜨니 눈앞에 짐승의 아가리가 있었다. 비릿한 숨이 물씬 풍겨와 얼굴을 감쌌다.

'물린다!'

반사적으로 눈을 꾹 감고 몸에 힘을 준 순간, 묵직한 소리와 함께 갑자기 몸이 가벼워졌다.

깜짝 놀라 눈을 뜨자 반이 있었다.

토마는 눈을 휘둥그레 뜨고 그 모습을 바라보았다.

잠깐이었지만 반의 모습이 기묘하게 빛났다. 눈은 형형히 번뜩였고 온몸에서 불꽃이 솟구치는 것 같았다.

달려드는 짐승을 주먹질로 뿌리친 반은 매끄러운 동작으로 몸을 돌려 키야의 등으로 덤벼드는 짐승의 목을 콱 붙잡아 손쉽게 떼어내 허공으로 홀쩍 내던졌다.

반은 무리를 지키는 수사슴처럼 머리를 낮게 숙이고 달려드는 짐승들을 걷어차고, 후려치고, 집어 던졌다.

사나운 짐승들의 움직임이 둔해 보일 만큼 반의 동작은 날렵했다. 송곳니가 닿을 새도 없이 짐승들은 발길질과 주먹질에 멀리 나가떨어졌다.

토마는 반의 동작을 눈으로 좇을 수가 없었다. 단지 그에게 덤벼드는 짐승들이 차례로 튕겨 나가 허공을 날아오르는 것처럼 보였다.

그 순간, 무언가 소리 없는 소리가 울렸다. 그러자 짐승들이 그 자리에 멈춰 섰다.

짐승들이 동작을 멈춘 것과 거의 동시에 반이 얼굴을 찌푸렸다.

짐승들은 어리둥절한 기색으로 숲 쪽을 보더니, 귀를 늘어뜨리고 누가 끈으로 잡아당기기라도 하듯 일제히 발길을 돌려 숲으로 달려갔다.

"……아!"

키야의 목소리가 들렸다.

뒤를 돌아보자 키야의 품속에서 빠져나와 달음질치는 유나의 모습이 보였다.

아이의 움직임 같지 않은 엄청난 속도였다.

눈밭에 떨어진 횃불의 불빛에 짐승들을 좇아 달려가는 유나의 모습이 비쳤지만 금세 어둠에 묻혀 사라져버렸다.

아연실색한 토마가 소리조차 못 내고 있는 그 짧은 찰나에, 반이 몸을 돌려 유나의 뒤를 쫓았다.

밤의 어둠에 녹아들기 전에 본 그의 뒷모습은 사람이라기보다 짐승처럼 보였다.

*

작은 빛이 일렁거린다.

눈앞에 달려가는 유나의 모습이 어렴풋한 빛으로 보였다.

유나의 빛은 짐승들과 이어져 있었다. 반 역시 그들과 이어져 있다. 반은 호흡조차 잊고 정신없이 달렸다.

뒤따라오는 새끼를 기다리듯, 짐승들이 살짝 걸음을 늦추는 것이 보였다. 유나의 모습이 짐승 무리 속에 섞여들었다.

그도 그 무리 속에 섞이고 싶었다.

몸속에서 뜨뜻하게 숨 쉬는 생명이 무리 속에 섞이고 싶어 꿈틀 거리고 있다.

검은 짐승들과 함께 빛의 타래를 가진 자에게 이끌려 오로지 달리기만 하는 것은 기분이 좋았다.

귓가에서 바람이 윙윙거린다. 눈의 냄새가 몸을 감쌌다. 빛이 흔들리고 있다.

숲의 나무들이 바짝 다가왔다. 눈에 파묻힌 잡초의 파릇한 냄새가 났다.

어느새 유나와 마음이 이어지고 땅이 바싹 다가왔다.

모든 것이 느릿했다.

코끝을 스치며 흔들리는 풀은 천천히 몸을 일으켰고, 잠에서 깨어나 수풀 속에서 날아오른 겨울 날벌레가 조용히 날개를 퍼덕이며 건너편 수풀에 내려섰다. 그 날개의 선 하나하나부터 쭉 뻗은 가느다란 다리 끝까지 또렷이 보였다.

숲으로 달려 들어가자 나무들의 향기가 짙어졌다.

문득 강렬한 냄새가 코를 찔렀다. 그 순간, 하얀 빛이 눈 속부터 정수리까지 꿰뚫었다.

나뭇가지에 늘어져 있거나, 혹은 나무뿌리에 붙어 있는 이끼와 지의류에서 풍겨오는 냄새다. 찌르르, 그 냄새들이 천 개의 방울소리가 되어 밀려들었다.

그중에서 유독 선명한 냄새를 풍기는 식물은 앗시미였다. 거목 밑동에 빼곡히 들러붙은 아름다운 녹색의 이끼가 말로 표현할 수 없는 복잡한 향기를 풍기고 있었다.

냄새를 맡은 순간, 몸속에 경련이 치달았다. 몸속에 있는 것들이 둘로 나뉘어 서로 밀어내고, 다시 하나로 맞물려 조용히 잦아들었다. 그것이 파도처럼 되풀이된다.

짐승들이 속도를 늦추자 유나의 걸음도 느려졌다. 모두 어리둥절한 기색으로 고개를 저었다.

반도 걸음을 멈추었다.

앗시미의 냄새가 밀려드는 파도처럼 몸에 스며들어 몸속에 있는 존재들의 충동을 천천히 억눌렀다.

이제 곧 조용해진다. ……그렇게 느낀 순간, 통증이 미간을 스쳤다.

누가 빛의 타래를 다시 잡아당긴 것이다.

짐승들이 고개를 들어 몸을 부르르 떨더니 다시 달리기 시작했다. 유나도 따라가려 했다.

반은 아슬아슬하게 손을 덜컥 뻗어 유나를 안아 올렸다.

품속에서 유나가 몸부림쳤다. 강아지처럼 낑낑거리며 도리질을 치면서 팔다리를 허우적거렸지만, 반은 유나를 품에 꼭 끌어안고 놓아주지 않았다.

짐승들이 달려간다.

그 뒷모습을 보고 있노라니 어머니에게 버림받은 것처럼 가슴에 고독이 퍼졌다.

함께 가고 싶었다. 그들과 함께, 어디까지라도.

품에 끌어안은 유나도 똑같은 충동을 느꼈으리라. 갓난아이로 돌아간 것처럼 울고 있다.

그래도 반은 팔의 힘을 풀지 않았다. 앗시미의 냄새가 몸속의 충동을 진정시키자 익숙했던 자신의 감각이 돌아왔기 때문이다.

'가면 안 돼.'

그런 말이 머릿속에 불쑥 떠올랐다.

'보내서는 안 돼.'

햇살 내음이 나는 유나의 머리카락에 얼굴을 묻은 반은 그 어린 몸을 힘껏 끌어안았다.

큰까마귀

이튿날은 눈 한 송이 내리지 않을 정도로 쾌청했다.

땅 한가득 깔린 하얀 눈이 빛을 반사해 눈이 부셨다.

그 맑고 하얀 눈밭을 더럽히는 단 하나의 검은 시체를 오마 일행은 어두운 표정으로 굽어보고 있었다. 반에게 맞아 나가떨어지면서 말뚝에 부딪혀 등뼈가 부러진 모양이다. 눈 위에 네 발을 쭉 뻗고 이미 딱딱하게 얼어붙었다.

죽어서 그런 걸까, 그 몸을 보아도 어젯밤과 같은 일체감은 느끼지 못했다.

오마는 반에게서 조금 떨어진 곳에 서 있었다.

어젯밤의 일이 악몽처럼 맴도는 것이다. 오늘 아침은 전과 달리 표정도 얼어붙어서 반을 똑바로 쳐다보지 못하고 있다.

오마의 심정은 이해하고도 남는다. 스스로도 어젯밤의 자신이 지금 이곳에 있는 자신과 똑같은 사람이라고 생각할 수 없었다. 옆에서 보면 짐승처럼 승냥이와 싸운 그의 모습이 몹시 기이하게 비칠 것이다.

게다가 어젯밤의 동요가 아직 남아 있는 듯했다. 두꺼운 소매 덕분에 짐승의 송곳니가 피부에 박히지는 않았지만, 그래도 갑자기 덤벼든 짐승에게 물린 공포가 여전히 생생하게 오마의 마음을 뒤흔드는 듯했다.

"……이 녀석은 검은 형제가 아니군."

콧잔등을 찌푸리며 시체를 바라보던 토마의 숙부 요키가 불쑥 중얼거렸다.

그 목소리를 듣고 그때까지 시체를 똑바로 보지 않던 오마가 그제야 시체를 굽어보았다. 얼굴을 찌푸리며 몹시 싫은 기색으로 시체를 보더니, 이윽고 눈에 힘을 주고 시체를 자세히 들여다보기 시작했다.

그러는 동안 그의 얼굴에서 긴장이 차츰 사라졌지만 그 대신 당혹스러운 기색이 떠올랐다.

"그러네. ……이 녀석은 검은 형제가 아니야."

오마가 눈썹을 찌푸리고 중얼거렸다.

땅에 누워 있는 시체는 늑대와 흡사했지만 늑대는 아니었다.

키나 겉모습은 늑대였지만, 턱과 귀의 모양이 달랐다. 털만 해도 등에 옅은 금빛 털이 한 줄기 섞여 있었다.

'이 녀석은 승냥이의 피를 이어받았군.'

반은 마음속으로 중얼거렸다.

고향의 산지에는 승냥이가 많았다. 털은 엷은 금빛으로, 저 세상의 빛을 등에 업은 짐승이라 하여 모두가 꺼렸다. 번식력이 강해 검은 늑대가 감소한 뒤로 그 수가 급증했다. 퓨이카를 즐겨 공격하기 때문에 겨울에는 흔히 승냥이 사냥을 했다.

눈앞에 쓰러져 있는 이 짐승은 승냥이보다 색이 검고 덩치가 컸지만 그 얼굴은 승냥이를 닮아 흉악한 구석이 있었다.

반은 몸을 숙여 짐승의 발바닥을 보았다.

'……이거, 일이 복잡하군.'

발바닥은 승냥이와 똑같았다. 발톱이 벌어진 각도가 약간 달랐지만 이렇게 실물을 보지 않는 한, 산에서 발자국을 발견해도 승냥이의 발자국이라고 믿을 것이다.

문득 머리를 스친 어떤 생각에 가슴이 서늘해졌다.

어린 멧돼지나 사슴이 숲에서 사라질 때마다 승냥이가 늘어서 그렇다고 생각했는데, 그게 아니었는지도 모른다.

'늘어난 건 이놈들인가……'

머리 위에서 오마의 목소리가 들렸다.

"이 녀석, 로차이인가?"

로차이[半仔]라는 말을 들으며 반은 오마의 가족들도 토가 산지의 백성과 마찬가지로 승냥이를 싫어한다는 것을 느꼈다.

로차이란 늑대와 승냥이를 교배시켜 얻은 개의 멸칭이다.

아카파 인은 영리하다는 이유로 사냥개로 쓰기도 하지만, 반의 고향 사람들은 늑대와 개를 교배시키는 일은 있어도, 승냥이의 피가 섞인 개는 결코 사냥개로 삼지 않는다.

오마는 몸을 숙인 자세에서 허리를 뻗으며 고개를 기울였다.

"로차이라면 주인이 있을 텐데. 이 녀석들은 승냥이처럼 사는 놈들인가?"

그 말을 들은 순간, 뇌리에 한 가지 광경이 펼쳐졌다. 숲 가장자리에 서서 빛줄기를 그러쥐고 있던 사람 그림자…….

어째선지 어젯밤 일은 전부 벌써 오래전 일처럼 느껴지면서 악몽의 잔재 정도로밖에 기억나지 않았다. 그래도 번개 속에 떠오르는 광경처럼 선명하게 뇌리에 아로새겨진 순간도 있었다.

숲 가장자리에 서 있던 그림자도 그중 하나였는데, 그것은 오마 가족에게는 말하지 않았다. 아침 햇살 속에서 새삼 이 시체를 보고 확실히 깨달은 사실이 있었기 때문이다.

어젯밤부터 그렇지 않을까 짐작은 했지만 역시 틀림없었다.

'이건 그놈이다.'

소금광산을 습격해 사람들을 몰살한 흉악한 짐승이다.

가만히 그를 바라보던 그 기묘하게 빛나는 눈과 의도적으로 한 사람씩 물어뜯던 그 동작.

그때, 이 짐승을 병사 같다고 생각했다. 그 감은 아마 틀리지 않을 것이다.

이 짐승은 들짐승이 아니다.

지휘하는 이가 어떤 의도를 가지고 부리는 무리다.

반은 장갑 낀 손을 불끈 움켜쥐었다.

어젯밤 일 중에서 가장 생생하게 남아 있는 감각은 공포도, 후회도 아니었다.

어둠 속에서 이 녀석들과 눈이 마주친 순간에 느낀 그리움과도 흡사한 따뜻한 인연. 그것은 대체 무엇이었나?

'나는 이 녀석에게 물렸다.'

소금광산에서 이 짐승에게 물리고 나서 꾸었던 꿈. 그때부터 바뀌기 시작한 육체…….

반 혼자만 물렸던 게 아니다.

'……유나.'

어렴풋이 빛나며 강아지처럼 승냥이를 따라 정신없이 달리던 작은 모습이 떠올랐다.

그 아이도 물려서 그 몸에 뭔가가 깃든 게 아닐까?

'앞으로 우리는 어떻게 되는 걸까?'

그렇게 생각한 순간, 가슴속에서 무섭도록 차가운 공포가 불쑥 솟아나 덩굴이 자라나듯 가슴 전체로 퍼져나가더니 뒤통수부터 이마까지 서늘하게 저려왔다.

반은 숨을 깊이 들이쉬었다. 두려워하면 사고가 멎는다. 어찌 됐든 유나의 인생은 이제부터 시작이다. 공포에 움츠려 있을 틈이 없다.

'생각해라.'

반은 눈을 감았다.

'지금 내게 보이는 건 단편이다.'

그 단편의 끝은 짐작도 할 수 없으리만치 거대한 무언가에 이어져 있다.

필시 무슨 일이 벌어지고 있다. 소금광산에서 일어난 일은 그 무언가의 시작이었던 게 아닐까?

반은 눈을 뜨고 눈부신 눈밭 저편에 펼쳐진 검은 숲을 보았다.

'저곳에 있던 놈은 우리를 봤겠지.'

이 짐승들과 반, 그리고 유나가 빛줄기로 이어져 있는 것을 느꼈을 것이다.

'내가 소금광산의 생존자라는 걸 알 리는 없겠지만……'

그렇게 생각하면서도 뭐라 말할 수 없는 불길한 감각은 사라지지 않았다.

'외뿔'을 이끌고 싸울 때, 이런 느낌이 들면 반드시 적군이 매복해 있곤 했다.

직감이라는 건 얕볼 수 없다. 아직 의식의 표층으로 올라오지 않은 일을 일찌감치 감지하는 경우가 종종 있다.

정체 모를 존재가 그들을 보면서 표적으로 삼고 있다. 그런 생각이 든다면 그것을 무시해서는 안 된다.

반은 오래도록 잊고 있던 감각이 가슴속에서 슬그머니 고개를 드는 것을 느꼈다. 그것은 습격해오는 적을 무찌르겠다고 각오를 다진 순간 느껴지는 그 기묘하리만치 예리한, 그러면서도 어딘가 당당한 기분이었다.

반은 숲을 향해 천천히 걸음을 뗐다.

그곳에 누가 서 있었다면 그 흔적이 남아 있을 터였다.

"……어이, 왜 그래?"

오마가 물었다.

반은 뒤를 돌아보며 짧게 대답했다.

"이 짐승이 어디에서 왔는지 발자국을 추적해야겠습니다."

어째서 그런 짓을 하는지 이해할 수 없다는 듯 오마는 눈살을 찌푸렸지만, 아리송한 얼굴로 고개를 끄덕이고는 그 이상 간섭하지는 않았다.

반은 다시 숲으로 걸어갔다.

눈밭은 조금 전에 일어난 일을 그 몸에 새겨서 간직하고 있었다. 반의 눈에는 짐승들이 눈을 어지러이 짓이기며 달려온 흔적이 똑똑히 보였다.

빛줄기를 움켜쥐고 있던 인물은 다른 나무들보다 머리 하나만큼 큰 거목 밑에 있었다.

눈밭에 남아 있는 검은 짐승의 발자국도 그 거목을 향하고 있었다.

'틀림없어.'

저 거목 밑에 짐승 무리를 불러들인 자가 있었다.

아침 햇살 속에서 바람을 맞아 위쪽 가지가 살랑거리는 그 거목 밑으로 반은 신중하게 다가갔다.

눈밭에서 숲 가장자리로 들어가자 눈이 얕아졌다.

그래도 짐승들의 발자국은 뚜렷하게 남아 있었다. 발자국 위에 다른 발자국이 겹쳐서 형태가 망가진 발자국도 있다. 그 발자국은 여러 마리의 짐승이 일단 이 좁은 장소에 모여 숲속으로 달려갔다는 사실을 알려주었다.

하지만 사람 발자국은 없었다.

반은 실눈을 뜨고 사람 그림자가 있던 장소를 살펴보았다. 조금 떨어져 전체를 둘러본 뒤에 위치를 확인하고서 다시 눈 위를 조사했지만 역시 어디에도 사람 발자국은 없었다.

그 대신 기묘한 흔적이 보였다.

검은 짐승들이 멈춰 선 자국이다. 모두가 발끝을 거목 밑동을 향하게 하고 한 번 멈춰 섰다.

환영처럼 하나의 광경이 눈앞에 떠올랐다. 그 검은 짐승들이 둥그렇게 모여 사냥꾼의 지시를 기다리는 사냥개처럼 거목 밑동을 바라보는 광경이다.

하지만 짐승들이 바라보는 그 원의 중심에는 아무것도 없다. 새로 찍힌 발자국조차 없는 매끈하고 하얀 눈이 아스라이 빛나고 있을 뿐이었다.

'……어째서?'

그건 꿈이었나? 빛나는 사람 그림자를 본 것은 현실이 아니었나…….

아니, 분명히 이곳에 뭔가가 있었다. 그렇지 않다면 그 짐승들이 이렇게 둥그렇게 모여들 리가 없다.

그때, 문득 머리가 쭈뼛거렸다.

퍼덕퍼덕, 느긋한 날갯소리가 하늘을 가로질러 다가왔다. 그 모습을 보기도 전에 그것이 까마귀라는 것을 알았다. 큰까마귀다.

그 거대한 큰까마귀는 늘어진 가지 사이를 미끄러지듯 빠져나가 날개를 활짝 펼치고 거목의 가지 위에 조용히 내려앉았다.

날개를 접고 이쪽을 굽어보고 있다. 반은 입술을 굳게 다물고 잠시 까마귀와 정면에서 눈씨름을 했다. 까마귀의 눈에 적의는 없었다. 무슨 생각을 하는지 가만히 이쪽을 바라보고 있다.

하지만 서로 바라보는 동안 기묘한 일이 벌어졌다. 그 모습을 차츰 똑바로 볼 수 없게 되었고, 그 칠흑 같은 날개가 기이하게 눈부셨다.

칠흑 같은 모습이 점점 부풀어 오르더니 마침내 눈이 멀 것처럼 장엄한 빛을 쏘아내기 시작했다.

이마에서 정수리 쪽으로 차가운 응어리가 퍼져나갔다. 별세계의 존재를 보고 있다. 이대로 이러고 있어서는 안 된다.

반은 까마귀로부터 억지로 눈을 떼고 걸음을 돌려 숲에서 빠져나왔다.

"……아바!"

유나의 목소리가 들렸다.

그 밝은 목소리를 들은 순간, 몸을 뒤덮고 있던 살얼음 같은 무언가가 사르르 녹으면서 피부에 온기가 돌아왔다.

유나가 키야의 손을 붙잡고 천막에서 나오는 참이었다. 눈이 부신지 손으로 이마 위를 가리는 키야의 옆에서 털가죽에 푹 감싸인 유나가 작은 손을 흔들고 있다.

"아! 아바, 저기, 바! 할머니 있어!"

유나는 그렇게 말하며 큰까마귀가 앉아 있는 거목의 가지를 가리켰다.

"반짝, 반짝, 빈나는, 할머니, 있어."

반은 아무 말도 못 하고 큰까마귀를 가리키는 아이를 바라보았다.

등 뒤에서 큰까마귀가 하늘로 훌쩍 날아오르는 기척이 났다.

반은 무심코 몸을 돌려 눈부시도록 푸른 하늘로 빨려 들어가는 그 모습을 실눈을 뜨고 지켜보았다.

4

'젖은 날개'를 가진 사자

어이, 하고 부르는 소리에 뒤를 돌아보니 요키가 손을 흔들고 있었다.

자꾸 코를 문지르는 츠피의 뿔 밑을 쓰다듬어주던 반은 몸을 살짝 굽혀 앗시미를 눈 위에 내려놓고 요키 쪽으로 걸음을 뗐다.

사랑의 계절이 찾아오면 퓨이카는 앗시미를 많이 먹는다. 특히 암컷은 새끼를 배면 앗시미를 과할 정도로 먹어치운다.

눈 속에서도 죽지 않는 앗시미를 숲에서 채취해 싱그러울 때 암사슴에게 주는 것이 겨울의 중요한 일과였다.

깊은 눈을 헤치고 숲으로 들어가서 앗시미를 캐내는 일은 꽤 중노동이었지만 튼튼한 새끼를 얻으려면 이 정도는 참아야 한다.

하지만 지금은 냄새로 앗시미가 어디에 있는지 알고 있으므로 눈속에 묻힌 앗시미를 캐내는 일도 조금은 편해졌다.

옛날에는 냄새가 난다는 사실조차 몰랐으나 지금은 앗시미의 냄새를 맡으면 묘하게 마음이 흔들린다.

모호키와 달리 좋은 냄새지만, '아, 좋은 냄새다'라고 생각하는 마음과 피하고 싶은 마음이 맞섰다.

앗시미의 냄새를 맡으면 늘 검은 로차이들과 달렸던 그날 밤의 일이 뇌리에 떠올랐다. 이 초록색 이끼의 냄새가 마음에 걸리는 건 그 때문인지도 몰랐다.

눈을 가볍게 밟으며 종종걸음으로 다가가자 요키가 굳은 얼굴로 말했다.

"큰일 났네. 자네……, '젖은 날개'를 가진 사자가 왔어."

"젖은 날개?"

그게 뭐냐고 되물으려는 찰나, 바람의 방향이 바뀌면서 불현듯 그때까지 맡아본 적 없는 냄새를 느꼈다.

깊은 숲속에서 나는 푸릇한 이끼 냄새와 향초를 태우는 듯한 냄새에 달걀 썩은 냄새가 희미하게 섞여 있다.

누군지 몰라도 천막 저편에 그 냄새를 두른 손님이 있다.

"젖은 날개를 몰라?"

요키가 초조한 목소리로 말했다.

"토가 쪽에는 '메아리의 주인'이 없나?"

"……."

"모르나? 황혼의 골짜기를 뛰어넘을 수 있는 분이야. 메아리의 주인이 누군가를 부를 때는 사자에게 큰까마귀 깃털을 들려 보내지."

마음이 급해 설명하는 것조차 번거로운지 요키는 조급한 기색으로 손을 저었다.

"일단 와보게."

성큼성큼 걸음을 떼는 요키와 나란히 걸어가면서 반은 그날 아침에 보았던 큰까마귀를 떠올렸다. 너무 눈부셔서 제대로 볼 수 없었던 그 새는 역시 보통 까마귀가 아니었나.

'메아리의 주인……'

황혼의 골짜기를 뛰어넘을 수 있는 분.

'춤의 주인 같은 건가?'

고향에서는 영혼이 되어 이 세상과 저세상 사이의 골짜기를 뛰어넘을 수 있는 자를 '춤의 주인'이라고 부른다. 그런 자가 이 오키 민족 내에도 있을지 모른다.

춤의 주인을 생각하니 그리움이 치밀어 올랐다.

선대 춤의 주인에게는 어렸을 때부터 신세를 많이 졌다.

'욧키나'라는 이름의 잘 웃는 쾌활한 아주머니로, 아이들을 놀리는 걸 좋아했다. 아이들은 어른들에게 갖은 이야기를 들은 탓에 그녀 앞에 서면 우물쭈물하면서 어떻게든 빨리 달아날 생각밖에 없었다.

하지만 반은 어쩐지 욧키나가 좋았다. 그녀도 반을 보면 "팔팔한 장난꾸러기 사슴, 이쪽으로 잠시 와보려무나" 하고 불러 나무 열매나 꿀로 만든 과자를 주었다.

그녀 덕에 목숨을 건진 적도 있었다. 한창 장난꾸러기였던 어린 시절, 친구들과 담력 시험을 하러 밤중에 산에 들어갔다가 벼랑에서 발을 헛디뎌 크게 다쳤을 때였다.

어둠 속에서 어쩌면 좋을지 몰라 훌쩍이던 그는 자신을 찾아다니는 친구들의 목소리를 들었지만 너무 아파서 여기에 있다고 소리를 지를 기력도 없었다.

그때 그를 구해준 것이 욧키나였다. 어떻게 알아냈는지 모르겠지만, 반이 쓰러져 있는 장소를 아버지와 마을 사람들에게 알려준 것이다.

처자식을 잃었을 때, 백일몽처럼 막막했던 날들의 기억 속에서도 욧키나가 해준 많은 말들은 가슴에 아로새겨져 남아 있다.

츠오르가 쳐들어온다는 소문이 들려오기 시작했을 때, 욧키나는 딸에게 춤의 주인 자리를 물려주고 어디론가 훌쩍 사라졌다.

무서운 조짐을 보고 달아났다고 나쁘게 말하는 사람도 있었지만, 반은 그녀가 나름의 이유가 있어 토가 산지를 떠났다고 생각했다.

가장 필요한 순간에 가르침을 얻고 싶은 상대가 사라진 것은 섭섭했지만 "내 분야는 황혼의 흐름이지, 싸움은 내가 나설 자리가 아니야" 하고 말하는 것만 같아 그것도 그녀답다고 생각했다.

지금 그를 부른다는 메아리의 주인이 춤의 주인과 비슷한 사람이라면, 어쩌면 그날 아침 보았던 큰까마귀는 그 영혼을 태우고 있었는지도 모른다.

그렇게 생각했을 때, 문득 까마귀를 가리킨 유나의 목소리가 귓가에 되살아났다.

'……반짝, 반짝, 빛나는, 할머니, 있어…….'

가슴속을 스치는 서늘한 기운에 반은 눈살을 찌푸렸다.

천막 출입구 쪽으로 돌아가자 자그마한 여성이 보였다.

몸에 두른 순록 털가죽은 평범했지만, 등 위로 늘어뜨린 두건에는 작은 파란색 구슬이 잔뜩 박혀 있어 그녀가 움직일 때마다 예리한 빛을 발했다.

오마 가족이 그 손님을 에워싸고 있었다.

재빨리 반을 알아본 유나가 키야의 손을 뿌리치고 두 손을 허우적거렸다.

"아바! 아바!"

모두 반을 돌아보았다.

자그마한 여성이 이쪽을 향해 고개를 숙였다. 눈꼬리에 주름이 있었지만 나이는 그리 많지 않았다. 오십 중반을 조금 넘었을까 싶은 여성이었다.

달려온 유나를 품에 안아 들고 반은 그녀에게 고개를 숙여 인사했다.

그녀는 손에 촉촉하게 빛나는 칠흑의 큰까마귀 깃털을 들고 있었다. 크고 작은 두 장의 깃털을 조용히 내밀며 또렷한 목소리로 말했다.

"저는 메아리의 주인이 보낸 사자입니다. 앗세노미라고 합니다. 숲 건너편, 불길의 숨결이 새어 나오고 뜨거운 샘이 솟아나는 '요미다의 숲'에 사는 이가 당신과 어린 딸을 만나길 원합니다. 갑작스러운 일이라 당황스럽겠지만, 눈보라가 그쳐 날이 맑은 이참에 부디 와주실 수 없겠습니까?"

반이 대답하기 전에 유나가 손을 쭉 뻗어 깃털을 잡았다.

"아바, 이거 바. 갱장해, 예뻐!"

방긋방긋 웃으며 깃털을 코앞으로 가져갔다.

"……이 녀석."

반이 야단치려는데 앗세노미가 미소를 지었다.

"어린 소녀여, 그 깃털이 무슨 색으로 보이나요?"

이 아이에게는 아직 어려운 질문이라고 생각했는데, 유나는 두 장의 깃털을 요리조리 번갈아보더니 대답했다.

"있지, 반짝, 비치 나. 누운 색!"

오마도 망야도 무슨 말을 하는지 못 알아듣고 난처한 표정을 지었지만, 앗세노미는 기쁜 표정으로 소리 높여 웃었다.

"그래, 맞아요. 눈 색이란다."

유나의 대답이 어지간히 기뻤는지, 뺨에 포근한 빛이 감돌고 눈이 상냥하게 휘어지더니 그때까지 감돌았던 딱딱한 분위기가 사라졌다.

"당신 눈에는 무슨 색으로 보입니까?"

그녀의 질문에 반은 다시 깃털을 보았다.

그때까지는 검은 색으로 보였는데, 자세히 보려고 초점을 맞추자 형태가 일렁이더니 제대로 보이지 않았다.

반은 실눈을 뜨고 중얼거렸다.

"……안 보입니다."

앗세노미의 눈이 살짝 벌어졌다. 뭔가 생각하듯 한참 반을 쳐다보다가 이윽고 고개를 끄덕였다.

"그러십니까. 그런 분도 계실지 모르겠네요."

앗세노미는 다시 온화한 목소리로 물었다.

"어떠신가요, 저와 함께 가주시겠습니까?"

반은 바로 대답하지는 않고 품속에 있는 유나를 바라보았다.

두 사람을 부른다는 메아리의 주인이 춤의 주인과 같은 존재라면 그 목소리는 신의 목소리다. 거절할 수 없다.

우리에 대해 어떻게 알고 있는 걸까? 어째서 부르는 걸까? 그것이 몹시 궁금하기도 했지만, 한편으로 불안하기도 했다.

그의 몸속에는 기묘한 변화가 일어나고 있다. 아마 이 아이에게도 뭔가가 일어나고 있을 것이다.

그것이 그 짐승에게 물려서 그렇게 된 것이라면 신을 받드는 자는 그것을 어떻게 생각할까? ……부정한 존재에게 물려 변화해가는 불길한 생명으로 여기고 정화해주려고 부르는 건지도 모른다.

키야가 몸을 꿈지럭거리며 불안한 얼굴로 늙은 남편을 올려다보는 모습이 보였다.

그것을 본 순간, 결심이 섰다.

따라가든 도망가든 그것은 그와 유나만의 문제다. 이곳 사람들에게 폐를 끼쳐서는 안 된다.

게다가 지금 무슨 일이 일어나고 있는지 모르고서는 앞으로 어떤 길을 택해야 할지도 생각할 수 없다.

혼자라면 어떻게든 살면 된다.

하지만 품속에 있는 따스한 이 아이는 이제 막 인생의 걸음마를 뗐다. 이 아이가 행복하게 걸어갈 길을 찾아주어야만 한다.

반은 앗세노미를 바라보며 고개를 끄덕였다.

"가겠습니다."

앗세노미가 안도한 듯 미소를 지었다.

"그러십니까? 다행입니다. 죄송해요, 갑작스럽게."

편안한 그 말을 듣고 오마의 표정이 변했다.

"저기……."

앗세노미가 고개를 돌려 오마를 보았다.

"예?"

오마는 헛기침을 하고 말을 이었다.

"실례일지도 모르지만, 이번 부름은 지난번 밤에 있었던 일과 상관이 있습니까?"

앗세노미는 난처한 표정을 지었다.

"지난번 밤이라니, 무슨 말씀이신가요?"

오마는 아내를 흘깃 쳐다보고 요키와 토마를 보고, 이어서 반을 보더니 마음을 굳힌 듯 입을 열었다.

"한 사흘 전이었을까요, 로차이 무리가 저희 퓨이카를 습격했습니다. 그래서 여기 있는 반이 퓨이카를 구하려고 그놈들을 그게, 그만 때려죽여서……."

오마는 다시 헛기침을 하고 말을 이었다.

"불로 쫓아내지도 않고 죽인 것은 벌 받을 짓이지만, 이 남자도 익히 알고 있고 반성도 하고 있습니다. 애초에 저희를 위해 그런 것이라."

깜짝 놀란 얼굴로 오마의 이야기를 듣던 앗세노미의 표정이 로차이 무리라는 말을 들었을 때만 살짝 바뀌었다.

하지만 그 표정은 곧 사라졌고, 오마가 설명을 마치자 앗세노미는 고개를 살짝 기울이며 온화한 목소리로 대답했다.

"그거 참 큰일을 겪으셨군요. 그 문제로 메아리의 주인이 부르시는 걸 수도 있겠지요. 하지만 그렇지 않을 수도 있답니다. 그건 제가 알지 못하는 일입니다. 죄송해요, 저는 두 분을 부르는 이유는 전혀 듣지 못했어요."

그렇게 말하며 앗세노미는 달래듯 덧붙였다.

"하지만 걱정할 필요는 없을 거예요. 메아리의 주인은 여러분도 잘 알다시피, 흐름을 조정하기 위해 존재하는 분이니까요. 뭔가 어긋난 점이 있다면 그것을 똑바로 고쳐주실 겁니다."

오마는 입을 꾹 다물고 반을 보았다.

앗세노미의 말투는 온화했지만, 그 말 속에는 어쩐지 엄숙한 기운이 있었다.

오마도 그것을 느낀 듯했다. 뭔가 말하고 싶은 표정으로 반을 한참 쳐다보며 입을 다물고 있던 그는 마침내 숨을 한 번 들이쉬고 자그맣게 중얼거렸다.

"갈 테면 다녀와. ……우리는 봄의 중턱까지 여기에 있을 거고, 이동할 때는 알아볼 수 있도록 표시해둘 테니."

반은 오마를 바라보다가 깊이 고개를 숙였다.

*

메아리의 주인이 사는 요미다의 숲까지는 닷새가 걸린다고 해서, 그날은 여장을 꾸리고 이튿날 아침에 출발하기로 했다.

조금 더 추워지면 눈이 얼어붙어 순록도 다니기 쉽고 썰매로 다니기도 쉬울 테지만, 숲속은 아직 눈이 부드러워 긴 여행은 제법 고되었다.

여자 혼자 눈 속에서 밤을 보내며 여행하려면 어지간히 불안했을 텐데, 앗세노미는 이런 여행에 익숙한지 실로 느긋한 얼굴로 담담히 순록을 타고 있었다.

그녀의 순록 또한 길이 잘 들어서 도저히 길처럼 보이지 않는 숲의 샛길도 정확히 분간해가며 망설임 없이 나아갔다.

유나는 키야나 다른 사람들과 떨어져 떼를 쓸 줄 알았는데, 의외로 생글거리며 이 부근 아이들을 여행에 데리고 갈 때 쓰는 작은 바구니에 쏙 들어가 있는 채로 순록 등 위에 올라타 있었다.

옅은 구름이 하늘을 덮고 있었지만 이따금 아스라한 햇살이 쏟아지는 숲은 평화로웠다.

해가 기울기 시작하자 반은 앗세노미에게 유나를 맡기고 야영 준비를 했다.

바람이 없는 장소를 찾아 긴 자루가 달린 나무 삽으로 눈을 벽처럼 둥그렇게 쌓아 올리고 안쪽에 순록 털가죽을 깔았다.

눈집 중앙, 털가죽에 불똥이 튀지 않는 자리에서 모닥불을 피우고 있는데, 유나가 "이거 바, 이거 바" 하고 털가죽 위에서 데굴데굴 구르기 시작했다.

"벽을 차면 무너져."

반이 점잖게 타일렀지만 구르기를 좋아하는 유나는 못 들은 척 데굴데굴 굴러다녔다.

앗세노미가 웃으며 유나를 안아 올려 뺨을 문지를 때까지 질리지도 않고 계속 데굴데굴 굴러다녔다.

하룻밤, 또 하룻밤, 함께 야영하는 동안 앗세노미는 반의 신상에 대해 묻지 않았다. 물론 자기 신변 이야기도 하지 않았고 그저 유나와 놀아주거나 나직하게 노래를 흥얼거리며 지냈다.

반도 굳이 물으려 하지 않았다. 원래 침묵을 불편해하는 성격도 아니고, 오히려 입을 다물고 있어도 된다는 게 고마웠다.

유나 혼자만 짧은 혓소리로 잔뜩 떠들어댔지만, 밤이 깊어지기도 전에 반의 품속에 파고들어 몸을 웅크리고 잠들었다.

유나가 잠들자 주변은 겨울의 고요함 속에 휩싸였다.

활활 타오르는 모닥불에서 장작이 바작거리는 소리. 똬리를 틀며 올라간 연기를 맞고 나뭇가지에 쌓인 눈이 땅으로 투두둑, 떨어지는 소리. 수풀 속에서 여우에게 잡아먹히는 쥐가 내뱉는 작은 신음…….

이런 소리는 이상하게도 귀에 들리더라도 큰 의미를 갖지 않는다. 단지 밀려드는 바람의 노래처럼 몸을 찬찬히 뒤덮었다가 지나갈 뿐이다.

옛날에는 밤의 숲이 몹시 무서웠지만, 어째선지 지금은 그리 무섭지 않았다. 느긋한 흐름 속에 있는 것처럼 모든 것이 그를 감쌌다가 흘러간다.

그 짐승이나 늑대가 습격해 올까 봐 금방 손이 닿는 자리에 낫도끼를 두었지만 마음을 건드리는 불길한 기척이 없어, 어느덧 얕은 잠이 다가왔다.

다만 잠의 비탈을 내려갈 때 아주 잠깐, 어딘가 먼 곳에서 그를 지켜보는 수많은 눈이 보이는 것 같아 흠칫 잠에서 깨는 순간이 있었다. 하지만 그 눈의 인상이 바로 아득해져 다시 잠에 빨려 들어가는 것이었다.

그런 야영의 밤을 나흘 동안 보내고 어느새 닷새째 아침이 찾아왔다.

새벽은 쌀쌀하다.

유나가 춥지 않도록 불을 계속 피웠기 때문에 깊이 잠들 수는 없었지만, 아침 햇살이 비칠 무렵에는 잠이 완전히 깼다.

앗세노미도 아직 어둑할 때 자리에서 일어나 모닥불에 냄비를 얹어 물을 데워서 차를 끓이기 시작했다.

무슨 찻잎인지, 향기가 상큼한 차였다. 앗세노미는 그 차에 희멀건 벌꿀 덩어리를 넣어 휘휘 젓고는 반에게 건넸다.

식혀서 조금씩 마시자 따뜻하고 달콤한 차가 얼어붙은 몸에 스며들어 육신이 되살아나는 기분이었다.

졸린 건지 추운 건지 칭얼대던 유나도 차를 마시자 대번에 생글거렸다.

"아직 멀었습니까?"

반이 불에 구운 말린 고기를 뜯어 먹으며 묻자 앗세노미는 미소와 함께 고개를 저었다.

"오후에는 도착할 거예요. 늦어도 저녁에는."

출발해서 한참을 가다 보니 숲이 끝나고 매끄러운 눈밭이 펼쳐졌다.

눈이 따가울 정도로 밝은 그 눈밭 너머에 기괴한 형태의 검은 바위가 몇 개나 불쑥 솟아 있었다. 그 검은 바위산 너머에는 울창한 숲이 펼쳐져 있고, 또 그 너머에는 높은 산이 보였다.

그 산의 능선을 본 순간, 반은 무심코 순록을 세웠다. 그럴 것 같기는 했지만, 역시 고향 쪽으로 가고 있었던 것이다. 지금 보이는 저 높은 산은 토가 산지의 북동쪽 끝에 있는 오토가야 봉우리다.

평소와는 다른 방향에서 보는 탓에 모습이 조금 달라 보였지만,

그래도 틀림없는 고향의 산하였다.

너무나 그리웠던 산을 보니 가슴이 따끔하게 아려왔다.

"아바! 저거, 머야? 괴물이야?"

반은 겁에 질린 목소리로 묻는 유나를 바구니에서 꺼내 무릎 사이에 앉혔다.

"괴물이 아니야. 그냥 바위란다."

"바이?"

"그래, 바위야."

유나가 무서워할 만도 했다.

눈앞에 펼쳐진 바위는 흔히 보는 바위와는 영 딴판으로 표면이 울퉁불퉁해, 마치 괴물이 몸부림치다가 굳어버린 듯한 형상이었다.

"……저건 화혈암火血岩인가?"

반이 중얼거리자 앗세노미가 뒤를 돌아보며 고개를 끄덕였다.

"예, 맞아요. 잘 아시네요."

반은 새하얀 눈밭 위에서 실눈을 뜨며 천천히 대답했다.

"고향에도 비슷한 장소가 있어서."

오토가야 봉우리는 불을 뿜어내는 산으로, 이따금 정상에서 희미하게 연기가 솟아오르는 광경을 본 적이 있었다.

오토가야 봉우리 건너편에도 이곳과 흡사한 '화혈암의 들판'이 있다. 장로들이 화산에 가까운 곳은 대지의 표면이 얇다고들 했는데, 확실히 그 부근은 대지의 맥이 가까워 계곡 바위 틈새로 뜨거운 물이 철철 솟아나는 곳도 있었다. 그런 장소에서는 시냇물과 만나는 자리에 탕을 만들어놓기 때문에 자주 목욕하러 가곤 했다.

철이 들 무렵부터 그렇게 탕에 들어가 몸을 씻는 데 익숙했기 때문에 원정을 떠나면 탕에 몸을 담그지 못하는 게 견디기 힘들었다.

소금광산에서 보낸 나날은 물론, 이 순록의 민족들과 함께 살 때도 탕에 들어갈 일이 없었다. 때문에 저 계류 옆의 온탕을 생각하자 '아아, 저 탕에 한 번 더 들어가고 싶다' 하는 생각이 솟아올랐다.

'……여기도 저곳처럼 대지의 표면이 얇으니 뜨거운 물이 나올지도 몰라.'

문득 그런 생각을 한 반은 쓴웃음을 지었지만, 의외로 가능성이 있을지도 모른다.

가까이 다가갈수록 그 기묘한 모습을 뚜렷이 드러내기 시작한 화혈암 덩어리는 고향의 화혈암의 들판보다 규모는 훨씬 작았지만 경치는 정말 비슷했다.

고향의 화혈암의 들판은 오랜 옛날에 오토가야 봉우리가 하늘 높이 불을 뿜어냈을 때, 불타는 피가 흘러나와 굳었다는 전설이 내려오는 바위 벌판이었다.

누가 봐도 기묘한 곳이라 아이들에게는 담력을 시험하러 들어가보고 싶은 장소였다. 하지만 부모들은 바위 그늘에 숨어 있는 마물이 독기를 토해내니 결코 다가가서는 안 된다고 단단히 타일렀다.

실제로 그 바위 벌판 위를 날아가던 새가 마치 돌이 떨어지는 것처럼 툭 떨어지는 광경을 본 사람도 있었고, 숨 막히게 고약한 냄새가 풍겨올 때도 있어서 아이들도 부모의 지시를 어기지는 않았다.

그런 기억을 떠올리며 눈밭을 지나는데 바람의 방향이 바뀌더니 계란 썩은 내 같은 기묘한 냄새가 물씬 풍겨왔다.

반이 무심코 손으로 유나의 코를 덮는 것을 보고 앗세노미가 미소를 지었다.

"괜찮아요. 마물의 숨결 냄새가 나지만 이 정도로는 몸에 해가 없어요. 정말 위험한 독기가 솟고 있는 건 저 산 북쪽인데, 이쪽 메아리의 주인께서 계신 요미다의 숲 바위 동굴에는 닿지 않아요."

거의 다 왔다고 말하며 앗세노미가 선두에 서서 바위 사이로 들어갔다. 그녀는 능숙하게 순록을 다루어 검은 화혈암 사이를 빠져나갔다.

바위로 다가가자 유나의 몸이 굳었지만, 막상 바위틈에 난 샛길로 들어가자 이번에는 몸을 쑥 내밀고 눈을 빛내며 바위를 구경하기 시작했다.

"이거, 순록이다! 이거, 아줌마! 아, 찍찍이도 있어!"

아무래도 바위가 순록과 아주머니와 쥐로 보이는 모양이다.

독기의 냄새는 바람 방향에 따라 강해지기도 약해지기도 했지만 익숙해지자 크게 신경 쓰이지 않았다.

검은 화혈암 사이를 빠져나와 숲으로 들어가자 주위가 한층 어둑해졌다.

대지의 피는 이곳에도 흘렀던 모양이다. 자세히 보니 나무뿌리가 파고들었던 바위는 화혈암과 똑같은 색을 띠고 있었다.

'불길이 훑고 지나간 땅에도 흙이 쌓이고 초목이 자라나는 구나……'

이곳은 역시 지표가 얇다. 이 숲은 다른 숲보다 조금 더 따뜻하다. 그 때문인지 나무에는 이끼가 껴 있고 가지에는 덩굴이 늘어져 있다.

길게 늘어진 덩굴 너머로 우뚝 솟은 암벽이 보였다.

"자, 다 왔어요."

앗세노미가 뒤를 돌아보며 미소를 지었다.

초록색과 하얀색 이끼에 뒤덮인 암벽에 동굴이 입을 쩍 벌리고 있었다.

대지 밑바닥으로 향하는 새까만 입구였다.

탕 속의 여인

앗세노미가 주머니에서 작은 피리를 꺼내 입에 물었다.

그러자 그 작은 피리에서 나는 소리라고 생각할 수 없을 정도로 맑은 소리가 울려 퍼지더니 동굴 안쪽으로 빨려 들어갔다.

세 번의 피리 소리가 사라졌을 때, 동굴 안쪽에서 앗세노미와 흡사한 차림을 한 여자가 나타났다.

반은 묵례를 하고 주머니에서 꺼내 손에 들고 있던 작은 주머니를 그녀에게 건넸다. 요미다의 숲에 도착하면 건네주라고 오마가 마련해준 동전 주머니였다.

그러나 여자는 그 주머니를 받지 않았다.

"신경 써주셔서 감사합니다. 하지만 주인님께서 저희가 초청했으니 받지 말라고 하십니다."

그렇게 말하더니 그녀는 미소를 지으며 머리를 깊이 조아렸다.

"잘 오셨습니다. 눈길이라 많이 피곤하실 테지요. 자, 들어오세요. 순록은 제가 돌볼 테니 어서, 안으로."

답례를 한 반은 채근하는 그녀에게 순록 고삐를 넘긴 후에 유나를 한 손에 안고 앗세노미를 따라 동굴 입구를 지났다.

안으로 들어가자 예상치 못한 광대한 면적에 반은 눈을 휘둥그레 떴다.

아득히 어두운 깊은 곳으로 이어지는 커다란 동굴 옆으로 갈림길이 몇 개나 뚫려 있었다. 사람 손으로 파낸 소금광산과는 전혀 다른, 대지가 스스로 만들어낸 거대한 바위집이었다.

밖에 있을 때도 많은 사람들의 기척을 느꼈지만, 이렇게 안에 발을 들여놓으니 수많은 목소리와 기척이 동굴 안 여기저기에서 공허한 메아리로 다가왔다.

암벽에 잔뜩 뚫려 있는 작은 구멍으로 가느다란 실처럼 빛이 새어 들어와 내부는 생각보다 밝았다.

"건조하지요?"

앗세노미가 가만히 웃으며 말했다.

"예."

무릇 동굴이란 습기가 많은 편이다. 안으로 들어갈수록 바닥의 차가운 숨과 압도적인 어둠에 휩싸여, 실체가 없는 공포에 사로잡히는 장소인 줄 알았다.

그러나 이곳은 웅장하면서도 위압감이 없었다.

"오래전부터, 정말 기나긴 세월 동안 선조님들이 이곳을 살기 좋은 장소로 바꾸셨답니다. 사람 손으로 말이죠. 정말 엄청난 수고를 들였겠지요."

감회 어린 목소리로 앗세노미가 말했을 때, 오른쪽에서 발소리가 들려왔다.

이윽고 작은 구멍 하나에서 중년 남자가 나타났다. 왜소한 남자로, 다리나 허리를 다쳤는지 걸을 때 아주 조금 왼쪽 어깨가 처졌다.

그는 반에게 살짝 고개를 숙인 뒤에 앗세노미에게 잘 돌아왔다고 말했다.

"주인님께서는?"

앗세노미가 묻자 그 남자는 턱을 긁적거리며 대답했다.

"그게, 방금 전에 저쪽으로 가버리시는 바람에……. 손님께는 잠시 쉬면서 기다려달라고 하는 수밖에."

앗세노미와는 출신이 다른지 남부 억양이 있다.

"어머나, 어쩜담. ……치료?"

"맞아. 오늘 아침에 토나미 씨족 사람들이 아이를 데려와서."

앗세노미는 고개를 끄덕이며 반을 돌아보았다.

"저희가 불러서 일부러 와주셨는데 죄송합니다. 급한 환자가 찾아와서……."

반은 고개를 저었다.

"괘념치 마십시오. 기다리는 건 별일 아니니까요."

앗세노미는 미소를 지었다.

"고맙습니다. 그러면 여기 낫카가 안내할 테니 먼저 탕에 들어가 몸을 좀 녹이시지요. 그동안 식사를 준비할게요."

반은 저도 모르게 되물었다.

"목욕탕이 있습니까?"

목소리에 희색이 감돈 모양이다. 앗세노미의 미소가 짙어졌다.

"예, 있고말고요. 정말 좋은 온천이 솟는답니다. 부디 느긋하게 즐기세요."

낫카라는 남자도 고개를 끄덕였다.

"이리 따라오십시오. 제가 전부 안내해드릴 테니."

낫카는 암벽에 박아놓은 작은 쐐기에 걸려 있는 등불을 들더니 앞장서서 걸어갔다.

반은 유나를 왼팔에 안고 그 뒤를 따라 갈라진 구멍으로 들어 갔다.

갈림길의 입구는 좁았지만 허리를 숙일 정도는 아니었다. 조금 휘어진 길이 안쪽으로 쭉 이어져 있었다.

낫카의 걸음걸이에 맞추어 불빛이 흔들리자 커다란 그림자가 암 벽에 일렁거렸다.

처음 안내받은 곳은 바위로 둘러싸인 꼭 천막만 한 크기의 방 이었다. 작은 화로가 있고, 재 속에 묻힌 붉은 불씨가 희미하게 보 였다.

암벽에 연기를 내보내는 두 개의 구멍이 있었는데, 그곳으로 햇 빛도 들어와 놀랍도록 밝았다.

바닥에는 순록 털가죽이 푹신하게 깔려 있었다. 이부자리인지 벽 쪽에도 몇 장의 털가죽이 쌓여 있었다. 물을 채운 통도 놓여 있었다.

"화장실은 요 앞에 있는데, 지금 가시렵니까?"

반은 유나의 얼굴을 보았다.

"쉬야 할래?"

유나는 고개를 휘휘 내저었다.

반은 눈썹을 실룩거리며 어린 딸을 바라보았다. 얼마 전까지만 해도 이런 식으로 가기 싫다고 하면서도 사실은 참다가 자주 실수를 하곤 했는데, 요즘은 자기에게 필요한 게 무엇인지 알기 때문에 괜찮을 것 같았다.

"위치만 알려주십시오."

그렇게 말하자 낫카가 고개를 끄덕였다.

"그럼 짐만 여기에 두고 목욕탕으로 가시지요. 화장실은 지나가는 길에 있으니까요."

반은 시키는 대로 짐을 털가죽 위에 내려놓았다. 하지만 문이 있는 것도 아니라 아무나 들어올 수 있는 곳에 짐을 그냥 두려니 조금 마음에 걸렸다.

그 마음을 알아차렸는지 낫카가 미소를 지었다.

"여기에는 도둑이 없습니다. ……여기 오는 이들은 모두 천지신명께 매달려 도움을 구하고자 하는 사람들이라."

등불을 들고 다시 걸음을 뗀 낫카를 따라가면서 반은 마음속으로 생각했다.

'그렇군. 역시 메아리의 주인은 춤의 주인과 같은 존재다.'

병에 걸린 이를 치유하고 사령_{邪靈}에 쒼 자를 구해주는 존재…….
이곳은 분명 병에 걸린 사람들이 실려와 오래 기거하는 장소기도
한 것이다.

여기가 화장실, 여기가 목욕탕이라고 설명하며 걸어가는 낫카를
따라가니 길이 점점 밝아지면서 수증기 냄새가 풍겨왔다. 길이 끝
나는 곳에 목욕탕 입구가 보였다.

"자, 여기가 목욕탕입니다."

손으로 입구를 가리키며 낫카가 고개를 돌렸다.

"탕에 들어가본 적은 있습니까?"

반은 고개를 끄덕였다.

"고향에도 온천이 솟는 곳이 있었거든요."

낫카는 안도한 표정을 지었다.

"그럼 마음이 놓이네요. 탕에 처음 들어가는 사람은 하나부터 열
까지 가르쳐줘야 해서 번거로운데. 그러면 안쪽에서 뜨거운 물이
솟아나니 요 앞에서 옷을 벗고, 탕에 들어가기 전에 바가지로 물을
퍼서 몸을 씻은 뒤에 몸을 담그십시오."

식사 준비가 끝나면 알려드릴 테니 그때까지 느긋하게 지내라는
말을 남기고 낫카는 걸음을 돌려 떠나갔다.

유나를 내려놓자 조금 어리둥절한 표정으로 반의 옷자락을 붙잡
았다.

"아바, 여기, 머야?"

"뜨거운 물에 몸을 담그는 곳이야. 따뜻하단다."

그 작은 손을 쥐고 입구를 지나자 저절로 감탄사가 나올 정도로 안이 넓었다.

앞쪽에는 옷을 벗어 넣어둘 수 있는 바구니가 몇 개 놓여 있었다. 먼저 온 손님이 있는지 벽 안쪽에 천을 덮개처럼 덮어놓은 바구니가 놓여 있었다.

옷을 벗는 장소와 욕탕 사이에 칸막이가 있어 욕탕의 모습은 보이지 않았다. 하지만 희미하게 풍겨오는 냄새로 보아 탕에 들어가 있는 사람은 여성인 것 같았다. 왠지 익숙한 냄새라고 생각했지만 어디에서 맡았는지 기억이 나지 않았다.

낯선 여인과 탕에 들어가다니 실례가 아닐까. 잠시 그런 생각을 했지만 낫카도 개의치 않는 기색이었고, 아까부터 유나가 계속 재잘거리고 있으니 상대도 이쪽 목소리를 들었을 것이다.

그래도 말을 걸지 않는다는 것은 그녀도 누가 들어오는 것을 신경 쓰지 않는다는 뜻이리라. 아마 남자도 여자도 개의치 않는 노파일 것이다.

반은 재빨리 옷을 벗고 쉴 새 없이 조잘거리는 유나의 옷을 벗겨 바구니에 넣은 뒤에 유나를 안아 들었다.

욕탕 바닥이 미끄럽다. 넘어지지 않도록 품에 안았는데, 살이 맞닿자 기분 좋은지 유나가 까르르 웃었다.

칸막이 건너편에는 수증기가 자욱했다.

천장으로 이어지는 벽 위쪽에 잔뜩 뚫린 숨구멍으로 노을빛이 무수히 가느다란 실처럼 쏟아져 들어왔다.

그 황혼의 빛과 수증기가 자아내는 부드러운 그물 밑에서 한 여인이 탕에 몸을 담그고 있었다.

아직 젊은 기운이 남아 있는 서른 안팎의 여인이다. 피부가 고왔다.

눈이 마주친 순간, 당황한 반은 그만 유나로 아랫도리를 가렸다.

그 모습을 본 여인이 화들짝 고개를 숙여 물속에 얼굴을 감추었다. 하얀 어깨가 들썩인다. ……웃고 있는 것이리라.

스스로 생각해도 제 행동이 우스꽝스러웠는지 반도 웃음을 터뜨렸다.

"미안합니다. 젊은 여인이 계시는 줄 몰라서."

웃으며 그렇게 말하고 걸음을 돌리려는데 여인이 당황한 기색으로 불러 세웠다.

"저기……."

여인은 그 한 마디만 겨우 하고 콜록거렸다.

잠자코 기다리고 있으니 여인이 고개를 들고 숨을 가다듬으며 다시 입을 열었다.

"괜찮아요. 신경 쓰지 말고 들어오세요. 탕 속에 들어오면 안 보이니까요."

그녀의 눈초리에 눈물이 고여 있다.

"……저 아줌마, 왜 우서?"

유나가 의아하다는 듯이 묻는 바람에 반은 저도 모르게 여자와 얼굴을 마주 보며 쓴웃음을 흘렸다.

"내 모습이 이상해서 그래."

반은 여인에게 살짝 고개를 숙이고 두 손으로 유나를 내려놓으며 몸을 틀어 바닥에 한쪽 무릎을 꿇었다.

그리고 바가지로 물을 떠서 유나의 몸에 살며시 끼얹어주었다.

"뜨거!"

괜찮은 온도라고 생각했는데 유나는 비명을 질렀다.

"거짓말."

반은 웃으며 바가지로 다시 물을 퍼서 제 몸도 씻어냈다.

"진짜아 뜨거어."

"그럼 여기서 혼자 기다려. 아빠는 탕에 있을 테니까."

입을 비죽거리는 유나에게 그렇게 말하자 잔뜩 부루퉁한 얼굴로 매달렸다.

"시러!"

반은 유나를 끌어안고 천천히 탕 속으로 들어갔다. 처음에는 긴장한 얼굴로 몸에 힘을 주던 유나도 어깨까지 담그자 이번에는 함박웃음을 지었다.

"따뜨해!"

그 말투가 우스웠는지 여인의 웃음소리가 들렸다.

유나가 인상을 쓰며 여자 쪽을 보았다.

"또 우서. 왜 우서?"

여인은 미소를 지으며 유나에게 사과했다.

"미안해. 네가 너무 깜찍해서 그만 웃어버렸네."

그렇게 말한 여인은 온화한 목소리로 유나에게 물었다.

"이름이 뭐니?"

유나는 여인을 가만히 바라보다가 이윽고 대답했다.

"유나."

"유나라고 하는구나. 몇 살?"

여자가 묻자 유나는 난처한 얼굴로 반을 올려다보았다.

"이제 곧 네 살입니다. 말은 좀 느리지만."

반이 대답하자 여인은 눈을 깜빡거렸다.

"네 살인가요……. 그렇군요."

여인의 눈에 쓸쓸한 그림자가 떠올랐다. 무슨 생각을 하는지, 상냥하게 눈을 내리뜨고 유나를 바라보고 있다.

흥미진진하다는 표정으로 그녀를 보던 유나가 불쑥 물었다.

"이름이 머야?"

허를 찔린 여인은 잠시 눈을 크게 떴지만 바로 부드러운 미소를 지었다.

"사에라고 해. 아줌마 이름은 사에야."

"흐응."

유나는 반을 힐끗 올려다보더니 괜히 쑥스러운지 반의 무릎을 쿡쿡 걷어차며 물장구를 쳤다.

"요 녀석, 가만히 있어."

유나를 안아 다시 무릎 위에 앉히며 반은 사에라는 여인을 바라보았다.

"······다치셨습니까?"

왼쪽 어깨부터 팔꿈치에 걸쳐 긴 흉터가 보였다. 제법 오래된 상처 같았다. 흉터는 이미 하얀 자국만 남아 있었다.

사에는 제 왼팔을 쳐다보며 대답했다.

"예, 강으로 떨어졌을 때 바닥의 돌 때문에 찢어졌어요."

사에는 담담한 목소리로 눈이 내리기 시작해 강물이 차가웠던 덕분에 출혈이 심하지 않았지만, 얼어 죽을 뻔했다고 말했다.

"벌써 오래전 일이라 이제는 통증도 전혀 없답니다."

그렇게 말하며 사에는 반의 팔을 쳐다보았다.

"당신도 상처를 치료하러 온 건가요?"

반은 눈살을 찌푸렸다.

"상처?"

"예, 그 팔에."

사에가 쳐다보는 왼팔에 시선을 떨어뜨린 반은 흠칫 놀랐다. 그 짐승에게 물린 상처가 보라색과 초록색이 뒤섞인 기묘한 색으로 변해 있었기 때문이다. 흉터에서 핏줄을 따라 풀뿌리 같은 형태로 보라색 줄이 뻗어 있다.

한동안 두꺼운 털가죽을 입고 생활한 탓에 팔은 거들떠보지도 않았다. 게다가 적어도 여름까지는 상처가 이런 색은 아니었다.

흠칫 놀라 유나를 들어 올려 다리 흉터를 살펴보니 옅기는 했지만 역시 색이 달랐다.

어지간히 험악한 표정을 짓고 있었는지 사에가 걱정스러운 기색으로 물었다.

"⋯⋯왜 그러세요?"

반은 한숨을 내뱉으며 대답했다.

"아니, 이런 색으로 변했을 줄은 꿈에도 몰라서."

"통증은 없어요?"

반은 고개를 저었다.

"벌써 오래된 상처입니다."

사에는 침울한 얼굴로 조용히 말했다.

"아프지 않다니 괜찮겠지만, 일단 메아리의 주인께 보여드리는 게 좋을 것 같네요."

반은 제 팔을 쳐다보며 고개를 끄덕였다.

6

메아리의 주인

메아리의 주인은 이튿날 저녁에야 만날 수 있었다.

새벽녘까지 아이의 영혼을 찾아다니느라 그는 점심때가 되어서야 겨우 눈을 떴다고 한다.

앗세노미는 기다리게 한 것을 거듭 사과했지만 반은 오히려 하루라는 여유를 벌어 다행이라고 생각했다.

산속에 자리한 탓인지 이 동굴에서는 잠을 푹 잘 수 있었고, 대접받은 식사는 소박하면서도 어딘가 그리운 맛이 입맛을 돋우어 여행의 피로를 깨끗이 씻을 수 있었다.

오랜 습관으로 새로운 장소에 오면 만일의 사태에 어떻게 싸우고 어떻게 달아날지 작전을 세우곤 하는데, 유나가 잠든 사이에 동굴 방을 둘러보며 대강의 구조를 머릿속에 넣을 수 있었다.

병에 걸린 사람들은 자기 병에 대해 이야기하고 싶어 하는 법이라, 동굴의 방을 돌아다니다 만난 사람들과 잡담을 나누게 되었다.

그런 이야기 속에서 이 주변 씨족 사람들에게 메아리의 주인이 어떤 존재인지 알아낸 것도 성과였다.

한마디로 표현할 수는 없지만 속은 다정한 분이라고 말하는 이가 있는가 하면, 솔직히 어떻게 대해야 할지 모르겠다고 말하는 이도 있었다. 하지만 모두가 '이러저러한 사람이다'라고 말할 수 없는, 속을 알 수 없는 사람이라고 생각하는 듯했다.

그래도 메아리의 주인의 힘을 의심하는 말은 한마디도 듣지 못했다.

자기 힘을 떠벌리며 억지로 믿게 하려는 수상쩍은 주술사도 많지만, 메아리의 주인은 그런 패거리와는 다른 듯했다. 오히려 그의 우스꽝스러운 모습을 설명하는 순간에도 그 이야기 속에는 어딘가 깊은 경외심이 묻어났다.

의외였던 것은 츠오르 이주민도 몇 명이나 머물고 있었다는 점이다. 앗세노미에게 넌지시 물어보니, 그들 사이에도 치료사는 있지만 이곳의 평판을 듣고 매달리는 사람이 많다고 했다.

다시 만날 수 있을 줄 알았던 탓에서 만난 사에라는 여인은 만나지 못했다.

앗세노미의 안내로 메아리의 주인이 있다는 안쪽 동굴로 향한 것은 한낮의 빛이 색을 잃어 저녁노을의 빛으로 바뀌기 시작한 무렵이었다.

저녁을 일찌감치 먹은 탓에 잠이 쏟아지는지 막상 데려가려고 하자 유나가 칭얼댔다. 이를 어쩐다, 고민하고 있으려니 저녁상을 치우러 온 낫카가 "잠들면 제가 지켜보고 있겠습니다"라고 말해주었다.

그도 할 일이 있을 것 같아 미안했지만 앗세노미도 그러라고 권하기에 반은 낫카에게 인사를 하고 유나를 재웠다. 그러고는 앗세노미를 따라 동굴 깊숙이 들어갔다.

등불을 흔들며 굽이진 동굴을 한참이나 들어가 앗세노미가 이윽고 멈춰 선 곳은 무명천이 드리워져 있는 커다란 입구 앞이었다.

"저는 여기까지만. 여기서부터는 혼자 들어가십시오."

반은 안내해준 앗세노미에게 고개를 끄덕이며 인사했다. 앗세노미는 미소를 지으며 괜찮다고 손사래를 치며 떠났다.

'자, 드디어.'

오른손으로 헝겊을 들추고 인사를 하며 안으로 들어갔다.

고개를 든 순간, 눈앞에 펼쳐진 풍경에 저도 모르게 숨을 삼킨 반은 그 자리에 얼어붙었다.

엄청나게 넓었다.

그냥 넓기만 한 게 아니라 기이한 형태를 띠고 있었다.

먼저 뻥 뚫린 큰 공간이 있고, 맞은편 암벽에는 거대한 원통형 구멍이 수도 없이 비스듬한 각도로 위로 뻗어 있었다.

그 기울어진 구멍 끝이 얼마나 높이 뻗어 있는지 헤아릴 수는 없었다. 그 끝이 외부로 이어져 있는지 아찔하게 높은 곳에서 아련한 저녁노을의 빛이 몇 줄기나 흘러들어왔는데, 마치 장엄한 금빛 폭포를 보는 듯했다.

"······아름답지?"

밝은 목소리가 들렸다.

"자네는 지금 숲의 배 속에서 이 계절, 이 시간에만 볼 수 있는 황혼의 폭포를 보고 있는 게야."

움찔 놀라 소리가 난 쪽을 쳐다보자 둥그스름한 체형의 노인이 암벽 그늘에 책상다리로 앉아 있었다.

노인은 동굴 바닥보다 한 단 높은 편평한 바위 위에 앉아 있었는데, 화로가 있는지 그 모습이 부드럽게 빛에 반사되고 있었다.

"······숲의 배 속이라 하심은?"

무심코 되묻자 노인이 기쁘다는 듯이 웃었다. 어딘가 어린아이 같은 천진한 미소였다.

노인은 두 손을 활짝 폈다.

"잘 보고 상상해보게나. 커다란 나무가 수도 없이 자라던 비탈이 갑자기 파도처럼 밀려드는 용암에 대번에 휩쓸리는 광경을. 쿠우웅, 커다란 소리를 내며 땅에 박혀 있던 뿌리가 통째로 뽑히고, 거목들은 불길에 휩싸여 쓰러졌겠지. 하지만 뒤에 단단한 암반의 비탈이 있어서 나무들은 이렇게 비스듬히 기운 채로 용암에 뒤덮이고 말았어. 그렇게 그 용암에 푹 파묻혀 거목들은 모두 타버렸고, 용암은 식어서 단단하게 굳었지······."

노인은 비스듬히 위쪽으로 뚫려 있는 그 커다란 원통형 구멍을 가리켰다.

"저렇게 휑하니 거목의 흔적을 몸속에 남기고 말이야."

그 말을 듣고 보니 비스듬히 뚫려 있는 거대한 원통형 구멍의 가장자리가 산사태로 쓰러진 거목을 뿌리 밑에서 올려다보는 듯한 모양새를 하고 있었다.

암벽의 자국을 하나하나 확인하는 동안 환각처럼 과거에 일어난 웅장한 현상이 떠올라 반은 오싹한 기분에 사로잡혔다.

이곳에는 분명 숲이 존재했다.

화산에서 흘러나온 불타는 대지의 피인 용암은 거목이 울창했던 숲을 통째로 집어삼켰고, 나무들은 그 속에서 불에 타 이런 구멍을 남겼다.

"이곳이 '요미다의 숲'이라네."

노인의 목소리가 거대한 동굴에 허망하게 메아리쳤다.

"거기는 추울 테지. 이리 가까이 오게나."

예전부터 알고 지낸 사이처럼 편하게 말을 건네며 노인은 살랑살랑 손짓했다.

반은 고개를 끄덕이고 천천히 노인에게 다가갔다.

화롯가로 다가가자 노인은 손바닥을 살짝 펼치고 말했다.

"우리 집에 잘 오셨소."

반은 인사를 하고 고개를 들어 조용히 말했다.

"……저를 여기로 부른 이유를 말씀해주십시오."

노인은 씨익 웃었다.

"자네, 잡담을 싫어하나보군. 그럼 바로 핵심으로 들어갈까?"

노인은 그렇게 말하며 동굴 위쪽을 올려다보았다.

"어이, 할멈. 내려와!"

그러자 동굴 위쪽에서 날갯소리가 났다.

푸드덕푸드덕 소리를 내며 큰까마귀가 느긋하게 내려왔다. 까마귀는 하늘을 미끄러지듯 날아 살포시 노인의 어깨에 내려앉았다.

날개를 접어도 노인의 머리보다 큰 까마귀가 어깨와 팔에 두 발을 디딜 수 있도록 노인은 팔을 살짝 굽혔다.

"아, 아야야, 발톱은 세우지 말라니까."

노인이 얼굴을 찌푸리자 큰까마귀는 큼직한 부리로 노인의 귀를 문지르다 콕 쪼았다. 노인은 간지럽다는 듯 어깨를 움츠리더니 쓴웃음을 지으며 반을 보았다.

"이 녀석은 원래 우리 할멈이 아끼던 까마귀라네. 할멈하고 똑같이 내 귀를 깨문단 말이야."

노인은 쑥스러운 듯 인상을 썼다.

"메아리의 주인이라고 숭앙받지만 나는 병을 조금 잘 알 뿐, 보잘것 없는 노인이라네."

노인은 큰까마귀의 등을 손으로 감싸고 가만히 어루만졌다.

"다만 나는 이 녀석 목소리를 알아들을 수 있지. 이 녀석은 나보다 훨씬 더 영혼을 잘 본다네. 그리고 나는 메아리처럼 이 녀석 말을 그대로 사람들에게 전하고 있지."

말을 마치자마자 노인의 눈이 흐려졌다.

순간, 노인의 표정이 싹 바뀌었다. 얼굴 밑에서 순간적으로 까마귀의 얼굴이 나타났다 사라진 것처럼 보였다.

얼음물을 뒤집어쓴 기분으로 반은 무심결에 한 걸음 뒤로 물러났다.

한참 까마귀의 눈으로 이쪽을 가만히 쳐다보던 노인의 머리가 갑자기 덜컥, 앞으로 꺾였다. 그대로 무릎이 풀리더니 노인의 몸이 휘청거렸다.

반은 황급히 달려가 노인이 바닥에 쓰러지기 전에 그의 몸을 붙잡았다. 노인의 몸은 놀랍도록 차갑고 땀에 촉촉이 젖어 있었다.

노인은 오래도록 화롯가에 누워 있었다.

붙잡은 몸을 뉘어주자 그대로 축 늘어지더니 일어나지 못했다.

큰까마귀가 걱정스레 화롯가를 펄쩍펄쩍 뛰어다니며 노인의 머리맡을 오가다가 이따금 까악까악 울었지만, 노인은 시끄럽다는 듯 손을 저으며 힘없는 목소리로 중얼거릴 뿐이었다.

"……괜찮다, 걱정 마라. 조금 이러고 있으면 낫는다."

"차라도 드시겠습니까?"

화롯가에 놓인 찻잔을 보고 반이 묻자 노인은 필요 없다는 듯이 손을 저었다.

괜한 짓은 하지 않는 게 나을 것 같아 반은 화롯가에 책상다리로 앉아서 눈을 감고 헐떡거리는 노인을 가만히 지켜보았다.

마침내 노인이 눈을 뜨더니 침을 꿀꺽 삼키며 중얼거렸다.

"아아, 아이고야."

그러더니 큰까마귀를 한껏 노려보며 꾸짖었다.

"……정말이지, 갑자기 들어오다니. 요 망할 까마귀! 죽는 줄 알았잖느냐!"

큰까마귀가 코웃음을 치듯 까악 울었다.

노인이 그 머리를 때리려고 하자 큰까마귀는 훌쩍 피했다. 노인은 콧방귀를 뀌며 몸을 일으키더니 천천히 다리를 틀었다.

"괜찮으십니까?"

반이 묻자 노인은 천천히 고개를 끄덕였다. 그리고 손으로 얼굴을 쓱 문지르더니 한숨을 쉬었다.

"……흉한 꼴을 보여 미안했네. 이 녀석이 남 앞에서 내게 들어오는 일은 없는데. 사람의 눈으로 자네를 보고 싶었던가 보군."

노인은 큰까마귀를 흘깃 쳐다보고 씁쓸한 표정을 지었다.

"확실히 네가 좋아할 만한 사내이다만 주책이군, 정말."

큰까마귀는 부리를 한껏 치켜들고 비웃듯이 깍깍거렸다.

"바보 같은 소리. 나도 조금만 더 젊으면……."

그렇게 말하던 노인은 반을 보더니 민망한 듯 쓴웃음을 흘렸다.

"아니, 미안하네."

노인은 헛기침을 하고 표정을 가다듬었다.

"자, 다시 제대로 인사하지. 이름도 안 밝혔군. 나는 스웃르라고 하네."

반은 조용히 대답했다.

"반입니다."

"그래. 그럼 반 씨, 자네를 여기로 부른 이유는 며칠 전 밤에 까마귀 할멈을 타고 날아다니다가 자네 모습을 보았기 때문이라네."

반은 눈살을 찌푸렸다.

"까마귀를 타고 날아다녔다고요?"

"그래. 까마귀 할멈이 내게 들어올 수 있듯, 나도 까마귀 할멈에게 들어갈 수 있거든. 등에 올라탄다는 의미가 아니라네. 영혼이 되어 업히는 거지."

스웃르는 슬그머니 웃었다.

"자각하지 못했을지 모르겠지만, 자네, 그때 훌륭하게 '반전'했지?"

"……반전요?"

영문 모를 소리에 반은 무심코 되물었다.

"그래."

스웃르는 헛기침을 하더니 입을 열었다.

"며칠 전 밤에 검은 늑대와 승냥이의 피가 섞인 로차이와 함께 달리지 않았나, 자네."

반은 실눈을 떴다.

"그게 검은 늑대의 피가 섞인 승냥이였단 말입니까?"

"그래. 놈들에 대해서는 긴히 할 말이 있네만 그건 나중에 천천히 설명하기로 하고, 우선 반전이 문제야. 나는 똑똑히 보았다네. 그날 밤, 자네와 자네의 딸이 완벽하게 반전해서 로차이와 함께 달리는 모습을."

반은 얼굴을 찌푸리며 물었다.

"이해가 잘 안 되는데, 반전이라니 뭐가 뒤바뀌었단 말입니까?"

스웃르는 장갑을 홀렁 뒤집는 시늉을 했다.

"'영혼의 본모습'과 '육신의 본모습'이 홀렁 뒤바뀌었다는 말이야. 앗세노미가 그러던데, 자네도 그렇고 자네 딸도 까마귀 할멈의 날개에서 검은색 말고 다른 색을 보았다고. 그렇다면 틀림없어. 평소에도 살짝 바뀌어 있는 게야. 반전이 가능한 육신을 가진 자는 다른 자들과는 조금 다른 눈과 코를 갖지."

"……."

스웃르는 쓴웃음을 지었다.

"뭐, 이해하기 어렵겠지. 잘 듣게. 즉 이런 거야. 생물이라는 건 신비해서 제 몸속에서 무슨 일이 벌어지는지 이해하지 못한다네. 배가 고플 때 구운 고기를 보면 침이 고이지. '침아, 고여라!' 하고 딱히 명령한 것도 아닌데 멋대로 고이거든. 그렇지?"

"예."

"다시 말해 평소에 우리는 화를 내거나 생각하거나 떠드는 '자신'을 본모습이라고 생각하지만, 실제로 생명을 가지고 움직이는 건 육체 쪽이거든. 음식을 먹거나 여자와 즐거이 잠자리에 드는 건 육신이지, 영혼이 아니야. 뭐, 맛있다거나 즐겁다고 느낄 수는 있지만."

스웃르는 그렇게 태연하게 말하더니 눈썹을 실룩거렸다. 그리고 문득 진지한 표정으로 돌아갔다.

"아플 때 내 몸이 대체 어떻게 된 건지 생각한 적 없나? 지금 내 몸속에서 무슨 일이 벌어지고 있나, 하고 말이야. 몸속에서 일어나는 일은 눈으로 볼 수도, 귀로 들을 수도 없지. 내 몸인데 남의 몸보다 더 알 수가 없어, 안 그런가?"

스웃르가 하고 싶은 말이 조금씩 보이자 반은 고개를 끄덕였다.

"나는 오래도록 아픈 사람들을 보아왔는데, 차츰 사람의 육신이 숲처럼 느껴지더군."

그나마 알 것 같다가 다시 아리송해진 반은 눈살을 찌푸렸다.

스웃르가 씨익 웃었다.

"모르겠나? 그렇겠지. 하지만 떠올려보게. 반전했을 때, 로차이와 함께 달렸을 때, 자네는 빛을 보지 않았던가? 무수한 빛을, 그렇지?"

뇌리에 그날 밤의 광경이 훅 되살아났다. 북녘 밤하늘에 일렁이는 빛처럼 무수한 빛이 모여들었다가 흩어지면서 파도처럼 일렁거리던 그 광경을.

짐승도, 그리고 유나의 작은 몸에도 무수한 빛이 꿈틀거렸다.

반은 입을 뗐다.

"분명 보았습니다. 그 빛은 무엇입니까?"

"나도 모르네."

스웃르는 고개를 저었다.

"모르지만, 까마귀 할멈을 타고 있으면 내 눈에도 보여. 아마도 그건 낱낱의 생명이 쏘아내는 빛이겠지."

반은 눈을 가늘게 떴다.

"그 빛 하나하나가?"

스옷르는 고개를 끄덕였다.

"우리는 몸속에 무수한 생명을 키우고 있다네. 아니, 키운다는 표현은 좋지 않군. 무수히 많은 작은 생명들이 살고 있고, 그것이 모여서 사람을 이루는 걸 게야. 숲이라고 말한 건 그런 뜻이라네. 숲속에는 짐승도 있고 벌레도 있지. 풀도 나고 이끼도 나고, 새도 있어. 숲속에 있는 무수한 생명들은 때로 나쁜 짓도 한다네. 벌레가 먹으면 나무는 죽지. 하지만 숲에는 새도 있어서 벌레를 잡아먹어주고, 배설물은 비옥한 흙을 만들어주잖나……."

손을 바삐 움직이며 스옷르가 말했다.

"그런 식으로 많은 생명들이 살고, 그렇게 '숲'이 살아 있는 것 아니겠나?"

이야기를 듣는 동안 뭔가 굉장한 것을 본 기분이 들어 반은 조용히 숨을 쉬었다.

스옷르는 가만히 반을 바라보며 말했다.

"인간의 육신도 마찬가지라네. 평소에는 볼 수 없지만, 우리 안에는 무수히 작은 생명들이 살고 있어. 우리가 응애, 하고 태어난 순간부터 그 녀석들이 우리 안에 있었는지 나는 알 길이 없어. 하지만 나중에 들어온 놈도 있겠지. 그놈들이 나무를 좀먹는 벌레처럼 몸속에서 나쁜 짓을 하면 사람이 병에 걸리는 게 아닐까?"

스옷르는 손가락을 세웠다.

"흙이 잔뜩 묻은 가시가 손가락에 박히면 어찌하겠나? 가시를 빼고 피를 빨아내겠지? 손가락에 지저분한 상처를 입으면 일단 피를 조금 짜내서 나쁜 것들을 밖으로 빼내라고 하지 않나?"

반은 고개를 끄덕였다. 그는 로차이에게 물린 팔의 상처를 문지르면서 얼굴이 얼어붙는 것을 느꼈다.

"……병에 걸린 개에게 물려 그 개의 타액이 상처로 들어가면 광견병에 걸리듯, 로차이에게 물렸을 때 뭔가 나쁜 게 제 몸속에 들어왔다는 말씀……."

반이 중얼거리자 스웃르는 눈을 한껏 가늘게 떴다.

"역시 자네, 그놈들에게 물렸군. 그래서……."

그때, 멀리서 한 덩어리로 뭉친 절박한 목소리가 들리더니, 이윽고 입구 쪽에서 다급한 발소리가 들렸다.

곧이어 입구의 가림막이 벌컥 젖혀지더니 앗세노미를 선두로 널빤지에 사람을 싣고 사내들이 우르르 들어왔다.

앗세노미가 이쪽을 올려다보며 날카롭게 외쳤다.

"메아리의 주인님! 이 사람, 로차이에게 물린 모양입니다!"

7

뒤에는 내 아이

널빤지에 누워 있는 것은 아직 젊은 이주민 남성이었다.

굴속의 곰을 사냥하다가 다친 곰을 쫓아가는 중에 늑대 같은 짐승의 무리와 맞닥뜨렸다가 물렸다고 했다.

"그저께까지는 목만 조금 아플 뿐 대수롭지 않았는데, 오늘 아침부터 갑자기 축 늘어져서……."

친척으로 보이는 남자들이 저마다 무슨 일이 있었는지 설명하려 들었지만 스웃르가 그들을 막았다.

"조용히!"

스웃르는 그때까지와는 전혀 다르게 심각한 표정으로 그들을 제지하고는 널빤지 위에 누워 있는 청년의 옷을 벗기라고 했다.

청년은 축 늘어져 몸을 내맡기고 있었다. 얼굴은 겁에 질려 창백했지만 정신을 잃지는 않았다.

팔에 상처가 있는지, 옷을 벗기려 하자 고통스럽게 신음했다. 옷을 벗기자 지저분하게 곪은 상처가 드러났다.

스웃르가 고개를 들자 앗세노미가 익숙한 동작으로 화롯불에 달군 작은 칼을 건네주고는 청년의 입에는 헝겊을 물렸다.

스웃르는 멀뚱히 서 있는 남자들에게 지시했다.

"어이, 팔을 못 움직이게 몸을 꽉 누르고 있어."

친척 남자들이 허둥지둥 청년의 몸을 누르자 스웃르는 앗세노미가 내민 작은 병을 기울여 상처에 액체를 뿌리고, 조심스럽게 위치를 맞추어 작은 칼을 상처에 댔다.

"아프니까 좀 참아라."

그는 말하기가 무섭게 작은 칼로 상처를 쭉 쨌다.

청년이 신음 소리를 내며 몸을 꺾었지만 스웃르는 상처를 눌러 피와 고름을 짜냈다.

한참이나 그렇게 피와 고름을 짜낸 뒤에 스웃르는 다시 작은 병에 든 액체를 뿌리고 앗세노미가 내민 무명천으로 상처를 꽁꽁 동여맸다.

청년은 거친 숨을 몰아쉬며 입에 물고 있던 헝겊을 뱉어내고 축 늘어졌다.

"……늦지 않았을까요?"

앗세노미가 속삭였다.

스웃르는 신음했다.

"모르겠구나……."

그가 뭔가 말하려는데, 별안간 청년의 표정이 바뀌었다.

청년이 몸을 판자처럼 뒤틀며 이를 악물었다. 어찌나 이를 세게 악물었는지 턱의 근육이 불끈불끈 솟아올랐다. 목구멍이 콱 오그라 들어 부들부들 떨고 있다.

"큰일이다, 숨을 못 쉬어!"

스웃르가 청년의 턱을 움켜쥐고 위로 젖혀 기도를 확보하려 했지만, 청년이 이를 악무는 힘이 너무 강해 턱을 벌리지 못하고 있었다.

"……비키세요."

반이 그렇게 말하자 스웃르가 깜짝 놀라 올려다보았다.

뭐라 말하려는 스웃르를 제지한 반은 청년의 머리 쪽으로 돌아가 왼손으로 이마를 누르며 오른손으로 턱을 붙잡아 콱 잡아당겼다. 스웃르의 손힘으로는 움직이지 않았던 턱이 덜컥 벌어지더니 경련이 조금씩 잦아들면서 턱에서도 힘이 빠져나갔다.

청년이 후욱 숨을 들이마시는 소리를 들은 스웃르는 안도한 듯 어깨 힘을 뺐다. 스웃르는 반을 올려다보며 중얼거렸다.

"능숙하군."

반은 대꾸하지 않았다. 오랜 전쟁을 겪으며 몇 번이나 경험한 일이다. 구해낸 친구도 있지만 그러지 못한 친구도 있었다.

"경련은 진정되고 있습니다. 이제 무엇을?"

그렇게 묻자 스웃르는 표정을 흐렸다.

그 얼굴을 보고 그도 할 수 있는 일이 없다는 것을 깨달았다.

스읏르는 아무 말도 하지 않았지만 그의 눈이 그것을 여실히 말해주고 있었다. 그는 전에도 그 짐승에게 물린 사람을 진료한 경험이 있는 것이다.

한참 반을 바라보던 스읏르는 불안한 표정으로 서 있는 청년의 친척들에게 시선을 돌렸다.

"나쁜 피는 최대한 뽑아냈지만, 어쨌든 조치가 너무 늦었어. 이런 건 물리고 금방 하지 않으면 거의 의미가 없어. 이미 병독이 몸에 퍼졌네. 이제는 이 청년의 체력에 달렸어. 이대로 상태를 지켜보는 수밖에 없네."

잠자코 청년을 바라보던 친척들 가운데 나이가 지긋한 남자가 중얼거렸다.

"……영혼이 빠져나가면 쫓아가주실 수 있습니까?"

스읏르는 한숨을 쉬었다.

"그래. 물론 쫓아가겠지만, 영혼을 되찾아도 몸이 버텨주지 않으면 소용없어."

반은 가만히 청년을 굽어보았다. 이렇게 되었을 때는 육체의 힘이 전부다. 본인이 살기를 원해도, 주위 사람들이 살리길 원해도, 육체가 생명을 지탱하지 못하면 끝이다.

'스읏르의 말이 맞다.'

사람은 제 몸속을 볼 수 없다.

건강할 때는 마음이 몸을 움직이는 것 같지만, 병이 들면 몸은 마음을 무시하고 움직인다. 경험해보아야 비로소 깨닫는다. 몸과 마음이 별개라는 사실을.

그때, 문득 뭔가가 뒤통수를 어루만지는 느낌이 들었다. 그 기묘한 감각이 콧속을 간질인다.

'또다······.'

반은 얼굴을 찌푸렸다.

냄새가 생생하고 뚜렷해지면서 주위가 다른 방식으로 보이기 시작한다. 귀에 들리는 소리도, 피부의 감각마저도.

그 기묘하게 날카로워진 감각의 끝에 뭔가가 닿았다.

반이 고개를 드는 것과 거의 동시에, 그때까지 어둠에 섞이듯 바위 턱에 머물러 있던 큰까마귀가 날아올랐다.

까악! 까아악! 날카로운 목소리로 스웃르를 향해 울더니 큰까마귀는 미끄러지듯 날아 거목이 타버린 자리에 생겼다는 구멍으로 뛰어들어 사라졌다.

"······뭐?"

스웃르가 창백한 얼굴로 일어섰다.

"로차이가 동굴에 들어왔단 말이냐······?"

그의 신음을 듣기도 전에 반은 오른손에 낫도끼를 움켜쥐고 있었다.

"앗세노미 씨."

조용히 부르자 앗세노미가 긴장한 얼굴로 이쪽을 돌아보았다.

"짐승을 막아보겠습니다. 그 동안 안에 있는 사람들을 이쪽으로 모으세요."

유나가 걱정되었지만 짐승의 기척은 유나가 있는 곳과는 다른 방향에서 다가오고 있었다. 어디든 좁은 통로에서 침입을 막을 수만 있다면 유나를 이곳으로 데려올 시간을 벌 수 있다.

"부탁합니다, 유나를……."

창백한 얼굴로 고개를 끄덕이는 앗세노미에게 그렇게 말하려던 반은 얼굴을 찌푸렸다. 또 말이 제대로 나오지 않았다.

'……젠장.'

반은 이를 악물었다.

'이게 반전이라는 건가?'

반전으로 뒤바뀌면 언어를 잃는다. 인간다운 사고도 사라진다. 이 상황에서 그 감각에 몸을 맡길 수는 없다.

"유, 유나를, 이곳, 으로, 데려, 와줘."

반은 필사적으로 의식을 붙들며 그렇게 말했다. 크게 숨을 들이마시며 머리를 한 차례 털고 청년을 데려온 사내들을 돌아보았다.

동굴 남쪽 모퉁이를 가리키며 단숨에 말을 쥐어짜냈다.

"저기에 피신할 만한 장소를 만들어. 짐승이 들어오면 낫도끼나 검으로 모조리 베어버려. 화살은 쏘지 마. 놈들은 몸놀림이 엄청나게 빠르니, 빗나가면 그 틈에 품속으로 파고들 거다."

무슨 일이 벌어지고 있는지 이해가 되질 않는지 사내들은 당혹스러운 얼굴로 서로를 쳐다보고 있었다. 그러나 한 사람, 아까 스옷르에게 영혼을 데려와 달라고 부탁한 장년의 남자만은 반이 가리킨 쪽을 보았다.

삼면이 암벽으로 막혀 있고 천장도 낮게 튀어나와 있는 널찍한 우묵땅을 본 그는 반이 무슨 말을 하고 싶은지 이해한 눈치였다.

남자가 고개를 끄덕이는 것을 본 반은 달려 나갔다.

머리가 욱신거렸다. 주위의 색이 변해간다.

'아직…… 아직이다…….'

뒤집히려는 의식을 필사적으로 붙들며 반은 어두운 동굴 속을 달렸다.

짐승들이 우르르 몰려들고 있다.

앗세노미의 목소리가 들렸다. 큰 소리로 계속 뭐라 외치며 사람들이 머무는 돌방 쪽으로 달려가는 소리를 등 뒤로 들으며 반은 그녀와는 반대쪽으로 달려갔다.

이쪽 동굴은 사람 손이 닿지 않는 곳이다.

습기가 많아 살기 불편하기 때문이리라. 뚝, 뚝, 물방울이 암벽에서 쉴 새 없이 떨어졌다. 바닥도 미끄러워 달리기 힘들었다.

아까부터 뭔가가 머릿속에 걸렸다. 하지만 그것을 생각하기가 어려워 그게 뭔지 좀처럼 알 수 없었다.

미끄덩거리는 물고기처럼 빠져나가는 머릿속의 어떤 생각을 자꾸 쫓는 사이, 겨우 그 위화감의 정체가 보였다.

'……놈들이 어째서 이쪽으로 들어왔지?'

이곳에 있는 사람들을 습격하려면 이쪽이 아니라 다른 쪽에서 들어오는 게 빠를 텐데.

'이쪽이 양동작전이라면 반대편으로도 들어오려는 걸까?'

하지만 온몸으로 느껴지는 짐승의 기척은 반의 앞쪽에서만 있었다.

그것을 확인한 반은 생각하기를 포기했다.

놈들이 반대편에 없다면 지금은 그 이유를 생각하는 것보다 앞에서 몰려오는 짐승을 물리치는 게 먼저다.

사람들이 사는 쪽 통로에는 촛불과 횃불이 켜져 있었지만 이곳에는 그런 게 없어서 거의 칠흑에 가까웠다.

그렇지만 암벽도, 주위 경치도 보였다. 분명 짐승들에게도 보일 것이다.

이제는 발소리가 똑똑히 들렸다. 발톱이 바위를 미끄러지듯 내리찍는 소리였다.

반은 일어나서 주위를 둘러보았다. 좁은 굴이긴 하지만 머리 위나 좌우에 제법 공간이 있었다.

혼자서는 막지 못할지도 모른다.

하지만 다른 사람에게 도움을 부탁할 수도 없었다. 저 짐승의 송곳니에는 독이 있다. 스치기만 해도 그 청년처럼 생사의 경계를 헤매게 된다.

반은 허리를 한껏 낮추고 오른손에 낫도끼, 왼손에 사냥칼을 움켜쥐었다.

귓속, 어딘가 어둑한 바닥에서 노랫소리가 들려왔다.

'나의 창은 빛나는 뿔⋯⋯.'

어렴풋이 들리는 그 노래는 이미 이 세상에는 없는 '외뿔' 동지들의 목소리였다.

‘뒤에는 내 아이, 낮게 쳐든 이 뿔은 연약한 생명의 방패요……’

자식도 없고, 부모도 없이, 모든 것을 잃은 남자들이 그래도 제 뒤
에 감싼 이들을 생각하며 불렀던 그 노래.

손가락을 빨며 잠든 유나의 매끄러운 뺨이 눈앞에 떠올랐다.

‘……뒤에는 내 아이……’

혈육이 아니어도 그 아이는 내 아이다. 무엇보다 소중한 내 아이다.

땀이 번지는 오른손으로 도끼자루를 고쳐 쥔 찰나, 반은 앞쪽의
어둠 속에서 금색 여운을 남기는 짐승의 눈빛을 보았다.

꿈틀거리는 무수한 그림자가 그 뒤를 따르고 있었다.

8

불화살, 어둠을 가르다

짐승은 섣불리 덤벼들지 않았다.

거리를 재듯 슬금슬금 다가와 한 마리, 또 한 마리, 반의 앞에 나란히 섰다. 그러고는 머리를 잔뜩 낮추고 멈춰 서서 으르렁거리며 송곳니를 드러냈다.

그렇게 으르렁거릴 뿐 움직이지는 않는다.

'……왜 저러지?'

반은 자세를 낮추고 무릎을 풀며 기다렸다.

짐승은 움직이지 않았다.

한 마리가 선두에 있는 놈을 제치듯 슬그머니 다가오는 것을 본 반은 발을 콱 구르며 그놈의 코끝에 사냥칼을 디밀어 견제했다.

순식간에 짐승들이 흩어졌다.

으르렁거리는 소리가 커졌다.

반이 한 걸음 내딛으면 짐승들은 한 걸음 물러났다. 반의 사냥칼이 닿지 않는 거리를 정확히 알고 그 범위 안으로 들어오지 않는다.

하지만 달아나지도 않고 반이 한 걸음 물러나면 바로 펄쩍 달려든다.

그 동작을 본 순간, 뇌리에 어떤 생각이 스쳤다.

이것은 사냥개의 움직임이다. 사냥꾼이 올 때까지 사냥감을 한곳에 묶어둘 때의…….

'이놈들, 나를 붙잡아두려는 건가?'

이마가 싸늘하게 저려왔다.

짐승을 시야에 두고 그 뒤를 살폈다……. 순간, 어둠 속에서 활시위 소리가 울리더니 허공을 가르며 화살이 날아왔다.

재빨리 몸을 틀었지만 왼쪽 어깨에 뜨거운 통증이 치달았다. 화살이 스친 것이다. 두꺼운 옷 덕분에 상처가 깊지 않았지만 몸이 휘청거렸다.

짐승들은 그 틈을 놓치지 않았다.

짐승들이 일제히 달려들었다. 그놈들의 체취와 비릿한 숨결이 얼굴을 뒤덮었다.

그 냄새를 맡은 순간, 머릿속에서 뭔가가 사라졌다.

그때까지 억누르고 있던 것이 툭, 사라지면서 주위의 광경도, 육체의 감각도 일변했다. 몸이 움직인다. 아니, 마음이 사라지고 몸만 남았다.

선두에 선 짐승의 코끝을 낫도끼로 후려치고, 그 기세로 앞으로 굴렀다가 몸을 일으킨 반은 제 몸과 암벽 사이에 한 마리를 밀어 넣고 또 한 마리를 걷어찼다.

그때, 피리 소리가 들렸다.

별안간 짐승들의 움직임이 멈추었다.

누가 잡아끄는 것처럼 짐승들이 물러났다. 반은 어둠 속으로 달아나는 짐승들을 미치도록 쫓고 싶은 자신을 간신히 억눌렀다.

짐승들이 멀어지자 서서히 원래의 모습으로 돌아왔다. 어깨로 숨을 몰아쉬며 피비린내가 나는 자신의 몸과 바닥에 널브러진 짐승을 굽어보며 반은 머리를 한 차례 흔들었다.

'……이게, 무슨 일이지?'

방금 전 일은 대체 무엇이었나?

이 안에 있는 사람들을 습격하고 싶다면 반대편의 넓은 입구로 들어오면 된다.

'나를 죽이고 싶다면.'

두 번째, 세 번째 화살을 쏘았다면 결국에는 맞았을 것이다.

'짐승들하고 뒤엉켜 있어서 그랬나?'

그래도 짐승들을 그토록 훌륭하게 통제할 수 있다면 일단 뒤로 물린 다음, 틈을 만들어 활을 쏘면 그만이다.

뭔가 불길한 예감이 들었다. 그의 눈에 보이지 않는 완전히 다른 의도가 움직이고 있는 것 같았다.

어쨌든 동굴 안쪽으로 돌아가야 한다. 이미 짐승도 적도 기척없이 사라졌지만 방심은 금물이다. 유나와 사람들이 무사한지 눈으로 확인하기 전에는 마음을 놓을 수 없었다.

　동굴 안쪽에는 많은 사람들이 모여 있었다.

　반이 가리켰던 우묵한 바위 쪽에 모여 불안한 기색으로 수군거리고 있었다.

　반이 들어가자 스옷르가 그를 알아보고 달려왔다. 가까이 다가와서 입을 살짝 벌리더니 걸음을 멈추었다.

　"다쳤나?"

　반은 고개를 저었다.

　"짐승의 피입니다. 저는 찰과상뿐입니다. 모두 여기에 있습니까?"

　스옷르가 얼굴을 흐렸다.

　"아니, 거의 다 오긴 했지만 아직 몇 명이 오지 않아 지금 앗세노미가 사내 녀석들과 함께 다시 확인하러 가겠다며 나가서……."

　반은 그 말이 끝나기도 전에 발길을 돌려 뛰쳐나갔다.

　유나가 이곳에 없다. 다른 곳에 남아 있다는 몇 사람 속에 섞여 있는 것이다.

　안쪽 동굴에서 빠져나왔을 때, 어지러이 이쪽으로 달려오는 사람들이 보였다. 앗세노미가 선두에 있었다.

　"앗세노미 씨!"

　이름을 부르자 그녀는 안도한 듯 얼굴을 누그러뜨리며 다가왔다.

　"반 씨! 다행이야, 살아 계셨군요."

　그녀의 뒤를 따라온 사람들의 얼굴을 눈으로 확인하며 반은 눈살을 찌푸렸다.

"유나는?"

"괜찮아요, 뒤쪽에 있어요. 낫카가 안고 있습니다."

하지만 그녀 뒤에 있는 사람들 속에 낫카의 모습은 없었다.

뒤를 돌아보고 그 사실을 깨달은 앗세노미가 눈을 깜빡거렸다.

"어머? 방금 전까지 함께 있었는데……."

반은 그녀의 옆을 지나 동굴로 뛰어갔다.

"유나!"

큰 소리로 외치자 목소리가 수많은 동굴 구멍에 반사되어 허망하게 메아리치며 퍼져나갔다.

하지만 대답은 없었다.

'아바!' 그 앳된 목소리로 대답해주기를 기대하며 몇 번이고 이름을 부르면서 달렸지만, 그 앙증맞은 목소리가 돌아오는 일은 없었다.

정신없이 어두운 동굴을 지나 밖으로 나가자 얼음 같은 바람과 함께 눈이 얼굴을 때렸다. 칠흑 같은 어둠 속에 눈이 휘몰아치고 있었다.

욱신욱신, 머릿속이 지끈거렸다.

가슴이 검게 타들어가는 것처럼 아팠다. 목이 바짝 타고 눈앞이 아찔하게 흔들렸다. 그 화살에 뭔가를 발라놓았는지도 모른다.

반은 이를 악물고 동굴 입구에서 숲 쪽으로 펼쳐진 눈 쌓인 대지를 바라보았다. 발자국이 잔뜩 찍혀 있었지만 그 대부분이 쏟아지는 눈에 파묻혀가고 있었다.

그 청년을 데려온 사내들의 발자국인지, 모두 숲에서 동굴 입구를 향하고 있었다. 그중에 단 하나, 숲으로 향하는 발자국이 있었다.

반은 거친 숨을 몰아쉬며 그 발자국을 바라보았다.

아직 새롭다. 다른 발자국보다 가장자리가 뚜렷했다. 게다가 깊다.

낫카의 모습이 눈앞에 떠올라 반은 입술을 악물었다. 그 남자가 유나를 품에 안고 간 것이다.

발자국을 따라 달려갔지만 숲에 발을 들여놓은 순간, 눈앞이 더욱 어두워지면서 발자국이 제대로 보이지 않았다.

상처를 입어서 그런지 냄새도, 소리도 어렴풋하게만 느껴졌다.

'……횃불을 가지러 돌아가야 하나.'

횃불이 있다면 발자국을 추적할 수 있다. 동굴로 돌아가 횃불을 들고 돌아오는 동안 낫카와의 거리는 크게 벌어지겠지만, 불빛이 없으면 추적할 수조차 없다.

점점 벌어지는 거리에 초조한 마음을 억누르며 숲에서 나온 순간, 어딘가 높은 곳에서 활시위 소리가 나더니 불덩어리가 머리 위로 높이 날아왔다.

휙 포물선을 그리며 불덩어리가 밤하늘을 가르며 날아와 눈앞의 숲속으로 빨려 들어가더니 그대로 사라졌다.

잠시 후, 주위가 환하게 밝아졌다.

나무가 타고 있다. 불화살을 맞아 바작바작 소리를 내며 나뭇가지가 타올랐다.

그 특유의 소리를 들으며 반은 눈을 부릅떴다.

'호쿠소우 나무인가?'

기름기가 많아 불에 잘 타는 나무다. 덫을 칠 때 몇 번 사용한 적이 있다.

나무에 불이 붙어서 눈 위의 발자국이 선명하게 보였다.

'대체, 누가?'

활시위 소리가 난 쪽을 돌아보니 동굴 입구보다 훨씬 위쪽의 벼랑 중턱에 그림자가 보였다. 불화살을 들고 있어 그 윤곽이 보였다.

반은 제 눈을 의심했다.

활을 들고 벼랑 중턱에 있는 그림자가 여자로 보였기 때문이다.

반의 시선을 알아차렸는지 그 그림자는 자기는 신경 쓰지 말고 얼른 쫓아가라는 듯이 활을 흔들었다.

반은 그림자를 향해 고개를 숙인 후, 등을 돌려 발자국을 추적하기 시작했다.

낫카의 발자국은 남서쪽으로 나 있었다.

나무 사이로 매섭게 휘몰아치는 바람이 얼굴을 때렸다. 눈이 펑펑 쏟아지기 시작했다.

'……발자국이 사라지기 전에.'

그 일념으로 무거운 몸을 끌며 걸었지만, 낫카의 발자국은 눈앞에서 눈송이에 묻혀 사라져갔다.

불붙은 나무의 불길이 일렁일 때마다 수많은 나무 그림자가 춤을

추었다.

하얀 눈 위로 어지러이 흔들리는 가녀린 그림자들이 발자국 위에서 일렁거려서 그렇지 않아도 보기 힘든 윤곽을 부옇게 가렸다.

얼마나 지났을까, 문득 반은 뒤에서 조용히 다가오는 발소리를 느꼈다. 사람의 발소리였다.

걸음을 멈추고 낫도끼를 고쳐 쥐면서 돌아서자, 이윽고 일렁이는 어둠 속에 활을 멘 그림자가 나타났다. 그림자가 멈춰 서더니 입을 열었다.

"……반 씨."

그림자가 보였을 때, 그렇지 않을까 짐작은 했지만 역시 목욕탕에서 만난 그 여인이었다.

희미하게 송진 탄 냄새가 났다. 그 냄새를 맡은 순간, 어둠 속에서 있던 그림자와 눈앞에 있는 사에의 모습이 하나가 되었다.

"당신이 불화살을 쏘았나?"

반이 중얼거리자 사에가 고개를 끄덕였다.

"자세한 이야기는 나중에. 지금은 일단 유나의 뒤를 쫓아요."

조용히 그렇게 말한 사에를 반은 가만히 쳐다보았다.

망치에 얻어맞은 듯한 통증이 머리와 온몸에 퍼졌다. 그 고통으로 탁한 머리에 몇 번이나 그 짐승들의 기묘한 움직임이 떠올랐다.

'놈들의 목적이 나를 그곳에 묶어두는 것이었다면.'

그 틈에 유나가 납치당한 것은 우연일 리 없다.

'……가야 해.'

다리를 움직여야 한다.

그렇게 생각했지만, 몸이 움직이지 않았다.

순간, 눈앞이 침침해지더니 정신을 차렸을 때는 뺨이 차가운 눈에 묻혀 있었다.

"반 씨, 괜찮아요?"

걱정스러운 목소리와 함께 가녀린 손이 두건 속으로 들어와 목을 짚어 맥박을 확인했다.

"나는 괜찮으니 상관 말고 유나를 찾아줘⋯⋯."

그렇게 말하려 했지만 제대로 말했는지 알 수가 없었다.

어디선가 근심 어린 까마귀 울음소리가 들렸다. 그 기억을 끝으로 어둠이 찾아왔다.

제 **6** 장

감춰진 진실을 찾아서

사슴의 왕 상

살아남은 자

계모와 이복누이

바람이 유리창을 스칠 때마다 싸락눈이 사락사락 부딪치는 소리가 났다.

연결 복도 양쪽에 늘어선 창문으로 밤의 푸른 어둠과 흩날리는 눈 속에 조용히 묻혀 있는 건물들이 보였다.

그 건물 하나하나마다 천 년에 걸쳐 의학과 수학, 금속가공술, 건축술, 천체관상학과 같은 다양한 학문을 이어받아 탐구하는 일족이 살고 있으며, 지금 이 순간에도 조용히 연구를 거듭하고 있다.

산속 깊이 묻혀 있는 이 오타와르 성역의 심학원 풍경은 천 년의 세월이 흘렀는데도 그 외견은 거의 변하지 않았다.

하지만 그 건물 안쪽에서는 어지러운 속도로 수많은 탐구와 기술 개발이 함께 진행되고 있었다.

복도 막다른 곳에 커다란 문이 보이자 홋사르는 걸음을 약간 늦추었다.

저 문 너머에는 소중한 가족이 있다. 그런데 이 문 앞에만 서면 언제나 들어가기를 망설이는 마음이 가슴속에 넘실거린다.

한숨을 한 번 쉬고 홋사르는 문 옆에 달린 줄을 잡아당겼다.

문 안쪽에서 희미한 방울 소리가 나더니 이윽고 문이 열렸다.

뺨에 생기가 넘치는 노파가 홋사르를 보더니 눈을 환하게 빛냈다.

"도련님!"

홋사르는 그녀를 향해 미소를 지었다.

"다녀왔어, 모이야."

아아, 늙었구나. 그 얼굴을 보며 홋사르는 생각했다.

오랜 세월 계모의 시녀로 일한 모이야도 슬슬 일흔 중반에 접어든다. 만날 때마다 유모였을 때는 훨씬 키가 컸다는 생각이 들었다.

물론 이쪽의 키가 커서 그렇게 생각하는 것이지만, 만날 때마다 그녀의 키가 줄어들고 있는 것도 분명한 사실이다.

"내가 준 약은 잘 마시고 있어?"

속삭이자 모이야는 쓴웃음을 지었다.

"그럼요, 잘 챙겨 먹고 있지요."

"밤에, 자기 전에?"

"그럼요, 그럼요. 도련님이 주신 약은 전부 써서 마시기 싫지만, 할미는 다 챙겨 먹는답니다."

통통한 손에 등을 떠밀린 홋사르는 작게 쓴웃음을 흘리며 방으로 들어갔다.

천장이 높은 넓은 방이었지만 추위는 전혀 느낄 수 없었다.

방 가운데에는 커다란 난로가 빨갛게 타올랐고, 네 귀퉁이에는 건물 전체에 온기를 보내는 도자기 난방 연통이 있다. 게다가 뜨거운 물이 바닥을 도는 구조였다.

이 방에 들어와 마음이 편안해지는 온기를 느낄 때마다 아버지가 팔을 벌려 계모를 끌어안던 모습이 떠오른다. 이곳은 아버지가 계모를 위해 특별히 마련한 보금자리였다.

창가의 흔들의자가 천천히 흔들리고 있다. 그곳에 앉아 있는 계모가 너무나 왜소하고 비쩍 말라서 의자가 멋대로 움직이는 것처럼 보였다.

키 큰 여인이 그 의자 옆을 지키고 있다.

홋사르가 다가가자 그녀는 미소를 지었다. 부드러운 미소였다.

"홋사르."

홋사르도 가만히 웃으며 그 사람에게 고개를 숙였다.

"누님."

그 목소리를 듣고서야 그곳에 사람이 있다는 것을 깨달았는지, 계모가 멍한 눈을 들어 홋사르를 보았다.

어리둥절한 그 눈에 이윽고 밝은 빛이 반짝 비치더니 금세 얼굴 전체가 환해졌다.

"아노르!"

아버지의 이름을 부르며 팔을 벌리는 계모를 홋사르는 가만히 안아주었다. 탕약 냄새가 코를 찔렀다. 즐겨 쓰는 향수 냄새로도 더 이상은 지울 수 없는, 계모의 몸에 배어버린 냄새였다.

"여보……."

계모는 갈라진 목소리로 몇 번이나 숨을 들이쉬며 말을 이었다.

"기다렸어요. 바쁘겠지만, 그래도 조금만 더……."

그렇게 말했을 때, 한층 사나운 바람이 불어와 창문이 덜컹거렸다.

계모가 홋사르에게 와락 매달렸다.

"바람은 싫어. 어째서 이렇게 부는 걸까. 빈도리 봉오리가 떨어질 거야. 모처럼 저렇게 봉오리를 틔웠는데."

눈이 휘몰아치는 소리를 들으며 초여름에 봉오리를 맺는 꽃을 걱정하는 계모의, 조금만 힘을 주면 부러질 듯한 그녀의 몸을 끌어안고 홋사르는 잠시 눈을 감았다.

"……여보, 제발, 조금만 더 자주 만나러 와줘요."

귓가에 입을 대고 계모가 목소리를 낮추었다.

"이번에 붙여준 간호사는 전에 있던 사람하고 다르게 굉장히 상냥해요. 하지만 역시 쓸쓸한 걸요."

홋사르는 입술을 굳게 다물고 얕은 숨을 들이마셨다.

겨우 팔을 풀었을 때 계모는 눈을 반쯤 감고 있었다. 늘 이렇게 대화 도중에 잠들어버린다.

이복 누이 루리야를 돌아보니 그녀는 조용히 쓴웃음을 지으며 신경 쓰지 말라는 듯 고개를 살짝 저었다.

친어머니에게 간호사로 오해받아도 그녀는 불만조차 드러내지 않는다. 계모는 이미 오래전부터 루리야를 친딸로 인식하지 못했다.

그리고 계모는 남편이 데려온 자식인 홋사르를 볼 때마다 사랑하는 남편인 줄 알고 끌어안는다.

이 사람의 머릿속에는 이미 전남편인 루리야의 아버지는 존재하지 않는 듯했다. 십오 년이나 함께 살았던 그의 이름을 계모가 입에 담는 일은 없었다.

하지만 전남편이 죽은 뒤에 계모의 마음에 조용히 파고들어간 홋사르의 아버지 아노르는 지금도 이따금 찾는다. 병을 앓기 전에 함께 살았던 세월은 팔 년밖에 되지 않았지만, 그는 지금도 아픈 계모의 마음속에 사랑하는 남편으로 선명하게 살아 있다.

계모의 첫 남편도, 아버지도, 이곳 오타와르 성역을 지배하는 성聖 영주 가문 출신이었지만, 똑같은 성 영주 가문이라도 계모의 전남편과 홋사르의 아버지의 신분에는 큰 차이가 있었다.

계모의 첫 번째 남편은 그녀와 마찬가지로 고대 오타와르 성왕 직계의 '성스럽고도 성스러운' 일족이라 불리는 '지성삼가' 출신이었다. 그에 비해 전남편이 죽고 계모의 남편이 된 홋사르의 아버지는 성왕의 방계 후예인 '성스러운 여덟 가문[聖八家]' 출신에 지나지 않았다.

그 지위의 차이는 많은 사람들에게 큰 의미를 갖지만, 지금의 계모에게는 이미 아무 의미도 없는 구분으로 전락했다.

루리야는 잠든 어머니에게 가만히 담요를 덮어주고, 눈짓으로 홋사르를 난롯가로 불렀다.

"바로 차를……."

루리야는 황급히 다가온 시녀 모이야에게 손을 저었다.

"신경 쓰지 말아요. 제가 할 테니. 조금 쉬어요, 모이야. 어젯밤에는 제대로 못 잤잖아요."

루리야의 말에 모이야가 고개를 끄덕였다.

"그러시겠어요? 그럼 정말 죄송하지만, 말씀만 믿고 잠시 쉬겠습니다."

"그래요. 당신이 쓰러지면 큰일인걸."

모이야는 피곤한 얼굴로 웃었다.

"고맙습니다. ……그럼 도련님, 이만."

깊이 고개를 숙이고 벽에 걸어둔 웃옷을 챙겨 문 쪽으로 걸어가는 모이야의 뒷모습을 보며 홋사르가 말했다.

"편할 때 선물 가져갈게. 얇게 썬 감자에 꿀을 발라 구운 간식 있지? 그거나 구워줘."

모이야는 뒤를 돌아보고 웃으며 고개를 끄덕이더니 다시 묵례를 하고 나갔다.

문이 닫히자 실내가 조용해졌다.

장작이 바작바작 터지는 소리와, 루리야가 차를 끓이느라 움직일 때마다 달그락거리는 도자기 소리를 들으며 홋사르는 눈길을 들어 이복 누이를 보았다.

"요즘 잠을 못 자?"

"응. 거의 밤새."

"약을 바꿨는데, 잘 안 듣나보군."

루리야는 고개를 갸웃거렸다.

"그래? 아직 잘 모르겠지만, 어쩌면 전에 먹던 약이 효과는 조금 더 좋았을지도 모르겠네."

눈앞에 놓인 차에서 풍겨오는 그윽한 향기를 맡으며 홋사르는 중얼거렸다.

"기묘한 일이야."

루리야가 무슨 말이냐는 듯이 눈썹을 들썩였다.

"……밤에 깨어 있고 낮에 잠들지. 한겨울인데 초여름 속에 살고 있어."

희미하게 일렁이는 차의 표면을 보면서 홋사르가 말했다.

"병이 시간도, 기억도 바꾸어버린다면 사람에게 현실이란 무엇일까?"

루리야가 피식 웃었다.

"철학자가 되려고?"

홋사르는 고개를 들고 씨익 웃었다.

"아니, 그쪽은 전문가들에게 맡겨야지."

홋사르는 차를 한 모금 마시고 루리야를 보았다.

"매형은 돌아왔어?"

"응, 돌아왔어. 그저께…… 그그저께였나? 어쨌든 집에 있어."

훗사르는 쓴웃음을 흘렸다.

"매형 좀 챙겨. 어머님은 누구 다른 사람한테 맡기고. 안 그러면 한눈팔 거야."

루리야는 가만히 웃었다.

"벌써 그러고 있어. 한눈이 아니라 진심이라서 골치가 아파. 더 골치 아픈 건 상대가 여자가 아니라는 점이지만."

훗사르는 눈살을 찌푸렸다.

"아, 무서워라. 매형이 들으면 진지한 얼굴로 부정할걸. 자기는 말과 자는 취미는 없다고."

루리야가 고개를 저었다.

"말도 말이지만, 네 덕분에 지금은 쥐에 푹 빠져 있어. 그리고……."

"원숭이겠지?"

그렇게 말하며 훗사르는 미소를 거두었다.

"이번에 부른 것도 그것 때문일까?"

루리야의 표정도 진지해졌다.

"흑랑열이 퍼지고 있니?"

"……퍼지고 있다는 말에는 좀 어폐가 있어."

훗사르는 짐승에게 물려 죽는 피해가 잊을 만하면 띄엄띄엄 나타나는 기이한 질병에 대해 설명했지만, 루리야의 눈에 감도는 피로한 기색을 알아차리고 이야기를 끊었다.

"누님, 조금 자요. 못 잤다면서."

루리야는 이마에 흘러내린 머리카락을 쓸어 올리며 고개를 끄덕였다.

"그러게, 조금 자야겠어. 하지만 나중에 들려줘. 아카파의 저주 이야기."

홋사르는 눈살을 찌푸렸다.

"아카파의 저주? 여기서도 그런 식으로 말해?"

"응. 아카파의 대지를 더럽힌 자가 저주를 받았다고들 해. 모이야 도 그랬고, 그 사람도."

"매형이?"

"응."

그건 조금 뜻밖이었다. 모이야야 그렇다 치고, 매형은 저주니 괴 담이니 하는 말을 들으면 웃어넘기는 사람이다.

"나도 의외였는데, 그 사람이 꽤 진지한 표정으로 그러더구나. 아 카파의 저주는 가볍게 생각해서는 안 된다고."

"흐음."

홋사르는 고단한 기색이 짙은 이복 누이를 빨리 재울 요량으로 다른 시녀가 올 때까지 자기가 여기 있겠다면서 루리야를 쫓아내 듯 자기 방으로 돌려보냈다.

이복 누이가 방에서 나가자 정적이 한층 짙어졌다.

계모의 곤한 숨소리가 들린다.

홋사르는 어렸을 때처럼 의자에 깊숙이 앉아, 등을 구부리고 무 릎을 끌어안은 자세로 손으로 입가를 가리고 그 숨소리를 듣고 있 었다.

토마소르

문을 열자 짐승 냄새가 얼굴을 뒤덮었다.

넓은 방의 벽을 따라 동물 우리와 새장이 잔뜩 늘어서 있다. 쥐가 부스럭거리는 소리와 새가 푸드덕거리는 소리가 끊임없이 들렸다.

홋사르는 짐승들의 시선을 받으며 우리 사이를 걸어갔다.

거대한 우리 안에 있는 원숭이는 홋사르가 다가가자 고개를 들고 나직하게 으르렁거렸지만, 병에 걸려 그런지 아니면 많이 맡아본 냄새라 그런지 날뛰지는 않았다.

심학원 안에서도 생물의 제반 현상을 탐구하는 '생류원生類院'은 세 개의 연못과 습지, 마구간, 짐승 우리, 그리고 학자들이 있는 탑으로 이루어진 광대한 부지의 학술원이다. 하지만 그만한 부지를 갖는 대신 의학원이 필요로 하는 생물 실험도 이곳에서 하는 경우가 많다.

심학원에서는 의학을 가장 중시하므로 생류원 학자들 중에는 자학적인 농담으로 이곳을 '의학원 별원別院'이라고 부르기도 했지만, 생류원 원장인 토마소르는 그런 가치 없는 비굴한 감정과는 거의 인연이 없는 남자였다.

이 방은 토마소르의 기질이 여실히 드러난 그의 근거지로, 사람에게 쾌적한 환경보다 여기 있는 생물들의 쾌적함을 우선시하고 있다.

병에 걸린 짐승들이 편히 쉴 수 있도록 방의 대부분이 어둑해서 조심해서 움직이지 않으면 뭐에 부딪칠지 모른다.

하지만 안쪽 구석에는 백열 가스등이 빛나고 있어서 그곳만은 대낮처럼 밝았다.

그 밝은 공간에 키가 크고 마른 남자가 있었다. 커다란 수반水盤 위에 몸을 숙이고 뭔가를 살펴보고 있다.

가까이 다가가자 남자가 고개를 들었다.

"홋사르!"

수염이 엉망으로 자란 그 얼굴에 환한 웃음이 퍼졌다. 벌써 마흔이 넘었는데도 젊은 학생처럼 눈빛이 천진난만했다.

"형님."

홋사르는 미소를 지으며 매형인 토마소르에게 살짝 고개를 숙였다.

"조사는 어떻습니까……?"

토마소르는 고개를 저으며 홋사르의 팔을 잡아끌었다.

"그 이야기는 나중에 하지. 먼저 이걸 좀 봐! 자네, 굉장해. 요전번 자네가 가져온 약 말이야, 뚜렷한 효과가 나타났어."

수반에 담긴 물은 우유 때문에 탁한 흰색을 띠고 있었다. 그 묽은 우유 연못에서 쥐 한 마리가 코를 내밀고 헤엄치고 있었다.

토마소르는 홋사르의 팔을 놓고 손을 뻗어 옆 책상에 있던 종이를 들더니 손가락으로 탁 튕겼다.

"내가 없는 동안 시칸에게 실험을 부탁했는데, 너무 극적인 결과라 내 눈으로 확인하던 참이었어. 그래서 말인데……"

토마소르가 입을 떼려는 찰나, 문 두드리는 소리와 함께 발소리가 들렸다.

대번에 우리 안에 누워 있던 병든 원숭이가 벌떡 일어나 마구 소리를 질러댔다. 위협이라기보다 공포와 분노가 느껴지는 비명이었다.

방에 들어온 젊은 남자가 우리 옆을 지나자 철컹, 하고 요란한 소리가 났다. 원숭이가 우리에 몸을 부딪친 것이다.

젊은 남자는 표정 없이 원숭이를 흘깃 쳐다보았을 뿐, 걸음을 멈추지 않고 방에 들어왔을 때와 똑같은 걸음걸이로 가까이 다가왔다.

청년을 본 토마소르가 빙그레 웃었다.

"자네, 밖에서 개라도 안고 있었나?"

청년은 난처한 얼굴로 짙은 눈썹을 일그러뜨렸다. 덩치는 작았지만 몸은 탄탄했다.

"농담이 안 통하는 친구로세. 저 녀석이 흥분할 만한 냄새를 어디서 달고 왔는지 묻는 거라네."

토마소르가 엄지손가락으로 원숭이를 가리키자 청년은 아아, 하고 중얼거렸다.

"······개 사육사가 개를 좀 봐달라고 해서."

그 말만 하고 청년은 입을 다물었다.

토마소르와 홋사르는 서로 마주 보고 살짝 쓴웃음을 흘렸다.

이런 연유로 시칸은 자주 오해를 사지만, 그 무표정한 얼굴 뒤에 놀랍도록 예리한 지성을 숨기고 있다. 견실하게 일하는 유능한 조수였다. 특히 말이나 개를 다루는 기술이 뛰어나, 개 사육장과 마구간에서도 그의 신세를 졌다. 이제 스물이 될까 말까 한 젊은 나이지만 그렇고 그런 소문 한 번 돌지 않는 수수한 사내였다.

"홋사르 님께 인사 정도는 해야지."

시칸은 채근당하고 나서야 입 속으로 인사 비슷한 말을 웅얼거리며 귀찮다는 듯이 홋사르에게 고개를 숙였다.

누구 앞에서도 똑같은 그 퉁명스러운 인사를 홋사르는 희미한 미소를 머금고 듣고 있었다.

이 오타와르 성역에 종사하는 사람이라면 누구나 유그라우르 가문 사람들 앞에서 몸이 오그라들 정도로 긴장했다.

오래 알고 지냈으니 이제 그런 일은 없지만, 자기 승진에 큰 영향을 미칠 가능성이 있는 홋사르 앞에서도 시칸은 전혀 태도를 바꾸지 않았다. 그의 얼굴에는 경의도, 긴장도 드러나지 않았다.

"……아파르 오마의 완고함은 버릴 수 없나. 자네를 보면 늘 그 말이 머릿속에 떠오르는군."

홋사르가 중얼거리자 시칸의 눈에 희미하게 강렬한 빛이 감돌았다. 뭔가 말하고 싶은지 입을 우물거렸지만 결국 아무 말도 하지 않았다.

시칸은 아카파 남부 유카타 평원 출신이다.

과거 아카파 왕국의 긍지로 칭송받았던 준마인 아파르의 육성을 생업으로 삼았던 아파르 오마 출신이었다.

아카파 왕국이 츠오르에게 정복당해 아파르를 키울 수 없게 되자 토마소르가 그를 제 밑으로 거두어들인 것이다.

홋사르의 매형인 토마소르는 움직이는 생물이라면 뭐든지 관심을 보이는 남자로, 그중에서도 아카파의 아파르에 대한 집념은 보통이 아니었다. 그는 젊었을 때부터 틈만 나면 유카타 평원으로 나가 아파르 오마와 함께 살면서 그 생태를 탐구했다.

아카파가 츠오르에 정복당해 아파르가 뛰놀던 유카타 평원이 츠오르 목양민의 양 방목지로 모습을 바꾸었을 때, 토마소르는 그의 온후한 인품으로는 상상도 할 수 없을 정도로 길길이 날뛰며 재빨리 아파르 오마에게 거금을 지불하고 츠오르의 장군들이 차지하기 전에 가장 좋은 종마를 스무 마리나 사들였다.

토마소르야 말을 모조리 사들이고 싶었겠지만, 그것은 정치적으로나 경제적으로 도저히 불가능했다. 어찌나 집착했는지 심학원장에게 꾸중을 들었다는 이야기를 루리야에게 들은 적도 있다.

훗사르의 야유에 토마소르는 턱을 긁적이며 쓴웃음을 흘렸다.

"확실히 자네는 무례하고 퉁명스러워. 조금만 더 살갑게 굴 줄 알면 나도 편할 텐데."

고갯짓조차 않고 그 말을 듣고 있던 시칸은 스승이 입을 다물자 훗사르 쪽으로 시선을 돌렸다.

"훗사르 님, 마코우칸 님께서 찾으십니다. 급한 용무가 있다는 군요."

그러자 토마소르가 아, 하고 머리를 짚었다.

"그건 내가 부탁한 일이야. 미안, 그만 이쪽 실험 결과 때문에 흥분해서 마코우칸에게 자네를 찾아달라고 말한 걸 잊고 있었군."

훗사르는 웃음을 터뜨렸다.

"그 친구는 늘 그런 역할이군. 고생해서 찾아도 헛수고로 끝나지. 가여운 친구야."

"……바로 저쪽 회랑에서 마주쳤으니 데려오겠습니다."

시칸은 토마소르가 뭐라 말할 틈도 주지 않고 걸음을 돌려 밖으로 나갔다.

철컹! 또다시 우리가 요란하게 흔들렸다.

"마코우칸에게 찾아달라고 했던 용건은 그가 오면 설명하기로 하고, 일단 이 쥐부터 볼까?"

토마소르가 쥐를 턱짓으로 가리켰다.

쥐는 어느새 헤엄을 멈추고 얼굴을 물 위로 내밀고 쉬고 있었다.

물이 탁해 보이지는 않지만, 그곳에만 쥐가 올라타서 쉴 수 있는 발판이 있는 것이다.

"이 녀석은 '과지방 쥐'야."

토마소르의 말에 홋사르는 눈을 부릅떴다.

"……그걸 투여한 지 며칠 됐습니까?"

"한 오십 일 됐어. 이제는 완전히 건강한 다른 쥐들과 거의 똑같은 속도로 발판 위치를 기억하고 찾아가지."

가슴속에서 솟아오르는 흥분에 홋사르는 탁한 수면 위로 코를 내밀고 벌름거리는 쥐를 바라보았다.

이 쥐는 오십 일 전에는 망각의 병을 앓고 있었다.

발판을 가르쳐주어도 제힘으로 다시 찾지 못하고 탁한 물속을 줄곧 헤엄치다가 지쳐서 빠져죽을 뻔한 쥐였다.

태어났을 때부터 다른 쥐보다 지방 성분이 많은 먹이를 계속 주면 젊은 나이에도 늙은 쥐에게 나타나는 망각병 증세를 보이는 경우가 있다.

그것을 알아낸 홋사르는 인위적으로 기억에 장애를 가진 과지방 쥐를 만들어 그 기억 능력을 회복시키는 약을 찾아내려고, 벌써 오랜 기간 실험을 반복하고 있었다.

지금까지 조금이나마 효과를 보인 약은 있었다. 하지만 이토록 확실한 결과를 보인 약은 없었다.

"……자네는 진정 마신의 반려로군."

토마소르가 웃으며 고개를 절레절레 저었다.

"과자빵 쥐를 만들어낸다는 발상도 놀라웠지만, 이건 실로 기적의 첫걸음이야."

홋사르는 실눈을 뜨고 중얼거렸다.

"아직 첫걸음입니다."

"그래도 위대한 한 걸음이지."

토마소르는 웃음을 거두고 말했다.

"이게 사람에게도 듣는다면 '성스럽고도 성스러운' 분들이 눈물을 흘리며 자네 발밑에 무릎을 꿇을 걸세."

홋사르는 말없이 쥐를 바라보고 있었다.

고대 오타와르 성왕의 피를 이은 자에게는 기묘한 특징이 있다. 우연이라고 하기에는 다소 높은 빈도로 망각병에 걸리는 사람이 나타났다. 그것도 아직 한창 나이에 그 병에 걸리는 것이었다.

특히 성스럽고도 성스러운 일족으로 불리는 지성삼가 출신은 다른 성 영주 가문 사람보다 그 병이 발현하는 빈도가 높았다.

때문에 성스러운 가계에 태어난 이들은 모두 언젠가 자기도 '성왕의 저주'라 불리는 그 병에 걸려 자신을 구성하는 모든 것을 잊어버리는 최후를 맞이하는 게 아닐까 하는 두려움을 늘 짊어지고 살아왔다.

신들에게 다가가려 한 그 탐욕스러운 탐구심에 신들이 분노해 성왕 가문을 벌했다고 말하는 이도 있었다. 하지만 홋사르는 그런 소문을 전혀 믿지 않았다.

사람이 저지른 죄 때문에 병을 앓는다면……, 그런 일이 있다면

이 세상은 오래전에 낙원이 되었을 것이다.

병에는 인정도 없고, 선악도 가리지 않는다. 그렇기에 두려운 것이다.

밖으로 새어나가지 않도록 심학원 밖에서 성왕의 저주에 대해 이야기하는 것은 금기시되었다. 하지만 오타와르 성역에서 의학을 비롯해 다양한 학문이 발전한 이면에는 선조 대부터 맥맥이 계승되는 끔찍한 병에서 해방되고 싶은 성왕 가문 사람들의 소망에 가까운 마음이 있었다.

하얀 연못에서 쉬고 있는 작은 쥐의 복숭앗빛 코끝과 검게 빛나는 동그란 눈동자에는 천 년에 걸쳐 고통받아온 사람들의 비원이 달려 있었다.

"……아직 한 걸음입니다. 쥐에게 효과가 있는 약이 인간에게도 듣는다는 보장은 없어요."

홋사르는 되뇌었다.

"갈 길이 멉니다."

그때 우리 속에 웅크리고 있던 원숭이가 벌떡 일어섰다. 나직하게 으르렁거리는 것과 동시에 문이 열리더니 시칸과 마코우칸이 들어왔다.

토마소르가 꿈에서 깨어난 얼굴로 그들을 보고는 홋사르에게 시선을 돌렸다.

"왔군. ……그럼 이 이야기는 또 나중에 천천히 나누고, 다른 저주 쪽을 알아볼까?"

홋사르가 눈썹을 꿈틀거리자 토마소르가 쓴웃음을 지었다.

"아카파의 저주 말이야. 지금까지 조사한 결과가 나와서 자네를 부른 거야."

가까이 다가온 시칸과 마코우칸의 인사에 가볍게 답하며 토마소르가 말했다.

"손을 씻고 머리를 빗도록 해. 시칸, 자네는 개의 냄새가 나는 그 옷을 갈아입어야겠어."

어리둥절한 얼굴로 눈살을 찌푸린 마코우칸을 보며 토마소르는 미소를 지었다.

"심학원장님을 뵈러 간다."

3

심부의 우두머리

탑 밖으로 나가니 차가운 바람이 뺨을 때렸다.

눈은 어제 저녁, 계모를 찾아갔을 때보다 기세가 한풀 꺾였지만, 하늘은 납빛 구름에 뒤덮여 낮인데도 어두웠다.

마코우칸이 씌워주고 있는 커다란 우산에서 희미하게 꿉꿉한 냄새가 났다.

"……다음에 해가 나면."

그렇게 말하자 마코우칸이 "예?" 하고 귀를 기울였다.

"이 우산, 잊지 말고 볕에 말려."

마코우칸은 어이없다는 듯이 눈썹을 씰룩거렸다.

"이런 때에 우산 타령이십니까?"

"그러면 안 돼? 사소한 일일수록 생각날 때 말해두지 않으면 잊어버리니까."

그런 말을 주고받는 사이, 검게 젖은 바닥의 석판이 눈에 들어왔다. 눈이나 비에 젖어도 미끄럽지 않은 돌을 깐 내원 현관이다.

백 년 가까운 세월을 견뎌낸 견고한 건물이었지만 반사판을 댄 등불을 교묘하게 배치해두어 전혀 어둡지 않았다. 다만 천장이 높은 현관은 역시 추웠다. 사려 깊은 파수꾼이 따뜻하게 데워준 실내화 덕분에 그 온기가 눈으로 얼어붙은 발을 포근하게 감싸주었다.

정면에는 곧게 뻗은 넓은 복도가 있고, 그 양 옆에는 완만하게 굽어 위층으로 이어지는 계단이 있다.

홋사르에게는 익숙한 계단이었지만 위층에 가본 적 없는 마코우칸의 얼굴에는 희미한 긴장감이 감돌았다.

위층으로 올라가자 대번에 분위기가 바뀌었다.

복도 한복판에 똑바로 깔아놓은 봄꽃을 수놓은 긴 융단이 천장에 매달린 등불 밑에서 봄의 들판처럼 부드러운 색을 띠고 있었다.

발소리를 흡수하는 융단을 밟으며 홋사르는 토마소르의 뒤를 따라 안쪽 방으로 걸어가, 문 앞에 선 문지기에게 용건을 말했다.

토마소르가 미리 찾아오겠다고 알려두었는지, 문지기는 바로 고개를 숙이더니 묵직한 손잡이를 밀어 문을 열어주었다.

방 안으로 한 걸음 들어서자 희미한 향냄새가 났다. 난로로 향수를 피우고 있는 것이다.

널찍한 방 안쪽, 난로 옆에 커다란 책상이 있었다.

홋사르 일행이 들어가자 그 책상에 앉아 있던 통통한 남자가 책상 옆 의자에 앉아 있는 노파와 함께 고개를 들더니 천천히 일어났다.

"홋사르 유그라우르, 토마소르 나하르."

통통한 남자가 노래하듯 독특한 어조로 이름을 부르며 미소를 지었다.

홋사르와 토마소르는 남자에게 깊이 머리를 조아렸다.

"로토만 오키라우르 심학원장님."

두 사람은 한 목소리로 인사하고 심학원장 옆에 서 있는 노파에게도 고개를 숙였다.

"치이하나 오키라우르 님."

심학원장의 가슴께밖에 안 오는 왜소하고 복스러운 노파가 천천히 고개를 끄덕였다.

홋사르는 뒤에서 마코우칸이 꿈지럭거리는 기척을 느꼈다. 처음으로 가까이서 치이하나를 보고 예상 밖의 그 모습에 동요한 것이리라.

지위가 낮은 사람은 만날 수조차 없어서 그 이름밖에 알지 못한다. 때문에 성별을 아는 이도 몇 안 되는 '심부'의 우두머리이자, 실질적인 심학원장이라 할 수 있는 인물이 바로 이 노파였다.

"자, 이걸로 딱딱한 인사는 끝난 걸세. 난로 가까이 오게. 두 사람다 고생 많았어. 겨울 여행이 고되었지?"

심학원장은 두툼한 손을 흔들어 두 사람을 난로 근처로 불렀다.

구석에 있던 하인들이 소리 없이 다가와서 홋사르와 토마소르가 앉기 편한 자리에 의자를 내려놓더니, 또 한 명의 남자가 쟁반을 들고 다가와 작은 탁자 위에 향기로운 차와 먹음직스러운 얇은 과자를 차려주었다.

"자, 일단 차부터 들지. 몸을 녹이면서 이야기를 듣자꾸나."

그렇게 말하는 심학원장은 벌써 찻잔을 들고 있었다. 향기로 짐작하건대 차보다 증류주의 비율이 높은 음료 같았다.

"자네들도 마셔보겠나?"

홋사르의 시선을 알아차린 심학원장이 찻잔을 들어 보였지만 홋사르는 미소를 지으며 고개를 저었다.

"말씀은 감사하지만 지금은 사양하겠습니다. 그게 아니더라도 골치 아픈 이야기를 가져온 터라."

심학원장은 고개를 끄덕였다.

"그런 모양이군. 그래, 누가 먼저 이야기할 텐가?"

토마소르가 눈짓으로 먼저 이야기하라고 재촉하기에 홋사르는 어전 매사냥에서 개에게 물린 사람들의 발병부터 그 후의 경과까지 요령 있게 상세히 설명했다.

이야기를 얼추 들은 심학원장은 신음했다.

"흐음, 역시 꽤나 이상하군. 병의 발생 상황도 그렇지만, 어쨌든 죽음에 이르는 속도와 치사율이 보통이 아니야. 리무엣르가 보낸 서신을 읽었을 때도 그리 생각했는데, 자네 입으로 자세히 들으니 그 기이함이 더욱 뚜렷하게 느껴지는군. 하지만 개에게 물리고 살아난 자도 있다라……."

"예. 제가 실제로 진찰한 환자 중에서 아카파 인인 스루미나 씨는 약을 쓰지 않았어도 병이 나았을 거라는 생각이 듭니다."

심학원장이 희미한 웃음을 머금었다.

"시험해볼 수 없는 일이지만, 어떤 의미로는 아쉽구나."

홋사르는 쓴웃음을 지었다.

"무서운 말씀을 하시는군요. 심학원장님도 할아버님과 똑같은 분이시군요."

심학원장의 미소가 짙어졌다.

"그 말은 달게 받아들이마. 하지만 자네도 동류 아니던가?"

홋사르는 어깨를 으쓱했다.

"그야, 그렇지요."

"항병소약은 어땠나?"

"일정한 효과는 있는 것 같습니다. 아직 효과가 한정적이지만 가능성은 있습니다."

"그거 다행이군. 듣자하니 앗시미에서 추출한 약이라지?"

홋사르는 미소를 지었다.

"예. 그건 미라르의 공적입니다. 오래도록 지의류를 연구했으니까요."

심학원장은 고개를 끄덕였다.

"그랬지. 그렇다면 그런 약효가 있는 지의류 분포 지역이 궁금하군. 의외로 이 병에 내성을 가진 사람들과 관계가 있을지도 몰라."

토마소르가 옆에서 끼어들었다.

"앗시미는 분포 지역이 광대한 지의류입니다. 유사종도 많아요.

지의류도 균류와 밀접한 공생체니까요. 이키미는 앗시미와 흡사한 항병소력을 가지고 있고, 그런 지의류를 먹는 순록을 자주 먹다 보니 내성이 생겼다고 생각할 수도 있겠군요."

홋사르가 고개를 끄덕였다.

"미라르도 똑같은 소리를 했습니다. 음식물이 원인이라면 아카파 인이 즐겨 먹는 음식 중에 츠오르 인이 먹지 않는 것을 찾는 게 지름길이라고 하더군요."

토마소르가 환하게 웃었다.

"자네 연인은 혜안을 가지고 있군. 그토록 머리가 좋고 예리한 여인이라면 섣불리 바람도 못 피우겠어."

홋사르는 쓴웃음을 흘렸다.

"뭐, 괜찮을 겁니다. 그 혜안을 가진 여인은 지금 저보다 스루미나 씨와 마자이 씨가 자주 먹는 것 중에 이자무 군이 싫어하는 음식을 찾느라 정신없으니까요."

심학원장이 턱을 어루만지며 불쑥 말했다.

"……그리고 보니 신약을 맞지 않고도 살아남은 사내가 있었지."

홋사르의 표정이 진지해졌다.

"예. 아카파 소금광산의 참극에서 살아남은 남자입니다. 토가 산지 출신의 '반'이라는 자인데, 그를 찾아낼 수 있다면 정말 고마운 일입니다만."

"두 말 할 필요 없이 그의 혈액으로 효과 높은 혈장체약을 만들어 낼 수도 있겠군."

"예. 사건 직후에 모르파의 도움을 받아 마코우칸이 오키 지방까지 그 남자를 추적했지만…… 결국 찾아내지 못했습니다. 뭐, 그 이야기는 이미 알고 계실 테지만요."

그러자 그때까지 잠자코 있던 치이하나가 문득 고개를 들어 마코우칸을 쳐다보았다.

"모처럼 당사자가 이 자리에 있으니 어떤 상황이었는지 다시 듣고 싶구나."

홋사르는 뒤를 돌아보며 마코우칸에게 발언을 재촉했다.

마코우칸은 긴장한 목소리로 설명하기 시작했다. 다소 군더더기도 있었지만 홋사르에게 한 번 보고한 뒤라 누락된 정보는 없었다.

마코우칸이 사에에 대해 이야기하자 치이하나의 눈빛이 짙어졌다.

입가에 희미한 미소를 머금고 있지만 그 눈에 감도는 것은 미소가 아니라 오히려 뭔가 생각에 잠긴 듯한 아득한 표정이었다.

마코우칸이 입을 다물자 심학원장이 한숨을 쉬었다.

"전에 서한으로 읽었을 때도 생각했지만, 역시 벼랑길에서 짐승이 습격했다니 꽤나 부자연스럽구나."

홋사르가 끄덕였다.

"예. 상황만 두고 보면 미심쩍습니다."

심학원장은 턱을 짚고 곰곰이 생각하며 말했다.

"의도적인 습격이라고 하면 살아남은 그 탈주 노예, 간사 씨족 사내의 뒤를 쫓지 못하게 그랬다는 뜻이다. 다시 말해 오우한 제후가 우려한 대로 매 사냥터를 습격한 것도, 아카파 소금광산의 비극도 그저 우연히 짐승에게 옮은 병이 아니라 의도적으로 계획한 것이고, 그렇다면 간사 씨족이 거기에 깊이 관여해 있다는 뜻인가……?"

치이하나가 고개를 저었다.

"간사는 까다로운 상대야."

차분한 목소리였다.

"자네에게 첫 소식을 받은 후에."

치이하나가 홋사르를 보며 말했다.

"바로 토가 산지에 심부 사람을 보내 조사했지만 간사 씨족과 그 혈연 씨족이 어찌나 노련하던지, 결국 내부로 파고들지는 못했네."

커다란 갈색 눈으로 가만히 홋사르를 바라보며 치이하나가 말을 이었다.

"개인지 늑대인지, 짐승을 길들여 그런 작전을 세웠다면 상당히 긴 시간이 필요했을 테지. 우리도 산이나 숲 구석구석까지 장악하고 있는 건 아니니 개를 훈련시키는 건 몰랐을 수도 있지. 하지만 사람의 움직임에 변화가 있으면 알 수 있어. 오랜 시간을 들여 계략을 실행에 옮기려면 그만한 조직이 필요하니, 만약 씨족 단위로 움직였다면 언젠가 꼬리를 잡을 수 있겠지."

심학원장이 눈살을 찌푸렸다.

"그렇지만 간사 씨족이 관여했다면 일이 복잡해. 토가 산지는 무코니아 왕국의 침략을 방어하기 위한 최전선이야. 츠오르 군도 많이 주둔하고 있지. 오우한 제후 입장에서는 반란의 불씨가 싹틀까 가장 우려하는 지역이기도 해. 그렇기에 아카파 왕에게 직접 못을 박았던 거고."

"예. 하지만 오우한 제후도 이 문제의 배후 세력이 아카파 왕이라는 확증을 가지고 있는 건 아닙니다."

"그래도 아카파가 불안정해지는 건 바람직하지 않아. 의심보다 두려운 적은 없으니까. 분명 인위적으로 보이지만 사실은 우연이 겹쳤을 뿐일 가능성은 없나?"

홋사르는 고개를 저었다.

"유감스럽지만 뭔가 인위적인 의도가 작용하고 있는 것 같습니다. 제 눈으로 본 입장에서 아카파 소금광산의 참상도, 매 사냥터의 비극도 틀림없이 의도적인 습격입니다. 누가 어떤 목적이 있어 한 짓입니다."

심학원장이 눈썹을 실룩거렸다.

"그래, 자네가 그런 인상을 받았다면 그럴 가능성이 높겠군. 하지만 그래도 여전히 단정할 수는 없네. 거듭 말하지만 아무리 인위적으로 보여도 사실은 우연이 겹쳤을 뿐이라는 가능성도 없는 건 아니니까."

"그건 맞는 말씀입니다. 지금 단계에서 뭔가 하나에 구애되면 진실을 간과할 우려가 있습니다."

홋사르는 턱을 짚으며 말을 이었다.

"저도 마음에 걸립니다. 매사냥 이후로 흑랑열로 추정되는 보고는 드문드문 들어오는데, 큰 사건 소식은 없으니."

훗사르가 문득 쓴웃음을 지으며 치이하나를 보았다.

"뭐, 그늘에서 줄을 조종하는 게 아카파 왕이라면 사건이 더 발생하지 않는 것도 이해가 갑니다. 오우한 제후가 그만큼 단호하게 최후통첩을 한 데다가 아카파 인도 그 병으로 죽는다는 걸 알고 그만 때려치워야겠다, 싶었는지도 모르지요."

치이하나는 가만히 웃었지만 아무 말도 하지 않았다.

"흠. 그럼 한 가지 더. 다른 방향에서."

심학원장이 말했다.

"그 병의 감염 경로가 인위적이지 않을 가능성은 어떻게 검토하고 있나?"

토마소르가 입을 열었다.

"그것 말인데, 먼저 그럴 가능성이 있는지 고려해보는 게 어떻겠습니까?"

토마소르는 시칸을 돌아보며 손짓을 했다.

시칸이 앞으로 나와 옆구리에 끼고 있던 커다란 두루마리를 토마소르의 손에 건넸다. 토마소르는 시칸에게 한쪽을 붙들게 하고 종이를 펼쳐 사람들에게 보여주었다.

"그 병에 걸린 사람이 또 있는지, 치이하나 님께 부탁해 조사한 결과가 겨우 정리되어 지도에 표시해보았습니다."

그 지도를 본 훗사르는 눈을 부릅떴다.

옛 아카파 왕도 영역 전체에 드문드문 붉은 점이 찍힌 장소가 흩어져 있다.

"……소금광산 외에도 이렇게 피해를 입었나?"

토마소르가 고개를 끄덕였다.

"남쪽으로는 유카타 평원부터, 북쪽으로는 마코우칸이 사내를 쫓아간 오키 삼림지대까지, 흑랑열로 추정되는 병례가 분포되어 있어."

치이하나가 입을 열었다.

"광대한 분포 면적도 그렇지만, 또 한 가지 중요한 점이 있단다. 심부 사람들이 입수한 소문 중에서 가장 오래된 병례는 팔 년 전 정보였다."

이마에 흘러내린 머리카락을 쓸어 올리며 치이하나가 뺨을 일그러뜨렸다.

"등잔 밑이 어두웠어. 흑랑열이 발생할 가능성을 처음부터 의심하고 조사하지 않는 한 알 길이 없으니."

심학원장이 신음했다.

"뭐, 그렇겠지. 농민이나 목축민이 늑대나 승냥이에게 물려 고열을 앓다 죽었을 뿐이래서야, 어지간히 빈번하게 연속적으로 일어나지 않는 한 소문으로 번지지도 않았을 테니."

홋사르는 토마소르와 치이하나를 바라보았다.

"……연속적으로 일어나지는 않은 겁니까?"

두 사람은 고개를 끄덕였다.

"그래. 심부 사람이 입수한 정보로는 대부분 숲에서 늑대에게 물리거나 승냥이에게 물렸다는 얘기고, 병에 걸려 죽은 사람은 기껏해야 한 명, 많아야 두 명이라 이웃으로 피해가 퍼진 사례는 없었어."

토마소르는 그렇게 말하고 입가를 일그러뜨렸다.

"마음에 걸리지? 그게 문제야."

훗사르는 고개를 끄덕였다.

"사람이 옮기는 병이 아니라고 가정해도 늑대는 무리를 이루어 사는 짐승이니까요. 늑대에게 물려서 걸리는 병이라면, 일단 발병하면 그 무리가 뭉쳐 사는 범위에서 좀 더 빈번하게 병례가 나오는 법입니다. 몇 년이나 지났다면 여름에 진드기나 모기가 창궐하는 계절을 몇 차례나 경험했을 텐데, 그 병이 진정 흑랑열이라면 좀 더 유행했더라도 이상하지 않습니다."

훗사르는 지도를 쳐다보면서 말을 이었다.

"이런 식으로 광범위하게 흩어져 있는 데다가 한 곳에서 피해가 한두 사람밖에 안 된다니 너무나 부자연스럽습니다. 무엇이 유행을 막고 있는지 그 요인을 찾아야 합니다."

심학원장이 눈을 가늘게 떴다.

"아니, 병에 걸린 게 츠오르 이주민뿐이라면…… 그렇다면서? 그 환자들은 모두 이주민이었지?"

치이하나가 그렇다고 고개를 끄덕였다.

"그렇다면 환자 수가 적은 것도 설명이 되지 않을까? 아카파 인이 병에 걸리지 않는다고 한다면 말이야."

홋사르는 고개를 갸웃거렸다.

"외람된 말씀이지만, 그래도 이상합니다. 저희 오타와르의 멸망을 되짚어 보십시오. 흑랑열은 진드기에 의한 감염력이 높아 그만한 참사가 벌어진 것 아닙니까? 그렇다면 이주민 부락 근처의 숲에 숙주가 되는 늑대나 승냥이가 서식한다면, 진드기나 들쥐에 의한 이차 감염이 발생해 지금도 감염자가 빈번히 나와야 말이 됩니다."

토마소르가 고개를 크게 주억거렸다.

"맞아. 게다가 내가 볼 때는 또 하나 마음에 걸리는 점이 있어."

토마소르는 지도를 손가락으로 퉁겼다.

"승냥이나 늑대는 의외로 넓게 퍼져 있어. 초원이나 최북단의 삼림지대에 있어도 이상하지 않아. 종류도 다양하고 서식지에 따라 모습이나 크기가 다른 경우도 있지. 짐승이라는 건 일반적으로 북쪽으로 갈수록 덩치가 커지는 특징이 있는데 늑대도 마찬가지지. 북쪽 끝에 사는 늑대와 남부 숲 지대에 사는 늑대를 비교하면 누가 봐도 북쪽 늑대가 더 커."

토마소르가 헛기침을 한 번 하고 말을 이었다.

"무슨 말을 하고 싶은가 하면, 이토록 광범위하게 발병 사례가 흩어져 있다면 남쪽과 북쪽 상관없이 늑대든 개든 흑랑열의 숙주가 될 수 있다는 소리야. ……하지만 그런 것치고는."

"역시 병례가 너무 적군요."

홋사르가 말을 받자 토마소르는 고개를 끄덕였다.

"맞아. 이번에 아카파에서 큰 문제가 된 병처럼 치사율이 높고,

한 번 물리면 거의 모두가 발병할 정도로 감염성이 높은 병이 훗사르의 말처럼 팔 년 전에 발병했다면 좀 더 병례가 많아야 해. 그리고 이미 진드기 등에 의한 이차 감염이 퍼졌어야 해. 심각한 소문이 퍼졌겠지."

훗사르는 눈살을 찌푸렸다.

"그런 이차 감염이 일어나지 않았다면, 그 이유가 뭘까?"

치이하나가 희미하게 뺨을 누그러뜨리며 중얼거렸다.

"숙주인 개가 진드기에게 병을 옮길 정도로 그 땅에 오래 있지 않았다는 뜻이 되겠지."

잠시 동안 실내에 정적이 깔렸다.

토마소르가 헛기침을 했다.

"그럴 수 있겠군요. 하지만 지금은 인위적인 사고가 아닐 가능성을 검토하고 있으니 그런 일이 자연스럽게 일어날 것인지 고민해 보면, 또 한 가지 마음에 걸리는 문제가 있습니다. 이렇게 넓은 범위에 있는 개나 늑대에게 어떻게 병이 퍼졌을까요? 이토록 광대한 지역에서 북쪽과 남쪽의 늑대가 직접 섞일 가능성은 전혀 없을 텐데요."

"……한 무리에서 인접한 무리로 전염되었다?"

"자연스러운 전염이라면 그 가능성밖에 없겠지만, 그렇다면 점점 더 기묘해집니다."

토마소르는 지도를 가리켰다.

"붉은 점 옆에 적어놓은 번호가 발병 순서입니다. 이걸 차례대로 짚어보면 무엇이 이상한지 잘 알 수 있을 겁니다."

훗사르는 지도에 얼굴을 들이댔다.

가장 오래된 기록은 남부 유카타 평원 끝의 이주민 부락이었다. 하지만 다음 발병은 남쪽이 아니라 북서쪽 산지였다.

"……이건 뭐지?"

훗사르는 무심코 중얼거렸다.

"엉망진창이잖아."

토마소르가 쓴웃음을 지었다.

"늑대 무리 사이에서 병이 전염된다면 이런 식으로 나타날 리가 없어."

훗사르는 실눈을 뜨고 중얼거렸다.

"……꼭 그런 것만도 아닌가."

"뭐?"

토마소르가 되묻자 훗사르는 고개를 들어 토마소르를 쳐다보았다.

"숙주가 늑대나 승냥이뿐이라면 매형 말이 맞겠지만, 중간에 다른 생물이 개재介在한다면 이런 분포도 가능할 거야. 가령 철새라든가."

흠칫 놀란 토마소르가 눈을 번쩍 떴다.

"그렇군, 그 생각은 못했네. 민망한데. 만약 그렇다면 고려해볼 가능성은 터무니없이 복잡하고 다양해질지도 몰라……."

뒤에서 마코우칸이 꿈지럭거렸다.

홋사르는 고개를 돌려 마코우칸을 쳐다보았다.

"말해. 하고 싶은 말이 있으면 눈치 보지 말고."

마코우칸은 헛기침을 하고 입술을 축였다.

"……영 엉뚱한 소리일지도 모르지만, 저 순서 속에 변경에서 점점 중앙으로 다가오는 사례도 있는 것처럼 보입니다만."

홋사르가 눈을 부릅떴다. 지도를 다시 보더니 중얼거렸다.

"허, 정말 그러네. 자네, 의외로 예리하군."

그렇게 말하며 홋사르는 쓴웃음을 지었다. 짐승의 생태와 질병의 관계에 정신이 팔려 그런 단순한 사실도 깨닫지 못한 자신이 우스웠다.

치이하나가 입을 열었다.

"그건 나도 마음에 걸리더구나."

구석에 서 있던 남자가 조용히 움직여 또 하나의 지도를 가져와 시칸이 들고 있는 지도 옆에 나란히 펼쳤다.

지금까지 보았던 지도와 달리 몇 개의 지도가 서로 다른 색으로 구분되어 있고, 화살표와 번호도 붙어 있었다.

"이게 무슨 지도인지 말씀드리지 않아도 아시겠지만……."

츠오르 제국의 판도를 나타낸 지도였다.

"색칠한 부분은 츠오르 변경에 살던 백성들이 이주당한 지역을 나타내고 있습니다. 화살표는 이주자의 이동을, 번호는 이주가 시작된 순서를 나타냅니다."

훗사르는 눈을 가늘게 뜨고 지도를 바라보았다. 지도로 그려놓으니 지금까지 눈에 보이지 않던 사실이 보여 흥미로웠다.

츠오르는 동서남북 전 지역에 지배권을 뻗치고 있지만, 이렇게 보니 자국민을 다른 지역에 이주시키는 비율은 서쪽이 압도적으로 많다는 걸 알 수 있었다.

특히 아카파 왕국이 있던 부근, 즉 지금의 오우한 영지에 색과 화살표가 집중되어 있었다.

"대단하군, 오우한 영지는."

훗사르가 중얼거리자 치이하나가 가만히 웃었다.

"그렇지? 이렇게 보면 아카파 입식入植에 큰 힘을 기울이고 있다는 걸 알 수 있어. 뭐, 서쪽에 무코니아라는 강대한 나라가 있으니 당연한 일일지도 모르지만."

훗사르는 고개를 끄덕였다.

"게다가 초원이나 삼림지대로 이주시키고 있군요. 원래 인구가 적은 지역이니 츠오르 입장에서는 개척의 여지가 있는 땅으로 보였겠지요."

토마소르가 콧방귀를 꿰었다.

"지식이 없는 사람이 저지르기 쉬운 우행이지. 초원이나 삼림지대에는 저마다 그곳만의 식생이 있어. 그 식생에 맞는 생물도 있지. 겉으로는 똑같아 보여도 츠오르의 초원 지대와 유카타 평원은 애초에 식생이 달라. 아파르가 달리던 들판을 양 방목지나 보리밭으로 바꿔버리면 반드시 문제가 생겨."

심학원장이 토마소르를 가만가만 달랬다.

"확실히 어리석은 부분은 있지만, 이 부근이 이만큼 인구가 늘었는데도 생활이 가능한 토지였다는 건 우리에게도 흥미로운 사실이야. 이주민이 가져온 보리는 그 척박한 평원에도 용케 적응해주었고, 아파르 오마가 키우던 아카파 보리보다 튼튼하니 큰 변화가 있을지도 몰라. 유카타 평원이 앞으로 더욱 풍요로운 토지로 바뀔 가능성도 있네."

홋사르는 시야 구석에서 시칸이 꿈지럭거리는 것을 느꼈다.

표정은 고요했지만 시칸의 턱 언저리가 굳어 있었다. 속으로 심학원장을 욕하고 있는지도 모른다.

토마소르 쪽은 얼굴에 노기를 뚜렷이 드러내고 있었다.

"심학원장님, 외람되지만……."

입을 떼려는 그를 치이하나가 제지했다.

"나중에 해라. 이야기가 샛길로 빠지는구나."

채찍으로 허공이라도 가르듯 매서운 말투였다. 토마소르는 턱을 바싹 당겼지만 이마에 핏줄이 시퍼렇게 섰다.

치이하나가 지도를 가리켰다.

"두 지도를 견주어보고 깨달은 게 없느냐?"

지도를 본 홋사르의 눈이 바로 벌어졌다.

"……허."

홋사르는 그렇게 중얼거리며 가장 오래된 발병 장소를 가리켰다.

"가장 오래된 병례가 가장 최근에 입식이 시작된 장소입니까?"

치이하나가 고개를 끄덕이며 토마소르를 힐끗 쳐다보았다.

"이곳은 그 '아파르의 보복' 습격 사건이 발생했던 장소와 무척 가깝지. 자네가 그걸 몰랐을 리 없는데, 지금까지 아무 말도 않더군."

토마소르는 굳은 얼굴로 치이하나를 쳐다보았지만 이윽고 작게 고개를 저었다.

"딱히 고의로 잠자코 있었던 건 아닙니다. 말을 꺼내기에 가장 적합한 기회를 기다린 것뿐입니다."

치이하나는 의자에 등을 기댔다.

"그럼 지금 말해다오."

토마소르는 치이하나를 바라보며 말했다.

"제가 이 이야기를 꺼내는 데 신중한 것은 자칫하면 누군가가 누명을 쓸 가능성이 있기 때문입니다."

치이하나가 눈살을 찌푸렸다.

"누군가라는 건 아파르 오마겠지?"

토마소르가 입술을 꾹 깨물며 작게 숨을 토해냈다.

"그렇습니다. ……'킴마'라는 신을 아시는지요?"

홋사르는 처음 듣지만 치이하나와 심학원장은 아는 눈치였다.

"파리의 모습을 띤 작은 신이지. 아파르 오마가 두려워하는 신이야."

그 순간, 시칸이 고개를 번쩍 쳐들고 입을 뗐다.

"두려워하는 게 아닙니다. 숭상하는 것입니다."

나직하지만 거친 말투였다.

"파리에 깃든 작은 신 킴마는 많은 것을 알고, 많은 길을 제시해 줍니다. 그 힘을 알지 못하는 자들이 어리석게도 모멸하며 우리를 매도하더라도, 우리는 결코 굴하지 않을 것입니다."

그가 입을 다물자 침묵이 주위를 지배했다.

토마소르가 헛기침을 하며 입을 열었다.

"지금 시칸이 말한 것처럼 킴마는 아파르 오마에게는 귀한 신입니다. 이야기가 길어지는데, 먼저 그것을 전제로 들어주십시오. 그 아파르의 보복 사건은 실로 많은 것들을 바꾸어버렸습니다. 아파르 오마는 고향에서 쫓겨나 타향에서 다양한 직업을 얻었지만, 많은 이들이 새로운 직업에 적응하지 못하고 고생하고 있습니다. 술에 빠져 몸을 망치는 이도 많지요. 그런 가운데 북부 오키 분지나 서부 토가 산지에서 유목과 사냥으로 살아가는 사람들은 비교적 안정된 삶을 누리고 있습니다. ……왜 그렇다고 생각하십니까?"

심학원장이 미간을 찌푸렸다.

"유목 생활이 과거의 삶에 가깝기 때문이겠지."

"그런 이유도 있겠지요. 하지만 말과 순록, 혹은 퓨이카는 굉장히 다릅니다. 그런 의미에서는 눈에 보이는 것보다 고생이 많았을 겁니다. 이건 시칸에게 들은 이야기인데 북쪽에 사는 아파르 오마는 유목보다는 오히려 사냥 실력이 좋다고 합니다."

심학원장이 탄성을 흘렸다.

"허, 그런가?"

"예. 그 이유는……."

토마소르는 잠시 말을 끊었다가 조용히 입을 뗐다.

"그들이 대단히 유능한 사냥개를 데리고 있기 때문입니다."

심학원장의 눈에 빛이 감돌았다.

치이하나는 이미 알고 있었는지 표정 하나 바꾸지 않고 듣고 있다.

홋사르는 문득 투림의 안내로 찾아간 모르파 마을에서 보았던 훌륭하게 길들인 사냥개들을 떠올렸다.

"그 사냥개는."

치이하나가 불쑥 끼어들자 모두 그녀를 돌아보았다.

"검은 늑대와 승냥이를 교배해 얻은 로차이겠지. 그런 사냥개들은 킴마의 신이 주신 선물이라고 부른다던가."

토마소르가 눈살을 찌푸렸다.

"알고 계시면……."

치이하나는 살래살래 손사래를 쳤다.

"내가 아는 건 옛날이야기뿐이란다."

그리고 나직하게 억양을 붙여 노래하듯 이야기했다.

"킴마 신은 말씀하셨네, 말이 죽으면 땅에 묻지 말고 화장하라고. 늑대가 파내서 말고기에 맛을 들이지 못하도록. 단, 킴마 신은 말씀하셨네, 병들어 죽은 말은 땅에 묻으라고. 그걸 먹은 늑대가 고통에 겨워, 다시는 말을 잡아먹지 못하도록……."

그때 문득 시칸이 입을 떼더니 치이하나의 목소리를 덮어버리듯 낭랑한 목소리로 노래하기 시작했다.

"혹독한 추위, 말도 사람도 굶주린 겨울, 늑대 새끼를 밴 어미 개에게 킴마 신께서 물어보셨네. '개야, 개야. 너는 네가 고통스러워도 배 속의 새끼를 살리고 싶으냐?' 어미 개는 대답했다네. '킴마 신이시여, 답하겠나이다. 저는 제가 고통을 받아도 제 새끼를 낳고 싶나이다.' 그러자 킴마 신이 어미 개를 무덤가로 인도하셨네. 병든 말이 잠든 무덤에. 아아, 파랗게 빛나는 아름다운 킴마의 무덤! 빛에 감싸인 신의 숲이여! 어미 개는 말을 먹고 병들어, 이윽고 새끼를 낳고 죽었네. 태어난 새끼는 무럭무럭 자라, 고향에서 으뜸가는 사냥개가 되었다네."

노래를 마친 시칸이 치이하나를 바라보며 말했다.

"아파르가 많았던 시절, 저희는 말이 병들어 죽으면 무덤에 묻은 뒤에 그 고기를 파내서 어미 개에게 주었습니다. 전설과 달리 어미 개가 죽는 일은 없었습니다. 하지만 태어나는 강아지는 전설처럼 실로 강건하게 자랐습니다. 병에도 지지 않고 말도 잘 듣습니다."

그가 입을 다물자 토마소르가 한숨을 한 번 내쉬고 말을 이었다.

"아파르가 독보리를 먹고 죽었을 때도 그들은 늘 그렇듯이 땅에 묻고, 새끼를 밴 개에게 고기를 먹였습니다."

심학원장이 몸을 바짝 내밀었다.

"그렇다면……."

토마소르는 쓴웃음을 지었다.

"너무 딱 맞아떨어지지요? 그 어미 개가 낳은 새끼가 흑랑열의 병소를 가진 개가 되었다고 하면 많은 수수께끼가 풀립니다."

토마소르는 천천히 고개를 저으며 말을 이었다.

"하지만 아닙니다. 그때 어미 개는 새끼를 낳지 못했습니다. 제가 이 두 눈으로 보았습니다. 어미 개들이 고통에 몸부림치며 죽는 모습을."

실내에 무거운 정적이 흘렀다.

침묵을 깬 것은 치이하나였다.

"……하지만 최초의 흑랑열은 그 마을 근처에서 발생했다."

토마소르는 고개를 끄덕였다.

"예, 그렇습니다. 독보리 사건과 전혀 무관하다고는 저도 장담할 수 없습니다."

토마소르는 치이하나를 뚫어져라 쳐다보며 말을 이었다.

"그러니 조사를 허락해주십시오. 제가 사건의 진상을 알아보겠습니다."

치이하나는 한참 말없이 생각에 잠겼다가 이윽고 심학원장을 흘 깃 쳐다보았다. 오라버니의 눈을 살핀 치이하나는 고개를 끄덕이며 토마소르에게 시선을 돌렸다.

"조사에는 찬성한다. 하지만 자네가 조사한다는 것에는 찬성할 수 없어. 자네는 아파르 오마 쪽으로 너무 치우쳤네."

토마소르의 안색이 변했다.

"하지만……."

치이하나는 그 말을 가로막으며 홋사르를 슬그머니 쳐다보았다.

"훗사르, 자네가 조사해보면 어떨까? 사건의 진상은 물론이고 치료 방법도."

훗사르는 웃음을 터뜨렸다.

"말씀 한번 쉽게 하시는군요! 그건 꽤 일이 클 것 같은데요. 저는 그것 말고도 해야 할 일이 많습니다만."

치이하나는 어깨를 으쓱했다.

"흑랑열의 발생보다 화급히 손을 써야 할 일이 또 있을까? 왠지 불온한 사태가 벌어질 것 같은 예감도 들어. 그냥 놔둬서 될 일이 아니야. 필요하다면 우리도 도울 테니, 부디 알아봐다오."

그러고는 치이하나는 마코우칸을 힐끗 올려다보며 말을 덧붙였다.

"자네 종자從者는 도중에 수련을 내팽개치고 달아난 반쪽짜리지만, 유카타 산지 출신이잖나? 그 주변 지리도 잘 알 테니 이번만큼은 나름대로 도움이 될 테지."

뒤를 돌아본 훗사르는 오만상을 찌푸리는 마코우칸의 얼굴을 보고 피식 웃었다.

4

이주지의 겨울

옅은 잿빛 하늘 아래, 겨울철의 들판이 펼쳐져 있다.

적적한 풍경이었지만 그래도 이따금 마른 들판 여기저기에 흩어져 있는 늪 위로 하얀 새들이 내려앉자, 잠시나마 생명의 약동이 태어났다.

하얀 날개 밑에 불 같은 붉은색이 있어서 날갯짓을 할 때마다 불꽃이 튀는 것처럼 보였다.

"……눈에 띄는 새로군."

홋사르의 말에 마코우칸이 대답했다.

"맛카라입니다. 겨울이 되면 흔히 보이는 철새지요."

마코우칸이 몸을 들썩인 게 마음에 들지 않았는지, 말이 푸르르 콧소리를 내며 고개를 돌리자 그 숨결이 하얗게 흘러갔다.

눈은 적었지만 바람이 차가워, 홋사르는 눈 밑까지 바람막이용

헝겊을 두르고 있었다.

"아무것도 없는 곳이군. 나코리는 제법 번화한 도시였는데 이 주변은 아직 길도 정비되지 않았나."

홋사르가 중얼거리자 마코우칸이 고개를 저었다.

"이게 본디 유카타 평원의 풍경입니다. 나코리 마을은 딱지 같은 거죠."

홋사르가 한쪽 눈썹을 실룩였다.

"자네 재미있는 소릴 하는군. 딱지? 어째서 그렇게 생각하지?"

마코우칸은 갈대밭을 넘나드는 새들을 바라보며 말했다.

"홋사르 님은 그 마을의 예전 모습을 본 적이 없으니 이해 못 하실지도 모르지만, 어렸을 때 아버지를 따라 몇 번이나 '윳카루무(아파르의 마을)'에 갔던 저는 어제 그 마을을 보고 제 눈을 의심했습니다."

"그렇게 변했나?"

마코우칸은 내뱉듯 말했다.

"변했다는 말로도 모자랍니다. 원래 있던 마을을 철저히 부수고 땅을 갈아엎어 새로 지은 게 아닐까 싶을 정도로 완전히 다른 마을이라니까요."

츠오르 양식의 낯선 검은 기와지붕이 줄줄이 이어진 거리를 보았을 때, 마코우칸은 뭔가 소중한 것을 흙발에 짓밟힌 듯한 분노가 다시 가슴속에 되살아나 입술을 깨물었다.

"윳카루무는 기품 있는 멋진 도시였습니다. 그리 큰 마을도 아니었고, 원래 아파르 거래로 번창한 곳이었으니 그 시장이 열리지 않는 시기에는 한산했지만."

홋사르는 쓴웃음을 흘렸다.

"……자네 심기가 평소보다 더 불편해 보였던 건 그 때문인가?"

마코우칸이 홋사르를 매섭게 내려다보았다.

"심기가 불편했던 건 홋사르 님도 마찬가지 아닙니까. 말을 걸어도 자꾸 못 들은 척하시고 말입니다."

홋사르는 콧방귀를 뀌었다.

"시시한 탐색 때문에 이런 곳까지 오게 되었으니 화를 낼 만도 하지."

마코우칸은 눈썹을 씰룩거렸다.

"시시하다니요? 사람 목숨이 달린 일입니다."

하하, 하고 홋사르는 짓궂게 웃었다.

"자네, 바보지? 내가 치료원에 있었다면 하루에 몇 명의 목숨을 더 구할 수 있어."

"뭐, 그건 그렇겠지만."

홋사르는 마코우칸의 말을 무시하고 철새가 모여 있는 늪지대를 바라보며 내뱉었다.

"이렇게 적적한 곳에서 가족의 비밀을 밝혀내야 하는 처지야. 불평 정도는 하게 내버려둬."

가슴을 스치는 서늘한 기운에 마코우칸의 얼굴이 딱딱하게 굳었다.

'······눈치채셨나.'

그렇게 생각한 순간, 홋사르가 고개를 돌려 마코우칸을 매섭게 올려다보았다.

뭔가 살피듯 마코우칸의 얼굴을 바라보던 홋사르가 훌쩍 눈길을 돌렸다.

"역시 자네도 눈치챘군."

마코우칸은 잠자코 젊은 주인을 내려다보았다.

홋사르는 다시 마른 들판으로 고개를 돌렸다.

"치이하나 님도 참 짓궂지. 누가 심부의 우두머리 아니랄까봐, 성격이 고약해. 군이 나를 시켜 매형의 비밀을 고발하지 않아도 자신이 할 수 있을 텐데."

"그건······."

홋사르는 입을 열려는 마코우칸을 손으로 막았다.

"알아. 이건 그 노인 나름의 온정이기도 하겠지. 나라면 사실을 밝혀내도 고발하기 전에 탈출로를 찾아줄 수 있으니."

홋사르는 무표정했지만 그 눈 속에는 어두운 그림자가 있었다.

'이 사람은······.'

진심으로 매형을 걱정하는 것이다. 매형을, 아니면 그의 아내인 이복 누이를.

"아직 형님께서 관여한 게 확실한 것도 아니지 않습니까?"

마코우칸이 그렇게 말하자 홋사르가 어깨를 움츠렸다.

"아니, 관여했을 거야. 적어도 범인을 감싸고 있겠지. 주범이 아니면 다행일 텐데."

　치이하나가 표시한 츠오르 인의 이주 영역도와 토마소르가 보여
준 병례 분포도.

　그 두 가지를 대조했을 때, 선명하게 드러난 사실을 토마소르는
끝내 입에 담지 않았다.

　킴마의 선물에 대해 설명함으로써 아파르 오마가 설령 수상쩍어
보이더라도 이 사건과는 무관하다고 해명했지만, 본디 그 설명 뒤
에 덧붙여야 할 중요한 정보를 토마소르는 말하지 않았다.

　흑랑열이 처음 발생한 장소가 이곳 유카타 평원의 이주민 마을이
었다는 점 외에도, 두 번째 발생지인 북서부 마을 또한 쫓겨난 아파
르 오마가 대거 흘러들어간 곳이었다.

　토마소르에게 물으면 그게 무슨 상관이냐고 말할 것이다.

　아파르 오마가 꾸민 계략이라면, 곧바로 그들과의 연관성을 의심
할 만한 장소에 일부러 피해를 낼 리가 없다고 할 것이다.

　하지만 그것은 '처음에는 의도한 것이 아니었다'는 사실을 나타
낼 뿐이다.

　유난히 순종적이고 영리한 맹견을 키우는 아파르 오마는 츠오르
인에게 격렬한 증오와 적의를 갖고 있다. 게다가 첫 번째, 그리고
두 번째 발병 지역과 근접해 있다. 이만한 조건이 겹치면 그들과 이
번 질병 사이의 관계를 의심하지 않는 게 더 어렵다.

　토마소르는 아마 그 자리의 논쟁을 교묘하게 유도해 흑랑열 조사

원으로 정식 임명되기를 바랐을 것이다.

조사원이 되면 아파르 오마에게 성역이나 츠오르가 무엇을 어디까지 알고 있는지 전할 수 있다. 그리고 적당히 봐줄 수도 있다.

하지만 심부를 통솔하는 치이하나는 토마소르의 계책에 넘어갈 만큼 무른 사람이 아니었다.

그 자리에서 뭔가 미묘한 거래가 오가는 것은 감지했다. 하지만 결과적으로 실로 교묘하게 치이하나에게 품속의 패로 이용당한 것에 훗사르는 분통을 터뜨리고 있는 것이다.

"저도……."

마코우칸이 중얼거렸다.

"토마소르 님이 킴마의 개에 대해 이야기하면서 견술사犬術士 이야기를 하지 않은 게 이상했습니다."

훗사르가 그를 돌아보았다. 생각보다 큰 호기심이 그 눈에 맺혀 있었다.

"견술사? 그게 뭔가?"

마코우칸이 깜짝 놀라며 젊은 주인을 내려다보았다.

"설마, 모르십니까?"

"그래, 몰라."

'그런가…….'

마코우칸은 문득 의미심장하게 그를 쳐다보던 치이하나의 표정을 떠올렸다.

'내가 도움이 된다는 게 이걸 두고 한 말인가.'

이 평원을 에워싼 유카타 산지에서 나고 자란 그가 너무나 당연하게 보고 들은 아파르 오마의 생활 모습이 젊은 주인의 탐색에 도움이 될지도 모른다.

견술사에 대해 설명하려고 입을 열었을 때, 뒤에서 개 짖는 소리가 들리자 마코우칸은 퍼뜩 검 자루를 붙잡고 뒤를 돌아보았다.

개 한 마리가 키 큰 갈대 사이로 난 샛길을 달려왔다. 그 뒤로 말을 탄 사람의 모습이 보였다.

"톳타, 로우, 하이!"

츠오르 말로 개를 불러들이며 가까이 다가온 사람은 하급 관리 차림의 남자였다.

그는 홋사르를 보며 안도한 표정을 지었다.

"홋사르 님이십니까? 숙소에 안 계셔서 길이 엇갈린 줄 알았는데, 아직 여기 계셔서 다행입니다."

홋사르는 살짝 손을 들고 고개를 끄덕였다.

이곳에 오기 전에 오우한 제후의 아들 요타르에게 편지를 보내이 지역을 잘 아는 관리에게 미리 설명을 해달라고 부탁했는데, 지체 없이 응해준 모양이다.

관리 치고는 사람 좋아 보이는 인상의 중년 남성에게 인사하며 마코우칸은 역시 요타르는 쓸모 있는 남자라고 생각했다.

관리는 말에서 내려 숨길 수 없는 호기심으로 가득한 눈으로 홋사르를 보며 이름을 밝혔다.

"저는 타야라고 합니다. 이 부근 마을의 관리로 일하고 있습니다."

홋사르는 미소를 지으며 가볍게 고개를 숙였다.

"잘 부탁하오."

방금 전까지 드리웠던 그늘은 이미 그의 얼굴에서 사라지고 없었다.

*

타야의 안내로 도착한 곳은 보리밭과 양 방목지에 둘러싸인 농가였다.

늦가을에 파종한 보리가 이 추위 속에서도 꼿꼿이 싹을 틔웠다. 바람의 방향이 바뀌자 양 냄새가 풍겨와, 마코우칸은 얼굴을 찌푸렸다.

아카파 민족은 진흙으로 집을 만드는 츠오르 농민을 자주 조롱하는데, 눈앞에 있는 집이 실로 그러했다. 지푸라기와 진흙을 섞은 진흙 벽에 묵직한 초가지붕이 얹혀 있었다.

나무 문을 열고 마당으로 들어가자, 풀어 기르는 닭이 요란하게 울면서 푸드덕거리더니 집 뒤로 사라졌다.

타야가 마당으로 들어서면서 인사를 했지만 집 안에서 돌아오는 대답은 없었다.

"이상하네, 아무도 없을 리가 없는데."

타야는 중얼거리면서 말에서 내리더니 고삐를 마당의 나무에 묶었다.

먼저 말에서 내려 홋사르가 내려서는 것을 도운 마코우칸은 희미한 불안을 느꼈다. 대답은 없지만 집 안에서 분명 인기척이 느껴졌기 때문이다.

"주인님."

마코우칸이 부르자 홋사르는 그를 힐끗 보더니 알고 있다는 듯이 고개를 끄덕였다.

"어이, 마칸, 토메, 집에 없나?"

이름을 부르며 문을 열고 안으로 들어간 타야가 깜짝 놀라 외마디 소리를 질렀다.

마코우칸은 타야의 뒤를 따라 들어가려는 홋사르를 제지하고 젊은 주인보다 먼저 문을 지나 봉당에 발을 들여놓았다.

집 안은 어둑했고, 화로 연기의 아릿한 내음과 퇴비 냄새가 났다.

어둠에 눈이 익자 봉당 바로 위 마루방 화롯가에 누워 있는 사람이 보였다. 어린 소년 같았다. 깔짚 위에 누워 있는 그 아이의 머리맡에 어머니로 보이는 아직 젊은 여인이 무릎을 꿇고 앉아 걱정스레 아이의 이마를 손으로 짚고 있다.

"왜 그래? 감기라도 걸렸어?"

타야가 마루방으로 들어가면서 물었다. 여인은 그제야 고개를 들고 몹시 지친 눈으로 타야를 보았다.

"……어제부터 열이 안 내려요."

마코우칸은 방 안에서 들리는 부스럭거리는 소리에 움찔 놀라 그쪽을 노려보았다.

어둠 속에 노파가 앉아 있었다. 고개를 숙이고 뭔가 중얼거리면서 손바닥으로 뭔가를 계속 굴리고 있다. 아무래도 주술 도구 같았다.

홋사르는 집 안의 상황을 한눈에 알아보고 타야에게 말했다.

"그 아이, 제가 한번 봐도 되겠습니까?"

타야가 돌아보며 "아, 그래주신다면 고맙겠습니다" 하고 고개를 숙였다.

그리고 의아한 얼굴로 쳐다보는 여인에게 이쪽은 고명한 의술사로 그녀에게 물어보고 싶은 게 있어 이곳에 왔다고 설명했다.

그러는 사이 홋사르는 마루방으로 올라가 아이 옆에 앉았다.

여인에게 허락을 구하고 아이의 얼굴을 살피며 맥을 짚고, 눈꺼풀을 벌려 눈을 보고, 입을 벌려 목구멍과 혀의 상태를 보았다. 그리고 웃옷을 젖혀 가슴에 귀를 대고 한참 그 소리를 듣고 있었다.

아이는 축 늘어져 가만히 있었다.

"조금 부었군."

홋사르는 중얼거리며 양쪽 귀 밑을 만져본 후에 소년의 어머니를 돌아보았다.

"기침이나 콧물은 나지 않는 듯한데, 열이 나기 전에 별다른 일은 없었습니까? 다쳤다거나."

어머니는 곤혹스러운 표정으로 얼굴을 찌푸렸다.

"……글쎄요, 다치지는 않았을 텐데. 어제 낮부터 기분이 안 좋다고 하면서 펑펑 울다가 잠들었는데, 숨도 너무 거칠고 얼굴이 붉어서 감기에 걸린 줄 알았어요."

한번 입을 열면 그치지 않는 체질인지, 남편은 도시로 물건을 사러 나갔는데 돌아오면 개구리를 잡아달라고 해서 달여 먹일 작정이었다는 말을 늘어놓았다.

홋사르는 흠흠, 하고 맞장구를 치며 아이의 옷을 벗기고 그 몸을 구석구석 살폈다. 그리고 오른쪽 종아리를 보더니 가만히 문질렀다. 그러자 아이가 몸을 뒤틀며 울기 시작했다.

"……봉와직염 같군."

홋사르는 살굴부위를 만져보고 감촉을 확인하면서 고개를 들었다.

"약주머니를 가져와줘."

그럴 줄 알고 마코우칸은 가방에서 약주머니와 의료 도구가 든 상자를 꺼내 마루방에 내려놓았다.

"토쿠사로르를 쓰실 겁니까?"

약주머니를 열며 묻자 홋사르가 얼빠진 표정을 지었다.

"허, 자네도 이제 제법 아는군."

마코우칸은 어깨를 으쓱했다.

"봉와직염을 치료하시는 모습은 몇 번이나 보았으니까요."

건네주는 약을 받으며 홋사르는 작은 한숨을 토했다.

"그런가. 봉와직염은 흔하니까."

습기를 방지하기 위해 싸놓았던 헝겊을 풀어 작은 환약을 꺼낸 홋사르가 소년의 어머니를 올려다보았다.

"밖에서 놀 때 생긴 작은 상처로 나쁜 물질이 들어간 겁니다. 충분한 물과 함께 이 환약을 먹이십시오. 여기 작은 봉지에 이레 치가 들어 있으니 매일 꼬박꼬박 먹이세요."

마코우칸이 건넨 청결한 천을 아이의 정강이에 감으며 홋사르는 말을 이었다.

"이건 방심하면 의외로 오래가는 병입니다. 발밑에 뭐라도 깔아서 다리를 조금 높이 얹어주고 느긋하게 쉬게 하십시오."

하지만 소년의 어머니는 약을 받지 않고 난처한 얼굴로 타야를 올려다보았다.

"저…… 지금 돈이 별로 없어서, 약값이……."

"약값은 필요 없습니다. 자, 빨리 먹이세요."

소년의 어머니는 그래도 주저하며 홋사르의 얼굴을 보았지만, 이윽고 기세에 눌려서 약을 받아 들어 아이에게 먹였다.

독보리

아이가 잠들자 어머니는 얇은 이불을 목까지 덮어주면서 울적한 목소리로 말했다.

"평소에는 튼튼한 아이예요. 이 계절에 이곳은 정말 얼어붙을 정도로 추우니까, 되도록 밖에 나가지 말라고 늘 타일렀는데……."

구석에서 코웃음을 치는 소리가 들렸다.

"……이 땅에는 나쁜 것들만 있어. 정말, 저주받은 땅이야."

주술 도구를 움켜쥐고 노파가 긴 한숨을 내뱉었다.

"아아, 나코리로 돌아가고 싶구나. 이런 곳에서 죽는다니, 못 참겠다."

소년의 어머니가 난처한 기색으로 타야를 쳐다보았다가 노파를 돌아보며 말했다.

"어머님, 손님도 계신데 그런 말씀 마세요."

당황하는 모습이 안돼 보였는지 타야가 위로하듯 말했다.

"토메, 염려 마. 할머니가 고향을 그리워하는 걸로 트집 잡지는 않을 테니까."

토메는 고맙다고 하면서도 얼굴을 흐렸다.

"타야 님은 상냥하신 분이라 아무 말씀 안 하시지만, 다른 관리님들이 들으면 혼쭐이 나요……."

타야는 쓴웃음을 지으며 홋사르를 보았다.

"흉한 꼴을 보였지만, 부디 윗분들께는 모른 척 덮어주십시오."

사소한 일이지만, 이주민이 츠오르의 정책에 불만을 품고 있다는 사실이 외부인에게 알려지는 것은 확실히 껄끄러운 일이다.

홋사르는 미소를 지으며 대답했다.

"그런 걸 왜 말하겠습니까. 그보다 저는 당신이 안내를 맡아주어 다행이라고 생각하던 참이었습니다. 안내인이 융통성 없는 관리였다면 중요한 것도 못 물어보았을 겁니다."

타야는 눈을 껌뻑거리다가 쑥스러운 듯 중얼거렸다.

"그, 그렇습니까?"

홋사르는 고개를 끄덕였다.

"이미 들으셨는지도 모르지만, 저는 전에 이곳에서 발생한 병을 조사하러 왔습니다. 병의 원인은 실로 다양해서 그런 게 상관있나 싶을 정도로 사소한 일이 원인일 때도 있습니다. 그러니 할머니께서 이곳에는 나쁜 것들만 있다고 말씀하신, 그런 생각을 불러일으키는 일에 뜻밖에 병의 원인이 숨어 있기도 하답니다."

타야는 탄식과 함께 고개를 끄덕였다.

"그렇군요. ……그렇다면 이 땅에 살아보니 이런 점이 힘들더라, 이런 이야기가 중요해지겠군요."

쓴웃음을 짓는 타야에게 훗사르는 고개를 끄덕였다.

"그런 셈입니다."

두 사람의 대화를 듣던 토메가 별안간 허둥거렸다.

"어머나, 내 정신 좀 봐. 귀한 선생님이 오셨는데 차도 안 내오고."

훗사르는 엉거주춤 일어나려는 토메를 말렸다.

"신경 쓰지 마세요. 그보다 이야기를 좀 듣고 싶습니다만."

토메는 불안한 기색으로 물었다.

"뭔데요? 저 같은 게 도움이 될까요?"

그녀의 뒤에서 노파가 일어나는 모습이 보였다.

무뚝뚝한 얼굴로 선반에서 다기를 꺼내더니 화롯가에 내려놓고 불을 쑤셔 차를 끓일 준비를 했다. 표정은 부루퉁해도 차분한 손놀림으로 차를 끓이고 있다.

토메는 노파와 타야를 번갈아보며 안절부절못했다.

"괜찮습니다. 어려운 이야기가 아니니까요."

훗사르가 온화한 목소리로 말했다.

"제 지인이 전에 당신 아버님께 들은 이야기입니다만……."

"예?"

토메의 얼굴이 어두워졌다.

"아버지는 바로 두 달 전에 돌아가셨는데……."

"예, 그건 들었습니다. 그래서 당신을 찾아온 겁니다."

"아……."

"제가 궁금한 건 할아버님께서 돌아가셨을 때의 일인데, 아버님 말씀으로는 할아버님께서 늑대에게 물렸을 때 당신도 옆에 있었다면서요?"

"아아……."

토메는 그제야 얼굴을 폈다.

"그때 일 말씀이군요. 그때는 정말 무서웠어요. 밤이면 밤마다 양을 물어가서 할아버지가 불같이 화를 내셨지요. 그 짐승 놈들을 죽여버리겠다며 덫도 놓고 그랬는데, 글쎄 어찌나 영악한지 덫에는 전혀 걸리질 않더라고요."

긴장이 풀린 토메의 입에서 이야기가 술술 흘러나왔다.

"그날은 낮부터 양들이 술렁거렸어요. 어찌나 술렁거리던지, 할아버지하고 아버지가 활을 들고 보러 갔지요. 하도 소란스러워 저도 괜히 들떠서 뒤를 따라 보러 갔어요. 왜, 늑대가 대체 얼마나 왔는지 궁금했거든요. 그랬는데 글쎄, 겨우 한 마리밖에 없더라고요. 자그마한 녀석이었어요."

"작았다고요? 새끼 늑대였습니까?"

토메는 고개를 저었다. 그때의 광경이 떠올랐는지 눈에 어두운 빛이 어른거렸다.

"아니요. 그렇게 보여도 그건 부모였을 거예요. 참말로 영리하고 재빨랐지요. 겨우 한 마리였는데, 욕심을 부려 양 다리를 닥치는 대로 물었어요. 정말 괘씸한 녀석이었죠. 배가 고파서 습격했다면 이해하겠는데, 그게 아니었어요. 사나운 개처럼 그냥 마구잡이로 물어뜯더라고요."

훗사르가 몸을 불쑥 내밀었다.

"침은 흘리던가요?"

"침? 글쎄요, 그것까지는 안 보였는데. 왜, 이가 나기 시작해서 근질거리는 것처럼 자꾸 이를 드러내더라고요. 정신없이 쫓아내는 사이 할아버지도 다리를 물려서⋯⋯."

토메는 얼굴을 찌푸렸다.

"그 자리에서 쓰러지셨습니까?"

"아니요. 그렇게 심한 상처가 아니라서 할아버지는 침을 퉤, 뱉으며 욕지거리를 쏟아냈어요. 아버지가 쏜 화살이 스쳤는지, 그놈이 겨우 모습을 감춰서 다 함께 욕설을 퍼부으며 집으로 돌아왔지요. 그날은 말짱했는데, 이튿날인가 그 다음 날인가, 할아버지가 목이 아프다, 몸이 무겁다며 드러눕더니⋯⋯."

토메는 말을 끊고 제 가슴을 문질렀다.

"정말, 얼마나 끔찍했는지 몰라요. 몸이 판자처럼 휘더니, 얼굴이 시뻘겋게 물들어서⋯⋯. 하룻밤을 시달리다 아침에 그만. 나이도 지긋했으니 버티시지 못한 거지요."

토메가 입을 다물자 고요해진 방 안에서 주전자 뚜껑이 달그락거리는 소리가 귀를 때렸다.

"그 후로 늑대에게 공격당한 사람은 없었습니까?"

홋사르가 묻자 노파가 화롯가에서 코웃음을 쳤다.

"그건 늑대가 아니야."

"예?"

홋사르가 돌아보자 노파가 헝겊으로 손잡이를 쥐고 화로에서 주전자를 내리면서 말했다.

"그건 개였어. 그때 실컷 패악을 부리며 날뛰었던 그놈이라면 나도 봤는데, 그건 늑대 피가 섞였는지는 몰라도 늑대가 아니야. 그건 개야."

토메도 고개를 끄덕였다.

"맞아요. 그건 생김새가 개였어."

"하지만 당신 아버님은 늑대에게 공격당했다고 말씀하셨다던데."

토메가 난처한 표정을 지었다.

"아버지는 허풍을 좋아하는 분이었거든요. 개한테 물렸다고 하면 볼품없잖아요. 그래서 늑대라고 떠벌린 거지요."

홋사르는 마코우칸이 꿈틀거리는 기척을 민감하게 알아차리고 고개를 돌렸다.

"궁금한 게 있으면 물어봐."

마코우칸이 고개를 끄덕이고는 토메와 노파를 보며 입을 열었다.

"개라고 했는데, 주인은 봤습니까? 혹시 승냥이처럼 생겼습니까?"

토메는 고개를 갸웃했지만, 노파는 눈을 치뜨고 마코우칸을 노려보았다.

"……당신, 그런 걸 왜 묻지?"

마코우칸은 눈살을 찌푸렸다. 노파의 목소리에 적의가 묻어 있었기 때문이다.

"아니, 그건……."

마코우칸이 우물거리자 홋사르가 온화한 목소리로 끼어들었다.

"할머니, 아까부터 이 사람을 힐끔거리시던데, 이 사람이 뭔가 눈에 거슬리는 이유라도 있습니까?"

노파는 코를 찡긋거렸다.

"딱히 눈에 거슬리는 건 아니지만…… 저 양반은 이 지역 사람이 잖아."

마코우칸이 아, 하고 눈을 휘둥그레 떴다.

'그렇군. 내게 유카타 산지민(오파르 오마)의 문신이 있기 때문인가.'

이 노파는 벌써 십여 년째 이곳에서 살고 있다. 이마에 영혼을 지켜주는 문신을 새기는 유카타 산지민을 볼 기회도 많았을 것이다.

"그런가. 처음에 제대로 설명을 하지 않은 게 잘못이었군."

홋사르도 이해했다는 눈빛으로 미소를 지었다.

"할머니, 걱정 마십시오. 이 사람은 제 시종인데, 유카타 산지 씨족에서 추방당한 몸입니다. 저희는 여기에서 무슨 말을 듣더라도 여러분에게 폐가 되는 짓은 일절 하지 않겠습니다. 저희가 알고 싶은 건 병에 대한 이야기입니다. 두 분은 아카파 소금광산에서 발생한 사건을 못 들으셨습니까?"

노파가 흘끔 눈짓을 했다. 옆에서 토메가 고개를 끄덕였다.

"아아, 아카파의 저주를 말하는 거죠? 노예들이 많이 죽었다면서

요. 그 후에도 왜, 카잔에서 큰일이 있었죠……?"

훗사르는 흐음, 하고 작은 한숨을 쉬며 마코우칸을 흘깃 쳐다보았다가 금세 노파와 토메에게 시선을 돌렸다.

"그건 저주가 아닙니다. 모두 개한테 물려 죽었어요."

토메가 외마디 소리를 지르더니 가슴을 부여잡았다. 노파의 뺨도 얼어붙었다.

"그럼 할아버지하고 똑같이……? 아, 그래서……?"

훗사르는 진정시키려고 손을 저었다.

"그럴 가능성이 있지 않나 싶어 이야기를 들으러 왔습니다만, 아직 정확한 정보는 아무것도 없습니다. 당신 할아버님을 문 개가 가지고 있던 병과 아카파 노예가 앓았던 병이 분명 비슷하지만, 정말 똑같은 병인지는 아직 알 수 없습니다. ……게다가 여기에서는 할아버님 외에 병에 걸린 사람도 없잖습니까?"

토메가 노파를 돌아보았다. 노파는 고개를 저었다.

"없어."

토메가 난처한 표정으로 노파를 쳐다보며 중얼거렸다.

"하지만 양은 제법 죽었잖아요."

아아, 하고 노파가 내뱉었다.

"죽었지, 죽었고말고. 잔뜩 죽었어. 그 짐승 놈한테 물려서 죽은 것도 몇 마리 있었지만, 그 전에도 진드기한테 시달리질 않나, 독보리를 먹질 않나, 여러 마리 죽었어. 어째서 이런 저주받은 땅에 오게 되었는지, 다들 한마디씩 했지."

홋사르가 몸을 내밀었다.

"독보리를 먹고 죽었다? 양이 말입니까?"

"그렇다니까! 들어봐, 이 땅에서 나는 건 전부 글러먹었어. 개는 늑대보다 못돼먹었고, 보리까지 흉측하게 뻘건 색으로……."

침을 튀겨가며 말하는 노파를 말리듯 토메가 끼어들었다.

"왜, 말이 죽었다고 난리가 난 적 있었잖아요. 이 마을은 아니지만, 한 마을이 통째로 불에 타서 끔찍한 꼴을……."

"아파르 오마의 습격 사건 말씀이지요?"

"맞아요. 그 원인도 보리였다니까요."

홋사르가 고개를 끄덕였다.

"저도 그렇다고 들었습니다. 여러분이 가져온 보리를 먹은 말이……."

노파가 홋사르의 말을 잘랐다.

"천만에! 우리가 가져온 보리를 먹고 죽은 게 아니야! 그런 얘기는 못돼 처먹은 놈들이 멋대로 엉뚱하게 착각한 거야. 그 흉악한 멍청이들이, 우리가 미워서 우리한테만 죄를 뒤집어씌우고……."

"하지만……."

노파가 눈을 희번덕거리며 삿대질을 했다.

"그 말들이 먹은 건 우리가 키운 보리가 아니야! 놈들이 키운 붉은 보리야!"

"어이, 어이, 노메 씨."

타야가 난처한 얼굴로 노파를 달래더니 홋사르에게 죄송하다고 했다.

"여기 노메 씨의 오라비가 그때 살해당한 바람에 그 얘기만 나오면 이럽니다. 부디 용서해주십시오."

홋사르는 고개를 끄덕였다.

"아니, 저야말로 괴로운 기억을 들추어내서 죄송합니다. 하지만 금시초문이네요. 붉은 보리라니, 이 땅에서 나는 아카파 보리를 말하는 거지요? 줄기가 빨갛다고요? 그렇다면 아파르 오마가 오래도록 아파르에게 먹인 보리가 맞을 텐데……."

타야가 차분한 목소리로 대답했다.

"아아, 그게 좀 복잡합니다. 아파르가 먹은 건 분명 아파르 오마가 키운 아카파 보리였지만, 아무래도 저희가 가져온 보리와 섞인 교잡종이 들어 있었던 모양입니다."

홋사르의 눈이 크게 벌어졌다.

"……교잡종."

"예. 일부러 섞으려고 한 건 아닌데, 꽃가루가 바람에 날아와 섞였나봅니다. 한때는 말도 못 하게 고생했습니다. 어쨌든 보리하고 아카파 보리가 섞이자 독 이삭이 잘 생기더군요. 그리고 그 독 이삭이 묘하게 강력해서, 아파르가 죽은 것도 원주민 입장에서는 재앙이었겠지만, 저희들의 소중한 양도 꽤 많이 죽었습니다. 그걸 먹고 말이죠. 그 병에 걸리면 춤이라도 추듯이 빙글빙글 맴돌다가 펄쩍펄쩍 뛰어오르고, 경련을 하는 통에 저희는 '양의 춤사위 병'이라고 부르곤 했습니다."

타야가 가슴을 쓸며 말했다.

"아파르 오마가 추방당한 뒤로 저희는 오랜 세월에 걸쳐 아카파 보리를 불에 태워 겨우 안심하고 먹을 수 있는 보리를 키울 수 있게 되었습니다."

타야가 설명을 마친 뒤에도 홋사르는 한동안 망연히 그를 바라보고 있었다.

"……홋사르 님."

마코우칸이 부르는 소리에 홋사르는 정신을 차리고 한숨을 토했다.

"아아, 그랬나. 그런 사정이었습니까. 이것 참, ……잘 알겠습니다."

그리고 입속으로 혼잣말처럼 중얼거렸다.

"아파르도, 양도 그 보리를 먹고 죽었다. ……개는 죽지 않았을까?"

노파가 코웃음을 쳤다.

"개가 보리를 먹겠어? 그 짐승은 땅을 파헤쳐서 죽은 양을 먹고 맛을 들인 게야."

홋사르가 고개를 번쩍 쳐들고 노파를 쳐다보았다.

"먹었습니까? 독보리를 먹고 죽은 양을, 그 개가?"

노파는 입에 담기도 싫다는 듯이 오만상을 찌푸리고 말했다.

"암. 정말 이 땅에 사는 놈들은 심보가 고약해. 일부러 개를 부추겨서 먹였다니까. 그 게걸스러운 짐승들이 독보리에 죽은 양을 잡아먹고 고통스러워하며 죽는 꼴을 봤을 때는 속이 다 후련했지."

"죽었다? 개들이 죽었습니까?"

"그래, 꼴좋지. 하지만 일부러 양을 먹인 주제에, 그놈들은 개가 죽으니 우리가 땅을 더럽힌 탓이라고 시비를 걸더군. 심보가 고약한 게, 정말 기분 나쁜 놈들이었어. 눈앞에서 사라지니 속이 다 후련하다니까."

홋사르는 노파를 바라보며 조용히 물었다.

"그놈들이라는 게, 아파르 오마입니까?"

노파는 어깨를 으쓱하며 잠시 입을 다물었다가, 이윽고 마코우칸을 힐끗 쳐다보았다.

"난 몰라. ……저 양반한테 물어보든지."

6

마코우칸의 고향

말을 타고 억새가 우거진 산길을 올라가면서 홋사르는 마코우칸을 힐끔 돌아보았다.

"자네, 계속 그럴 거야? 그렇게 어물쩍대다가는 노숙하게 될 판이야."

마코우칸은 부루퉁한 얼굴로 홋사르를 쳐다보았다.

"노숙 좋죠. 할 수만 있다면 계속 노숙하고 싶을 정도입니다."

홋사르는 피식 웃었다.

"토라진 아이처럼 굴지 마, 나잇살은 먹어가지고. ……그렇게 고향으로 돌아가기가 싫은가?"

마코우칸은 한숨을 쉬며 한없이 계속되는 산길을 바라보았다.

"싫습니다."

입 밖으로 나오는 말과는 달리, 겨울철의 앙상한 나무들로 어렴풋하게 물든 녹회색 산길은 눈물겹도록 그리웠다.

다시 이곳으로 돌아올 바에야 목숨을 잃어도 좋다. 그렇게 생각했던 고향이었다.

열다섯 살 되던 해 봄, 이를 악물고 뛰어내려온 이 산길을 이제 서른을 바라보는 나이에 다시 올라간다. ……그것도 오타와르 성역 명문가 청년의 시종이 되어서.

운명의 신은 꽤나 짓궂은 성격임에 틀림없다.

작은 새들이 마른 가지를 흔들며 이 가지에서 저 가지로 날아다녔다. 짹짹거리는 작은 새의 가슴께에 있는 연녹색이 유난히 밝아 보였다.

지금 생각하면 당시에는 잿빛으로 보였던 미래에도 수많은 생기로 가득한 색채가 있었으리라. 어린 눈에는 보이지 않는 것들이 많았을 것이다.

엄격한 얼굴 이면에 뭔가 서글픈 체념 같은 감정을 숨기고 그를 바라보던 아버지의 얼굴이 떠올라 마코우칸은 속으로 한숨을 쉬었다.

아버지는 수백 년에 걸쳐 오타와르 성역의 심부에 종사한 시놋크 가문의 장남으로 태어났다. 운명을 순순히 받아들인 그는 젊었을 때부터 심부의 일을 하면서, 씨족 내에서는 외부의 동향을 낱낱이 아는 귀인으로 경의를 한 몸에 받았다.

마코우칸의 형과 누나 또한 아버지를 따라 어렸을 때부터 기술을 제대로 익히고, 일찌감치 심부에 들어가 밀정으로 각지를 돌아다녔다.

형과는 열 살, 누나하고도 여덟 살 차이가 나는 마코우칸에게 형과 누나는 일 년에 한두 번 불쑥 집에 돌아와도 부모님에게 환대를 받는 신기한 손님 같은 존재였다.

그래도 마코우칸은 두 사람이 돌아오는 날을 항상 손꼽아 기다렸다.

나이 차가 있어서 그런지, 가끔밖에 못 만나서 그런지, 두 사람은 무척 다정했고, 고향에 있는 동안 마코우칸을 아껴주었기 때문이다.

같은 씨족 친구들의 형이나 누나와는 전혀 다른, 세련된 형제였다. 넓은 세계를 아는 두 사람은 마코우칸의 동경의 대상이자 자랑거리였다.

마코우칸도 시놋크 가문의 차남으로 이제는 심부에서 물러난 할아버지와 작은아버지에게 훈련을 받았다. 그대로 무탈하게 열다섯 살이 되었다면 마코우칸도 오타와르 성역으로 가서 성스러운 일족에게 충성을 맹세하고 심부에 들어갔을 것이다.

하지만 마코우칸이 열세 살 되던 해 겨울, 그의 인생을 크게 바꿀 소식이 날아들었다. 형이 불상사를 일으켜 누나의 손에 처형되었다는 소식이었다.

그 소식을 들었을 때, 어머니는 망가질까 걱정될 정도로 울었지만 아버지와 할아버지는 슬픈 기색을 드러내지 않았다.

형은 사랑해서는 안 될 사람을 사랑해서 오타와르 성역의 성스러운 일족을 배신했다고 한다. 그리고 누나는 시놋크 가문과 씨족의 충성을 증명하기 위해 제 손으로 오빠를 처형한 것이다.

아버지는 마코우칸을 방으로 불러 겨우 열세 살 된 아들에게 사정을 숨김없이 설명해주었다.

그때 마음에 싹튼 격렬한 감정, 어떤 이유에서든 누나에게 친오빠를 죽이게 한 심부라는 존재에 대한 의혹과 분노는 그 후 몇 년이 지나도 사라지지 않았다.

그때까지 믿었던 가치가 단숨에 뒤바뀐 것처럼 심부의 역할과 구조에 관한 내용은 무엇을 보고 들어도 지저분하게 느껴졌다.

어른이 된 지금은 이해할 수 있는 것도 있다.

많은 나라들이 서로 잡아먹는 이 잔혹한 세상에서 오타와르 성역이 맡고 있는 역할도, 그것을 지탱하기 위해 심부가 정한 규칙의 의미도 지금이라면 이해한다.

하지만 그 시절엔 심부에 얽힌 모든 것이 어두운 색을 띤 무거운 족쇄처럼 느껴졌다.

그리고 심부에 들어가기 위해 고향을 떠나야 하는 열다섯 살의 봄, 마코우칸은 마침내 운명에 얽매여 살기를 거부했다.

타고난 운명을 거부한다는 것은 이 세상에 태어나지 않은 셈이나 마찬가지다. 맹세를 거부한 그 순간, 마코우칸은 시놋크 가문에서 쫓겨나 씨족에서 추방당했다.

겨울 햇살이 산길을 포근하게 비추고 있다.

이 길 끝에 있는 고향에는 어머니가 있다.

할아버지는 물론, 아버지도 이미 세상을 떠나 작은아버지의 장남인 사촌형이 시놋크 가문의 당주가 되어 가문을 지키고 있다. 어머니는 이모들과 함께 원래 살던 저택에서 생활하고 있다고 들었다.

어머니도 많이 늙었겠구나. 그렇게 생각하는데 옆에서 홋사르가 중얼거렸다.

"……고향에 돌아가기를 열망하는 사람이 있는가 하면, 고향에 돌아가기 싫어하는 사람도 있군."

마코우칸이 아무 대답도 않자 홋사르가 뒷말을 이었다.

"그 할머니 말이야."

"예."

화롯가에서 눈을 매섭게 치뜨고 그를 노려보던 츠오르 노파의 얼굴을 떠올린 마코우칸이 얼굴을 찌푸렸다.

"사나운 할머니였죠."

홋사르가 후후, 웃었다.

"그 정도나 되니까 버틴 거겠지. 억지로 고향에서 끌려나와 살고 싶지도 않은 곳에서 일생을 마쳐야 하니까. 게다가 오고 싶어서 온 곳도 아닌데, 원주민들에게는 원망을 사니 설상가상이지. 심사가 뒤틀리는 것도 당연해."

츠오르 이주민들은 모두 변경 지역의 가난한 농민이나 방목민이다.

황제가 타국을 정복해 국경을 확장할 때마다 갱신되는 변경 지역으로 이주당해, 그 땅을 츠오르 풍으로 바꾸라는 명령을 받는다.

츠오르 인들이 좋아하는 농작물을 키우고, 가축을 기르며, 마을을 만들고, 정복당한 땅의 백성들과 섞여 조금씩 그 땅을 츠오르 인의 나라로 바꾸어가는, 무기를 들지 않은 첨병失兵인 것이다.

고향에 있을 때보다 세금도 경감되고, 개척한 땅도 자기 소유가 되기 때문에 지주에게 묶여 있는 소작 농민에게는 꼭 나쁘기만 한 정책은 아니었다. 하지만 다시는 고향으로 돌아가지 못하는 애환은 많은 이주민들의 가슴을 태웠다. 그 노파도 그런 애환을 가슴속에 끌어안고 사는 것이다.

마코우칸은 자신을 노려보던 부릅뜬 눈을 떠올리며 중얼거렸다.

"……뭐, 그건 그렇지만요."

홋사르는 마코우칸을 올려다보며 빙그레 웃었다.

"순순히 인정하긴 어려운가? 자네는 원주민이니."

마코우칸이 얼굴을 찌푸렸다.

"그만하세요, 그런 식으로 분류하는 건."

"하지만 사실이 그렇잖아? 알고 보면 자네도 음모를 세우는 쪽이라거나."

웃고 있는 홋사르의 눈에 의외로 진지한 빛이 감도는 것을 본 마코우칸이 깜짝 놀랐다.

"농담하시는 거죠?"

"그렇게 생각해?"

"당연하지요. 아니라면 한 대 후려칠 겁니다."

마코우칸을 뚫어져라 쳐다보던 홋사르가 별안간 폭소를 터뜨렸다.

마코우칸은 말이 놀랄 정도로 요란하게 웃는 젊은 주인을 잠자코 바라보고 있었다.

"……자네, 정말 시종 일이 맞지 않군."

눈초리에 그렁거리는 눈물을 닦으며 홋사르는 숨을 가다듬고 입을 열었다.

"그 큰 손에 맞으면 뼈도 못 추리겠지만, 의심할 수밖에 없지 않은가? 자네는 이곳 출신인 데다가 견술사라는 존재도 알고 있었는데 아카파 소금광산의 그 참사를 보고도 그 가능성은 한마디도 언급하지 않았지."

마코우칸은 기가 막혀서 젊은 주인을 내려다보았다.

"그때는 늑대라고 말씀하셨잖습니까?"

"그래. 하지만 보통은 머릿속에 떠오르지 않나? 늑대를 자유자재로 부리는 자가 있다면, 하고. 연상 작용으로 말이야."

"그런 연상을 하는 사람이 주인님 말고 또 있겠습니까? 적어도 저는 안 그럽니다."

홋사르가 또 웃음을 터뜨렸다.

"아주 좋아. 정말 마음에 들어, 자네의 그 딱딱한 머리."

하나도 우습지 않아 잠자코 있으려니 홋사르가 고개를 저으며 한숨을 쉬었다.

"뭐, 어쨌든 마을에 도착하기 전에 가르쳐줘. 견술사라는 게 뭔지."

마코우칸은 눈살을 찌푸렸다.

"제가 아는 건 츠오르 이주민이 오기 전의 이야기입니다. 게다가 어렸을 때 보고 들은 게 전부니, 그리 자세히 아는 것도 아닙니다. 마을에 도착한 뒤에 더 자세히 아는 사람에게 듣는 게 낫지 않겠습니까?"

홋사르는 쓴웃음을 흘렸다.

"그러지 말고 마음 풀어. 나는 먼저 자네에게 듣고 싶은 거야. 아는 것만이라도 괜찮으니 일단 말해보게."

바람이 잔가지를 살랑살랑 흔들었다.

나뭇잎이 스치는 소리를 들으며 마코우칸은 어렸을 때, 이 길을 아버지와 걸었을 때 만났던 노인의 모습을 떠올리며 천천히 이야기를 시작했다.

"아파르 오마에는 '늑대 사냥'을 전문으로 하는 사람들이 있었습니다. '킴마의 견술사'라나 뭐라나, 아무튼 그렇게 불렸던 것 같아요. 머리까지 푹 덮을 수 있는 말가죽으로 만든 괴상한 옷을 입고, 개를 잔뜩 데리고 평원과 이 산지 사이를 오가며 늑대를 사냥했지요……."

수풀 속에서 불쑥 튀어나온 견술사가 괴물로 보여 아버지에게 매달렸을 때 느꼈던, 뱃가죽이 오그라드는 공포가 불현듯 되살아났다.

"제가 여기 살았을 때 그들은 평원에 살고 있었으니 거의 만날 기회가 없었지만, 아마 저희 씨족하고도 교류가 있었겠지요. 이 부근에서 마주치곤 했으니까요.”

흐음, 홋사르는 콧소리를 냈다.

“이 부근은 아파르 오마가 자유롭게 사냥을 할 수 있는 장소가 아니었다는 뜻인가?”

“그야 당연하지요. 이곳은 이미 산지 씨족의 영역이니까요. 산지민이 아닌 사람이 멋대로 사냥을 하면 벌을 받습니다. 다만…….”

마코우칸은 아득한 기억을 더듬듯 옛일을 떠올리며 말했다.

“합동으로 사냥을 할 기회도 있지 않았을까요? 어렴풋이 기억이 납니다. 산지의 사냥꾼들과 킴마의 견술사가 씨족장의 저택 뒷마당에서 함께 사냥감을 손질해 서로 나누던 모습이.”

홋사르가 고개를 끄덕였다.

“……원래 그 정도 관계는 있었겠지.”

마코우칸은 곰곰이 생각하며 대답했다.

“그렇겠군요. 아버지가 이 유카타 지방의 세 씨족인 아파르 오마, 유스라[沼地] 오마, 오파르 오마가 태곳적에는 하나의 민족이었다고 말씀하신 적이 있습니다.”

홋사르가 눈썹을 씰룩거렸다.

“아파르 오마와 오파르 오마의 뿌리가 하나라는 소리는 나도 들은 적 있지만, 유스라 오마라는 씨족은 처음 듣는군.”

“그러십니까? 뭐, 그럴지도 모르겠군요. 유스라 오마는 정말 작은 씨족이라, 아파르 오마를 받들고 있었으니 곁에서 보면 아파르 오마와 구별이 가지 않았을 겁니다. 아파르 오마에게 그렇게 말하면 하인들의 핏줄과 같은 취급하지 말라며 화를 내겠지만요."

홋사르가 콧방귀를 뀌었다.

"흥, 전혀 몰랐네. 그런가. 하지만 어쨌든 뿌리가 하나라는 말을 들을 정도로 가까운 관계였으니, 아파르 오마가 평원에서 쫓겨났을 때도 킴마의 견술사는 자네 씨족에게 의지했겠군."

마코우칸은 대답하지 않고 산길 앞쪽을 쏘아보았다.

이주민의 집에서 노파가 자신을 노려보면서 사정을 알면서도 감춘 것처럼 비난했을 때 느낀 그 차갑고 불쾌한 감정이 다시 가슴속에 되살아났다.

아파르 오마가 유카타 평원에서 쫓겨난 것은 마코우칸이 고향을 버린 뒤의 일이다.

그 자리에 있던 관리 타야가 마코우칸에게 정말 모르느냐고 물었지만, 아파르 오마가 추방당했을 때 킴마의 견술사들이 오파르 오마에게 의지했다는 이야기는 금시초문이었다.

하지만 그것이 사실이라면 첫 번째 사건이 터졌을 때, 킴마의 견술사는 마코우칸의 씨족과 함께 살았다는 뜻이 된다.

"……마코우칸."

마코우칸은 그 목소리에 화들짝 놀라며 젊은 주인을 쳐다보았다.

홋사르의 표정이 유난히 진지했다.

"자네 고향에 도착하기 전에 말해두겠는데, 우리는 단죄자가 아니라는 사실을 명심해."

말뜻을 이해하지 못하고 눈살을 찌푸리며 젊은 주인을 쳐다보자 홋사르는 풀어서 설명해주었다.

"설령 그 견술사가 병을 퍼뜨리는 범인이라 해도 오타와르 성역은 그 행위를 죄로 간주하고 처벌하지는 않아. 우리는 그런 입장이 아니니까. 누군가가 흑랑열을 무기로 츠오르에게 보복을 시도하고 있다 해도, 우리는 딱히 그 문제에 참견할 생각이 없어."

말뜻을 겨우 이해한 마코우칸이 눈을 휘둥그레 떴다.

'……그런가.'

듣고 보니 그건 어떤 의미로 당연한 일이었다.

아카파 소금광산에서 벌어진 그 끔찍한 참상을 목격한 탓에 그것이 의도적인 행위라면 그 이상 피해가 퍼지지 않도록 한시라도 빨리 범인을 잡아야 한다고 생각했지만, 생각해보면 피해를 입은 것은 츠오르 인뿐이다.

아카파의 대지를 더럽힌 탐욕스러운 츠오르 인이 저주를 받았다. 그런 소문이 여기저기로 퍼지는 것처럼, 병으로 죽은 사람은 대다수가 동쪽에서 끌려온 노예나 이주민이었다.

'자연히 발생한 병이라면 두렵지만, 사람이 하는 짓이라면 오히려 무섭지는 않다.'

마코우칸은 눈을 가늘게 떴다.

'츠오르에 복수하려고 아파르 오마가 하는 짓이라면, 아카파 민족이나 오타와르 성역 사람들에게 득은 있을지언정 해는 없을지도 모르겠군.'

오타와르 성역도, 아카파 왕국도 츠오르 제국의 지배하에 있는 것은 사실이나, 굳이 지배자를 위해 그들에게 복수하는 사람들을 붙잡아서 넘겨줄 의리는 없는 것이다.

마음이 조금 가벼워졌을 때, 홋사르가 말을 이었다.

"……단지."

뒤를 돌아보자 홋사르가 낮은 목소리로 말했다.

"병이라는 건 대단히 불안정한 무기야."

갸름한 그 얼굴에서 깜짝 놀랄 만큼 깊은 우려의 빛을 발견한 마코우칸은 고개도 못 움직이고 홋사르의 다음 말을 기다렸다.

홋사르는 앞을 바라보며 조용히 말했다.

"오랜 세월, 병에 대해 조사해온 우리조차 병이 무엇인지 아직 몰라. 자꾸만 모습을 바꾸어가는 그 정체를 파악하지 못하고 있어. 생명을 가진 모든 것과 얽혀 있는, 그 복잡한 여러 현상을 전부 파악하기란 불가능해."

그 눈에 격렬한 분노의 빛이 번득였다.

"정말 그 킴마의 견술사라는 작자가 병을 무기로 삼을 생각이라면 오만하기 짝이 없는 노릇이야. 개는 지배할 수 있어도 병을 지배할 수 있는 사람은 세상에 없어……."

홋사르는 거기에서 입을 다물었다.

이야기에 빠져 있는 사이에 어느덧 산길을 끝까지 올라왔고, 별안간 눈앞에 장대한 풍경이 펼쳐졌기 때문이다.

홋사르는 잠시 눈앞에 펼쳐진 광경에 시선을 빼앗겼다.

저 멀리 이어진 산들의 품속에 완만한 분지가 펼쳐져 있다.

아스라한 하얀 눈 밑에 점점이 초록빛이 보였다. 늦가을에 심은 아카파 보리의 싹이 눈에 파묻혀 봄이 찾아오기를 기다리는 것이다.

시냇물 몇 줄기가 밭 사이를 가로지르고 있다. 은화처럼 평탄하게 반짝거리는 둥근 빛은 연못이리라. 그런 아늑한 풍경 속에 수많은 집들이 흩어져 있다.

오른편의 산 중턱에는 견고한 성벽으로 에워싸인 저택들이 있었다. 이곳에서 보기에도 규모가 제법 컸다. 면적이 소규모 대상隊商 도시 정도는 되는 것 같았다. 산속에 용케도 저만한 성채 도시를 세웠구나 싶은, 놀라운 크기였다.

"저게……."

훗사르의 경탄에 마코우칸이 고개를 끄덕였다.

"예, 저곳입니다. 서쪽에 종루가 있는데, 보이십니까?"

"저 초록색 말인가?"

"맞습니다."

마코우칸은 실눈을 뜨고 말했다.

"저 종루 오른쪽 옆으로 검은 널기와를 얹은 저택이 제가 태어난 집입니다."

아아, 하고 훗사르가 고개를 끄덕인 바로 그때, 문득 어떤 기운이 마코우칸의 목덜미부터 뒤통수를 스쳤다.

뒤를 돌아본 마코우칸은 얼어붙었다.

산길 양 옆, 나무 그늘에 빛나는 눈이 있었다. 한두 마리가 아니다. 몇 마리나 되는 개가 수풀 사이로 이쪽을 노려보고 있다.

"왜 그래?"

홋사르가 의아한 표정으로 마코우칸을 쳐다보았다.

마코우칸은 얼굴 옆으로 식은땀이 흐르는 것을 느끼며 속삭였다.

"……움직이지 마세요. 개에게 포위당했습니다."

그 목소리가 신호였던 것처럼 개들이 일제히 나무 사이에서 길 위로 모습을 드러냈다. 이를 드러내며 낮게 으르렁거릴 뿐, 덤벼들지는 않았다.

개들을 자극하지 않도록 가만히 손을 움직여 검 자루를 쥐려 했을 때, 별안간 홋사르가 등을 젖히더니 익은 감처럼 말에서 땅으로 툭 떨어졌다.

"홋사르 님!"

흠칫 놀라 이름을 외친 순간, 목덜미에서 날카로운 통증이 느껴졌다. 황급히 손으로 목덜미를 누르자 작은 바늘이 만져졌다.

'……바람총?'

머리가 풀썩 꺾이는 느낌을 마지막으로, 마코우칸은 어둠 속으로 굴러 떨어졌다.

*

마코우칸은 불그스름한 줄들을 멍하니 바라보고 있었다.

그것이 격자창으로 들어온 저녁노을이 바닥에 그린 줄임을 깨달은 순간, 그때까지는 무겁기만 했던 머리가 깨질 듯이 아팠다.

신음을 흘리며 입에 고인 침을 뱉어내고 입을 닦으려던 마코우칸은 손이 등 뒤로 묶여 있는 것을 깨달았다.

나무 냄새가 난다. 고개를 틀어 보니 벽에 쌓여 있는 장작이 보였다.

'……땔감 창고인가?'

그런 모양이다. 묶여 있는 손을 움직여보니 뭔가가 잡아당기는 느낌이 났다. 아무래도 손목만이 아니라 기둥 같은 것에 묶여 있는 듯했다.

작은 오두막이었다. 다른 사람은 아무도 없었다.

'홋사르 님…….'

어디에 있는 걸까. 대체 어쩌다 이런 처지가 되었을까.

머리가 깨질 듯한 통증을 참으며 생각해보았지만 떠오르는 것은 불길한 추측뿐이었다.

'견술사가 바람총으로 우리를 재워서 이곳에 감금했나?'

그것 말고는 다른 가능성이 없었지만, 이유를 알 수가 없었다. 그들이 진상을 조사하는 게 싫다면 이렇게 번거롭게 굴 것 없이 그 자리에서 죽이면 그만이었을 텐데.

벽 너머로 개 짖는 소리가 들렸다. 응석을 부리듯 짖고 있다.

희미한 발소리가 들렸다. 누가 오두막으로 다가오고 있다.

문이 삐걱거리면서 열리더니, 오두막 안이 확 밝아졌다.

저녁노을의 빛을 등지고 선 그림자가 오두막 안으로 들어오는 것을 본 마코우칸은 눈살을 찌푸렸다.

들어온 사람은 여자였다.

그녀가 뒷손으로 문을 닫자 오두막 안은 다시 어둑해졌지만, 역광이 사라져 그 얼굴이 가까스로 눈에 보였다.

중년 여성이었다. 몸집은 컸지만 생김새는 오밀조밀했다.

그 얼굴을 바라보는 사이, 심장 고동이 빨라졌다.

'……설마.'

마코우칸은 숨을 헐떡이며 그 얼굴을 쳐다보았다. 눈가와 꼭 다문 입매가 낯익었다.

마코우칸은 입을 열어 갈라진 목소리로 중얼거렸다.

"누, 님?"

《사슴의 왕 · 하 ─ 돌아왔다 떠난 자》로 이어집니다.

옮긴이 _ 김선영

1979년에 태어나 한국외국어대학교 일본어과를 졸업했다. KBS 등 여러 매체에서 전문 번역가로 활동했으며, 다양한 장르의 일본 문학에 관심을 가지고 번역을 계속하고 있다. 옮긴 책으로는《고백》《야행관람차》《완전연애》《경관의 피》《월광게임》《츠나구》《물밑 페스티벌》《열쇠 없는 꿈을 꾸다》《태양이 앉는 자리》《야경》등이 있다.

사슴의 왕 · 상
살아남은 자

1판 1쇄 2015년 12월 29일
2판 1쇄 2021년 11월 15일

지은이   우에하시 나호코
옮긴이   김선영

펴낸이   임지현
펴낸곳   (주)문학사상
주소   경기도 파주시 회동길 363-8, 201호(10881)
등록   1973년 3월 21일 제1-137호

전화   031)946-8503
팩스   031)955-9912
홈페이지   www.munsa.co.kr
이메일   munsa@munsa.co.kr

ISBN 978-89-7012-526-8 (04830)
       978-89-7012-525-1 (04830) 세트